跨度小说文库
Kuadu Fiction Series

跨度小说文库
Kuadu Fiction Series

暗宅

刘连书
◎著
ANZHAI

中国文史出版社

目　　录

挖了一口深井，憋出一个宝来

刘庆邦

我一直关注连书的小说创作。看了《暗宅》以后，很欣喜。这是连书创作上一个挺大的突破，同时也是咱们北京地区创作的一个可喜收获。这么多年，连书挖了一口深井，憋了一宝出来。我看连书的这篇小说，第一个感觉，构思很好。情节是建立在虚构的基础上，有非常丰富的想象。当然细节都非常真实，一系列细节都非常真实。我觉得这一点特别重要。

目前小说创作的状况，大部分都太实，缺乏抽象能力。缺乏抽象能力是我们中国作家普遍存在的问题，对整个世界缺乏一种比较宏观的看法。所以，写的东西就比较实，好像照搬生活，对生活照相。想象力是小说创作的根本力。每一个作家，都存在如何处理和现实的关系的问题。如果和现实关系处理得好，有可能就出现很多好小说；处理不好，就可能写出比较一般的小说。怎么处理和现实的关系，往往能衡量一个作家的功力。连书这部小说，它是现实的，但它总体构思又是超越现实的，故事情节建立在一个虚构的基础上，有抽象的东西在里边。所以，在艺术上就显得比较高。

连书的创作态度和小说本身非常吻合，就是挖一口深井，在这口井里做文章。目前有些作家是什么情况呢？这儿挖一块，那儿挖一块，浅尝辄止。其实现时生活中，无论打水井，还是挖煤井，还是采别的矿也好，你首先选准一个矿点，深入下去，有的打下去就很可能打出泉水，有的挖出金子来，或者挖出好煤来。连书在这个井上来回折腾，折腾得非常到位，非常充分，这个井挖得就很深，很有包容性，使这个井成为一个舞台，好多动作都是在这个舞台上完成的。

　　小说讲究的是艺术魅力，不是靠信息量的大小取胜的。连书不是不用信息，他挖掘的是信息背后的东西，是对信息的深加工，这是这部小说一个很重要的特点，也是一个尝试。现在大家在议论什么是暴力，所谓暴力，就是人类不能抗拒的东西。有人说拖拉机是暴力，有人说火车是暴力，有人说互联网是暴力，或者说尖端武器是暴力。我的看法，最终的暴力来自人的欲望。人的欲望，才是自己不能战胜的真正暴力。人生的欲望永远填不满，这是自己战胜不了自己的困境。关于对欲望的批判也好、描述也好，这样的作品很多，被称作欲望化写作。连书这部小说，不是欲望化的写作，他是非常清醒地、比较抽象地来看待欲望，比欲望的写作高一个层面。他最终指出了，"欲望是一个陷阱，这个陷阱有时候是难以战胜的"。如果我们整个人类或者每个自身生命，都认识到这一点，人对欲望有所克制，也可能对生命的质量会改善那么一点儿。

提供一个多元化思考的可能

孟亚辉

小说想象力问题、虚构能力问题，是作家具不具备创作天赋很关键的一点。缺乏想象力，一个作家的生命力就没有了。有人说，现在生活中有好多东西照搬过来就十分精彩，本质上这是降解了小说的虚构能力。《暗宅》处理得非常精妙，将一种社会情绪置于首都建设的大背景下来写，把人物活脱脱呈现在读者面前，调动了读者的想象力。这部作品看起来很传统，其实运用了大量的现代手法。作品省略了人物的肖像描写，场景也十分简单，基本就一个场景，却让读者感到很热闹。结构上，采取了现在时和过去时时空交错的复线结构，不仅使作品有浑厚感，也增强了作品的神秘性和历史的沧桑感，读来丝丝入扣，引人入胜，象征性很浓。

其实，连书从他的《黑凤冠》开始，就已经不满足纯现实主义的写作了。他把我国的和外国的象征主义、魔幻现实主义、荒诞主义、黑色幽默等悟化过来，种在了具有几千年文化的中国的土壤里，开出了鲜艳的花朵，结出了饱满的果实。《暗宅》是他这一小说理念的再次实验。

连书的这部小说表面上是写实的，其实包含了深刻的文化底蕴，应该属于象征主义、魔幻现实主义那种，但又不失中国的传统：有好故事、好语言和鲜明的人物。小说反映的主题是多样性的，给读者提供了一个多元化思考的空间和可能，可谓仁者见仁，智者见智。我理解的作品主题之一是不是可以这样说：把市民的幻想高高地捧到天空，然后再把他们重重地抛到地面，可悲可叹可怜的是，我们并不接受教训，只要有人一捧就又跑到天上去了……

用独特视角揭示人的共同困境

刘　恒

连书做记者，到处采访，在新闻工作上取得很多成绩，也得到了很多奖励。在这种情况下，放弃创作或者创作欲望消失了，没有任何可说的。但他坚持下来，根还在，还能长出很茁壮的东西，非常了不起。我看完《暗宅》之后，觉得他在文字表达上还能这么娴熟，在构思上还能这么圆满，在视角上还能这么独特，说明他的肌肉还是相当发达的。

创作者感知生活的方式以及思维方式，永远有优劣之分。就像镜子一样，大家都是那种平面的镜子，反映出的东西，大致没有什么区别。但有的人镜子里就显得突出，那个形象发生了极大的变化。许多优秀作品就是在这点上突出，与别的作品不一样，本质是感知生活的方式不一样，有他的个性和与别人不同的奇异性。连书的小说，我之所以觉得它有意义，一个最大长处，连书感知生活的方式跟从前有区别。如果搁在从前，连书有可能把这个故事写成一般的拆迁故事，从这个角度感知这个故事，有可能把它简单化、平面化。实际上，他换了一种感知方式。这种感知方式，有可能是他经过这么多年生活经验的积累，比以前更丰富、更有力了。

作家就跟鸟一样，如果没有想象力，写出的作品就是一只没有翅膀的鸟，飞不起来。连书这部小说给我突出的印象，一个是想象力比从前发达多了，再一个是语言。他经过这么多年新闻写作的"折磨和摧残"，没有把文字弄丢，很难得。《暗宅》突出的还是口语化表达方式。我觉得口语化有两个层面：一个是作者的叙述语言有口语化特点；另外，就是作品当中人物的口语化。这种语言的运用相当不错。咱们都是吃文字饭的，对文字怀有极珍惜的感觉。在这种情况下，用什么方法去跟别人竞争，我相信是所有小说创作者面临的问题，而且是大家都在解决的问题。

这部小说用朴素的方式描述了我们所有人的困境，共同的困境，整个人类的困境。这是主题深刻的地方。说到欲望的时候，通常说到欲望的负面影响，其实它是双面的，另一面实际上就是人类的动力，是咱们的幸福之源。同时，它又使你忍受摆脱不掉的困境。而人为各种各样的欲望所折磨，是人在生存中必须经受的。连书这部作品以朴素的方式在指引什么？读者看到这部小说的时候，会会心地一笑，发现生活中到处都是这种情景。

楔　子

　　奇耻大辱啊！一个堂堂几万万人的泱泱大清民国，让区区几千个洋毛子就给整治了。噢，对了，不是大清民国，还不到民国呢，男人还留着辫子，是大清帝国，大清帝国。几千个洋毛子，还是八国联军，不远万里来到中国，凭着船坚炮利，没费吹灰之力就攻陷了大津卫。北京离天津二百多里地，快马也就一天的路程。京城皇宫里一下子慌了神，真是慌了神。宫里的大臣太监娘娘妃子可以跑，金銮殿的金银珠宝可没长着腿儿。四十年前圆明园被烧，成千上万的宝贝让英法联军洗劫一空就是教训。这回万一洋毛子攻进北京，闯进紫禁城哄抢怎么办？李莲英鬼点子就是多，伏在老佛爷耳朵边嘀咕了几句。慈禧太后一听就骂开了，你们这些狗东西，别看没了坠着身子的秤杆秤砣，花花肠子一点儿也不少。就说你吧，瞒天过海在宫外建了三处暗宅，还娶妻纳妾，收养继子，延续香火，呸，狗杂种，没有冤枉你吧！李莲英小脸刷白，扑通一声跪倒在地，老佛爷圣明，奴才该死！天下事甭想瞒过老佛爷您。慈禧太后只好依了李莲英的主意，火烧眉毛，兵临城下，屎堵屁股门，不依不行了。李莲英马上吩咐把宫里的金银珠宝装箱，连夜转移出紫禁城。这时候，有探马来报，八国联军出了天津，直奔北京而来，先头部队已经过了武清。

　　月黑天，好做贼。神武门打开了，八辆马车出了皇宫，八辆，每辆车上的东西都用油布盖得倍儿严。老榆木车轮子上绑了布，马蹄子也都绑了布，是那种厚实的小帆布。走起来，鸦雀无声。其实也不是鸦雀无声，驾辕的马匹呼呼地吐着粗气，负重的车轴发出吱吱的声响，所以不能算鸦雀无声。十六个侍卫，加上疤瘌脸的侍卫队长，一共十七个侍

1

卫。俩人押护着一辆马车，一个在左，一个在右。疤瘌脸的侍卫队长端着大刀走在前面开路，脸上的疤瘌泛着光，是看一眼就不寒而栗的光；手里的大刀也泛着光，是看一眼就浑身发冷的光。有个赶车的把式忍不住咳嗽一声，就轻轻咳嗽一声，可不等咳嗽完，侍卫队长的大刀就架在车把式的脖子上。车把式赶紧把后面的咳嗽憋回肚子里。谁还敢咳嗽？没人敢咳嗽。谁还敢出声？没人敢出声。马车出了神武门，往东，沿着景山东墙又往北，到了鼓楼，然后七拐八拐，停在一个门脸不大的四合院门口，开始卸车。宅子的用人都被关进北房，不让出来也不让看，出来就杀头，看见就挖眼。听见院子里喊喊喳喳的脚步声，有个老妈子胆子大，胆子也忒大了，大得不怕杀头挖眼，舌头尖儿贴近窗户纸，舔破一个洞，换上一只眼。只见侍卫们重箱子抬进来，抬进东厢房，空箱子搬出去，搬出院子，一趟又一趟。这时有个侍卫脱了手，咣当，钉着铆钉的铜皮箱子掉在地上，哗啦，箱子里的金银珠宝撒了一地。老妈子吓得张大嘴巴刚要喊，被门房夏侯爷的大手一把捂住。多亏捂住嘴巴，要不老妈子非得喊出声来。要是真喊出声来，老妈子准得没了命，所有用人也都得没了命。这时就听见从院子里传来扇耳刮子的声音，噼噼啪啪有好几下。这以后，胆儿大的老妈子变得比耗子的胆儿还小，后半生再也没有睡过安稳觉，一直到死也没睡过，没睡过安稳觉。

隆隆的炮声，从东南方向隐隐约约传来。天刚擦黑儿，城门就关了，为的是防长着一头黄毛的八国联军，却把一群长着一身黄毛的骆驼关在朝阳门外，还有让它们驮劈柴的主人。拉骆驼的正靠着黄毛骆驼打盹，忽听城门有响动，抬头一看，一辆马车悄没声儿地从城门洞里赶出来。车上拉着几个麻袋，确切地说是五个麻袋，五个，个个装得满满的，全都扎着口。这么晚了，为啥单单放这一辆马车出城？莫非哪个大户人家……拉骆驼的悄悄跟上去。过了神路街，来到东大桥，只觉臭味扑鼻，阴森恐怖，这一带除了大粪场就是乱坟岗子。马车停下来，坑已挖好了，车把式把五个麻袋一个个地掀进坑里，又用铁锨把坑埋个瓷实。末了，掸了一掸身上的土，捆打捆打鞋上的泥，赶着马车扬长而去。拉骆驼的乐了，哇，肯定是哪个大户人家趁着北京还没有沦陷，把家里的浮财运出城埋起来，免得让洋毛子抢走。拉骆驼的扒开土，挖出麻袋，解开绳子，拎出一个圆咕隆咚的玩意儿，跟人头似的……不，就是人头！脸上有一块明亮亮的大疤瘌！人头，光是人头，尸首分开，脖子以下不知哪儿去了。妈呀！拉骆驼的撒丫子跑了，一路屁滚尿流。不一会儿，有条野狗闻着血腥味儿就来了，又来了一条，又来了一条，一共来了十七条，不用争不用抢，每个人叼着一个人头……噢，不，是每条狗叼着一个人头，嘎巴嘎巴啃起来。

　　民国灭了大清，剪掉男人辫子，也剪开民众的言路，民间可以办报纸了。新创刊的一家小报有个记者比狗鼻子还灵，也不知打哪儿搜到的线索，把慈禧太后在宫外藏着八人马车金银珠宝的事给抖搂出来了。这一下子可不得了，满北京城男女老少的心思，让报纸上的白纸黑字煽呼得忽撩忽撩，跟蝴蝶翅膀似的。没一个人不信，不能不信，都信，信以为真。你想呀，正是慈禧太后把皇宫里的宝贝藏了起来，八国联军闯进紫禁城才扑个空。不然的话，那些洋毛子也不会那么没起色儿、那么不开眼、那么没有修养，连紫禁城里用来盛水防火的大铜缸上镀的金皮子，都用刺刀一下一下地刮个干净，给后人留下永远耻笑的话柄。这件事，折腾个把月，报道数十篇，报纸发行量倒是上去了，可金银珠宝到底藏在哪儿，始终没闹出个所以然，白白折腾了一场。不过，也不能算是白折腾。如果说找到金银珠宝不算是白折腾，没找到算是白折腾，那就是白折腾了。如果说没找到金银珠宝，验证了藏宝事实的存在，为后人继续找留下线索，不算是白折腾，那就不是白折腾。就先算不是白折腾吧。因为毕竟还得出三点结论：一是慈禧太后在宫外确实藏有八大马车金银珠宝，当事人死的死，逃的逃，十七个侍卫也被杀人灭口了，谁也不知道藏宝的具体地点；二是这八大马车金银珠宝藏在一个太监暗宅的井里，由于战乱不断，一直没有取出来，原封不动埋在井里；三是太监暗宅大概在皇宫东北边三里地左右，很可能就在鼓楼附近，但具体是哪个胡同、哪所宅院，就不得而知了。要知道，太监私自设暗宅，娶妻纳妾养继子，要是叫朝廷给知道了，那可是灭九族掉脑袋的事。据说太监建有两所暗宅，大婆一所，小妾一所，而两所暗宅居然在一条胡同里，很可能相距不远，甚至是斜对门，那八大马车金银珠宝到底是藏在大婆那儿还是小妾那儿，就只有那个疤瘌脸的侍卫队长冤鬼知道了。

3

1928年7月，军阀孙殿英以补充军饷为名，用了整整七天七夜挖开了清东陵慈禧太后墓，盗得金银珠宝无数，气得末代皇帝发誓报仇雪恨，跑到东北成立了伪满洲国，当了小日本的儿皇帝。慈禧太后生前虽有宝贝千千万，只有两样东西最喜爱：一件是驾崩之后含在嘴里的那颗夜明珠；另一件是外藩进贡的一对儿珍珠耳坠，大如算盘珠，形如一明月，里面各有一幅嫦娥奔月图隐约可见，可谓天地造化，鬼斧神工。更为奇特的是，到了晚上，月光一照，乳白的珍珠耳坠发出淡淡的蓝光。慈禧的奶名叫兰子，叫兰子的慈禧总好给人起名，给这对儿珍珠耳坠也起了个名，叫"蓝月儿"。别看叫慈禧的这个"太上皇"飞扬跋扈，杀人不眨眼，但叫兰子的这个女人，对有嫦娥奔月的"蓝月儿"寄托着多少向往和希冀，只有她自己知道了。孙殿英从慈禧嘴里抠出了夜明珠，却没有从慈禧耳朵上找到"蓝月儿"，至今也是一个不解之谜。于是传出话，那一对儿珍珠耳坠肯定与八大马车金银珠宝一起藏在太监暗宅的井里了。这天，足足有一个团的兵力，突然包围了鼓楼一带所有的大小宅院，也不翻箱倒柜，也不抓人审问，只用枪托往地上乱捣，只听声音是实是虚。后来人们闹清了，敢情这是驻扎在北平的一个军阀，效法孙殿英找那"蓝月儿"和八大马车金银珠宝呢！

　　七七事变，日本人占了北平，中国人当了亡国奴。当了亡国奴就得学人家日本话，不学就"八格牙路""死拉死拉的有"。可偏有不信邪的，不信邪的还是个姑娘，叫柳叶儿，柳叶儿姑娘上学的日语课本三天两头丢。其实不是丢，她把日语课本给了她家门房夏侯爷的儿子夏五，夏五用来擦了屁股。这天，夏五拉着洋车送柳叶儿上学，柳叶儿又给了夏五一册日语课本。夏五说不敢再用它擦屁股了。柳叶儿问为什么，夏五吭哧了半天才说，放屁声都变成八格牙路的音儿了，再擦还不死拉死拉的有？柳叶儿笑得前仰后合，把洋车差点儿掀翻了。晚上，八格牙路和死拉死拉的声音就在柳叶儿家响起来。不是放屁，是说话，是从一个日本工兵小队长嘴里发出的。日本工兵拿着探雷器，从院子这头探到院子那头，又从那个屋子探到这个屋子。突然，探雷器报警了，耗子似的叫起来。挖开墙根的花坛一看，地下埋着的是一个铁锹头，还是半拉的。气得工兵小队长挥舞着战刀，"八格牙路""死拉死拉"地乱叫。

柳叶儿姑娘也顾不上害怕了，爆发一阵大笑。这是因为她想起了夏五说的话，用日语课本擦屁股，放屁声都变成"八格牙路"的音儿了。

北平和平解放的锣鼓声刚敲过去，当了一辈子门房的夏侯爷就断气了。断了气，眼睛不闭，小灯笼似的睁着。夏五说，爸，您放心吧，您托给我的事，我一定照办。夏侯爷的眼睑毛动了一下，眼睛还是没有闭。夏五扑通跪下来，脑门子磕得砰砰的，爸您放心去吧，往后我要是有一点儿对不住良心的地方，叫天打五雷轰。话音未落，天上炸开一个大雷，铜钱大的雨点子砸在房瓦上，噼噼啪啪响。夏侯爷的眼睛吧嗒一下合上了。穿衣入殓，发送完毕。夏五前脚回家，一男一女后脚就跟进屋来，臂上戴着黑布孝，胸前佩着白纸花。见了夏五鞠躬致意，连连说节哀。特别是那女的，年纪轻轻，一身戎装，黑发齐肩，泪眼汪汪，就跟死的是她亲爹似的。闹得夏五心里直犯算，没听说有这门子亲戚呀。来人自报家门，说是政府的工作人员，问有什么困难，尽管提出来，不要客气，现在跟过去不同了，过去劳动人民是奴隶，现在劳动人民翻身当家做了主人，政府工作人员都是公仆，是为人民服务的。感动得夏五眼泪都流了出来。寒暄过后，来人切入正题，说天津有一位姓哈的妇人向政府反映，闹八国联军时，她姥姥在京城当老妈子，亲眼看见有人把皇宫里的金银珠宝运到太监暗宅藏了起来，但不知道这太监暗宅的具体地址，大概就在鼓楼附近，问夏五是否知道这回事，要是知道就应该以国家主人的身份报告给政府。夏五心里咯噔一下子，张嘴刚要说什么，却忽然打了一个嗝，把本来溜到嘴边儿的话又生生咽了回去。

到了五十岁的时候，夏五继承了街坊四邻对他爹的称呼，叫他夏五爷了。不仅是从年纪上论，也是人们沿袭下来的习惯。不过，这个时候的夏五爷不是爷，是孙子，地主资产阶级的孝子贤孙。是孙子，也不能翘着俩胳膊坐飞机，质问到底知道不知道金银珠宝藏在什么地方吧，所以还不如孙子。还不如孙子，也不能用老虎钳子夹着两腿，逼问到底知道不知道金银珠宝埋在哪里吧。到后来，别说是孙子，连个正常人也不是了。被人昼夜轮番轰炸，夏五爷只会说一句话，阿弥陀佛，不知道，打死也不知道。起初，人们还以为这老家伙顽固不化，宁死不屈，就又让他翘着俩胳膊坐飞机，就又用老虎钳子夹着他，问慈禧太后的八大马车金银珠宝到底藏在哪里，必须老实交代！可一直到昏过去之前，嘴里说的还是阿弥陀佛，不知道，打死也不知道。这才明白，敢情这老家伙不是宁死不屈，也不是顽固不化，是脑子不正常，神经了。

第 一 章

　　束于电光透过黑洞里的团团雾气，照出了两扇石门，石门表面漾着无数细小水珠，钉锔卜拌着一把老式锈锁。王一斗只一拧，锈锁就断了，他试探地推了推，厚重的石门竟然打开了，里面堆放着金山银山珠宝山，放着黄光白光紫红光。王一斗颤抖的手伸向金灿灿的金条……

　　王一斗大叫一声，醒了：啊——

　　满囤妈：又做你那发财梦了吧？

　　王一斗伸开手：那金条就像是刚刚浇铸的，把我手烫得火辣辣地疼。

　　满囤妈：同样一个梦，做了几十年，你哪次不是让金条烫醒呀？有本事，拿回一根真的金条来，哪怕让我过过眼瘾也行啊。

　　王一斗：你还别看不起我，赶明儿等我真有了金条，看我不休了你。

　　满囤妈：嘁！还想休我？倒退三十年，我非把你蹬了。

　　王一斗：甭倒退三十年，现在也不晚。嫌我穷，你傍大款去。可惜，满脸褶子，一笑跟开朵菊花似的。

　　满囤妈：死老头子！现在嫌我满脸褶子了，当初谁死乞白赖求我啊？

　　王一斗后背忽然痒痒起来：哎呀，痒痒死了，赶紧给我挠挠！

　　满囤妈：不管！痒痒死了也不管！

　　王一斗：哎哟，求你了行吧？

　　满囤妈边挠边揶揄：都怪你不开眼的爷爷，起啥名不好啊，非得给你起个"一斗"的名儿……

王一斗：往左……哎呀过了，往右……往下……不对，往上……

满囤妈：我算看透了，你这一辈子，就是"一斗"粮食的穷命。想发财？做梦吧！

王一斗：要说这梦，也真邪门了。自从住进这所宅子，几十年了，为啥总是做同一个梦？每一次还都不走样儿，有时清楚，有时模糊，有时像是在梦里，有时又像是真的……

满囤妈哈欠连天：睡觉睡觉，别财迷心窍了。

天亮了。这是一所四合院，住着四户人家：大北房王一斗家，西厢房枝子妈家，东厢房丽珍家，二道门外南倒座是夏五爷家。自来水管旁，大漏勺刷牙。枝子妈牵着小狗亲亲宝贝儿走出家。大漏勺漱口闹出很大声响，然后使劲吐了出去，溅到小狗腿上。

枝子妈：瞧着点儿！你俩眼睛是出气儿的？

大漏勺嬉皮笑脸：狗眼看人低不是。

枝子妈：再敢臭贫，看我不撕烂你的嘴！

大漏勺：您不怕咬掉一根手指头，跟亲亲宝贝儿似的长四个爪子？

枝子妈抡起狗链打过去：你就缺德吧，叫你打一辈子光棍儿，赶明儿有了孩子也没屁眼儿。

满囤妈看到此景，笑出声，见枝子妈绷起脸，立刻收住笑。

枝子下了夜班，把出租车停在院门口：妈。

枝子妈装作没听见，不予理睬。

枝子提高声调又叫了一声：妈！

枝子妈头也不回：你没有妈，石头子儿里蹦出来的！

眼泪在枝子眼眶里打转。

张童：枝子姐！

枝子回头一看，是跟她昼夜轮班开一个出租车的张童接班来了。枝子抹掉眼泪：啊，来了？

张童用手绢擦着鼻涕，说话嗓音沙哑：车没毛病吧？

枝子：没有。怎么，感冒还不见好啊？

张童：咳，一天到晚总是鼻涕不断。

枝子：有病不去看哪儿成呀？不然会越来越厉害。

张童：我打小儿就怕打针吃药。

枝了：哎，对了，我这儿有药，前两天我感冒吃剩下的。

说着，枝子打开书包将几包感冒药递给张童。

张童：我不吃。

枝子：不行，今儿你必须吃。

枝子取出胶囊放到张童手里，又打开水杯，逼张童吃下药片。

满囤端着尿盆走出院门，与张童打招呼：张童，接班来了？

张童：啊，满囤哥，早啊。

满囤：老婆辛苦了，你先回家洗脸，一会儿我就把早点买回来。

枝子没有按满囤的话茬，而是去按满囤端的尿盆。

满囤：我去倒吧，你上了一宿的班，赶紧进屋歇着吧。

枝子：大老爷们儿倒尿盆，也不怕街坊四邻寒碜你。

满囤：咳，寒碜惯了一样好看。

枝子：你不嫌寒碜，我还嫌寒碜呢。

满囤：赶明儿拆迁住上楼房，就不用天天倒尿盆了。

不由分说，枝子夺过尿盆向不远处的厕所走去。

张童：满囤哥，你看枝子姐待你多好啊。

满囤：知道吗，这就叫傻人有傻福气。你进家坐会儿吧？

张童：不了，我得赶紧拉活儿去了。

院子里，大漏勺殷勤地：叶子，上班啊？

叶子：啊。

大漏勺：下了班，我请你吃饭。

叶子：改天吧，晚上我们业余模特队有训练。

叶子向院门走去，超短裙下裸露的两条修长秀美的大腿，吸引着大漏勺的眼球。走进院子的满囤把这看在眼里。

枝子给儿子九库穿着衣服，动作很是麻利。

满囤一边叠被子一边神秘地透露：哎，告诉你个秘密，我看见大漏勺盯着叶子两条大腿，眼珠子都不带转的。

枝子：哦，你下岗在家待着没事，看人家盯你小姨子大腿是不是？

满囤：待着？我……我待着了吗？这不是天天出去找活儿嘛。

枝子：我整天车轮子扫马路，没黑夜没白天，你只要落忍就行。

满囤：我心里怎么能落忍呢？

枝子：你也知道，现在不比从前了，有钱的人买了私家车，没钱的人打不起车，汽油又老涨价，每天挣的钱，除了交车份儿，剩不下多少。赶明儿等攒够了钱，说什么也得买一辆车，干个体出租。

满囤：什么也别说了，都怪我倒霉。工厂倒闭了，自己又没能耐，一个老爷们儿让媳妇养着，羞得我呀，恨不能找个耗子洞钻进去。

枝子：少说不咸不淡的话。知道自己没能耐，想办法长呀！

满囤：我……我是浑身有劲儿没地儿使。

枝子：那就撞墙，看你脑袋把墙撞塌喽，还是墙把你脑袋撞破喽。
不等说完，枝子自己先笑了。

夏五爷坐在院门口马扎上闭目养神。王一斗在一旁修自行车。戴着高度近视眼镜的郑考古走来，停在夏五爷面前。

郑考古：请问您老今年高寿啊？

夏五爷睁开眼睛：八十有二，没几天活头儿了。

郑考古：瞧您这身子板儿，活一百岁也没问题。

夏五爷：真要活一百岁，那不成精了？

郑考古：不能这么说，人老是一宝啊！您在这里住多少年了？

夏五爷：我就在这院子里生的。

郑考古：跟您打听个事，早年间人们传说，八国联军攻打北京时……

夏五爷不禁警觉起来。王一斗放慢手中活计，专注地听着。

郑考古：慈禧太后把皇宫里的八大马车金银珠宝，坚壁在太监暗宅的一口井里，后来知道这事的人都被灭口了，这事您肯定听说过吧？

夏五爷答非所问：请问，你是做什么的？

郑考古：啊，我在考古所工作。

夏五爷：你打听这陈谷子烂芝麻干吗？

郑考古：你们这一片不是就要拆迁了吗？

夏五爷：这关你什么事？

郑考古：考古提前介入拆迁，这是上边定的新举措。

王一斗停下手中的活儿，对两人的谈话非常感兴趣。

郑考古解释：意思就是，拆迁之前，要把地上地下的文物都摸清楚，该发掘的发掘，该保护的保护。

夏五爷：发掘保护，保护发掘；世间万事，皆因缘而生。

郑考古不禁刮目相看：您的意思是说考古发掘也要讲缘分？

夏五爷没有正面回答：你是有文化的人，什么意思你应该明白。

郑考古：这么说，您听说过慈禧太后藏八大马车金银珠宝的事？

夏五爷：不知道。

郑考古：您在这一带生活了八十多年，真的一点也没听说过？

夏五爷：说不知道就不知道。

郑考古掏出工作证：您是不是不相信我呀？这是我的工作证，我叫郑高古，别人都叫我郑考古。

夏五爷：你这人真有意思，我又不是警察，看你工作证干吗呀？

夏五爷将身子转向一边。郑考古只好没趣地走了。

王一斗：夏五爷，刚才那眼镜跟您打听八大马车金银珠宝的事？

夏五爷：你都听见了，还问我？

王一斗：您说这事儿靠谱吗？

夏五爷：你说呢？

王一斗：说不靠谱儿吧，传了这么多年，只要一提起来，老辈子人都知道；说靠谱儿吧，谁也闹不清哪个院子过去是太监暗宅，更不知道那口藏宝的井到底在哪儿。

夏五爷：那你就从这耳朵听进去，从那耳朵冒出来，完事。

王一斗神秘起来：夏五爷，咱住的这个院子不会就是太监暗宅吧？

夏五爷：你问我，我问谁去？

王一斗：您父子两代，过去不都是给这宅院主人当门房吗？

夏五爷：北平刚一解放我爸就死了，我出生在民国，慈禧太后藏宝是清末的事，关公战秦琼，八竿子打不着。哎，你对这怎么这么感兴趣？

王一斗：这不是随便扯闲篇嘛。

夏五爷：人情世态，倏忽万端，不宜太认真。没影儿的事就别瞎想，心思费多了长白头发。

王一斗摸摸头：我这儿寸草不生了，巴不得长几根白头发呢！

王一斗回到住屋：有个考古所的人，跟夏五爷打听八国联军攻打北京时，慈禧太后把八大马车金银珠宝藏在太监暗宅里的事。

满囤妈：再怎么打听也白费劲，那都是人穷疯了瞎传，要是夏五爷真知道这档子事，当年给他上大刑，他早就交代了。

王一斗：你说，我做梦总是梦见金条，这跟那八大马车金银珠宝会不会有什么联系呀？

满囤妈：有啊，怎么没有？白天没钱，夜里就总做发财梦呗。

王一斗：我跟你说正经的呢！

满囤妈：正经的事你不操心，说话就拆迁了，枝子和满囤还没登记，咱家户口本上就你我和满囤三口人，只能分到一套房子。

从院子里传来京剧票友枝子妈咿咿呀呀的声音。

王一斗：跟猫叫春似的，还以为多好听呢。

满囤妈：全怪这娘儿们，死攥着户口本不撒手，不让枝子和满囤登记结婚。不登记结婚，不单立户口，就少分一套房子。

拆迁办刘主任送王一斗出门来：放心吧老王，虽说规定按现有户口本上人口多少和拆迁面积，给予房屋补偿，但你们家的情况特殊，特殊情况我们会特殊处理。街坊四邻对这也都知道，不会攀比的。

王一斗十分感激：谢谢刘主任，您简直就是救苦救难的菩萨。

刘主任：这话您就说远了。按时搬迁，如期开工竣工，争取早日回迁，还要每一个拆迁户的大力支持。

王一斗：支持，一定全力支持。

刘主任前脚走回屋，丽珍后脚就跟进来：刘主任。

刘主任：是丽珍呀，来来来，请坐。

丽珍坐在刘主任办公桌对面，从包里拿出一蓝一红两个小本，推到刘主任面前。刘主任一看，蓝的是离婚证书，红的是户口本。

刘主任不禁睁大眼睛：你们两口子……离了？什么时候离的？

丽珍：上个月，户口本都已经各是各的了。

刘主任：登记各家户口和拆迁面积时，你怎不拿出来？

丽珍：现在拿出来也不晚呀，反正还没签拆迁补偿协议。

刘主任：这我可又得多出一套房子。

丽珍：当然了，要不我还不找您来呢。

王一斗回到家，满囤，刘主任说了，只要你和枝子正式办理结婚手续，单立了户口，就多分给咱家一套房子。

满囤妈：这回可就看你的了。

满囤：那……那要是枝子她妈，不给户口本呢？

王一斗：你的嘴光是吃饭的呀，不会专拣好听的话说？平日里，九库"姥姥、姥姥"没少叫，不信她心肠那么硬。

满囤妈：就是，丈母娘疼姑爷——实打实，这是在理儿的。

满囤：你们不知道，我……我一见了枝子她妈，腿肚子就……就转筋。

满囤妈：瞧你这出息！

枝子：我才不去呢，谁想要户口本谁去。

满囤：可我要是去了，你妈不把我当狗似的打出来才怪呢。去了跟没去一样，还不如不去，可我要是不去，你又不愿意去……

枝子：行了行了，管你去还是不去，反正我不去。

满囤：为了我，也为了九库，姑奶奶您就屈屈尊行不？再怎么着她也是你亲妈呀，亲妈哪有不疼女儿的？

枝子：当初为咱俩的事，我跟妈闹翻了，妈不让我再进家门，不认我这个女儿。我去要户口本等于火上浇油，会更坏事的。

满囤：那怎么办？

枝子：你自己想办法吧。

满囤：我有什么好办法呀？

枝子躺在床上，拉过被子：我不管……哎呀，你让我抓工夫睡会儿觉行不行，晚上还得上夜班呢！

九库在院门口玩：姥姥。

枝子妈刚要答应，见满囤妈走来，立刻改了口：你没姥姥！

满囤妈冲枝子妈尴尬地笑着：亲家母，您……

枝子妈哼了一声，走进门去：谁跟你们是亲家！

枝子妈走进院，看见一个人在西厢房前隔着玻璃向屋子里张望。

枝子妈：嗨，看什么看，你是干吗的？

郑考古：啊，我……我……

枝子妈：我什么我，说的就是你！

郑考古：我……我没事儿。

枝子妈：你没事儿探头探脑跟做贼似的！

这时，丽珍和吴非听到动静从东厢房走了出来。

丽珍：前天我晾的衣服丢了，是不是你偷到甜头又来了？

吴非：看着挺像个文化人，怎么干这种偷鸡摸狗的事？

郑考古：我……我是来勘察勘察……

枝子妈：噢，敢情是来踩道啊，见没人就顺手牵羊是不是？

丽珍：大婶，少跟他废话，干脆扭送派出所去！

郑考古：哎哎，别介呀，我是好人啊！

夏五爷走出屋：算了算了，他给我看过工作证，是考古所的。

枝子妈：考古所的不到墓里寻宝，到我们这儿考什么古啊？

郑考古趁机脱身：再见，再见！

枝子妈：再让我在院儿里见到你，别怪我对你不客气。

王一斗站在自家门前看着，若有所思。

装有香蕉、橘子、苹果等水果的尼龙兜提在王一斗手里。在枝子妈家门前，满囤妈比画着让王一斗先进去。王一斗也犯怵，将满囤妈推在前面。这时，屋门开了，枝子妈虎视眈眈出现在堂屋。

满囤妈的笑比哭还难看：亲家母，我……我们公母儿俩看你来了。

枝子妈连损带挖苦：新鲜，人也分起公和母儿来了。

王一斗脸上肌肉哆嗦：平日都怪我们没常来走动。

枝子妈返回住屋。王一斗夫妇对视一眼，觉得有戏，尾随进去。

满囤向正在案板上切肉的枝子汇报：你妈让老两口儿进屋了。

枝子没言声，自管切着肉片。

水果已放在桌子上。枝子妈脸上布满阴云。

王一斗：千不对，万不对，全怪我们当老家儿的做得不对，闹得这些年，啊，对门成了对头，亲家成了冤家。

满囤妈随声附和：就是的，我们俩豁出老脸，上门赔不是来了。

王一斗拉了拉满囤妈衣角，不让她多说话。满囤妈不解其意，甩开老头子的手。这一细节没有逃过枝子妈的眼睛，她眼神里多了些许鄙夷。

王一斗：我说枝子她妈，咱胡同里的街坊四邻，谁不夸您呀，说您通情达理，说您明辨是非……

满囤妈重复着，只是慢了半拍：通情达理。

王一斗：说您眼睛不揉沙子，敢于伸张正义……

满囤妈：眼睛不揉沙子。

王一斗：说您温柔贤惠，说您勤俭持家。

满囤妈：温柔贤惠。

王一斗：还说您，还说您……

枝子妈：还有什么戴高帽的好词儿？编不出来了吧？

王一斗：我……

枝子妈突然提高声音，越说越快：我替你们说——胡搅蛮缠、浑不讲理、心黑手狠、毒如蛇蝎、极端自私、不知好歹、心比天高、命比纸薄……这才是你们心里想要说的话，对不对？

满囤告诉枝子：坏醋了，他们嚷嚷起来了。

枝子自管切着肉，一声不吭。

王一斗：您这可冤枉死我们了，亲家母。

枝子妈：谁跟你们是亲家，我压根儿就不认这门婚事！

王一斗：全是我们不对，您大人不记小人过。

满囤妈：不记小人过。

王一斗：不看僧面看佛面，看在您外孙子九库的面子上，您拿出户口本，让枝子和满囤把记登了，九库也就能上上户口，就能多分一套房子。赶明儿老了，我让九库好好孝敬您。

满囤妈：就是，拿个户口本有啥难的？

王一斗怒视满囤妈不要多说话，而满囤妈根本不往老头子这边看。

王一斗：你就高抬贵手，让孩子们过去这道坎儿得了，啊！

满囤妈：是呀，我们公母儿俩求你了。

枝子妈反问：你们来要谁的户口本？

王一斗：当然是你闺女枝子的。

枝子妈：那她为什么不自己来？

王一斗：她在家歇着呢，晚上还要上夜班。

满囤妈：就是，真要累坏了身子，你不心疼？

枝子妈终于发火了：谁来心疼我！

王一斗夫妇吓得一怔。

枝子妈：当初，啊，你们怂恿满囤和枝子非法同居，差点没把我气死，有谁知道心疼我？这会儿要拆迁了，求着我了，用着我了，需要户口本了，又跟我下软蛋来了，告诉你们，门儿也没有！

满囤妈傻了吧唧地冒出一句：反正生米已经做成熟饭，孩子爬出娘肚子再也回不去了，你还死攥着户口本有啥用呀？

枝子妈：哼，到底把实话说出来了。

王一斗埋怨满囤妈：有你这么跟亲家母说话的吗！又对枝子妈换作笑脸：你别生气，满囤他妈没心没肺。

枝子妈：没心没肺怎么知道把别人家的闺女儿当儿媳妇呀？

满囤妈忍耐不住了：杀人不过头点地。我们俩觍着老脸，低三下四来赔不是，嘿，这可倒好，热脸蹭了个冷屁股。我告诉你枝子妈，你有啥了不起的，不就会咿咿呀呀哼几句戏词吗，还不如猫叫春好听呢！

16

王一斗：我打你个二百五！

枝子妈怒指王一斗夫妇：滚！你们给我滚出去！

王一斗夫妇被赶出屋。枝子妈把水果一股脑儿地扔出来，香蕉、橘子、苹果在院子里满地滚。亲亲宝贝儿狗仗人势地冲着王一斗夫妇狂叫。

满囤抖动着双手：坏醋了，这回可真坏醋了！

枝子将菜刀在案板上使劲剁着，切好的肉片被剁成肉末。

王一斗：后悔哟，后悔死喽，后悔哟，后悔苦喽！早知道拆迁，早把户口本要过来就好喽！屎到屁股门儿了，晚喽！

满囤妈：你爸我们脸也丢了，眼也现了，就看你有什么主意了。

满囤：连你们都被枝子她妈轰出来，我更没面子了。

满囤妈：哎，我倒是有个主意，求你小姨子帮个忙。

满囤：就怕人家不答应。

王一斗：成不成你去试试呀！

听到自行车铃声，叶子回头一看，是姐夫满囤，脸上堆着巴结的笑。

叶子：我还以为是哪位款爷开着大奔过来了呢。

满囤：大奔哪儿有我这宝马便当呀，上来吧，姐夫捎你一段儿。

叶子：裙子坐出褶子来你给熨呀？等你开上大奔再请本姑娘坐吧。

满囤：一口一个大奔，赶明儿嫁给大奔得了。

叶子：反正不会像我姐似的，随便把自己打发了。

满囤：嫌你姐夫穷就直说，干吗拐弯抹角啊。

叶子：谁敢说你穷呀？你有仙女一般的妻子，有聪明可爱的儿子，有健康长寿的老子，还有……啊，这用来健身的两个轮子的宝马，世界上最阔气的大款也得羡慕死你。

满囤佯装生气：没大没小，有这样逗姐夫的吗？

叶子：哟，姐夫不就是让小姨子逗着玩儿的吗？

满囤：你这是什么理论？再贫，我可拧你屁股了。

叶子：小姨子本来就是姐夫的半个屁股，你愿意拧就拧呗。

17

满囤：跟谁学得这么没脸没皮，小时候挺乖的呀。

叶子：闲话少说，找本姑娘有何贵干？

满囤：帮我把你姐的户口本拿出来。

叶子：哎哟，这可不好办。

满囤：要是好办，还求你干吗呀。

叶子：我妈早就把户口本藏起来了。

满囤：你好好找找，总不会上天入地进耗子洞吧。

叶子：《红灯记》里鸠山说得好，共产党人藏的东西一万个人也找不到。

满囤：就算你姐、我、九库仨人求你了，事成之后，我必有重谢。

叶子：怎么个谢法儿？

满囤貌似豪爽：北京所有大饭店，随你挑。

叶子：那就凯宾斯基吧，那里的西餐还算凑合，不过得打大奔去。

满囤：行，插根稻草把我卖了，也一定满足你。

叶子：好，一言为定。本姑娘试试，但你可别抱太大希望。

传来汽车喇叭声，满囤闻声看去，房地产开发商韩老板驾着大奔缓缓驶来。

满囤：说大奔，大奔就来了。

叶子：哇！最新款，起码一百二十万。

满囤：还挺门儿清。

叶子：那是。

大奔驶近了。车窗降下，韩老板贪婪的目光上上下下扫着叶子。

叶子故意挺胸，本来就丰满的乳房更加挺拔了。

满囤催促着叶子：得了，你赶紧上班去吧。

叶子踏着嘎嘎响的高跟鞋走了。韩老板摇下车窗望着美人，那苗条的身材和修长的双腿，惹得他做了一个习惯动作——手在嘴巴子上一抹，伴有喝粥似的声响，像是抹掉流出来的口水，又像是拭去饭后的油腻。

哐当一声，只顾看美人忽略了看路，大奔撞倒一辆自行车。车轮一圈圈空转，瓷瓶碎成若干块。

大漏勺倒在地：哎哟！

满囤赶过去：伤着没有？

大漏勺不让满囤扶他，示意找司机算账。

满囤：哎，你撞人了知道不知道？下来！还不快下来！

韩老板不情愿地下了车，用余光扫了一眼渐渐走远的叶子，动作变得敏捷起来，扶起大漏勺：兄弟，没事吧？

大漏勺：胳膊腿儿还算完好，这瓷瓶可是粉身碎骨了。

韩老板又看了一眼远去的叶子：说，赔你多少钱吧？

大漏勺：我也不讹你，掏这个数吧。说着伸出三个手指头。

韩老板：三百？

大漏勺：姥姥！捡起瓶底让韩老板看：瞧见了吧，大清同治年制，说不上是国宝，起码也是官窑吧。

韩老板不想恋战：到底让我赔你多少？

大漏勺：你说的数儿后面再加个零儿。

韩老板：三千？

大漏勺：你不答应咱们就把警察和文物专家都请来，事故责任和文物价值当场进行鉴定。

韩老板：算我今天倒霉。说着掏出一叠票子，一千六，就这么多了。

大漏勺接过钱：那好吧，算我今儿学了一回雷锋。

韩老板又向那边看了一眼——叶子出了胡同口，拐弯不见了。大奔急速而去，两个车轮一阵嘶叫。

大漏勺潇洒地抽出一张百元人民币：满囤哥，拿着。

满囤：我不要，我不要。

大漏勺：给你你就拿着吧，咱哥儿俩有福同享，有难同当。

满囤：那我也不要。压低声音问：老实说，这瓶子真是大清同治官窑？

大漏勺：狗屁官窑！我花五十块钱刚从鬼市上抓的。

满囤：你干脆改叫聚宝盆得了，钱来得比印钞机还快。

大漏勺：还是叫大漏勺吧，架不住咱会抄底儿捞稠的吃。

正说着，大奔掉过车头，风驰电掣般从二人面前驶过。

满囤：这个冤大头！

韩老板开车追出胡同，拐上大街，却不见美人踪影。

枝子开着出租车拐进胡同，见满囤骑车迎面而来，按了一声喇叭，吓得满囤一激灵。

满囤：哎，你今儿怎么才下班呀？

枝子隔着车窗：送个客人到郊区，刚回来。你干吗去？

满囤：到职业介绍所，看看有没有活干。

枝子：别去了。我有个同学在人寿保险公司工作，给我打电话说，他们那儿正招聘保险代理员，要你去试试。

满囤：拉保险？我干得了这个吗？

枝子：你不去试试，怎么就知道干不了？

满囤：那好吧，我这就去试试。

枝子从包里找出一张纸条，隔着车窗递给满囤：给，照这上面写的找我那同学就行了。

满囤看了看纸条，待抬起头来，枝子已经开车走了。

张童等候在门口，见枝子开车过来，掐灭烟头。

枝子下了车：对不起，今儿交车晚了。

张童：没关系。枝子姐，真得谢谢你，吃了你的药，我感冒好多了。

枝子：你平时不吃药，吃一点儿药就管用。

张童：枝子姐，我放后备厢的那几件脏衣服，你看见了吗？

枝子：你不问我还差点儿忘了。你等着，我回家给你拿去。

枝子跑进院子里。张童从车里拿出短把拖把掸着车上的尘土。

片刻，枝子手里托着几件叠好的衣服交给张童：给你洗干净了。

张童闻了闻：啊，味道真香。

枝子：你还知道香啊，扔车里都放馊了。

张童眼圈顿时红了：谢谢。

枝子：怎么忽然跟孩子似的？

张童：我长这么大，从来没有女人给我洗过衣服，一件也没有。

枝子：以后衣服穿脏了就拿来，我给你洗。

张童：那怎么好意思呀？

枝子：有什么不好意思的？

张童：我是怕……累着你。

枝子：不就多洗几件衣服嘛，累不着！

张童：好，我走了。

枝子：注意安全。

张童：哎，知道了。

枝子一直看着张童开车走了才进了院门。

从保险公司里隐约传来众人的吼声：吼！吼！吼！吼……

满囤支好自行车，忐忑地走过去，扒着玻璃门向里看。

只见男男女女面对面排成两行，挥舞着拳头，声嘶力竭喊着：吼！吼！吼出昨天的怨气！吼！吼！吼出今天的勇气！

一个经理模样的人：停，停停停，声音还是不够大，底气还是不够足。昨天在客户那里，你们肯定受了不少非礼和委屈，不把委屈吼出来，怎么有勇气面对今天的新客户？只有吼出昨天的怨气，吼出今天的勇气，才能做一名合格的人寿保险代理员。我的话，都听明白了吗？

众人一字一顿地齐声回答：听——明——白——了！

经理：好，我带大家吼一遍，要注意我的音量、语气和节奏。他清清嗓子：吼！吼！吼出昨天的怨气！

众人跟着重复：吼！吼！吼出昨天的怨气！

经理：声音再大点——吼！吼！吼出今天的勇气！

众人跟着重复：吼！吼！吼出今天的勇气！

吼声震天，满囤吓得离开门口，骑上自行车，逃避海啸般地跑了。

众人话音追着他：吼！吼！吼出昨天的怨气！吼出今天的勇气！

围着桌子吃午饭的一家人不禁笑了。

九库挥动胳膊学着：吼！吼！吼！吼！

枝子：九库，好好吃饭！

枝子一开口，不仅九库，公公、婆婆、丈夫都立刻收敛住笑。

枝子：要我说，你再去试试，别人能干，你为什么不能干？

满囤妈随声附和：我说也是，省得一天到晚待在家里闲着没事，眼前花儿似的晃啊晃，把我脑袋都晃晕了。

王一斗：先去试试，不合适再找别的事做呗。

九库向爸爸做了个鬼脸。

满囤用筷子打在儿子的脑袋上：甭幸灾乐祸。

九库假装哭腔：妈，爸爸打我。

枝子：谁敢打我宝贝儿，妈妈打他。

满囤妈用筷子打了一下满囤的脑袋：来，奶奶替我孙子出气。

满囤佯装呜呜地哭了两声。九库咯咯地笑了。

王一斗：拆迁办刘主任上午来了，让各家各户在搬家协议上签了字，限一个月内搬家，说如果按时搬家，给每户两万元奖励。

满囤：那好呀，咱家没什么可收拾的，这两万元奖励咱拿定了。

满囤妈：可是，那户口本，枝子妈还是死攥着不给呀。

满囤看了一眼枝子，发现枝子的脸阴起来，咀嚼速度也慢了，便咳嗽几声，示意母亲不要再说。可满囤妈缺根弦，自管说下去。

满囤妈：不给户口本，你和枝子就不能登记结婚，不登记结婚，就不能单立户口，九库户口也入不上。这样，咱家就少分一套房子。

枝子放下碗筷，起身走进自己住屋。

满囤压低声音：不让您说，您偏嘟嘟起来没完。

王一斗也埋怨：哪壶不开提哪壶，傻不傻呀你？

满囤妈：我怎哪壶不开提哪壶了，说出来不就是让一家人商量嘛。

王一斗啪地把筷子摔在桌子上：闭上你的臭嘴！

满囤妈吓了一跳，躲进住屋里。顿时，传来满囤妈的哭声：我的命咋这么苦哇……上下里外都不是人儿啊……还不如嘎巴一下死喽好哇……

王一斗冲进屋：号什么号，你去死呀，谁拦着你了！

满囤妈一怔，继而又哭起来：我不活喽，我没法儿活喽……

满囤抄起饭碗摔在地上：这日子没法儿过了！

九库被吓傻了，哇地大哭起来。

枝子走出屋，眼睛里分明含着泪水，抱起儿子，出了家门。

第 二 章

满囤站在两行面对面的代理员队伍里，挥舞着拳头，与人们一同吼着，但情绪明显低落，胳膊举得也软弱无力。

众人和满囤：吼！吼！吼出昨天的怨气！吼！吼！吼出今天的勇气！

经理：停，停下来！指着满囤：你，出列。

满囤向前迈出一步。

经理：新来的吧？

满囤：是。

经理：怎么没精打采的？

满囤低下头，没言声。

经理：干咱们人寿保险这一行，首先就得学会发泄，懂吗，发泄。要不然，委屈憋在肚子里，一天天、一月月，过不了多久准得把你憋死。再说了，不吼足勇气，怎么去动员客户买你的保险？客户不买保险，谁给你提成？没有提成，你们家妻儿老小就得喝西北风去。在这里，甭磨不开面子，心里有什么委屈，你就大声吼出来。还记得小时吃奶吗？

满囤不解其意，摇摇头，又点点头。

经理：吼的时候，要把小时候吃奶的劲儿使出来。

几位员工窃窃地笑。

经理：有什么好笑的？来，入列吧，接着吼！

满囤重新回到队列里。

经理：预备——开始！

众人挥动拳头吼起来，满囤融入其中：吼！吼！吼出昨天的怨气！吼！吼！吼出今天的勇气！

渐渐地，满囤的吼声盖过了所有人，简直是声嘶力竭。员工们止住吼，而满囤依然狂吼着。经理和员工们不解地看着满囤。

满囤的吼声里明显带有哭腔：吼！吼！吼出昨天的怨气！吼！吼！吼出今天的勇气！

悲怆的音乐渐起，最终压过满囤的吼声。泪水像断了线的珠子似的从满囤眼窝里流出来。众人见状，不禁愕然。

谁也不知道，拎着菜兜子的枝子一直躲在玻璃门外，悄悄观看里面发生的一切。待她转过身来离去时，已经泪流满面……

叶子翻箱倒柜找东西，枝子妈走进来也没察觉。

枝子妈：嘿，翻箱倒柜的，找什么呢？

叶子吓一跳：我……我那西服套裙哪儿去了？我们演出要穿呢。

枝子妈：上你屋里找去，跑我这屋翻腾什么？

叶子：我屋里没有，前些天您从洗衣店取回来，我就一直没看见。

叶子告诉满囤：我翻遍犄角旮旯儿，也不知道我妈把户口本藏哪儿了。

满囤：你抽空儿再给找找，有了户口本就能多得一套房子。

叶子：本姑娘算是无能为力了，你跟我姐另想别的主意吧。

满囤：我能有什么主意啊？

满囤妈：我们都是黄土埋半截的人了，说不定哪天一蹬腿，攥着两把空指甲，啥也带不走，留下的房产还不都是你的？你爱着急不着急。

王一斗：你小子心里要明白，过这个村儿，可没这个店儿。人家拆迁办刘主任把另一套房子的协议都写好了，见到你和枝子的结婚证，就把房子分给咱。

满囤：枝子她妈把户口本藏起来了，连叶子都找不到。

满囤妈：你上门去要，她是你丈母娘，丈母娘哪有不心疼姑爷的？

满囤：我……我不是说了嘛，一见她，腿肚子就转筋。

王一斗：你到底怕她啥呀？

满囤：我怕她那双瞪人的眼睛，还怕那两片比刀子还厉害的嘴。

满囤妈：那你就伸长脖子让她宰，看她还能把你脑袋砍下来？

满囤犹豫片刻，下了狠心：好吧，豁出去了，明天一早儿我去要户口本，把我剁成肉酱也认了。

早晨，满囤扫着院子，扫到枝子妈门前时，特意把枝子妈家的台阶扫得干干净净。笤帚碰了一下屋门，虚掩的门竟然开了，立刻引来一阵狗叫。满囤吓得倒退几步。

枝子妈的声音传出来：谁呀？进来吧，我们家宝贝儿不咬人。

屋门开了，枝子妈出现在门口，本来晴朗的脸立刻阴得要下雨。

满囤满脸堆笑：妈，您起来了？

枝子妈白瞪一眼，转身回去了。

满囤放下扫地笤帚，跟进屋。

枝子妈：谁让你进来的？出去！

满囤皮笑肉不笑：妈，我知道，您宰相肚子能撑船，大人不记小人过。

枝子妈：你是谁呀？我不认识你！

满囤：您怎会不认识我呀？我妈生我时早产，破了羊水，是您把我妈送到医院，救了我一条小命。打小儿您就常给我糖块吃，大了还不断鼓励我好好念书，您待我点点滴滴的好处，至今我仍记在心里。

枝子妈：我那是瞎了眼，喂大一只白眼狼！

满囤：可不管怎么说，我毕竟也是您外孙子九库他爸爸呀。

枝子妈：什么九库啊，起个名字都土得掉渣儿！这是首都北京，不是你们河北老家！

满囤：咳，这不都是我爸非给孩子起名叫九库嘛。

满囤妈贴着玻璃窗张望：还没给轰出来，可能有戏。

王一斗埋头抽烟，一言不发。

枝子妈：你看你们家祖孙三代叫的名儿，爷爷叫一斗，儿子叫满囤，孙子叫九库，装粮食的家伙儿越来越大，发财的心气儿越来越高，可直到今天，啊，还不是靠我那死丫头，奴才似的没日没夜开出租养活你们？从今往后，孩子不许再叫九库了，改叫博学，博士的博，学问的学。

满囤顺情说好话：好，这个名字起得真有水平，赶明儿上户口时，就用博学这个名字。

枝子妈：狐狸尾巴露出来了吧？不许你提要户口本和登记结婚的事。

满囤：好，不提不提。不过，妈您放心，我一定活出个人样儿来，让您瞧瞧。

枝子妈：三岁看小，八岁看老。你都三十好几了，我还看不出你有多大出息？要拆迁了，用着我了，管我叫妈了。这几年，啊，你们谁关心过我？逢年过节谁来看过我？问过我的冷暖吗？帮我买过一次煤、换过一次煤气罐吗？

满囤沉寂片刻：妈，我们不是怕又惹您生气嘛。当初，我们确实做错了，不该跟您拧着劲儿来，儿女的婚姻大事，怎能不听家长意见呢？可事到如今，再后悔也来不及了是不是？这样吧，您呢，有俩闺女没儿子，您就把我当您的儿子，怎么打我骂我都行。

枝子妈：你是说我没生养儿子，绝户是不是？

满囤苦笑着：哎哟妈，您要是这样认为，我可是浑身长嘴也说不清了。您是看着我长大的，我哪儿有那么多花花肠子？

枝子妈：你的花花肠子还少吗？让枝子不明不白地跟你睡到一个屋里，还有了孩子，这让我的脸往哪搁？枝子妈抹起了眼泪。

满囤：您消消气儿，妈，当初要知道把您气成这样，我宁可打一辈子光棍儿也不能那样办。满囤急中生智，拿起鸡毛掸子，塞给枝子妈：妈，您打我一顿吧，好好出出气。

枝子妈呼地举起鸡毛掸子，满囤吓得抱住头，枝子妈举在半空的鸡毛掸子又放下了。

满囤：妈，只要您抬抬手，横在我们面前的这道坎儿就迈过去了，转走枝子的户口，也不影响补偿您的房屋面积。

满囤妈在屋里坐不住了：进去老半天了，怎还没见动静呀？我去看看。

王一斗厉声喝道：回来！你一去，肯定坏事。

满囤：妈，您看，我嘴皮子都快说破了，还让我怎么求您呀？

枝子妈：谁转户口，你让谁来。

满囤：我来和枝子来，还不是一样嘛。您先把户口本给我，等枝子下了夜班，我再跟她一起来向您赔不是。

枝子妈：冤有头，债有主，解铃还需系铃人。枝子不来，户口本谁也甭想从我这里拿走。

满囤：妈，我实话跟您说吧，枝子不来，是怕再惹您生气，她也是一片好心啊。您就别较真儿了，有我给您这么低三下四的还不行呀？

枝子妈：你以为你是谁呀，啊？下岗待业，猫在家里，任吗不会，吃吗吗香，一个大老爷们儿整天就知道倒倒尿盆，脸上也不嫌膜得慌！

满囤：妈，忘记告诉您了，我……我已经当上人寿保险代理员了。

枝子妈：哦，看不出来你还有这能耐。

满囤没有领会枝子妈是反话正说：妈，我们经理说了，天有不测风云，人有旦夕祸福，回头我出钱替您入一份保险，就算我孝敬您了。

枝子妈：哼！等你孝敬我？

满囤：妈，保险保险，不是保证不发生危险，而是危险发生后给予一定补偿。谁敢保证一辈子没病没灾儿？万一您有个三长两短呢，万一您一不留神叫车撞了呢，万一您缺个胳臂少条腿呢？

枝子妈瞪了满囤一眼。

满囤津津乐道介绍起保险常识：如果保险金额十万元、保险期是十年的话，每年只需要交保险费九百多块钱。保单生效一年以后，如果医生诊断您是严重疾病末期，比如您到了肝癌晚期什么的，可提前申请一半保险金，剩下的一半，等您死了以后再付给。

枝子妈阴下脸，呼吸急促起来。

满囤接着说：但有些情形，公司不承担保险责任，比如不孕症、人工受孕或不是以治疗为目的的避孕以及计划生育手术，再比如怀孕、流产和分娩，还有隐瞒自己有艾滋病史的。

枝子妈脸上阴云密布，咬紧下嘴唇，手摸到鸡毛掸子。

满囤：如果您在保单生效的第三年意外死亡，最多可拿到保险金八十万元。这八十万，不是您本人拿，因为您已经死了，是给您的受益人，也就是说给枝子和叶子，或者给您遗嘱指定的人。但是，如果您是自杀身亡，就别想拿到一分钱保险金。

枝子妈抄起鸡毛掸子，打在满囤肩上，嘎巴一声，掸子把儿断了。

满囤哎哟一声，跳起来，抄起枕头护住脑袋。

枝子妈关上屋门，插上插销，关起门来打狗，堵住笼子抓鸡，鸡毛掸子一下又一下落在枕头上。枝子妈：你咒我死有你什么好？啊，找先打死你这个臭东西！

满囤：妈，你听我解释，我是一片好心啊！

枝了妈：好心？你那好心全让狗给吃了！

掸子把儿断茬扎破了枕面，羽绒跑出来，满屋飞舞。

满囤急得跳上床，却把双腿暴露给枝子妈抽打，疼得他乱蹦。

枝子妈：我打断你的狗腿！

满囤又跳上桌子。枝子妈依然暴打。满囤推开窗户，逃了出去。

枝子妈：狗急跳墙，你狗东西急了跳窗户，跑到哪儿我也打你！

满囤从窗台上跳下来，摔到地上，不等爬起来，枝子妈奔出屋，抄起扫地笤帚，骑在满囤身上，又是一顿痛打。

枝子妈：兔崽子，你不安好心，成心咒我！我打断你的脊梁骨！

满囤：妈，我不是那个意思！我是想真心对你好啊！

枝子妈：枝子算瞎了眼，嫁给你这个狗东西！

枝子妈养的小狗亲亲宝贝也凑过来，冲着满囤一阵狂叫。

满囤妈向屋门口冲去：满囤长这么大，我当妈的都没碰过他一个手指头，她这个疯婆子这么狠地打我儿子，我出去跟她拼了！

王一斗一把拉住满囤妈：你敢！回来！

满囤妈：你就忍心别人这么打他？满囤可是你亲儿子！

王一斗：多挨几次打，就知道出息了。

丽珍跑出屋：伯母别打了，别打了！您消消气，别气坏了身子！

29

枝子妈：不狠狠儿地打他，我消不了恶气！

丽珍：再打就要出人命了！

枝子妈：打死他我偿命！比他咒死我强！

满囤趁机掀掉背上的枝子妈，爬起来，躲在丽珍身后，揪着丽珍衣服，左闪右躲，如同抓到救命稻草。

渐渐地，枝子妈追打满囤场面的性质发生变化，变成了新版老鹰捉小鸡游戏。只是苦了丽珍，枝子妈挥动的笤帚一下下地打在丽珍身上。

叶子出屋来，见此情景，大笑不止。但笑着笑着，流出了眼泪。

枝子妈忽然发现丽珍和满囤的脸一下子僵住了，回头一看，枝子站在那里，不动声色地注视着这一切。

枝子妈顿时像泄了气的皮球，扔掉笤帚，不声不响回了屋。

满囤傻了一般，扯着丽珍衣服的手忘了撒开。

丽珍扭动着身子：松手，快松手！

满囤这才如梦初醒，赶紧把手从丽珍身上放下来。

一家人在堂屋吃早饭。

枝子：活该你挨打！办事不识深浅，说话不知好歹，别说是我妈了，搁我，哼，也得追着打你。

满囤：我这还不是替你受过嘛，你妈她可真下得去手。

枝子：我妈还不是你妈？

满囤妈：就是。

王一斗：你瞎掺和什么？

满囤：这可倒好，你妈……啊，我妈把憋了这些年的气全都撒在我身上了。

满囤妈：那还不是应该的？

满囤：应该，应该。我是和尚的木鱼，天生挨揍的玩意儿！

满囤妈：揍你还冤枉啊？二两王八不招吊，有那么咒你丈母娘的吗？

王一斗：乌鸦站在猪身上，你们娘儿俩谁也甭说谁黑。

枝子：有时间到图书馆找几本书看看，好好练练怎么说话，不然还免不了挨打。再说了，以后推销保险，没嘴皮子功夫也干不好。

郑考古在图书馆里查阅旧报纸，找到有关内容，非常兴奋，不时摘抄。

发黄的报纸上一行行大字标题很是抢眼。

标题：《慈禧太后宫外藏有八大马车金银珠宝》

标题：《太监暗宅院址探访记》

标题：《金银珠宝之谜谜于杀人灭口》

晚上，满囤翻开一本杂志：嘿，这段不错！九库，你给爸当听众，爸念给你听听。九库只顾入迷地玩游戏机，根本没听见爸爸说什么。

满囤清了清嗓子，抑扬顿挫地念起来：花喜鹊，喳喳叫，枝枝杈杈蹦蹦跳。人生什么是逍遥？七说八说难分晓。当你后背痒痒了，伸手就能挠得到。白柳絮，纷纷飘，飘来飘去停住脚。人生什么是烦恼？当你后背痒痒了，怎么够也够不着。芝麻花，节节高，上上下下朵朵俏。人生什么最逍遥？七说八说难分晓。当你后背痒痒了，身边有人给你挠。鹌鹑鸟，咕咕叫，飞来飞去飞不高，人生什么最烦恼？七说八说难分晓。当你白发苍苍了，不知痒痒啥味道。

郑考古走进四合院，在夏五爷门前喊着：夏五爷在家吗？

夏五爷拉开屋门，见是戴着深度近视眼镜的郑考古。

夏五爷：你……

郑考古：啊，我还得向您请教一些事情……

夏五爷拿着些破烂走出屋，郑考古赶紧伸手接过套起近乎：您在收拾搬家的东西呀？

夏五爷理也不理，继续收拾东西。

郑考古：据我调查，您父亲夏侯爷，在这所宅院当了大半辈子的门房。

夏五爷：怎么，这也有罪吗？

郑考古：您别误解，我不是这个意思。

夏五爷：那你啥意思？

郑考古：我有一个问题要向您请教。

夏五爷：我一个平民百姓，你那么高的学问，值得向我请教？

郑考古突然发问：这所宅院主人的身份，您不会不知道吧？

夏五爷一怔，脸上的肉抽搐了一下，只是没有让郑考古察觉。

郑考古继续追问：这所院子的主人，过去从事什么职业？是开买卖呀，还是大财主？是办工厂呀，还是在皇宫里当差？

王一斗走出家门，看到郑考古缠着夏五爷，便悄悄地来到二道门旁的水池边，装作洗手，实为偷听郑考古和夏五爷的谈话。

郑考古：说得更明了一些，是全乎人儿呀，还是被阉割之人？

夏五爷：问完了吗？

郑考古：啊，完了。

夏五爷：不知道。

郑考古：您再好好回忆回忆，毕竟过去许多年了。

夏五爷：你问这，到底什么意思？

郑考古：还是为慈禧太后藏在宫外八大马车金银珠宝的事。

郑考古打开皮包，拿出复印件，逐页翻给夏五爷看。

《慈禧太后宫外藏有八大马车金银珠宝》《太监暗宅院址探访记》《金银珠宝之谜谜于杀人灭口》……一个个大标题映进夏五爷眼帘。

郑考古：我查阅了民国初年的旧报纸，之所以一直没有找到藏金银珠宝的地点，原因是所有知情者都被灭口了。

内院偷听的王一斗耳朵竖起来了。

夏五爷：不知道，我早告诉过你了，我什么也不知道！

郑考古：夏五爷，您别急啊。

夏五爷：我能不急吗？就好像我知道天大的秘密，成心瞒着你不说。

郑考古：不，您别误会，我不是这个意思，我只是向您了解情况。我查过文物档案，里面记载，北平解放不久，军管会文物工作队的同志向您父亲夏侯爷调查过八大马车金银珠宝的事。

夏五爷：我父亲怎么说？

郑考古：说什么也不知道。

夏五爷：我父亲都不知道，我就更什么也不知道了。

郑考古：恕我不敬，当年您家被搜个底朝天，您被打得皮开肉绽，这到底是为什么？

夏五爷一拍桌子，怒目圆睁：你少给我提这一段儿！你为什么总没完没了缠着我不放啊？

夏五爷下起无言逐客令，用笤帚扫院子，把尘土扫得四处飞扬。

王一斗若有所思，也顾不上洗手了，任凭自来水哗哗流着……

王一斗大叫一声醒了：啊——

满囤妈：金条又烫你手了吧？

王一斗：你少贬损我，给我倒杯水去。我老做发财梦，还不是让穷日子给逼的？枝子妈不同意枝子和满囤结婚，还不就是嫌咱家穷？满囤要是大款，她得爬着把户口本送上门，爬着来。

满囤妈：所以呀，下回再做梦，你就别怕烫，抓一把金条回来，满囤当了大款，你不就成大款他爹了？

王一斗：哎，你说咱家住的这个院子，早年间会不会是太监暗宅？

满囤妈：有话说，有屁放，二踢脚摇铃铛，是带响儿的我都听着。

王一斗：年轻时，我从老家来北京做事，租下这院里的北房。没有床，就找了一块铺板和几根木桩子，把桩子削尖了，钉进地里做铺凳使。有一根桩子，钉到半截儿，钉不下去了。我心想遇到砖头，就没有往下钉。

满囤妈：深更半夜的，你跟我提这个干啥？

王一斗：前两天我就跟你说过，慈禧太后在宫外太监暗宅的井里，藏着八大马车金银珠宝……

满囤妈：那是人穷疯了瞎传。要是真的能留到今儿个，让你惦记？

王一斗：我寻思，木桩子钉在井盖儿上，所以才钉不下去了。

满囤妈哈欠连天。

王一斗：你想过没有？咱们这个院子，过去就是太监暗宅；咱住的这间房子里，就有一口井，金银珠宝就埋在咱家屋地下！

满囤妈哈欠连天：这样吧，我睡我的觉，你自管挖地三尺，反正要不了多少日子，咱一搬家，这房子就拆了。当心老胳臂老腿儿的别扭着，要真挖到金银珠宝，叫我一声，我帮你拿，省得金条把你的手烫破了皮。

王一斗：你甭逮机会就损我！

满囤妈转过身子：喊！

王一斗起床来到了那个曾经钉不进木桩的地方，拿起一把锤子在地面上捣起来，认真地判断着每捣一下所发出的地面回声。

夏五爷从睡梦中惊醒，猛然从床上坐起来。

床下蹲着一只猫，眼睛发着幽蓝的光，轻轻叫了一声：喵——

王一斗撬起铺在地面的砖，往下挖了不到半尺，铁锨遇到坚硬的东西。他不断扩大着挖掘面积，露出很大的一块砖。后来王一斗才知道，这是专门用于铺皇宫地面的金砖。

王一斗自言自语：这辈子也没见过这么大的砖啊。

王一斗用榔头将砖砸出几道裂纹，然后将撬棍插到金砖底下，用力一撬，金砖碎了。王一斗搬开碎砖，下面露出一个黑洞洞的井口，直径大约有两尺。他用手电筒一照，成团的寒气打着滚儿从井里冒出来。

王一斗激动万分，呼吸急促，找出清凉油，抹在太阳穴上。

王一斗捅着满囤妈：哎，醒醒，醒醒，我挖出井来了。

满囤妈迷迷瞪瞪：井？啥井？有水没？赶明儿咱吃水不用交水费了。

王一斗一把将老婆扯下床，拉到井口：睁开你俩瞎窟窿，好好瞧瞧！

满囤妈惊讶得张大了嘴巴：真是一口井，还挺瘆人。

王一斗：不光是井，井里还有八大马车金银珠宝呢！这回，啊，看你还说我是一斗粮食的命不！

满囤妈：等从地里扒出来，你再说是白薯还是萝卜也不晚。

王一斗：要是井里没有金银珠宝，考古所那个戴眼镜的能天天在这片儿转悠吗，还一趟又一趟地来找夏五爷打听？

满囤妈：我看还是不靠谱。

王一斗：少废话，把支蚊帐的竹竿给我拿过来。

满囤妈拿来竹竿。王一斗把竹竿插进井里试探深浅，竹竿进去两米多就到底了，发出咚咚的声响。

满囤妈：井怎么这么浅啊？

王一斗杵着竹竿：屁事不懂！井中间隔着厚木板呢，你听，是空响儿，木板底下肯定还有井。

满囤妈：中间隔着厚木板，人怎么下去啊？

王一斗点上一支烟吸着，深深叹了一口气。

满囤妈：你叹哪家子气啊？

王一斗：后悔哟，后悔死喽！当年我往地下钉木桩子时，钉到半截钉不下去了，要是挖开看看，早就发现这口井了，早就得到宝贝了，也不至于受几十年穷！枝子妈看不起咱们家，看不起满囤，到如今连亲家都不认，还死攥着户口本不撒手，这不都是因为嫌咱们家穷！咳，早发现这口井就好喽！后悔哟，后悔死喽！

满囤妈：哼，你后悔也白搭，你命里注定一斗粮食。

王一斗：我还就不认这穷命！

满囤妈：不认命可以，只要别挣命就行！

忽然，传来一声长长的怪怪的猫叫：喵——

满囤妈吓得"妈哟"一声，瘫坐在地上。

王一斗低声骂道：纸糊的驴——大嗓门儿！你想把全院人都招来啊！

满囤妈站起身，捂住胸口：哎哟哟，这死猫吓得我心里直哆嗦。

王一斗：耗子胆儿，能干什么大事啊？

满囤妈不服：哼，暖瓶胆大，一摔就碎。我去叫满囤吧。

王一斗：叫他干啥？

满囤妈：打仗亲兄弟，上阵父子兵，叫他跟你一块儿挖宝啊。

王一斗：满囤嘴上少个把门儿的，狗肚子盛不了四两酥油。他要是知道了，出不了两天，枝子也就知道了。你又不是不清楚你那儿媳妇，

35

眼里揉不进沙子，心里容不得是非。她要是知道了，肯定坏了咱的好事。

满囤妈：不叫满囤，那你一个人能行吗？

王一斗看着井，琢磨片刻：也是，要想下到井底，得先把中间这层木板凿透，这井口不大，人顺着下去，转不开身，只能脑袋朝下，这样上上下下就得用绳子拉扯。他冲满囤妈问：就你这病秧子，拉得动我吗？

满囤妈：所以我叫满囤来，跟你一块儿干啊。

满囤妈走进满囤夫妇住屋，捅着熟睡的儿子：满囤，满囤快起来！

满囤咕哝儿声，翻了一个身，又睡了。

满囤妈捏住了满囤的鼻子。

满囤被憋醒了，摸着鼻子：谁，谁呀？……妈，深更半夜的，您捏我鼻子干吗呀？

满囤妈：说话小点儿声，跟我来。

说完，满囤妈一把扯起儿子出了屋。

满囤嘟哝：什么事呀，神神秘秘的？

满囤妈扯着儿子走进住屋：快过来，看你爸挖出什么来了。

父母神经兮兮的样子，搞得满囤有些紧张：让我看什么呀？

王一斗打开手电，照向井口，井口依然冒着团团雾气。

满囤好生奇怪：这儿怎么有一个大坑？

王一斗：傻小子，你再看看，是坑吗？那是井！

满囤看了看：啊？井？咱家怎么忽然冒出一口井？

满囤妈：你爸一个梦做了几十年，今儿总算把梦解了。

满囤：你们说什么呢，我怎么越听越糊涂。

王一斗：八国联军攻打北京时，慈禧太后把宫里八大马车金银珠宝，藏在太监暗宅一口井里，这事你听说过吧？

满囤惶惶地点点头：小时候倒是听说过。

王一斗突然地：这就是藏宝的那口井！

满囤显然被父亲的话吓一跳：这……这怎么可能？

王一斗：怎么不可能？这就叫命，祖宗积德，命里注定，让我住到这个院子里，在金山银山珠宝上睡了几十年，就等着拆迁，挖井取宝呢！

满囤满腹疑惑：爸，您不是逗我玩儿吧？

王一斗：这井也是逗你玩儿吗？

满囤：也许是过去吃水的井。

王一斗将竹竿伸进井里，杵了几杵：听见了吧，空响，中间挡着厚木板，底下肯定还有井。

满囤：那也不能说明井里有宝啊。

这时，从院子里传来咣当一声，一家三口顿时不说话了。

院子里，月光下，一只猫踩翻了铁簸箕，急速跑过。接着，又一只猫紧追而去。原来，这是两只猫在闹骚呢。

王一斗：你们别出声，我出去看看。

王一斗悄悄走出屋。

满囤：妈，您信这井里藏着宝吗？

满囤妈：咱俩信不信管啥用啊，你爸他财迷心窍中邪了。

满囤：那咱就只当陪我爸玩一回过家家儿，省得他气儿总不顺，老跟您拌嘴掐架。反正咱快搬家了，也不怕把家里折腾个底朝天。

满囤妈：你还不知道你爸？死心眼子一根筋，耍起性子比驴倔。

王一斗推门进来：放心，院儿里人都睡着了。来，把绳子拴我腰上，我先下去探探虚实。满囤，听我喊话，我叫你拉，你就往上拉。

满囤答应：嗯，好。

绳子一头拴在王一斗腰间，一头攥在满囤手里。王一斗脑袋朝下脚朝上，徐徐潜入井里。

满囤妈叮嘱：慢点儿，慢点儿。

王一斗身子全部消失在黑洞里。

满囤：爸，到底儿了吗？

井里没有回答。

满囤妈问：怎么样，摸到金条没？

突然，从井里传来王一斗的大叫：啊！啊！

满囤妈：妈呀，叫啥啊？

满囤：爸，怎么了？

王一斗的声音从井里传上来：快拉我上去！快！

满囤和满囤妈手忙脚乱地拉动绳子，王一斗两条乱蹬的双脚露出了井口。慌乱中，绳子松了，王一斗已露出井口的双脚又进入井里。顿时，从井里传出杀猪般的号叫。

王一斗：啊——妈呀——

王一斗终于被拉出井，站起身来，面如白纸，身子筛糠。

满囤妈：到底怎么了，叫唤得这么吓人？

王一斗：我……我摸到一团凉凉的、肉乎乎的东西。

满囤：凉凉的，肉乎乎的？您是说，井里有蛇？

满囤妈拿起手电照向井里，木板依稀可见，却不见有任何活物。

满囤妈：哪儿有什么蛇呀？别是你看走眼了吧？

王一斗：没错，绝对没错！凉凉的，肉乎乎的，盘成一团，我看见它还动了一下呢！

满囤妈发现，王一斗脚下的地面已经湿了一片。王一斗脱下尿湿的裤子，换上干净裤子。

满囤妈拎着换下来的裤子：真骚！还说我胆儿小呢，你倒是胆儿大，一条蛇就把你吓得屁滚尿流。

王一斗：废话！搁你你不怕？我从小就怕那东西。你看我怎么整治它！

王一斗点燃打火机，烧烤用钳子夹着的一盒清凉油。待清凉油渐渐化成水，一股脑儿地倒进井里。满囤妈用铝制的大锅盖盖住井口，王一斗又在锅盖上压了几块砖头，这砖头是撬碎的金砖。

满囤返回来：哪儿来这么大清凉油味儿？

满囤妈：你爸化了一盒清凉油倒井里，蛇啊蝎啊的，就怕清凉油了。

王一斗：甭管是啥活物，足足闷上一天，准得把它熏死喽。

满囤妈打了一个嚏喷：人也要给熏死了。

王一斗：满囤，我把话先说前头，井这事，你可不能让枝子知道。

满囤：为什么？

满囤妈：你爸是怕啊，枝子眼里揉不进沙子，心里容不得是非。

王一斗：枝子要知道了这事，非得报告给政府，井里藏的金银珠宝，咱可就一件也得不着了，我白白在金山银山珠宝山上做了几十年梦。

满囤：枝子宁可穷死，也不占别人一分钱便宜。如果枝子知道我跟您一块儿挖宝，她非得把我活劈了，还得架火上烧成灰。

王一斗：这回，你就自己给自己做一次主。

满囤：不让枝子知道，一天两天行，时间一长，就怕瞒不住。

王一斗：那就看你的本事了。来，把床移过来挡上。

二人将双人床移到屋子另一角，挡住了井口。

床上睡觉的满囤胡乱地蹬踏着双脚，脸上充满了恐惧。满囤大叫一声从噩梦中醒来：啊——蛇！

满囤坐起来，静了静神，点上一支烟。

早晨，自来水管旁，满囤在刷牙。

丽珍端着脸盆走来：夜里你喊叫什么呢？嗓子都岔音儿了。

满囤掩饰着：啊……做噩梦了，梦见有人掐我脖子。

丽珍：是不是心脏有问题呀？抽空儿到医院检查检查，别不当回事，有毛病早治早好。

满囤：啊，没那么严重。

丽珍：枝子上夜班还没回来？

满囤：啊，应该快了吧。

丽珍：要说枝子也够辛苦的。

满囤：咳，谁让我没能耐呢。

丽珍忽然一阵干呕。

满囤似乎猜到什么，又不便直说：丽珍，你……你身体不舒服？

丽珍掩饰地：啊，没事。

第 三 章

　　张童穿了一件崭新的西服上衣，裤子却还是旧的，看上去不伦不类。出租车开来，枝子下车走到张童面前，看见他这身打扮不禁笑了。

　　枝子：哟，今儿打扮得怎么跟新姑爷似的？

　　张童有些不好意思：我二姨给我介绍一个女朋友，一会儿去见面。

　　枝子：好事啊！不过，裤子太旧了。

　　张童：裤子买回家我才发现，文明扣儿丢了，家里没扣子，再说我也不会缝。

　　枝子：这好说，裤子呢？

　　张童从车里拿出新裤子交给枝子。

　　枝子：你在这儿等着，我回家钉扣子，三两分钟就得。

　　张童：那就谢谢枝子姐了。

　　枝子：把客气和礼貌留着给要见面的女朋友吧。

　　枝子将一件件脏衣服收在怀里，发现满囤裤子上有泥土。

　　枝子：哎，你这裤子怎么脏成这样？闲得难受在地上打滚啊？

　　满囤：啊，我……我不小心摔了个跟头。

　　枝子：你今儿怎么有点儿丢了魂儿似的？

　　满囤：啊，是吗？可能是夜里没睡好觉。

　　枝子：夜里不好好睡觉干吗去了？做什么对不起我们母子俩的事了？

　　满囤：你……你想哪儿去了？

　　枝子：做贼心虚了吧？你照照镜子，脸都吓白了。

　　满囤摸着脸：是吗？

40

枝子：对了，有个正经事告诉你，九库上重点小学的事，校长答应了，要咱交三万块钱赞助费。

满囤：咱哪儿找那么多钱去？

枝子：不是有按时搬家的两万块钱奖励吗，剩下的一万你去想辙呗，九库白管你叫爸爸了。

满囤：一万块钱不是小数，我可一点儿辙也没有。

枝子：你多推销几个保险，就可多得一些提成。

满囤：咱儿子不上重点小学了行不？

枝子：不行，坚决不行！你我就是因为小学、中学上的都不是重点，才没有考上大学，不能再耽误儿子。九库跑进屋，枝子抚摸着儿子：赶明儿好好给妈争口气，咱要上大学，要读研究生，要读博士，还要去外国读博士后。等回了国，当专家，当教授，搞发明，干大事。

九库突然开了口：妈，我想拉屎。

满囤：嘿！这才是我儿子！

王一斗走在胡同里，拎着一个塑料袋，里面的凿子、斧子清晰可见。

郑考古迎面走来，腋下夹着一个皮包：您好啊？

王一斗潦草地：啊，好。

郑考古：我耽误您一会儿，跟您打听个事。

王一斗悄悄地将拎塑料袋的手移到背后。

郑考古：您是什么时候住进你们那个院子的？

王一斗：我从河北定兴老家来北京做事，就住进来了。

郑考古：哪一年？

王一斗想了想："大跃进"的头一年吧。

郑考古突然发问：你们那所宅院的旧主人是干什么的？

王一斗：不知道，反正穷人盖不起。我租房时，房子早就充公了。

郑考古：您听说过慈禧太后在宫外藏着八大马车金银珠宝的事吧？

王一斗：咳，老人儿都那么瞎传，这哪有准谱儿啊。

郑考古：也不能说全是捕风捉影。您想啊，公元 1900 年 8 月 16

日，八国联军攻进紫禁城，要是抢到大量的金银珠宝，就不会穷凶极恶地用刺刀刮走大铜缸上镀的金皮子了。

王一斗：咳，洋毛子嘛，就是那么没起色儿！

郑考古：我查阅了民国初年的旧报纸，之所以一直没有找到藏金银珠宝的地点，原因是所有知情者都被灭口了。

王一斗试探地：对这事，你有准点儿的线索吗？

郑考古：老实说，目前还不确切。不过，旧报纸上推测说，大概就在你们住家这一带。

王一斗放心了：要我说你也别太认真，找得着就找，找不着呢，你们单位头儿还逼你上吊？

郑考古：我们干考古的跟运动员一样，谁不想出成绩呀？如果慈禧太后在宫外真的藏着八大马车金银珠宝，如果有幸让我找到线索并主持发掘，啊，那将是多么辉煌、多么荣耀的事啊！当然，这首先是国家的辉煌、国家的荣耀，至于我个人嘛，是为考古事业尽一点儿微薄之力。

王一斗身后的塑料袋发出哗啦哗啦的声响：你忙着，我得回家了。

郑考古：哎，您拿的这是凿子和斧子吧？

王一斗一怔：刚买的，这不是要搬家嘛，修修快散架的桌子椅子。

郑考古：哎，今儿天不热呀，您怎出这么多汗？

王一斗抹了一把脸上的汗：啊，人老了，十二个时辰占了仨。

郑考古：怎么讲？

王一斗：申——子——戌（身子虚）！

郑考古笑了：您真幽默。

蜡烛的火苗飘忽不定。窗户被绒毯遮挡得严严实实。满囤把绳子系在腰间。王一斗和满囤妈扯着绳子将满囤徐徐送进井里。

王一斗：到底儿了吧？

满囤：到了。

王一斗：那就凿吧，尽量轻点儿声。

从井下只传来几下凿击声，就听见满囤的叫喊：快拉我上去！

王一斗和满囤妈急忙扯动绳子，把满囤拉上来。

满囤妈：怎么了？

王一斗：是呀，刚没凿几下。

满囤泪流满面，连打喷嚏：井底下清凉油味儿太浓，熏得睁不开眼睛。

满囤妈：赶紧把湿毛巾蒙眼睛上。

王一斗：没你的事，外面望风去。

满囤妈不情愿地走出屋。

满囤：爸，井里真的藏着金银珠宝吗？我总觉得跟变戏法儿似的。

王一斗：我非要给你变出个大金娃娃，让你好好长长见识开开眼。

满囤：可我还是觉得……

王一斗：听我的没错，我啥时给你指过瞎道儿呀？

满囤：可……可井下熏得实在睁不开眼睛。

王一斗：我问你，想发财不？

满囤：想。

王一斗：想当大款不？

满囤：想。

王一斗：想开汽车、住别墅不？

满囤：想。

王一斗：想让九库跟咱俩一样吃苦受穷吗？

满囤：想……啊，不想，坚决不想！

王一斗：那就别怕熏眼，别怕受累。等凿穿木板，挖出宝贝，够咱享几辈子福的。来，干吧！

王一斗扯紧绳子，满囤头朝下、脚朝上，再次潜入井里。

有一盏路灯忽明忽暗，像是鬼火在闪烁。叶子下夜班回家，发现身后有一男人跟随，便加快脚步，身后的男人也加快脚步。叶子拐弯，男人也跟着拐弯。走到家门口，叶子回头看去，那个男人依然紧紧尾随。叶子走进院子，男人跟进去，不想中了埋伏，突然推开的院门撞在头上。

叶子举着顶门棍打过来：打你个臭流氓！

男人抱着脑袋躲闪：别打别打，是我。

叶子认出是租住在丽珍家的吴非：怎么是你？

吴非：胡同太黑，我有一些害怕，看见前面有一个人，就想快走几步，做个伴儿。

叶子哭笑不得：你想做个伴儿，把我差点吓死。

吴非：对不起，对不起。

满囤妈从堂屋走进来：快，快停下，有人回来了。

井里凿击的声响立刻停止了。

来到吴非的住屋，叶子将创可贴贴在吴非被院门撞破的脑门上，不禁笑了：像是马戏团的小丑儿。

吴非拿过镜子照了照：确实有一些滑稽。

叶子：你胆子这么小，怎么能当记者？

吴非：谁规定胆子大就能当记者，胆子小就不能当记者？真要派我到前线采访，我一点儿也不胆怯。

叶子：看不出来。哎，我问你，咱这院儿一拆迁，你以后住哪儿啊？

吴非：再找房子租呗。不过不想住平房了，洗澡上卫生间太不方便。

叶子：赶明儿我家搬进楼房，我租给你一间吧。

吴非很是惊喜：可以啊，太好了！

吴非和叶子聊得火热。叶子习惯性地往下扯着超短裙，试图掩盖修长的大腿。然而欲盖弥彰，吴非眼球不断被这一动作所吸引。

从井下传来满囤的声音：爸，可以凿了吗？

满囤妈掀开挡着窗户的绒毯，透过玻璃窗看见吴非和叶子还在交谈。

满囤妈：不行，东屋的灯还亮着呢。

王一斗急得直转腰子，对满囤妈说：去给我找一只破鞋底子来。

满囤妈找来一只破鞋底。

王一斗将破鞋底扔进井里：满囤，把鞋底垫在凿子上。

果然，再凿击起来，声音小多了。

古玩城汲古坊的招牌在众多文物店中很不显眼，店主人大漏勺拿着一张发黄照片向一位老者介绍。

大漏勺：您瞧瞧这东西。

老者看了看照片，意味深长地笑笑，走开了。

大漏勺：哎，老先生，您别走啊！这宝贝，可北京也甭想找出第二件。

韩老板走来：什么好宝贝呀，我看看……咦，是你？

大漏勺也认出了韩老板：哟，这不是……老板您贵姓来着？

韩老板：免贵，姓韩。

大漏勺：真是不打不相识。韩老板，您……也喜欢古董？

韩老板端详着照片：喜欢是喜欢，不太懂。

大漏勺：这好办，以后我帮您掌眼。

韩老板指着照片：这是什么？

大漏勺神秘地关上门：来，您坐这儿，听我给您细说。这宝贝全称叫金缕玉盖——威武大将军神像。

韩老板眼睛一亮。

大漏勺：跟您这么说吧，传世的只有这一件，就连故宫博物院也没有。

韩老板半信半疑：哦，真的吗？

大漏勺：我要是蒙您，把我眼珠子抠出来当泡儿踩。

韩老板：什么年份的？

大漏勺更加神秘：您听说过河北满城汉墓出土的金缕玉衣吗？

韩老板点点头。

大漏勺：这金缕玉盖是东周时期的，年份比满城金缕玉衣早五百年。

韩老板将照片凑在眼前仔细看。

大漏勺继续炫耀：看见了吧，这金缕玉盖由九块玉组成，每块玉都是独立造型，龙和凤拼成神像的头，这浓重的眉毛、方形的眼睛、肥大的鼻孔，具有三星堆的特征……知道三星堆吧？

韩老板似懂非懂地点点头。

大漏勺：再看这左右肩膀，这叫双头璜；两条胳臂是人面兽身像；战袍下摆是一只老虎，脚下踩着一条蟒蛇；两条腿一边是牛，一边是羊。

韩老板指着玉面上刻的"韩"字：这跟我一个姓。

大漏勺：哎，这就叫缘分！看清了吧？齐、楚、燕、韩、魏、吴。

韩老板又指着护心镜上刻的字：这个字是"龟"吗？

大漏勺：这个字是小篆的"周"。东周列国时，以周为轴心国，齐楚燕韩魏吴六国，都是周的诸侯国。怎么样，您今儿开眼了吧？

韩老板：我想见见实物。

大漏勺：实不相瞒，实物让我爷爷藏起来了。不过，我们家那一片儿马上就拆迁了，只要家一搬，这宝贝终究要见天日的。

夏五爷在屋里小心翼翼地擦拭着金缕玉盖。忽然，堂屋传来哗啦一声，夏五爷吓一跳，扯过床单盖住金缕玉盖，过去打开门，家里养的一只大黑猫冲主人喵地叫了一声。夏五爷将金缕玉盖放进床的夹层里，见没有一丝破绽，这才放心地长舒了一口气。

韩老板：说痛快的，开啥价码吧？

大漏勺：说真的，我还真不想出手，留着当个传家宝呢。

韩老板伸出一个巴掌：五十万怎么样？

大漏勺：您……您这不是让我当败家子儿吗！

韩老板：你想卖多少？

大漏勺：怎么也得凑一个整儿吧。

韩老板笑笑，没有正面回答，掏出名片递过去。

大漏勺：哎哟，我真是有眼不识泰山，敢情您就是我们那一片儿的房地产开发商啊!

　　大漏勺请叶子吃饭:我马上就能发一笔大财。

　　叶子:好啊,那就可以把大漏勺的雅号送给别人了。

　　大漏勺:风水轮流转,人不能光走背字儿是不是?这回呀,我就用大漏勺,从暴发户的锅里捞他个大金娃娃。到时候,啊,你想吃啥穿啥买啥用啥,尽管说,我这个哥哥不能白当不是。

　　叶子:哼,就怕花一块钱,也像从你肋巴扇儿上割肉似的。

　　这时,韩老板走进餐馆。

　　大漏勺招呼着:韩老板。

　　韩老板:哦,想不到在这儿见面了。

　　韩老板看见叶子,眼睛不禁直了,这不就是那天追逐的美人吗!

　　大漏勺:啊,我给你们介绍一下,叶子,我们打小儿就住一个院儿;韩老板,房地产开发商。

　　韩老板伸出戴有大金戒指的手:幸会,幸会。

　　叶子伸出手,却忽然改变了手的方向,端起餐桌上的玻璃杯喝饮料,闹得韩老板好不尴尬。

　　大漏勺看在眼里,不禁坏笑。

　　见满囤从外面走进来,王一斗问:枝子上夜班去了?

　　满囤:走了。

　　王一斗在磨石上磨起凿子,不时用手指试着刃度:明天你再去买两把凿子,这柏木板太硬了,跟铁板似的。

　　堂屋门被推开,枝子走进来。王一斗吓一跳,想躲闪已来不及。

　　满囤:你怎么又回来了?

　　枝子走向住屋:忘记带喝水杯子了。

　　王一斗赶紧把凿子藏在门后。

　　夜深了,满囤闷闷地坐在井边,一支接一支地吸烟。

　　井底传来王一斗的声音:满囤,再递一把凿子下来。

满囤没有听见。

满囤妈：发什么愣呢？你爸让递一把凿子下去。

满囤：啊……知道了。

满囤将一把凿子拴在一根细绳子上，徐徐地送进井里。

王一斗整个身子潜在井里，奋力凿击着柏木板，传上来的声音虽然不大，但在夜深人静的时刻，依然显得很清晰。

满囤妈坐在窗前的椅子上，打着瞌睡，脑袋慢慢垂下去、垂下去，忽然又抬起来。片刻，脑袋又慢慢垂下去。

满囤掐灭烟蒂，扒在井口：爸，您上来歇会儿吧。

王一斗的声音从井底传上来：好吧，拉我上去。

满囤将父亲从井里拉上来。王一斗手里拎着一个塑料袋，里面装着木屑。满囤帮助父亲解下腰间的绳子，点燃一支烟，递给父亲。

王一斗连吸几口：怎么没精打采的？

满囤：没有啊。

王一斗：还骗得过我？说，到底为什么？

满囤：枝子给九库找好了重点小学，人家要三万块钱赞助费，一下子拿这么多钱，我哭也哭不出来呀！

王一斗：那就打起精神挖宝，等挖出宝，三万块钱算个屁事儿啊！

满囤苦笑一声。满囤妈的脑袋再次慢慢垂下去，嘴角挂着口水。

王一斗没好气地看了满囤妈一眼，吸一口浓烟，喷在她脸上。满囤妈被呛醒了，连连咳嗽着。

王一斗：不好好望风，就知道睡觉。

满囤妈：敢情你们白天能歇着，我呢，还得洗衣服做饭看孙子。

王一斗：谁不是白天忙完黑天忙呀？

满囤解劝：让我妈睡一会儿吧。

王一斗哼了一声，没再反对。

满囤妈：还是儿子知道心疼我。

说完，满囤妈扯过枕头，和衣而卧。

满囤将绳子系在腰间，潜入井里，很快，井下传来凿击木板的声音。

床上的满囤妈打起了呼噜……

王一斗扯动绳子将满囤拉出井。满囤也带上来满满一塑料袋木屑。

王一斗捅了捅老伴儿。满囤妈激灵一下了醒了。

王一斗吩咐道：等天亮了，把这木头渣子和砖头瓦块清理出去。

早晨，满囤妈拎着一个鼓鼓囊囊的蛇皮袋子，出了院门，来到垃圾桶前，四处张望了一下，将蛇皮袋里的木屑和砖头瓦块倒进垃圾桶，拎上空蛇皮袋，一路小跑进了院子，沿途稀稀拉拉撒下一些木屑。

张童来接班。枝子发现张童闷闷不乐：一大早起来怎么就阴个脸？

张童：咳，怪我自作多情，好女孩哪个看得上开出租的。

枝子：不成就不成呗，好姑娘多的是，不愁找不到。

张童叹了一口气：我要有满囤哥的福气就好了，也找个像枝子姐这样的好媳妇，一辈子都知足了。

枝子：别着急，冲你这浓眉大眼高鼻梁的俊小伙儿，什么样的好姑娘找不到啊。

清洁工走进院子大喊大叫：哎，谁往垃圾桶里倒砖头瓦块木头渣子了？啊，这是谁干的呀？再不有人出来认账，别怪我说难听的了！

屋子里的王一斗：肯定是你倒的吧？

满囤妈只得承认：我……我……

王一斗：你呀你，让我怎说你好？成事不足，败事有余！

枝子妈闻声出了屋，指向王一斗家：肯定是他们家干的。

清洁工冲王一斗家喊着：早就有规定，垃圾桶里只许倒生活垃圾，不许倒建筑垃圾，可有人就是不自觉，还是往里倒。

枝子妈：这一家子什么缺德的事都做得出来。

满囤走出屋：哎，你怎么就知道是我们家人倒的？

清洁工指着地上的一溜木屑：你看，这就是证据！

满囤不得不承认：对不起了，都怪我妈岁数大了，一时犯懒。

清洁工：光说对不起就行了？这是不尊重我们清洁工的劳动！

枝子妈：就是，不懂得尊重别人，就不懂得尊重自己。

夏五爷从二道门外走过来：枝子妈，你别添乱了，赶紧回屋去。

枝子妈不情愿地回了屋。

夏五爷：好了，人家都认错了，你怎么还不依不饶啊？

清洁工：我饶人，谁饶我呀？头儿要是知道了，非扣我奖金不可！

满囤：那你说怎么办？

清洁工：谁倒的砖头瓦块，谁乖乖儿地从垃圾桶里给我清出去。

枝子出门来：还乖乖儿的？什么叫乖乖儿的？有你这么说话的吗？

清洁工：我这还是客气的！

枝子：我今儿就不信你这个邪！走，带我找你们领导评理去！

满囤拉住枝子，向清洁工道歉：师傅，我们向您赔不是还不行？

王一斗躲在屋子里：都是你干的好事！

满囤妈：要知道尿炕，就睡筛子了。

王一斗扬起手：你还有理呀！

夏五爷将一张二十元人民币递给清洁工：拿着，别嫌少。

满囤：夏五爷，哪能让您破费呀，我这儿有。

满囤边说边掏衣兜，可掏出来的只是几张零钱。枝子见了，赌气进了屋。

夏五爷推着搡着把清洁工请到院门口：麻烦你把垃圾给清了吧。

有一位黑衣黑裤黑鞋黑袜子的老太太在垃圾桶里翻找着什么，侧眼一看，见郑考古走来，便悄然离去。

郑考古走过垃圾桶旁，望了望远去的黑衣老太，无意间看了一眼垃圾桶，竟有惊人的发现，急忙凑上前去。

清洁工从院子里出来，见一个人正扒拉着桶：去，别捡垃圾了！

郑考古举着一块砖头：在你眼里这是垃圾，在我眼里这可是宝贝！

清洁工：什么宝贝啊，不就是几块破砖头吗！

郑考古轻蔑地笑着离开，边走边翻来覆去地研究着砖头。

夏五爷把这一切看到并听到了，见郑考古走来，隐在院门里。

满囤端着尿盆走出院门。片刻，叶子追出来，表情很神秘。

叶子：哎，满囤哥，等一下！

满囤回过身来：叶子，你找我？

叶子走近了：哎呀，先把你端的东西放下行不行，姐夫跟小姨子哪有这么说话的？

满囤将尿盆放地上：这有什么呀，谁要是笑话，有能耐别……

叶子：得了得了，说正事吧。掏出户口本一晃：看，这是什么？

满囤：户口本？

满囤伸手就要拿，叶子却把户口本藏在身后：当初你说怎么谢我？

满囤：坐着大奔到凯宾斯基吃西餐。

叶子：记性还不错，给你吧。

满囤接过梦寐以求的户口本：是你妈给你的？看来，我没白挨一顿打。

叶子：美得你！是本姑娘骗出来的。

满囤：哦？

叶子：我骗我妈说，我们模特队要到国外培训，办护照需要户口本。

满囤：哎呀，你可帮了你姐和我的大忙了。这么着吧，赶明儿我出钱给你上一份人寿保险。

叶子逗着：好哇，本姑娘万一哪天被车撞残了，万一缺个胳臂少条腿……忽然改口气道：你是不是也想让我像我妈似的，拿着笤帚疙瘩打你一顿才舒服啊？去，赶紧倒完尿盆，叫上我姐登记结婚去吧。

满囤和枝子到街道办事处去登记，并肩走在路上。

便道上，幼儿园小朋友在一位阿姨带领下唱着一首情歌，歌词与孩子们的年龄显然不符：对面的女孩看过来，看过来，看过来……

满囤一脸春风得意：别人是先恋爱后结婚再生孩子，咱俩是先恋爱生出孩子再结婚。

枝子不声不响，心事重重。

满囤：等咱俩正式登了记，九库入上户口，拆迁办刘主任就会多给咱家一套房子，到时候，咱真得好好谢谢叶子。

枝子停下脚步，欲言又止。

满囤拉起枝子：快走吧，这一天我都等了六七年了。

枝子：我想……

满囤：我早替你想到了，等登记完，咱马上就去拍个结婚照，把照片放得大大的，等赶明儿住上新楼房，往床头上面的墙上一挂，嘿！

枝子：我的意思是……

满囤：你的意思我也明白，不就是还差个结婚仪式吗？这好办，到时候，请夏五爷给咱当证婚人，明媒正娶，热热闹闹。不过，先说下，我不是怕花钱，咱可不搞什么结婚车队那一套，俗气不说，简直就像……看看身旁没人，小声地说：声明合法性交的游行。

枝子瞪了一眼。

满囤：得，就算我没说。

满囤和枝子一前一后迈上挂有街道办事处牌子的台阶。

满囤：人家要是问，咱们是不是自愿结成夫妻，你怎么说？

听不见枝子回答，满囤回身一看，枝子站住不动了。

满囤：哎，进去呀。

枝子低着头，一声不吭。

满囤走下台阶：走吧，啊，你不是也眼巴巴盼着这一天吗？

枝子抬起头，眼圈红了。

满囤：怎么，不会是后悔跟我了吧？

满囤拉起枝子的手。枝子一甩手，反身走了。

满囤追上去：哎，怎么了这是？

还是这条街道，不同的是满囤和枝子反方向走来。

幼儿园小朋友在阿姨带领下还在唱歌：我想有个家，一个不需要多大的地方，在我受惊吓的时候，我才不会害怕……

满囤拦着枝子：我的好姑奶奶，就算我求你行了吧？叶子好不容易从妈手里骗出户口本，你怎么又不跟我登记了？

枝子依然不语，倔强地躲开满囤的纠缠。

满囤又追上去：枝子，你是不是嫌弃我了，啊？你放心，我对天发誓，往后，我一定好好干，拼命挣钱，挣多多的钱，再也不被人瞧不起。等有了钱，我决不让你开出租车了。你一个女的，还得经常倒换着上夜班，你知道，我多为你担心啊！以后，你什么也不用干，我娇丫头似的养着你，菩萨似的供着你，啊，好吧？听我的话，跟我登记去吧。

枝子捂起脸，抽泣着。

满囤：枝子，你别哭呀，我哪地方对不起你了？你说出来，我改，我保证改，我要是不改，你打我骂我都可以，再不解气，你就把我放在案板上，当肉馅儿似的狠狠地剁……

枝子吼了一声：你不要再说了！

说完，枝子快速跑走了。

满囤呆呆地看着枝子远去的背影，百思不得其解。

小朋友的歌声飘过来：九九那个艳阳天来哟，十八岁的哥哥坐在小河边……

而我们满囤哥哥，却可怜巴巴、孤苦伶仃地坐在马路牙子上。

满囤点上一支烟，狠命地吸了一口，呛得他连连咳嗽。

小朋友的歌声飘过来：东风呀吹得那个风车转哪，蚕豆花儿香呀麦苗儿鲜，风车呀风车那个咿呀呀地唱哪，小哥哥为什么呀不开言……

满囤的表情由垂头丧气慢慢变得咬牙切齿，他将半截儿烟扔地上，使劲用脚碾了碾，似乎还不解气，又跺了几跺，烟头碎成末……

屋门砰的一声推开了，满囤闯进来。

九库：爸……

满囤：儿子你出去，爸跟你妈说点儿事。

不由分说，满囤连推带搡将九库送出屋子，随手插上门插销。

坐在椅子上的枝子瞥了满囤一眼，将脸转向一边。

满囤走过去，一把扳过枝子，很是恼火：枝子，今儿你必须给我说清楚，你为什么不和我去登记？啊？你说！

枝子看也不看满囤一眼，将身子扭向另一边。

满囤转到枝子面前：你心里到底怎么想的，你说！你是不是嫌我没能耐？是不是嫌我不能撑起这个家？是不是后悔跟了我？

枝子又将身子扭向另一边。

满囤又转到枝子面前：你不要总躲着我！枝子，我再问你一遍，你为什么不和我去登记，啊？

枝子不再转身了，而是闭上眼睛。

满囤妈：听见了吧，满囤跟枝子不知抽什么风呢。

王一斗：我耳朵又不聋。

满囤妈：这小子，今儿吃豹子胆了，敢跟媳妇嚷嚷。我看看去。

王一斗：回来！两口子吵架，用你瞎掺和？

满囤妈：嘁！

满囤妈坐下来，耳朵依然支棱着听。

满囤：枝子，你是不是想急死我，你才肯说话呀，啊?！

枝子看了满囤一眼，起身走了过去，索性躺在床上。

满囤跟过去，站在床边：你仔细想一想，啊，户口本你妈一扣就六七年，宝贝蛋似的始终攥着不撒手。前两天，我爸我妈厚着老脸皮去要，被你妈给轰了出来，一通儿连损带挖苦；我又去要，结果呢，打得我没地儿藏、没地儿躲，从窗户逃出来，还骑在我身上，痛打落水狗。

枝子扯过被子蒙在头上。

满囤：叶子好不容易帮咱拿到户口本，让咱俩去登记，你可倒好，走到半路又回来了。你可以不为我想，谁让我连三孙子都不如呢！可你为了咱儿子想一想，行不？这回赶上拆迁，机会千载难逢，刘主任答应，只要咱俩登记结婚，就多分咱一套房子，过了这个村儿，可没这个店儿。如果指望咱俩挣钱，猴年马月也别想挣出一套房子啊！至今，你妈还说咱俩是非法同居，儿子都六岁了，还是黑人黑户，连上学还得掏一大笔赞助费……我说了半天，你听见没听见呀，啊？

说着，满囤忽地掀起蒙在枝子头上的被子。枝子又忽地将被子蒙在头上。

满囤：我知道，你是没脸见我，没脸见儿子，没脸见家里所有人。你平时不是比谁都能说吗，今天怎么不说话了，啊？别给我装哑巴！你说啊，你为什么不和我去登记？今儿我非要闹个明白！

　　九库坐在门口马扎上，看见二姨叶子走进二道门，赶紧跑过去。
　　九库：二姨，二姨。
　　叶子：哎，怎么了？
　　九库：我爸和我妈吵架呢。
　　叶子一怔：啊？

　　叶子使劲砸着满囤夫妇住屋的门：开门！开门！
　　听见叶子砸门和喊叫，满囤顿时心虚气短了。
　　叶子：王满囤！开门！你有神就给我开门！
　　满囤无奈地走过去，打开门插销。
　　叶子推门闯进来，推了满囤一把：好啊，王满囤，刚给了你户口本，你就长本事了，就敢欺负我姐姐了，真反了你了！
　　满囤一脸无辜：叶子，你听我解释，不是我……
　　叶子指着满囤鼻子：就是你，就是你的不是！
　　满囤还想解释什么，叶子一指门口：出去！
　　满囤只好悻悻地出了屋。躺在床上的枝子依然蒙着头，一动不动。
　　叶子过来掀起被子，只见姐姐已经泪流满面。
　　叶子一惊：姐，满囤欺负你了？我找他算账去，非打他个屁滚尿流！
　　枝子一把拉住妹妹：叶子！
　　叶子：到这会儿了，你还护着他？
　　枝子：今天，不怪你姐夫，都是我的不对。
　　叶子：他把你气成这样，还是你的不对？怪不得妈说你看错人了。
　　枝子：不，叶子，我没有看错人，你姐夫待我非常好，他是世界上最疼我、最爱我的人。
　　叶子：得了吧，我听着都肉麻。姐你快说，到底因为什么事？
　　枝子从挎包里掏出户口本，交给叶子：你把这个……还给妈吧。
　　叶子：和姐夫登记完了？

枝子：没有。

叶子：为什么呀？是街道办事处不给办理，还是姐夫反悔了？

枝子：不，都不是。是我……不想登记了。

叶子：什么？你不想登记了？这是为什么呀？难道你就这样一直和满囤混下去？房子也不想要了？

枝子：叶子，你想过没有，如果我偷偷登了记，妈早晚有一天会知道。九库他爷爷奶奶和你姐夫，都朝妈要过户口本，可都被骂出来、打出来，妈至今还耿耿于怀呢。如果妈知道是你骗出户口本，我和你姐夫背着她登了记，妈非得气出个好歹不可。咱妈那个脾气，你又不是不知道，万一真的把妈气病了，我就更对不起她了。

叶子：那……那你……

枝子：咱爸去世早，妈把咱姐妹俩拉扯大，实在不容易。俗话说，养儿才知父母恩。有了九库以后，我更明白了这个道理。好妹妹，谢谢你的好心，把户口本还给妈吧。不要让妈知道，你为了我骗她。

叶子：姐姐你……

枝子：好了，姐姐有一句话，你一定要记住，赶明儿你的婚事，可千万千万不要再让妈替你费心了。

坐在房前廊子下抽烟的满囤，听到了屋子里姐妹俩的谈话，心中怒火云消雾散。

第 四 章

枝子妈边看电视节目，边梳理着亲亲宝贝儿的绒毛：亲亲宝贝儿，这两天怎么瘦了？是不是相思了？妈正给你找对象呢。咱们出身名门望族，得找个门当户对的，啊！好儿子听话，待会儿给你洗澡，洗得净净的、香香的，还跟妈睡一个被窝儿，好不好宝贝儿？

亲亲宝贝儿向枝子妈叫了两声，像是在回答。

叶子进屋来，把户口本交给妈：给您户口本。

枝子妈：怎么，护照办完了？

叶子：上级没批准，我们模特队不出国培训了。

枝子妈觉得蹊跷：没批准能让你们去办护照？叶子，你不会一开始就编排出个主意骗我吧？

叶子：妈，我姐的户口本您想攥到哪一天呀？干脆您做个好人，把我姐的户口转走得了，咱家分房子不影响，我姐他们又能多得一套房子。

枝子妈：你别惹我生气好不好？

叶子：好，那您就攥着吧，终究有一天您会后悔的。

枝子妈：睡你的觉去！狗拿耗子，多管闲事。

枝子去上夜班，满囤追出院子。

满囤：枝子，等等，我今儿有些犯浑，我现在正式向亲爱的老婆道歉。

枝子：我今天算知道了，你咬起人来简直比疯狗还厉害。

满囤：那人就别跟狗一般见识了，赶明儿我再也不敢惹你生气了。

枝子：别对谁都这么低三下四的，把腰杆挺起来！

满囤一挺腰杆：是！

枝子笑了：德行！

胡同里，枝子开着车，张童坐在副驾驶座上。

张童：枝子姐，你今天好像有点儿不高兴。

枝子掩饰：啊，是没休息好。

张童：要不，我替你连个班吧？

枝子：谢谢，你开了一天的车，早点儿回家休息吧。

突然从丁字路口出来一位穿黑衣服的老太太，枝子急踩刹车，但还是晚了，只听咚的一声，老太太倒下。枝子、张童下了车，只见这位黑衣老太倒在地上，脸上、胳膊上被撞伤。

枝子扶起黑衣老太：大妈，碍事吗大妈？

黑衣老太目光痴呆，不知回答。

张童：哎，您没事吧？

黑衣老太摸摸胸前，没有摸到东西，四处寻看，找什么东西。

枝子：您找什么啊？什么丢了？

黑衣老太从屁股底下摸出一个拴着绳的小布娃娃，挂在脖子上。

黑衣老太躺在医院病床上，脸上和胳膊上的擦伤显然都已处理过了。

医生拿着片子指给枝子和张童看：从片子上看，不是太严重，颅骨没有受伤，颅内不见血肿，颅压也不高，只是有些脑震荡。

枝子和张童都长出了一口气。

医生：你们现在就可以把老人接回家，也可以在这里观察一夜。

枝子：好，谢谢您，我们商量商量，一会儿给您回话。

医生：好。

医生说完忙别的病人去了。

枝子伏在黑衣老太耳边：您是在医院观察啊，还是想回家啊？

黑衣老太：回家。

张童：您家住哪儿啊？

黑衣老太：回家。

枝子：您家里都有什么人啊？

黑衣老太：回家。

枝子：您叫什么名字啊？

黑衣老太：回家。

张童：得，撞上一个白痴。

枝子感到事情严重，犹豫片刻，掏出手机拨打：喂，满囤，你到京西医院来一趟……

满囤走进父母住屋：枝子刚刚来了个电话，说让我到医院去一趟。

满囤妈：出了啥事？

满囤：说是没大事。

王一斗：那就快去快回，没你，我一个人可挖不了井。

满囤：好，我去去就来。

满囤赶到医院：嗨，这可怎么办啊？

枝子：我要知道怎么办，还叫你来给出主意？

满囤：我能有什么主意啊？你开车这些年，从没出过事，今天偏偏撞上一个老太太，还是痴呆，真是倒霉透了。

枝子：说起来，还不是怪你。

满囤：怪我？

枝子：谁叫白天你气我来着，现在我脑子还蒙蒙的。

满囤：妈呀，怎么啥屎盆子都往我头上扣啊！

枝子：本来就是你气的，不然我也不会撞人。

满囤：好好好，都怪我，你生气怪我，你不去登记结婚怪我，你赶明儿肚子再大了还怪我……

枝子打了满囤一下：人家都急死了，你还有心耍贫嘴！快帮我想个主意，怎么安置老太太呀，天一亮，大夫就让把人接走。

满囤：是啊，接哪儿去呀？老太太也说不清她家在哪儿住……满囤忽然醒悟到什么：噢，我明白了，你这是在考验我的智商，其实你心里早就打定了主意，想把老太太接到咱们家，可这话，还非得让我从嘴里说出来，强按着牛头喝水，是不是？我猜得没错吧？

枝子：这回脑子还算没生锈。说吧，你同意我的主意吗？

满囤：我同意不同意，你该接还是得接，我干脆同意。

枝子：什么叫干脆同意？说痛快的，到底同意不同意？

满囤：可光我同意不行呀，爸妈他们会同意吗？

枝子：所以我请你来，咱俩一起接老太太回家。

满囤：哇，老婆，你这分明是把我往火坑里推啊！

枝子：谁让你总是说夫妻俩有福同享、有难同当呢。

门开了，一个护士走出来：7号床的病人家属在吗？

枝子和满囤赶紧从椅子上站起来：啊，我们是。

护士：给你们家老太太接尿。

枝子从老太太身下撤出便盆，递给满囤。

枝子：去，倒厕所去。

满囤：哎呀呀，我这算孝敬哪路神仙啊！

枝子：快去吧你！

满囤嘟哝着走出屋：我怎么到哪儿都是倒尿盆的命呀。

王一斗在家里等得不耐烦了：满囤去了大半夜，怎么还不回来啊？

满囤妈：是啊，这孩子，真不知道哪头炕热。

王一斗：天都快亮了，今儿算啥也干不成了。

满囤妈：今儿干不成，还有明儿，明儿干不成，还有后儿。

王一斗：傻呀你？再拖下去，赶明儿一搬家，井里的宝贝怎么挖呀？

早晨，满囤妈见枝子和满囤搀着一个老太太走进二道门，赶忙迎上前：这是咱家什么亲戚啊？哎哟，脸上怎么还有伤？

枝子：妈，是我开车不小心给撞的。

满囤妈一惊：啊？她是不是赖上咱家了？

王一斗走出屋，不便质问儿媳妇，拿儿子开刀：满囤，你不送老太太回家，接咱家来干啥呀？

满囤：她……她一问三不知，问啥都只会说俩字——回家。

枝子：爸，是我决定接大妈回家的，要怪您就怪我好了。

说着，枝子搀着老太太就要往屋子里走。

王一斗挡住去路：哎，等等，这不是怪谁不怪谁的事儿。矛头依然指向儿子：满囤，你给我松手，你妈有病时，你也没这么搀过啊。

满囤看了一眼枝子，手松开了，老太太身子一歪，满囤赶紧又扶住，顺手抄过一个板凳，让老人人坐下。

说话间，夏五爷、大漏勺、枝子妈、丽珍相继从各自屋里走出来。

枝子：爸，大妈脑了不清楚，不知自己叫什么，也不知家住哪儿，我只好把她接回咱家，先住上几天，我和满囤一定尽快帮她找到家。

枝子妈站在自家台阶上：哼！哪有往自己身上揽事的，贱命！

说完，枝子妈赌气转身回了屋。

王一斗：枝子，这么多年，甭管你是当闺女还是做儿媳，咱爷俩儿从没红过脸、拌过嘴，今儿我不得不唱一回黑脸儿。

满囤妈悄悄拉了拉老头子衣角，王一斗一把打开满囤妈的手。

黑衣老太只管攥着挂在脖子上的布娃娃，对人们的谈论一概不知。

满囤表面埋怨枝子，实为打圆场：枝子，这么大的事儿，确实应该先跟爸妈打声招呼才对，起码让爸妈有个思想准备，这么冷不丁地把一个素不相识的老太太接家来，搁谁也一时不能接受。又面对父亲：爸，您有啥话冲我说吧，反正人已经接回家了，不能再扔到大街上去吧？

王一斗：今儿这事和你不沾边，你给我一边凉快去！

满囤看了看枝子，悻悻地躲到一边。

王一斗：枝子，你辛辛苦苦挣钱，撑起这个家，你是咱家功臣。这，我心里比谁都明白。可你不要忘了，户主的名字是我，我是这家的长辈！家里的事，该你做主的你做主，不该你做主的，你不能一手遮天，大包大揽。你把一个糊里糊涂的老太太接回家，你对她的底细了解吗？你想过后果会有多严重吗？如果找不到家，你难道养她一辈子？

枝子静静地听着，一言不发。

61

夏五爷走过来：枝子，你公公说的句句在理，这事你确实欠考虑。人无远虑，必有近忧。我知道你是好心，按你的人品，不会撒手不管这个老太太。可你把她接回家来，这日后的麻烦就大了，她完全不能自理，吃喝拉撒睡，你全都得管。你上夜班，开一宿车，已经够辛苦了，白天还要照顾老太太，日子一长，铁打的身子骨也顶不住啊。

大漏勺：哎，我说爷爷，今儿这话不像是从您嘴里说出来的呀？您平时不是总教育我要仁义厚道吗？枝子姐把一个无家可归的老太太接家来养着，难道不是仁义厚道？

夏五爷：你懂什么，少插嘴！

大漏勺很是不服气：哼。

枝子静静地听着，仍一言不发。

满囤妈：枝子，你想让老太太住哪屋啊？住你那屋吧，满囤晚上洗洗涮涮多不方便；住我那屋吧，你爸和俩老太婆住一块儿，时间一长，准得有人说闲话。

王一斗大怒：住嘴！傻不傻呀你！

大漏勺一阵坏笑漾在脸上。

枝子依然静静地听着，还是一言不发，脸色越来越严峻。

九库跑出来，手伸向布娃娃：奶奶，给我玩玩儿。

黑衣老太把布娃娃紧紧抱在怀里。

丽珍：枝子，大叔刚才说得对，你把老太太接家来，赶明儿拆迁搬了家，怎么安置她？那该是多大累赘啊。这年月，好心不一定有好报。

枝子终于开口了：谢谢大家为我着想，也谢谢大家这么苦口婆心劝我。但这事你们谁也不要管了，我会照顾好老太太，也会想尽一切办法，尽快帮老太太找到家，找到她的亲人！

说完，枝子搀上老太太直奔家门。王一斗想阻拦，但在枝子咄咄逼人的眼神下，只好放行。所有人不禁面面相觑。

大漏勺拍了一下满囤的肩膀：满囤哥，光咱们一个院儿里你就有仨妈，这回可够你孝敬的了。

满囤：这叫走道拿虱子——趁！你倒是想有一个妈呢，哪儿找去？

大漏勺被捅到痛处：你……以后够你受的！

62

王一斗在屋里急得团团转：枝子一上夜班，她就得让满囤照顾老太太。这样一来，满囤哪还有工夫跟我挖井啊。

满囤妈：没关系，有我呢。

王一斗：小鸡子你都拿不动。再说，谁来望风？

满囤妈：也是，我给忘了。

王一斗：我早说过，井的事，知道的人越少越好。咱在这屋里挖井，那屋的老太太准能听见动静。

满囤妈：听见动静怎么了？老年痴呆，傻子一个，给她一根金条，她还以为是白薯干呢。

王一斗：老太太的底细，咱可谁都不知道。

满囤妈：屁！她有啥底细，你就爱疑神疑鬼。

大漏勺在翻箱倒柜。

夏五爷走进来：干什么呢你？

大漏勺吓一跳：啊，我……我想……我干脆跟您实说吧，咱家那金缕玉盖，您给收哪儿了？

夏五爷：你找那东西干吗？

大漏勺：这不是要搬家吗，您可得把这宝贝照看好了，千万别磕着碰着，要是万一有个闪失……

夏五爷：一撅屁股，我就知道你拉什么屎！

大漏勺：看您把我说的，简直一钱不值了。

夏五爷：钱钱钱，你脑子里整天没别的。

大漏勺：想着钱还不好？这年头，有钱走遍天下，没钱寸步难行。

夏五爷：色是刮骨钢刀，钱是惹祸根苗。你多会儿学会做人，我多会儿把金缕玉盖传给你。不然，就是我死了，你也别想得到。

大漏勺：哼，说半天，我这个孙子不就是捡来的吗！要是亲生的，对我才不会这么抠门儿呢！

夏五爷：我要不是从垃圾桶里把你捡回来，你早没命了。

大漏勺：哼，还不如死了呢。

夏五爷：滚，给我滚出去！

大漏勺愤愤地走出家门，与郑考古撞个满怀。

大漏勺：瞎眼了你？

郑考古：啊，对不起，对不起。

夏五爷：怎么又是你？早就跟你说了，我什么也不知道。

郑考古进了屋：我今儿来，是请您看个东西。说着从书包里掏出砖头递上去：您认识这个吗？

夏五爷眼神里闪过一丝不易察觉的惊异：你让我看这个干吗？

郑考古：您再仔细看看。

夏五爷：再看不也是一块砖头吗。

郑考古：这是一块金砖砖头。

夏五爷：你可真会说笑话，明明是泥巴烧的，怎么会叫金砖？

郑考古：您真的不懂？

夏五爷不置可否。

郑考古：这种砖，选用的是特种材料，由苏州御窑精心烧制，专门用来铺设皇宫地面的，踩上去不滑不涩，经久耐磨，光如铜镜，俗称为金砖，绝非一般百姓人家所有。您看，这砖头侧面还刻有窑印呢！郑考古一板一眼念着：嘉庆十年成造细料贰尺见方金砖，江南苏州府……这后面几个字看不清了。

夏五爷：你跟我卖这个关子干吗？

郑考古：您没看出这是新碴儿？

夏五爷：新碴儿怎样，旧碴儿又怎样？

郑考古：新碴儿说明是不久前才损坏的，而出现在胡同的垃圾桶里，又说明这砖就曾存放在附近的人家里。而这户人家，绝非等闲之辈。

夏五爷：这和我有什么关系？

郑考古：慈禧太后在太监暗宅里藏着八大马车金银珠宝……

夏五爷：说着说着，你怎么又来了？

郑考古：您在这一片儿年龄最长，见识最广，学问最深，我当然得

64

向您请教了。

夏五爷：你少恭维我。人生无常，世事无常，春日才看杨柳绿，秋风又见菊花黄。

郑考古：您的意思是？

夏五爷：我的意思，凭你的学识，自然明白。不用我送你了吧？说完，夏五爷自管进了里屋，把郑考古晾在那里。

片警刘送枝子走出派出所：你放心，我一定尽力，不过你得有思想准备，恐怕三两天内很难找到老太太家人。

枝子：谢谢您。

片警刘：不用谢，这本来就是我们分内的事。对了，你最好给我送来几张老太太的照片。

枝子：好，照片明天我就给您拿来。

吴非举着数码相机准备给老太太拍照：坐正一些，坐正一些。

黑衣老太耷拉着脑袋，不理不睬。枝子上前将她的脑袋扶正。

吴非：好了，照了啊。

闪光灯闪过，吴非查看回放：不行，闭眼了，还得照一张。

枝子凑上前，连说带比画：您把眼睛睁大点儿，这样！

黑衣老太无动于衷。吴非又给她照了一张，看了回放。

吴非：怎么又闭眼了？不行，还得重来。

枝子：吴非，你能把闪光灯关了吗？大妈怕晃眼睛。

吴非：行，就是相片效果差点。

枝子：没关系。

吴非关掉闪光灯，第三次给黑衣老太拍照。

吴非回放一看：好，这回没有闭眼，明天照片就能印出来。

枝子：谢谢。还得麻烦你一件事儿，帮我在报纸和电台做一个寻人启事，越快越好，钱你先替我垫上。

吴非：没问题！张飞吃豆芽，小菜一碟；吴非吃豆芽，一碟小菜。

郑考古正在公园里散步，忽闻一阵京胡过门传来，循声看去，公园亭子间里，京胡拉得很卖力。这是京剧票友们在自娱自乐。伴着京胡，枝子妈唱起《霸王别姬》里虞姬的一个著名唱段。

枝子妈：看大王在帐中和衣睡稳，我这里出帐去且散愁情，轻移步走向前中庭站定，猛抬头见碧落月色清明……

郑考古循声而来。

枝子妈继续唱着：看云敛晴空，冰轮乍涌……

郑考古挤上前去。

枝子妈道白：好一派清秋光景。

郑考古声情并茂、恰到好处地接了一句叫白：苦——哇——

这一声"苦哇"，引得枝子妈和票友们刮目相看。

男票友：哎哟，您是行家啊。

郑考古谦虚地：略知一二，仅仅略知一二。

枝子妈：哟，是你……

郑考古：这就叫不打不相识。

枝子妈掩住尴尬：要知道，我不该那么对您，早就拜您为师了。

郑考古：惭愧，惭愧。

枝子妈：怎么称呼您？

郑考古：本名郑高古，俗称郑考古。

枝子妈：那您为什么对京戏这么在行？

郑考古闪烁其词：啊，爱好，只是爱好而已。

枝子妈招呼着票友们：我们这帮票友，以后就都管您叫郑老师了。

郑考古：不敢当，不敢当，叫我老郑吧。

男票友：加入我们票友会吧，给我们当艺术指导。

郑考古：不可不可。

枝子妈：咳，您就别推辞了，痛快答应下来吧。

男票友带头鼓掌：欢迎老郑同志做我们的艺术指导！

枝子妈和票友们热烈地拍起巴掌。

郑考古推托不过，答应下来：好吧，那我就试一试，如果不合格，随时可以罢免。

傍晚，票友聚会散了。郑考古和枝子妈出了公园，并肩走在街道上。

枝子妈：今儿有您一指导，感觉就是不一样。

郑考古：说到底还是您的悟性好。

枝子妈：悟性再好，没您的帮助也白搭。

郑考古换了一个话题：哎，我提个建议行吗？

枝子妈：您说吧。

郑考古：以后跟我说话，不要总是您您的，干脆就称你吧。

枝子妈笑了：我当什么大事呢！就按您……啊，按你说的办。

叶子坐在出租车里打着电话由此路过，无意间看见一男一女，仔细一看，女的是母亲，男的很陌生。

枝子妈回到家，沉浸在一种难以名状的幸福中，将狗抱在怀里，使劲亲了一口。

枝子妈：宝贝儿真可爱！妈妈喜欢死你了！

叶子推门进了屋：哟，这么快就喜欢死了？

枝子妈一激灵：死丫头，吓我一跳，进来也不敲门。

叶子：那是您心里有鬼。

枝子妈：胡说八道。

叶子：我发现，您今儿简直可以用人逢喜事精神爽来形容了。

枝子妈：死丫头！有这样跟妈说话的吗？

叶子貌似严厉地：老实交代，今天跟您在一起的那个人是谁？

枝子妈：丫头片子你敢跟踪我。

叶子：您要正面回答我的问题？他到底是谁？坦白从宽，抗拒从严。

枝子妈坦然地：是我新结识的票友。怎么，不允许呀？人家指导我们票友会，绝对够得上专业水平。

叶子：妈，您不会又有第二春了吧？

枝子妈：再敢胡说，我撕烂你的嘴！

王一斗、满囤妈和满囤靠在床上都睡着了。

不知谁家的座钟打起点来，当——当——，听来是那样意味深长。

王一斗醒了，推着满囤：满囤，满囤，起来，起来呀！

满囤睡眼惺忪：啊？叫我起来干吗？

王一斗：凿井啊。

满囤爬起来，使劲揉揉眼睛。

王一斗又推着满囤妈：起来，你也快起来！

满囤妈迷迷瞪瞪爬起来，下地转了一圈儿，又倒在床上。

王一斗一把拉起满囤妈：撒什么癔症呀你？起来！

满囤妈：我……我正做梦呢，梦见捧着一碗炸酱面，吃得这叫一个香。

王一斗骂道：整个一吃货！

王一斗吩咐母子俩：还都傻愣着干啥，赶紧下井凿吧！

满囤将绳子拴腰间，脑袋朝下进入井里，很快传来凿击木板声。

枝子妈翻来覆去睡不着，她的头侧躺在枕头上，耳朵隐约听见咚咚的声响，像是从地下传来的。她坐起来，支棱耳朵听了听，声音又没了，好生纳闷，便又躺下来。

夏五爷在自来水旁刷碗，枝子妈端着洗衣盆走来。

枝子妈：夏五爷。

夏五爷：哎，你好。

枝子妈：您说怪不怪，昨儿夜里，我耳朵一着枕头，就听见咚咚的声音，就跟谁在地下凿什么似的。

夏五爷：哦，是吗？我倒是没听见。

满囤妈听见枝子妈和夏五爷的对话，不禁一怔。

枝子妈：那是您耳背了。

夏五爷：别看我八十多了，我可是耳不聋、眼不花啊。

枝子妈：那为什么我一躺下，就听见有咚咚的声音？

夏五爷：要我说呀，准是你这些天着急上火耳鸣了。

满囤妈一边听着一边走进家门。

枝子妈：可不嘛，枝子的事，气得我七窍生烟。

夏五爷：枝子妈，我劝你一句，儿孙自有儿孙福，莫为儿孙操白头。

枝子妈：话是这么说，可搁谁头上，谁都得气死。

夏五爷：你把户口本给枝子，叫满囤他们去登记结婚，气就全消了。

枝子妈：可我咽不下这口气！

夏五爷：生老病死，无一不苦；慈悲为怀，唯此为大。

枝子妈：我凡人一个，可没您老那么高的境界。

夏五爷：人生不如意事常八九，乐也欣然，苦也欣然。

王一斗：什么？枝子妈夜里听见咱凿井了？

满囤妈：让夏五爷岔过去了，说是枝子妈上火耳鸣了。

王一斗：这么说，夏五爷又帮了咱的忙？

满囤妈：要不是他，我往垃圾桶倒砖头和木头渣子的事就闹大了。

王一斗：可我觉得这个老爷子……

满囤妈：你别总疑心生暗鬼的，人家夏五爷信佛，是个大好人。

王一斗：好人？难说。

满囤妈：狗咬吕洞宾，不识好人心。

王一斗：你才是狗呢！

传来夏五爷的声音：家里有人吗？

王一斗和满囤妈一惊，赶紧走出来，只见夏五爷已进了堂屋。

王一斗：哟，是夏五爷呀？您咋有空儿到我们家串门儿啊？

夏五爷：我来收最后的一次电费。

满囤妈：来，您屋里坐。

夏五爷直奔王一斗夫妇住屋而去。

王一斗及时挡住夏五爷去路，指着椅子：夏五爷，您坐这儿。

夏五爷坐下来，把收电费的本放在桌子上。

王一斗对满囤妈：还愣着干啥，给夏五爷沏茶去。

夏五爷：不用了，坐不了一会儿。搬家的东西都收拾好了？

王一斗：破东烂西的，没啥好收拾的。我们家这个月电费多少钱？

夏五爷打开本：四十六块五毛二。

满囤妈交钱：这钱啊，越来越难挣了。

夏五爷：要说这钱呀，没它办不成事，多了也不见得是好事。

王一斗：还是钱多花着舒坦。

夏五爷：那要看这钱是怎么来的。要是捞取不义之财，不仅殃及子孙，到头来是福是祸，还真难说呢。一斗你说是不？

王一斗一愣：啊，是，难说，难说。

夏五爷：这钱啊，生前枉费心千万，死后空留手一双。

王一斗：对对，生不带来，死不带去。

夏五爷：俗话说得好，房有千室，不过住三两间；粮有万担，不过每日三餐。

满囤妈：就是，肚子再大，一顿也吃不了一斗粮食。

王一斗瞪了满囤妈一眼。

夏五爷：所以啊，知足者常乐。都说人生是苦，苦就苦在贪欲，戒去贪欲，心地自然纯净。好了，我走了，还要到别的家收费去，你们歇着吧，一天到晚怪累的。

满囤妈：累也高兴，明年这时候就能住上新楼房了。

夏五爷：是啊，屋宽不如心宽，身安不如心安。

王一斗：心安心安，不送您了。

夏五爷：回吧。

王一斗关上堂屋门：我觉得老爷子好像话里有话。

满囤妈：我怎么没听出来？

王一斗：要不说你傻呢！

满囤妈：你聪明！人家老爷子闲聊几句，你就瞎猜疑。

王一斗：听话听声，锣鼓听音。什么钱多了不见得是好事，什么不义之财是福是祸难说，什么一天到晚怪累的……

满囤妈：人家随口那么一说，你想哪儿去了？

王一斗：不对，老爷子平时不爱说话，今儿说起来一套一套儿的。

难道他知道咱屋子里这口井，知道井里藏着宝贝？

满囤妈：我看不像，这两天，老爷子尽向着咱说话了。

王一斗：越这样我就越觉得这里有鬼，以后咱得提防着他点儿。

满囤夫妇住屋里的老太太如果不是痴呆，应该把这些话全听见了。

张童开着车看见枝子走在大街上，停下来：枝子姐，上车吧。

枝子打开车门，坐在副驾驶座上，不禁叹了一口气。

张童：干吗去了，累成这样？

枝子：我一路，你满囤哥一路，四处贴小广告，寻找老太太家人。

张童开车送枝子拐进胡同。

枝子：好，谢谢你，我自己回去就行了，你赶紧拉活儿去吧。

张童：我愿意开车送你。

枝子开玩笑：我可付不起你车费。

张童：我情愿给你当一辈子免费的车夫。

枝子看了看张童：没喝酒啊，怎么说起醉话来了？

张童：没喝酒我吐的也是真言。

枝子：你可别往歪道儿上想。

张童：那我要是上了歪道回不来了呢？

枝子：哎，看着人！

张童赶紧一打轮，躲过一个从院子里跑出来捡皮球的孩子。

枝子：好了，停在这儿吧，前面就到家了。

出租车靠边停下来。枝子推开车门刚要下车。

张童：哎，等一等。

枝子：还有什么事？

张童一时无语，有些紧张。

枝子：有什么事你说呀！

张童突然抓住枝子的手。

枝子挣脱着：你这孩子，不许胡闹。

张童：我不是胡闹。

枝子用力抽出手：你是不是想媳妇想疯了？

枝子下了车。张童望着枝子走去的背影，眼神里写满了眷恋……

九库玩着弹球。

枝子妈从院子里走出来：博学，博学！

九库：姥姥，我叫九库，不叫博学。

枝子妈：不许叫九库，叫博学！

九库：爸爸、妈妈、爷爷、奶奶都管我叫九库。

枝子妈：叫九库多土呀，咱北京城里没粮食仓库，更没有九座仓库，以后就叫博学。

九库：博学？

枝子妈：对，叫博学，这多有学问啊。

枝子从胡同那边走来，枝子妈和女儿的目光碰到了一起，似乎都想要说什么，但终究还是谁都没有理谁。枝子妈收回目光，转身进了院子。

枝子望着母亲的背影，呆呆地出神。

九库：妈。

枝子醒过梦来：哎。

九库：姥姥不许我叫九库，说叫九库特土，以后让我叫博学。

枝子脸上的表情说不上是哭还是笑。

叶子走出院门：姐，不是我埋怨你，你干吗要把老太太接家里养着啊？真要找不到她家人，看你怎么办？这个包袱你不能背一辈子吧？

枝子：不用你操心了，我的好妹妹，你还是把心思用在自己身上，找个好男人把自己嫁出去。

叶子：世界上最好的男人被你霸占了，我上哪儿找好男人去呀？

枝子：都是跟你姐夫学的，嘴越来越贫。

叶子做了一个鬼脸：耶！

王一斗在堂屋门框上蹭着后背。

枝子妈端着脸盆出来泼水，看见王一斗蹭痒痒，满脸的鄙夷，低声骂了一声：猪！简直跟猪似的！

叶子：谁又惹您了？

枝子妈指着北屋：你看看那架势，猪才蹭痒痒呢！

叶子看去，王一斗依然在堂屋门框上蹭着后背。

叶子笑了：人家舒服舒服，关您什么事啊？

枝子妈：江山易改，本性难移，进城几十年，农村习气永远改不掉。

叶子：眼不见，心不烦，您别看不就得了。

枝子妈：想起来也烦。

叶子：那可就没治了。

枝子和九库进了院子，见公公在门框上蹭痒痒：去，给爷爷挠挠。

九库过去：爷爷，我挠。

王一斗就势坐在门槛上：哎，好孙子！

九库一只手撩开衣服，一只手在爷爷的后背上挠着。

王一斗简直舒服极了，也陶醉极了：哎呀，真舒服！好孙子，赶明儿爷爷有了钱，你想要星星，爷爷给星星；想要月亮，爷爷给月亮。

枝子妈指着院子里：你看看，你看看，龙生龙，凤生凤，老鼠儿孙打地洞。博学跟着他们一家人就别想学好。

叶子：那您就多操点儿心，好好教教您的外孙子。

枝子妈：我还不够操心啊？

砰的一声，枝子妈把堂屋门重重地关上。

第 五 章

韩老板开着大奔车行驶在大街上，叶子坐在旁边。

叶子：你想天天开着大奔接送我上下班？

韩老板：只要你愿意，我巴不得做护花使者。

叶子：最好再警车开道，卫队护送，列队欢迎，八面威风。

韩老板：啊？叶子小姐真幽默，不过，这也不是不可能。

叶子：恐怕没有白吃的宴席吧？

韩老板：为叶子小姐，我宁愿付出一切。

叶子：谢谢你的好心。如果你穷得就只剩下钱了，可以资助我们业余模特队。

韩老板：没问题，只要是你的事，没有不行的。

叶子：那我可跟领导说了。

韩老板：说吧，多了是吹牛，三万五万，责无旁贷，义不容辞！

九库在门口玩弹球。夏五爷走过来，看看四周，不见有人，上前搭话。

夏五爷：九库，来，爷爷跟你一块儿玩儿。

九库：您也会玩儿弹球？

夏五爷：你爸爸小时候还是我教会的呢。

夏五爷捡起一粒玻璃弹球，拇指一动，弹了出去，准确地击中目标。

九库拍手叫好：爷爷真准！

夏五爷不经意地：九库，这几天，你爷爷和你爸爸在家里干什么呢？

九库只顾玩儿了，没有听见。

在屋里翻箱倒柜的大漏勺，忽然感觉背后有人，回头一看，见是爷爷，尴尬地笑着：这……这不是要搬家嘛，我帮您收拾收拾东西。

夏五爷：什么时候你也学会孝顺了？瞎话都编不圆全。

大漏勺只好实说：您到底把金缕玉盖藏哪儿了？

夏五爷：你找那东西干吗？

大漏勺：不瞒您说，有个买主儿看上了，愿意出天价。

夏五爷：你甭再惦记，我早就送人了。

大漏勺急了：啊？送人了？您这不是害我嘛！

夏五爷：我要是把金缕玉盖给了你，那才叫害你呢。

大漏勺：哼，您就把事往绝了做吧。赶明儿您老了，躺床上动不了窝儿了，看谁伺候您吃、伺候您穿，看谁给您端屎端尿。

夏五爷：真有那一天，我就是一刀抹了脖子，也不用你伺候！

王一斗一家人坐在桌子前吃饭。

九库：夏五爷刚才问我，说爷爷和爸爸在家里干什么呢。

王一斗、满囤妈和满囤面面相觑，表情顿时紧张起来。

满囤妈：你怎么说的？

九库：我说你们白天在家睡觉。

满囤：还问什么了？

九库：还问你们夜里干什么。

王一斗：你又怎么说的？

九库：我说，夜里我睡觉。

王一斗：好孙子，真聪明。

枝子搀着黑衣老太，走出住屋：你们说什么呢，这么热闹？

王一斗赶忙掩饰：啊，九库说他馋了，想吃肉。

九库欲分辩，王一斗夹起一块肉，堵住孙子嘴。

满囤看了枝子一眼，有点儿心虚。

75

枝子妈和叶子母女俩也在吃饭。

枝子妈：再过些天，就搬家了，王家他们……怎么也不来要户口本了？

叶子：您看您，犯贱是不是？

枝子妈：怎么跟妈说话呢！

叶子：本来就是。来一个，您给打跑一个；来两个，您给骂跑一双。他们家谁还敢来朝您要户口本呀？

枝子妈：谁叫他们王家人一个赛着一个不会说人话呢！

叶子：也不能全怪人家。您呢，没理搅三分，得理不饶人。

枝子妈：其实我也不是非要攥着户口本不撒手。反正有没有你姐的户口，补给咱家的房子都一样。

叶子：那您干吗不顺水推舟，就坡下驴，送个人情呀？

枝子妈：人活一张脸，树活一张皮。给了你姐户口本，憋在我心里的气，你给消呀？

叶子：噢，我明白了，您的意思是只要我姐亲自登门向您承认错误，把您憋在心里的气给消了，户口本就可以给她？

枝子妈：那要看你姐什么态度。

叶子：真的？那……那我先替我姐谢谢您。

枝子妈：赶明儿你的事，别再让我这么窝心就行。

叶子：您先别说我，您的事怎样了？

枝子妈：我有什么事呀？

叶子：妈，您把我当三岁小屁孩儿是不是？

枝子妈：你以为你不是啊？

叶子装作严肃：那个……超级票友。

枝子妈：八字没一撇儿。

叶子：等有了一撇，再有了一捺……

枝子妈：住嘴！真要有那么一天，我会征求你们意见的。

叶子：好，那咱们娘儿俩说好了，互不干涉内政。

枝子妈：反了你！只许我干涉你们，不许你们干涉我。

76

叶子：您这是不平等条约。

枝子妈：我是你妈，你是我闺女，能平等吗？

母女俩边吃饭边斗嘴，枝子妈不断把好吃的喂给亲亲宝贝儿。

收音机里传来播音员的声音：下面播送一条寻人启事。女，六十多岁，身高一米六左右，穿着黑衣黑裤，精神有些痴呆，不知自己姓名和家庭住址，现由一位好心人收养，望家人听到广播后，速与本台联系。

枝子：大妈，您听见了吧？您家里人要是听见了，马上就会来找您。

黑衣老太没有反应。

叶子走进来：姐，妈说了，同意给你户口本，让你和满囤哥去登记。

枝子：什么条件？

叶子：亲母女俩，还讲什么条件啊！不过，我倒是有个条件，晚上十点我下中班，你得开车去接我。当然了，打的费就免了。等回来以后，咱俩一块儿找妈拿户口本。

满囤：你放心叶子，事如果办成了，凯宾斯基的西餐我照请不误。

叶子：还得坐大奔去。

满囤：那当然。

枝子：看看你们俩，哪有姐夫和小姨子的样儿？

叶子做了一个鬼脸，风一样飘走了。

满囤：别怪我多嘴，等晚上你去朝妈要户口本时，可千万……

枝子：不是我去要！

满囤：啊，好好好，不是你去要，是妈主动给……到时不管咱妈说什么难听的，你都得忍着。心上一把刀，万事忍为高。忍，是压倒一切的中心任务。跟妈说话时，声音一定温柔，别跟纸糊的驴似的大嗓门儿。

枝子：你才是驴呢！

满囤：我是驴也是瘸腿的，不会逮谁跟谁尥蹶子。

枝子：保单没拉着几个，嘴倒是没白练，学会骂人不带脏字了。

77

满囤：借我俩胆儿也不敢呀。不过，到时你真得压住性子，妈愿意说什么你就只管让她说，就是骂上几句你也听着，只当是耳旁风，从这个耳朵听，从那个耳朵冒出去。只要能拿到户口本，咱们多年的非法关系就合法了，又能多得一套房子，为这，就是上刀山、下火海，咱也认了。

枝子：别啰唆了，我都记住了。不管妈说什么，我都得要忍，心上一把刀，万事忍为高，忍，是压倒一切的中心任务……行了吧？

张童将出租车靠边停妥，枝子正好走出院门。

枝子：嘀，真准时啊。

张童话里有话：你的话，我当然记在心里。

枝子话里也有话：希望你把我所有的话也都记在心里。

张童：怎么，还生我的气呢？

枝子：你以后要是再胡闹，我可就真生气了。

张童：我不是胡闹，我是真心想对你好。

枝子：对我好可以，但不能有别的想法。

张童：我要是管不住自己的脑袋呢？

枝子：那就把脑袋揪下来当球踢。

说完，枝子被自己的话逗笑了。

这时，满囤拿着水杯跑出院门口：哎，枝子，你的水杯……哦，张童。

张童的眼神里第一次有了不自然。

枝子接过水杯：晚上哄九库早点睡觉，照顾好大妈。

满囤：知道了。等叶子下了夜班，赶紧接她回来，我在家等你们。

枝子：好吧。

张童移到副驾驶座上。枝子上了车，发动着发动机，挂挡走车。

满囤一直看着出租车消失在胡同尽头，这才转过身来，发现丽珍哀哀怨怨地站在院门口。

丽珍：你能到我屋子里来一趟吗？

满囤进了丽珍住屋，四下看着。

丽珍：有好几年没进我家了吧？

满囤：可不是嘛，变化真不小。

丽珍：人的变化更大。

满囤：哦？

丽珍：我……离婚了。

满囤极为惊讶：什么，离了？为什么呀？

丽珍：赶在拆迁之前离婚，为了多分一套房子。

满囤：仅仅为了多分一套房子，代价也太大了吧？

丽珍：我们俩是假离婚，等房子分到手再复婚。

满囤：真是各村都有各村的高招儿。

丽珍：这一来，你是不是更看不起我了？

满囤：我什么时候也没看不起你啊。

丽珍：当初，我是那么喜欢你，可你却……

满囤：当初不是看不起你，是我自卑。

丽珍：还是枝子有眼力，也更有勇气，嫁给你这么一个好人。

满囤：我现在浑身上下哪儿好呀？

丽珍：心好就行。一个明白的女人，并不图男人有钱有权有地位。只要她需要心疼的时候，男人知道心疼她；她需要关爱的时候，男人知道关爱她；她生气的时候，男人知道劝说她，这就是女人最大的福气，这样的男人就是最好的男人。

满囤：你是饱汉子不知饿汉子饥呀。

丽珍忽然一阵恶心，想忍也忍不住，扯过痰盂呕吐起来。

满囤看出了名堂：丽珍，也许我不该问，你是不是……有了？

丽珍点点头。

满囤：你家那位知道吗？

丽珍：他出差了，半个月后才能回来。

满囤妈：老头子，你说，枝子妈今儿能把户口本交出来吗？

王一斗：给个棒槌就当真。你我和满囤要过两次了，都碰了钉子，这回，哼，闹不好是要咱们呢。

79

满囤妈：这回和前两回不一样，前两回是咱们上门去要，这回是枝子妈主动给。拿到户口本，满囤和枝子就能登记，结婚仪式咱们给他俩补办不？虽说睡一炕上好几年了，不举行仪式，不算明媒正娶。

王一斗：要办，你张罗，我现在是啥都顾不上。

这时，屋门被推开了，黑衣老太走了进来。

满囤妈：哎，你不好好歇着，跑这屋干吗来呀？

黑衣老太眼睛根本不看满囤妈，茫然地四下张望：回家。

王一斗恼火：回家回家！你回呀，谁也没拦着，就跟谁稀罕你似的！

满囤妈：你跟她发火，瞎子点灯白费蜡，她傻了吧唧听得懂吗？

黑衣老太：回家。

满囤妈：收音机里不是播了吗，你们家人听到，一准儿会来接你。

满囤妈扶着黑衣老太走出屋子。

枝子开车拉着叶子回家。

叶子手机响起来，提示奶声奶气的：喂，来电话了！喂，来电话了！

叶子翻开手机盖，传来韩老板的声音：怎么样，跟你们模特队领导说了吗？我可是把赞助款已经准备好了。

叶子：我们领导想跟你面谈。

韩老板：你就是我的全权代表。

叶子：我可代表不了你。好了，我现在不方便，拜拜。

枝子：谁呀？

叶子：一只猫。

枝子：猫？

叶子：一只馋猫。

枝子：你这只小老鼠可别让猫给玩儿喽。

叶子：哼，最后指不定谁玩儿谁呢。

枝子：不管是猫玩老鼠，还是老鼠玩猫，这样下去，你离真爱会越来越远的。

叶子：哎呀知道哇我的好姐姐，先管好你的事再说吧。

九库入迷地玩着电子游戏机。黑衣老太躺在床上，已经睡着了。

满囤翻开一本书：儿子，我念念这一段，你帮爸爸听听啊。

九库应付着：好。

满囤：爱情之酒甜而苦，俩人喝，是甘露；仨人喝，是酸醋；随便喝，是中毒……

隐约传来汽车喇叭声。

满囤：九库，你妈回来了，我出去看看。

出租车停靠在门口，枝子和叶子走下车。

满囤：叶子，你先进去劝劝妈，叫她一会儿别跟你姐着急生气。

叶子边答应边走进院子：行。

满囤：中午我跟你说的话，还记得吗？

枝子：记得。

满囤：对妈千万不要犯你那倔脾气。

枝子：知道。

满囤：心上一把刀，万事忍为高。

枝子：可以。

满囤：忍一步风平浪静，退一步海阔天空。

枝子：明白。

满囤：一定不能因小失大，丢了西瓜捡了芝麻。

枝子拧了一下满囤耳朵：你还有没有完啊？

满囤：你看你，说着说着就急了，对妈可不许这样，听见没？

枝子不再搭理满囤，自管走进院子。

叶子走进屋：妈，我姐来了。

枝子跟进来：妈。

枝子妈冷冷地：哦，坐吧。

枝子站着不动。

叶子将姐姐强按坐在椅子上。

枝子妈借着喝茶，许久不抬头。

叶子挤眉弄眼，示意姐姐主动和妈妈说话。

枝子：妈，我听叶子说，您答应给我户口本了？

枝子妈不满地看了一眼，继续低头喝茶。

叶子嬉皮笑脸：妈，我姐主动登门给您承认错误来了，姐，是吧？

枝子妈怒斥：不用你多嘴，让她自己说！

枝子沉默了片刻：妈，以前都怪我不懂事，不该惹您生气。

枝子妈还想听枝子再说什么，却没有下文了：怎么着，这就算完了？

叶子：妈，您还想要我姐怎么样？这不是给您承认错误了嘛！

枝子妈：她说自己错了吗？

枝子低头不语。

枝子妈：枝子，今儿我打开天窗说亮话，只要你说一句"我错了"，户口本你立刻拿走，去和满囤登记结婚。说还是不说，你自己掂量吧。

枝子依然低头不语。

院子里的满囤着急地自言自语：哎呀，你倒是说话呀我的姑奶奶！

叶子：姐，你就说你错了，啊，这有什么难的？

枝子咬起嘴唇。

枝子妈打开柜锁，从抽屉里拿出户口本，放在桌子上。

叶子欲将户口本拿给姐姐，枝子妈厉声地：你敢动！放那儿！

叶子：妈，您就别再较真儿了，我姐心里承认错误不就得了。

枝子妈：你给我少废话！让你姐自己说，说她错了。

叶子：姐，你就这么金口难开呀？

枝子看看叶子，看看妈，又低下头。

叶子：妈，您别逼我姐了。其实……咳，我跟您实话实说吧。前几天，我跟您要户口本，说是出国办护照，那全是假的，骗您呢。我把户口本交给我姐，叫他们去登记结婚。可我姐走到办事处门口又回来了，她怕您知道了，气出个好歹来，把户口本又还给我，让我交给您，还嘱咐我，以后我的婚事再也不能让您着急了。您看，我姐多心疼您啊！

82

枝子端起暖瓶给母亲的茶杯里满上水，重新坐下来，依然不语。

枝子妈：好，枝子，既然你还这么倔，那我问你一句，在你婚姻问题上，你不听我的意见，一意孤行，自作主张，不考虑后果，现在想起来，是不是错了？

枝子抬头看了母亲一眼。

枝子妈拿过户口本：说呀，是不是错了？说你错了，立刻拿走。

枝子把头又低下了。

院子里，满囤妈催着儿子：你进屋去替枝子说。

满囤：我可不敢。

满囤妈：她还敢把你吃喽？去，你进去说！

满囤妈推着儿子进了枝子妈家堂屋。

满囤脚下被门槛绊了一下，几乎是栽进屋子，把母女三人吓一跳。

枝子妈：你干吗来了？出去！你给我滚出去！

枝子妈抄起那断了把儿的鸡毛掸子。满囤抱头鼠窜逃出屋子，险些将门外的母亲撞倒。

枝子站起来：妈，您有什么事，跟我说。

枝子妈：嗬，好啊，我跟你说！俗话说得好，男怕干错行，女怕嫁错郎。看看你嫁的这个人，狗屁能耐没有，做事窝窝囊囊，说话四六儿不靠，如今还下岗了，说是当了保险代理员，可至今拉到几个保单了？

枝子低下头。

枝子妈：好，我知道你后悔也晚了，我就问你一句，你到底有错没错？

叶子急了：姐！你就跟妈认个错又怎么了？

枝子抬起头，泪眼婆娑：妈，我确实对不起您，我不该惹您生气，更不该跟您成心拧着劲儿。这些年，我没有一天不为我的行为后悔，没有一天不为您的身体担心。我知道，您为我的事，气得天天睡不好觉，血压也高了，心率也不正常了，添了一身的病。我做女儿的，心里非常难过，总想找个机会，给您宽宽心，给您解解闷儿，可您……一直不和我说话。

枝子妈：你的心思我明白了，可到现在你也没说一个"错"字啊。

枝子：妈，我对不起您。

枝子妈：我要听你说你错了！

满囤急得在院子里转磨磨儿。满囤妈急得双手一个劲儿作揖。

枝子妈依然逼着：你只要说一声"我错了"，户口本立刻拿走。

叶子：姐，你倒是说呀，说你错了，别再犯偏了！

枝子终于开口了，却语出惊人：妈，要说错，从一开始就是您错了，我没有错，一点儿错也没有。

枝子妈：你……

枝子：本来就是。我和满囤谈恋爱，您要死要活不同意，嫌人家没钱，嫌人家没出息，嫌人家祖辈是农村的，还把我的被褥和衣物全都扔到院子里，口口声声与我断绝母女关系。我没地方吃，没地方住，被逼无奈，住进满囤家，做了出格的事。您现在想想，您做得对吗？

枝子妈气得哆嗦：你……你是要户口本来了，还是成心气我来了？

叶子：妈！姐！哎呀，你们俩今儿都疯了？

枝子妈：你别管我，你看她，啊，哪儿有跟我认错的意思。

叶子：姐，你跟妈较什么劲呀，跟妈认个错不就得了！

枝子：我没错，是妈错了！

枝子妈：好，我错了，是我错了。我错就错在刚生下你时，就该在尿盆里淹死你这个偏种！

枝子：现在您想整死我也不晚。

叶子：姐，你说什么呀！

枝子妈：好，既然你这么说，我还是那句话，我没你这个闺女，你也没有我这个妈！咱们彻底断绝母女关系，只要我这辈子还有一口气儿，你就别想从我这里拿走户口本！

枝子拂袖而去：喊，我还不要了！

枝子妈：哎哟哟，气死我喽！你这个该死的臭丫头！

叶子赌气出了屋：你们的事，我没法儿管了！

枝子妈拿起户口本，像拿着一个烫手的山芋，狠狠摔在地上。

黑衣老太睡在行军床上。双人床上，躺在满囤夫妇身旁的九库早已入梦。满囤和枝子一动不动，他们知道谁也没睡着。

最终，满囤打破沉默：我知道，你一直没睡着。

背向满囤的枝子睡着了一样，没有任何反应。

满囤：户口本咱不要了，房子咱也不要了。老天爷有眼，让我狗屁不如的王满囤有你这么个好媳妇，有九库这个聪明的儿子，这辈子，我知足了，知大足了。

枝子依然一动不动。

满囤：我知道你委屈，自从跟了我那天起，你心里就一直委屈，一直就有苦难言，可你从来不说，从来都是把牙咬碎了往肚子里咽。为了这个家，你没日没夜跑出租，把着方向盘扫马路，一天工作十几个钟头，没叫过一声苦，没喊过一声累。回家来，还得看这个脸子，顾那个面子。这两年，你憋足心气要买辆出租车，可挣的钱每月除了交公司的车份儿，剩不下多少。你从牙缝儿里省，从肋巴扇儿上抠，钱攒到今儿个，四个轱辘还差俩呢。一个女的，谁不想化妆打扮、穿金戴银，把自己收拾得漂漂亮亮的？可你全都舍了。我没别的能耐，良心总还是有的。在我心里，你就是大慈大悲的菩萨，你就是世界上最好的女人！

枝子的肩膀抽动了一下。

满囤扳过枝子的身子，枝子已经是泪流满面。

满囤扯过枕巾，为枝子擦去泪水。枝子把头埋在满囤怀里呜咽起来。

满囤：咱不哭，啊，好老婆，咱不哭。没有爬不上去的山，没有蹚不过去的河。一切会好的，以后一切都会好的。不哭，啊，日子再苦再难，咱熬着；心里再委屈再难过，咱忍着，咱就是不哭，啊，枝子咱不哭……

满囤劝说枝子不哭，自己的泪水却哗哗地淌下来。

枝子抱住满囤的头，疯狂地亲吻着，连同满囤那满脸的泪水……

王一斗夫妇睡在床上。

满囤妈：这个枝子妈，也忒给脸不要脸了！枝子都快给她跪下了，她都不动心，哪还有一点儿人味儿啊？

王一斗：赶明儿挖出金银珠宝，咱买别墅住，买汽车开，气死她！

满囤妈：就是！没有臭鸡蛋，还做不成槽子糕了？赶明儿我非得找个碴儿，跟她狠狠儿地干一仗，也让她知道知道，咱不是那么好欺负的。

王一斗从枕头下摸出清凉油，往太阳穴上涂抹着：你跟她干不干仗我不管，别搅了我挖井的大事。

满囤妈：今儿夜里不能下井凿木板了吧？

王一斗：凿个屁！你甭幸灾乐祸！

满囤妈：好心当作驴肝肺，就跟谁爱管你的事似的。

王一斗：后悔哟，后悔死喽！户口本没要来，还白白耽误了一晚上。

满囤妈：哼，就知道后悔，没别的能耐。

枝子妈拧开自来水龙头往脸盆里接水。憋着要跟枝子妈"狠狠儿干一仗"的满囤妈走过来，大声咳嗽了一下。

枝子妈白瞪一眼，端着脸盆到旁边洗脸。

满囤妈往脸盆里接着水，嘴里成心找碴儿：还洗什么脸呀，简直就是没脸没皮没人味儿！

枝子妈看了满囤妈一眼，忍着火气，自管洗脸。

满囤妈端着脸盆也到旁边洗脸，故意把水的声音弄得很大：咳，这年头啊，什么都不缺，就是缺德行！

枝子妈又瞪了满囤妈一眼，心里的怒火全都写在脸上。

满囤妈依然找碴儿：有的人啊，谁都瞧不起，谁都不放在眼里，可就不知道撒泡尿照照自个儿，敢情是个扫帚星，老早八早就妨死了男人。

枝子妈呼地站起来：你骂谁呢？！

满囤妈怪声怪调：哎哟，这世界上，有捡钱捡物捡金元宝的，还从没听说过有谁捡骂的呢！

张童走进来，见满囤妈和枝子妈正箭在弦上，躲在二道门外窥视。

枝子妈：哼，还是撒一泡尿照照自己吧，瞧你那歪瓜裂枣样儿，肥得跟发面包子似的。

满囤妈：我知道我长得难看，可你呢，明明长得跟丝瓜瓢子似的，还把自个儿当水葱儿。

枝子妈：你才是丝瓜瓢子！

满囤妈：你是葫芦瓢！

枝子妈：你是干辣椒！

满囤妈：你是紫茄子！

枝子妈：你是面倭瓜！

满囤妈：你是臭豆腐！

枝子妈：你是酸豆角！

满囤妈：你是糠萝卜！

枝子妈：你是空心菜！

俩人越说越快，越骂越悬，越凑越近。

满囤妈：你是一毛一堆的烂韭黄！

枝子妈：你是拿簸箕撮的西红柿！

满囤妈：你……你是老黄瓜抹绿漆——装皮嫩！

枝子妈：你……你是鼻子上插大葱——装大象！

躲在二道门外的张童被二人骂人的词汇逗乐了。

夏五爷闻声出来，过了二道门：嘿，我说你们俩亲家干吗呢这是？吆喝卖菜呀？快都住嘴！

枝子妈：她一早起来就跟疯狗似的乱咬人。

满囤妈：她有事没事就跟草驴似的炝蹶子。

夏五爷：你们还有完没完？啊？都消消气，回家去！

枝子妈：是她成心找我的碴儿！

满囤妈：是你总觉得我们好欺负！

枝子妈：到底谁欺负你们了？

满囤妈：噢，提起裤子就不认账啊？

夏五爷：嘿嘿嘿，你们怎么越说越离谱儿了，这还有完吗？

枝子下班走进院子：张童，你在这儿干吗呢？

张童吓了一跳：啊，没……没事……车给你停在门口了。说完，抽身退出院子。

满囤妈：你不交出枝子的户口本，我就跟你没完。

枝子妈：你们越这么蛮不讲理，我就越不给。

枝子站在二道门台阶上，凝视着眼前发生的这一切。

满囤妈：是你蛮不讲理！揣着户口本不撒手，等着怀胎下小的呢？

枝子妈端起脸盆泼过去：让你作践我！

满囤妈以牙还牙，也抄起脸盆泼过去：让你觉得我们好欺负！

二人都成了落汤鸡。

夏五爷也被殃及池鱼：咳，你们别泼我啊！

满囤妈和枝子妈扭打在一起。

枝子倒尿盆回来，大喝一声：妈！你们俩丢人丢得还不够啊！

两个妈妈住了手，被枝子的怒吼顿时震慑得目瞪口呆。

张童开着出租车驶在胡同里，看见前面走着的叶子，停下车。

张童打开车门：叶子，上来吧，我捎你一段。

叶子高兴地坐进来：谢谢。

张童挂挡走车：今儿早上，你妈和满囤妈为什么打架呀？

叶子：咳，一句两句说不清。

张童：那总得有个缘由吧？

叶子：这不是要拆迁嘛，我妈一直攥着我姐的户口本，这样一来，满囤家就少分一套房子。

张童：这是为什么啊？

叶子：当时我妈反对我姐的婚事，可我姐铁了心非要和满囤哥好，我妈攥着户口本，死也不给我姐，到现在我姐和满囤哥也没有登记结婚。

张童十分惊讶：什么，你姐和满囤至今还没正式结婚？

叶子：对啊……哎，你至于把眼睛睁得跟灯笼似的吗？

张童知道自己失态了：啊，我这不是觉得惊讶吗。

郑考古陪着枝子妈坐在公园里的椅子上：到底怎么了这是？心里有什么难处就说出来，我帮助你分析分析。

枝子妈双手捂脸，呜咽起来。

郑考古丈二和尚摸不着头脑：有什么事就说嘛，别哭呀。

枝子妈一把拉过郑考古的手：我心里憋屈死了啊！

郑考古有些不知所措，想抽回手，可手被枝子妈攥得紧紧的。

枝子妈和郑考古走在公园的小路上。

郑考古：……你这么一说，枝子做得确实不对，婚姻大事怎能不听家长的意见呢。不过，你也不该攥着枝子的户口本不放……

枝子妈：你怎么也向着枝了说话呀？

郑考古：不是向着谁，事情明摆着，赶上拆迁，枝子和满囤办了结婚手续，就可以多分一套房子嘛。

枝子妈：哼，她不给我认错，就别想拿走户口本。

郑考古：好了，赶明儿有机会，我劝劝她。

枝子妈：你还劝她？她认识你是谁呀？

郑考古：早晚会认识的。

枝子妈的情绪渐渐恢复了正常：最近忙吗？

郑考古：还真挺忙的。

枝子妈：没听说哪儿又发现文物啊。

郑考古：要是一旦发现了，那可是石破天惊，轰动世界！

枝子妈：哦？

郑考古：而且就在你们住的那一带。

枝子妈：不是为了哄我高兴吧？

郑考古：你听说过慈禧太后在宫外藏着八大马车金银珠宝的事吧？

枝子妈：那不过是天方夜谭。

郑考古认真而神秘：不，据我初步考证，这很可能是真的。当年，慈禧太后在宫外太监暗宅一口井里，藏匿了八大马车金银珠宝，后来，知情人被斩尽杀绝，又由于战乱不断，就再也没有取出来。

枝子妈：这么说，敢情不是瞎传？

郑考古：到了民国初年，一家小报，为了扩大发行量，对此事大肆炒作，记者进行深入调查，做了连续报道，但始终确定不了太监暗宅的具体方位，最终不了了之。后来，有一个军阀，受到孙殿英盗挖清东陵慈禧墓的启发，派兵突然包围了李莲英曾经住过的三所暗宅，挖地三尺，一无所获。日伪时期，鬼子工兵用探雷器，探了好几处可能藏宝的地方，结果是白费心机。北平和平解放不久，军管会文物工作队也组织专门人员，四处询问金银珠宝的下落，但没有找到任何线索，只好半途而废。这以后，慈禧太后在太监暗宅藏匿八大马车金银珠宝的秘密，在京城百姓中流传甚广，成为一个难解之谜。

大喇叭响起来：游客请注意，闭园时间就要到了，请尽快退园。

枝子妈拉起郑考古的手：咱们走吧，时候不早了。

郑考古顺势攥住枝子妈的手，再也没撒开。

枝子妈瞄了郑考古一眼，欣然接受了这种暧昧的表示。二人的手一直拉着，枝子妈和郑考古走出公园门口。郑考古笑了。

枝子妈：你笑什么呀？

郑考古：我笑，隔在我们之间的那层窗户纸，今天晚上终于捅破了。

枝子妈：去，想不到你也这么坏！

第 六 章

看见一辆出租车驶来，郑考古扬了扬手，出租车靠边停下。郑考古拉开后车门，殷勤地用手挡着车门上方，以免碰着"首长"的头。

枝子妈坐进去：谢谢。

郑考古随后也坐进去：去鼓楼大街。

女司机一声没吭，启动车子。

郑考古拉起枝子妈的手：等找个机会，把户口本交给枝子，母女俩有什么不共戴天的仇解不开呀，啊，高姿态点儿没错。赶明儿，咱们的事，免不了还要征求儿女们的意见呢。

枝子妈从后视镜里发现一双熟悉的眼睛，确认是枝子，如坐针毡。

郑考古：哎，我的话听见了吗？伸手摸枝子妈脑门：怎么了，是不是今天在外面时间长了，有点儿着凉？

突然一个急刹车，郑考古猛地向前栽去，脑门儿碰在司机座椅上。

郑考古：师傅你能不能开稳当点儿？

女司机没有说话，更没有道歉的意思。

郑考古：回到家，冲一袋板蓝根喝，早点睡觉，明天就会好的。

郑考古扳过枝子妈的脑门儿温柔地亲了一下。

又是一个急刹车！郑考古急了：你开的这是什么车呀？！

枝子头也不回：没看见红灯亮了吗？

郑考古：那也不能这么急刹车呀，伤着人怎么办？

枝子妈拉了拉郑考古，意思要他别再说话。

话音未落，红灯变成绿灯，车子突然加油启动，离弦之箭般冲了出去。郑考古和枝子妈的身子不由得向后仰去。

郑考古大怒：你要不是个女的，我早跟你急了！

枝子猛地向右打方向盘，车子急转弯，两人身子呼地倒向左边。

郑考古：你成心是怎的？把车开你们公司去，我找你们领导说话！

枝子一言不发，加快车速，突然将方向盘向左一打，车子又来个急转弯，后座上二人的身子呼地又向右倒去。

郑考古：停下，给我们停下，不坐你的车了！

枝子却加大油门，车速如飞。

枝子妈紧紧攥住门把手，吓得脸都白了，可就是不敢言声。

郑考古大叫：哎！你要干什么？停车！马上给我们停车！

枝子猛踩刹车，轮胎发出一阵刺耳的尖叫，车子停下来。

郑考古连滚带爬下了车，蹲在地上呕吐。枝子妈下车后，狠狠地瞪了枝子一眼，头也不回地走了。

枝子向郑考古伸手要钱：二十一块，给二十吧，那一块免了。

郑考古：呸！快把我们摇成煤球了，还想要钱？我告你去，要你赔偿精神损失费！

枝子：好啊，随便你上哪儿去告，法院判我赔你多少精神损失费，我都没意见。不过，打车的钱，你必须要付。

郑考古看看枝子妈已经走了，掏出二十元人民币，气愤地扔在地上。

枝子：捡起来！你给我捡起来！不捡，你就别想走！

郑考古只好从地上捡起钱：你是哪个公司的？我坚决要投诉你！

枝子：两个车门子上都写着呢，你有四只眼睛还看不见啊？

郑考古：你……我一个知识分子，不跟你这没文化人一般见识！

说完，郑考古向已经走远的枝子妈追去。

枝子藐视地笑了，笑着笑着，眼泪却流了下来……

郑考古追上枝子妈：真是气死我了！什么服务态度嘛！敢把乘客当煤球似的摇，我非得起诉她不可，公司和车号我都记下了。

枝子妈：算了吧，不是没被摇散吗。

郑考古：不行，我绝对饶不了她！如果对这种恶劣的行为熟视无睬，就等于姑息养奸，以后她对别的乘客还会故伎重演。

枝子妈突然大声地：我不是说算了吗，你怎么还没完没了呀?!

郑考古一愣：我……我是为你出气。

枝子妈放缓口气：要是为了我，不管有多大的委屈，你就忍了吧。

郑考古：为什么?

枝子妈：那开车的，是枝子。

郑考古：啊，枝子?

夫妻二人合力扯动绳子，将满脸是汗的满囤从井里拉上来。

王一斗：怎么样，快凿通了吧?

满囤：听声音，像是快了。爸，这事我还是觉得谱儿不大，费了半天劲，白天夜里都睡不好觉，末了再闹个鸡飞蛋打……

王一斗：怎么又泄气了? 等凿通了，不就知道有没有金银珠宝了?

满囤妈：不弄清楚喽，你爸的发财梦还得再做几十年。

王一斗扬起手：想找抽啊你!

浴池里，夏五爷慢条斯理地脱着衣服。对面床上睡着的是满囤。

服务员捅着：哎，也该醒醒了吧，都睡俩钟头了。

满囤：啊，是吗，我起来……哟，夏五爷您也来了。

夏五爷：有家不回，跑这儿睡着香啊是怎的?

满囤：啊，枝子上夜班，我怕在家打扰她。

夏五爷有所指：枝子上夜班，你也上夜班?

满囤：啊，我……我本想洗个澡就走，没想到，一躺下就睡着了。

服务员：是被老婆打出来的吧? 天天在这儿一睡就好几个钟头。

夏五爷：晚上不好好睡觉，时间长了，铁打的身体也吃不消。特别是子午觉，可不能耽误。

满囤：那是，那是。

夏五爷：满囤呀，古人说得好，勿以善小而不为，勿以恶小而为之。你从小就诚实厚道好心眼儿，有几句话，我不知道当说不当说。

满囤：您尽管说。

夏五爷悠然地：任有金银如山高，死去难带一分毫。

满囤：您这话学问太深，我有点儿听不懂。

夏五爷：其实也好理解，知足常乐，吃亏是福；功名利禄，形同粪土。做善事，让人知道并非真善；做恶事，怕人知道便是大恶。怎么，不去再泡会儿了？

满囤：啊，不了，您去吧，我该回家了。

夏五爷走向热气腾腾的浴池间。望着夏五爷背影，满囤一脸疑惑。

王一斗也是一脸疑惑：是呀，这夏五爷，葫芦里卖的是什么药啊？

满囤：我越琢磨，越觉得跟咱挖井有关。

王一斗：前几天他到咱家收电费，就话里有话，说不义之财不定是福是祸，还问九库我们夜里干什么，今儿又对你这么说，他到底……

满囤妈：别那么歪心眼子！枝子妈夜里听见咱们凿井的咚咚声，人家夏五爷还替咱打马虎眼，说是枝子妈上火耳鸣了。清洁工来咱家闹，问砖头木片儿是谁倒垃圾桶里的，又是人家夏五爷给打发了。

王一斗：这就越让人猜不透。人老精，马老猾，连兔子老了都难拿。咱们提防着他点儿，抓紧时间凿柏木板。不然，可就什么都来不及了。

九库和黑衣老太在院子里捉蚂蚁玩儿。九库鞋带松了，绊了一下，险些摔倒。

黑衣老太眼神一惊，与平日呆滞的目光有天壤之别，过去给九库系上鞋带，还使劲勒了勒。这一情景，被夏五爷看在眼里，若有所思。

枝子出了家，打开出租车门上了车：车况挺好的吧？

张童答非所问：我能跟你核实一个问题吗？

枝子：什么问题？

张童：你必须跟我说实话。

枝子：你还没说什么问题，怎么知道我不跟你说实话？

张童鼓足勇气：你……你和满囤是不是还没有正式结婚？

枝子感到很突然：你问我这个干什么？

张童：你先如实回答，你和满囤是不是还没有正式结婚？

枝子：啊，怎么了？

张童：这就好了。

枝子：你到底什么意思？

张童：我再也不会有什么罪恶感了，我和他处在同一条起跑线上。

枝子：你的话，我不明白。

张童：我现在郑重地宣布，从今往后，我和王满囤是情敌！

枝子没恼，反而笑了：张童，让我怎么说你好。

张童：我要理直气壮、名正言顺地和王满囤展开竞争。

枝子：竞争我吗？笑话！七八年前，也就是你这么大时，我已经是满囤的妻子，而且我们的孩子都快上学了。

张童：这我不管。我只知道，在法律上你依然是未婚。

枝子有些急了：张童，我看你是昏头了！我提醒你，我是你姐，是和你一起搭伙开出租车的大姐，除此之外，没有任何关系！

在悠扬的民乐伴奏下，叶子所在的业余模特队做着中式内衣秀表演。轮到叶子出场了，苗条的身材、丰满的乳房、冷艳的气质博得阵阵掌声，特别是资助这场演出的韩老板，得意忘形地拍着巴掌。躲在暗处的大漏勺把韩老板的用心看得明明白白。

吴非举起照相机，对着叶子一通猛拍。

韩老板招来工作人员，嘀咕了几句。

叶子换了一种中式内衣再次风光出场。韩老板更加起劲地鼓掌。

吴非正拍照拍得带劲，那个工作人员挡着了他的镜头。

吴非：哎，您让开行吗？

工作人员：对不起，我们并没有邀请您。

吴非：我是记者。

工作人员：记者也不行，请您退场吧。

吴非：哪有不让记者采访的？

工作人员：不是我不给您面子，是这场演示的赞助商请您退场。

吴非：谁是赞助商？你把他找来。

韩老板眯着眼睛，暗自得意。

台上走猫步的叶子把这看在眼里。

暗处的大漏勺露出几分意味深长的笑。

工作人员：请您配合，马上退场，不然我可不客气了。

吴非只好无可奈何地离开。

韩老板招过工作人员，塞了小费，嘀咕几句。工作人员走进后台。

台上，模特一个接一个轮番出场，却再不见叶子露面。韩老板正纳闷，工作人员来到他面前，小声说了几句。

韩老板有些失态：什么？叶子已经走了？

大漏勺幸灾乐祸地笑笑，转身离去。

吴非在家里用电脑下载数码相机拍摄的叶子表演的照片。

叶子很感兴趣。吴非手把手教叶子如何下载照片。叶子将鼠标点在加号的位置，显示器里的叶子成倍放大，定格在一对丰满的乳房上。二人对视，都有些不好意思。吴非用鼠标点击一下打印，打印机工作起来。

吴非将打印出的彩色照片递给叶子：给，做个纪念。

叶子欣喜万分：哎呀真好！我从没照过这么好看的照片。谢谢你！

吴非：这算什么，等有时间，我带你到大自然里拍照，江山多娇，美女妖娆，世间多情兮，纷纷入画来。

叶子：好哇，我最爱到大自然里去玩了。

吴非：好，那以后，咱们就春踏青，夏观景，秋赏叶，冬滑雪。

叶子：最近你什么时候带我去呀？

吴非：时刻待命，听候调遣，鞍前马后，包你满意。

叶子：你说话真逗。

吴非：哎，对了，你的名字是谁给起的？

叶子：我姐叫枝子，我就叫叶子呗。你觉得是不是挺俗的？

吴非：不不不，恰恰相反。叶子，多么富有诗意啊！

叶子：再湿就受潮发霉了。

吴非酝酿片刻，一首赞美叶子的诗句脱口而出：辉煌的橘树啊，枝叶分披；富贵的牡丹啊，繁叶相陪；傲雪的蜡梅啊，嫩叶紧随；满山的秋色啊，红叶点缀……

叶子捂着脸颊：我脸都被你夸红了，叶子哪有你说的那么好啊。

吴非：不识庐山真面目，只缘身在此山中。一个女孩子，没有意识到自己的美丽，恰恰是她最美丽的时候。

躲在窗外的大漏勺把这情景全都看在眼里。

枝子妈逼问回到家的叶子：你是不是看上那个吴非了？

叶子：看上嘛，倒还说不上。不过，人家出口成章，真有学问。哎，妈，你觉得他怎么样？

枝子妈：有学问的人多了。

叶子：我是问，他这个有学问的人怎么样？

枝子妈：我听说他现在还是试用，还不是正式记者。

叶子：转正那是早晚的事。

枝子妈：他的户口也还没落在北京。

叶子：户口户口，又是户口，您还没生够户口的气呀？人家是研究生毕业，户口进京不成问题。您就说他人怎么样吧。

枝子妈：要说人嘛，倒是斯斯文文、客客气气、有模有样的。

叶子抱着妈妈亲了一口：我可就算征求过您意见了。

枝子妈：我后面的话还没说完呢。

叶子：您别说半截儿留半截儿好不好？

枝子妈：就是个头矮矮的，说话侉侉的，挣钱少少的，还有点儿酸文假醋的，配我宝贝闺女，还差一大截子。

叶子：反正咱们早就达成协议，互不干涉内政。

枝子妈：谁跟你达成协议了？没我的批准，你甭想自作主张。

叶子：前有车，后有辙。到时候，您可别怪我学我姐姐！

枝子妈：你敢！

王一斗磨完凿子，用食指试试凿刃，拿过一根绳子拴住凿子。

王一斗扒在井口：满囤，这凿子快，我给你送下去。

满囤的声音：好。

王一斗：把你手里的钝凿子传上来，我再磨磨。

满囤妈：满囤，喝水不？

满囤的声音：不渴。

王一斗把快凿子送下去，把钝凿子拉上来。

这时，忽然从院门口传来一阵急促的敲门声。

传来片儿警刘的声音：开门！开门啊！

王一斗一怔。

满囤妈：这么晚了，谁啊？

王一斗：你出去看看。

满囤妈走出二道门：谁呀，这么晚了，有什么事啊？

男人的声音：大妈，是我，开门！

满囤妈：你是谁啊？

男人的声音：我的声音您都听不出来了？我是片儿警小刘。

满囤妈吓得一哆嗦，扭头往家跑。

满囤已经从井里出来，正解着腰间的绳子。

满囤妈慌慌张张跑进来：不好了！不好了！片儿警小刘来了！

满囤：这怎么办？

王一斗：别慌，挡上井口。

三人抬过双人床，挡在井口上。王一斗收拾起凿子和磨石，拿起扫帚将洒落在地上的木屑扫进床底下。

王一斗：跟你妈出去看看，多个心眼儿，机灵着点儿。

满囤应声和满囤妈出了屋。

满囤妈打开院门，门外站着四个人，除了片儿警小刘，还有两男一女。男的一个黑脸膛，一个精瘦子；女的长得圆滚滚的，一脸横肉。

片儿警刘：大妈，不好意思，打搅您睡觉了吧？

黑脸膛操着河南口音：开个门儿咋比拉屎还费劲咧！

满囤：哎，你怎这么说话呢，你是谁啊？

黑脸膛急切地：俺找俺娘！

满囤：找你娘深更半夜来我们家干吗？

片儿警刘：我来解释，我来解释。是这么回事，这位河南大哥的老娘，丢了好几个月了，从电台广播里听到你们家收留了一个找不着家的老太太，年龄身高、穿衣打扮，跟他娘差不多……

黑脸膛抢着说：听到广播，俺们连夜坐火车就来了。

圆滚女人和精瘦子附和：是啊，是啊！

说着，黑脸膛就要往里闯。满囤和满囤妈堵住门。

满囤妈：哎，干吗呀？

满囤：谁让你进去了？

黑脸膛：俺要接俺娘回家，让俺进去，俺要接俺娘回家！

满囤把住门口：你怎这么不懂规矩呀？能随随便便往人家里闯吗？

满囤妈：就是，一点儿规矩不懂。

黑脸膛急得结巴起来：俺……俺……俺心里急得着火啊！

片儿警刘：你先别急，听我说。他们连夜赶来，总不能不让人家认娘吧？枝子多次催我，让我帮老太太尽快找到家人，现在，她家人来了，领走老太太，他们踏实了，你们也省心了……

黑脸膛趁其不备，刺溜一下从满囤胳膊底下钻过去。

满囤：哪儿跑，站住！

满囤妈：老头子！有人闯进咱家了！

黑脸膛一路快跑，一路大喊：娘哎，娘哎，狗娃儿来接你咧！

屋里黑着灯。狗娃儿进了屋子，抱住黑衣老太：娘，都怪儿子不孝啊，叫你受委屈啦！咱这就回家，啊。娘，儿以后好好孝顺你，再也不叫花妮儿给你气受了！

黑衣老太神情木然，无动于衷。众人跟进来，满囤拉亮灯。

狗娃儿鼻涕眼泪一块儿流：娘，自打俺们气跑了你，村里人都戳俺脊梁骨，骂俺是娶了媳妇儿忘了娘，整个儿一个白眼狼！

精瘦子看了一眼黑衣老太：表哥，你仔细瞅瞅，这……这不是俺婶子。

狗娃儿推开黑衣老太，定睛一看：啊！

扑通一声，狗娃儿晕倒在地。表弟精瘦子和狗娃儿媳妇花妮儿急忙上前，扶起狗娃儿，又抽嘴巴又掐人中。

花妮儿：醒醒，狗娃儿你醒醒！

表弟：表哥，表哥你别躺在这儿啊！

满囤妈递给花妮儿一杯水。花妮儿喝了一口，喷在丈夫脸上。

狗娃儿长喘一口气，醒了：娘哎娘哎，你在哪儿啊？

片儿警刘看看满囤妈和满囤：咳，闹错了。对不起，打搅你们了。

满囤妈：没关系，犁杖都是铁打的，人心都是肉长的。

满囤：那就请赶紧走吧！

片儿警刘：都走了，都走了，等有了线索，我再告诉你们。

狗娃儿忽然狠狠打了花妮儿一个嘴巴：都怨你这个臭娘儿们，你要是对娘哪怕有一点点儿孝心，娘也不会气跑哇！

花妮儿抓了狗娃儿一把，狗娃儿脸上顿时现出五条血道子。

夫妻俩扭在一起，大打出手。黑衣老太管自躺在床上，侧身睡去。

片警儿刘：嗨嗨嗨，有话好好说，别在人家里撒野！推了表弟一把：你还不快把他们拉开！

表弟皱着眉，缩着身：他们这是家常便饭，我可拉不开。

满囤妈：嘿，这可是我们家！

满囤：要打你们回老家打去！

王一斗躲在屋里，点起一根烟，狠命吸了一口。

待狗娃儿夫妇收住手，各自都是头发乱蓬蓬，身上伤痕累累。

狗娃儿扯过满囤妈：婶儿，您老给评评理。俺还没出生，俺爹就得痨病死了，家里欠了一屁股债。俺娘又当爹又当娘，一把屎一把尿拉扯俺，捧在手里怕吓着，含在嘴里怕化喽，可疼俺了，哪怕有半碗粥，也全都喂了俺。有多少媒婆子劝俺娘改嫁，可俺娘怕找个后爹对俺不好，死活不答应，一直守寡守到给俺娶上媳妇，俺娘好命苦啊！

狗娃儿不禁痛哭流涕。

满囤妈陪着抹眼泪：听得我心里都酸酸的。

狗娃儿：娶了媳妇儿，按说俺娘该舒心了吧？可这个媳妇儿，母老虎啊! 刚过门儿, 就把俺娘撵住到柴火屋。她吃大白馍, 给俺娘吃苞谷饼; 她穿红戴绿的的确良, 给俺娘穿的衣服补丁摞补丁。整天骂俺娘是老不死的, 她的心比蛇蝎还毒啊!

花妮儿: 活该! 谁叫你娘骗俺咧! 过门儿前, 俺看你家有五间大瓦房, 心里还美咧, 可过了门儿才知道, 这房是你娘借四万块钱盖的, 说是要俺来还账, 俺能对她好吗? 俺能孝顺她吗?

满囤妈: 再怎么她也是你婆婆, 说一千道一万, 还是你不对。

王一斗听见老伴儿的话, 低声骂道: 这个傻货, 不催他们赶紧走, 瞎掺和什么啊!

狗娃儿: 你嫌弃俺娘, 俺还嫌弃你咧! 你还不如一只老母鸡, 母鸡三天两头还能下个蛋, 你呢, 这些年连个娃儿也生不出来。

花妮儿: 这能怨俺吗? 是你没能耐!

表弟: 表哥表嫂, 你们别再现眼了, 赶紧走吧。

片儿警刘急了: 太不像话了, 还有完没完啊? 都给我出去!

表弟推着花妮儿, 片儿警刘推着狗娃出了屋子。

片儿警刘来到院子里: 哎, 怎么没见大爷?

满囤一怔: 我爸在屋睡觉呢。

片儿警刘: 这么大动静儿, 大爷也能睡着?

满囤妈: 他呀, 睡觉死着呢, 打个霹雷还以为谁放屁呢。

王一斗急得在屋地上转磨: 后悔哟, 后悔死喽! 把个不认识的老太太接回家, 惹了多少麻烦啊。

满囤妈和满囤走进屋。

王一斗指着满囤妈脑门: 你真是糊涂到家了! 我为凿井都快急死了, 你却吃凉不管酸。人家唠叨没完, 你傻了吧唧听着, 人家哭他娘命苦, 你跟着掉眼泪, 你呀你, 让我怎么说你好啊! 又指着满囤: 你小子也是, 你妈脑子少根弦儿, 你脑子也少根弦啊? 怎就不知道事情轻重啊?

满囤: 爸, 我实话跟您说吧, 挖宝这事, 我和我妈压根儿就不信, 本来就是想陪您玩玩儿。

王一斗: 好小子, 怨不得你整天提不起精神, 敢情没憋着好屁!

满囤妈：喊，谁像你似的一根筋啊。

王一斗：好，没有你们，我一个人干，拼上老命也认了。

说着，王一斗抄起绳子，系在腰间。可是，没有人给扯着绳子，无法潜入井里。满囤看了他妈一眼，拿起大绳扯紧了。

大漏勺透过餐馆玻璃窗望去，看到吴非从马路对面走来，招手示意。

吴非走进来：你电话约我来，说有要事相商，到底什么事情啊？

大漏勺：不急不急，来，咱俩边吃边说。

吴非：我有一个稿还没写呢。

大漏勺：有什么事也得先吃饭是不是？小姐，给我们点菜。

很快，酒菜端上来。

吴非：不行不行，你不清楚，我们南方人只吃啤酒，不吃白酒。

大漏勺：喝酒就是喝酒，别吃吃的。来，入乡随俗，到了北京，咱们就得喝二锅头。

吴非：你不要强人所难嘛。

大漏勺：看来我们俩尿不到一个壶里去了。

大漏勺给吴非倒上啤酒，给自己倒上白酒。

吴非：你刚才说的是什么意思？对你们北京话，我有许多搞不懂。

大漏勺：就是说，我们两个人不是一条道儿上跑的车。

吴非：这与喝酒有什么关系吗？

大漏勺：得得得，跟你这南蛮子解释不清楚。等你什么时候把舌头捋直了，把北京话的含义理解透了，我再告诉你吧。

这时，吴非的手机响了，起身到一旁去接。

大漏勺乘机把白酒倒进吴非的啤酒杯里。

吴非回到桌子前坐下。

大漏勺：来，干！

二人碰杯时，大漏勺露出不怀好意的窃笑。

吴非：说吧，你有什么事要告诉我？

大漏勺：你想占领的阵地，早就被人占领过无数遍了。

102

吴非：你说的话，我不明白。

大漏勺压低声音：叶子早已经不是原装儿了。

吴非：原装？原装是什么意思？汽车彩电照相机有进口原装，人怎么也有原装？真搞不明白。

大漏勺：二水儿面知道吧？

吴非摇摇头。

吴非：开苞儿懂吗？

吴非依然摇摇头。

大漏勺：完了，比跟一个洋鬼子说话还费劲。再跟你挑明点儿吧，这年头儿，处女可是稀罕物了。

吴非似乎听明白了：你是说，叶子早已经与别人发生了性关系？

大漏勺：哎，这回你可算开窍儿了。

吴非：你怎么会知道？

大漏勺：我怎么知道的，你就甭管了。

吴非呼吸急促起来，抄起掺有白酒的啤酒杯一饮而尽。

大漏勺低头点燃一支烟，再抬头一看，桌子对面不见了吴非。待侧身一看，吴非已经出溜到了桌子底下。

大漏勺笑了：傻小子！

大漏勺搀扶着醉成烂泥似的吴非走在街边，吴非被树坑绊倒了，几次想爬都没有爬起来，四脚朝天躺在树坑里，只知道一个劲儿傻笑。

不断有人围过来观看。

大漏勺：快来瞧，快来看，来晚了看不见啊！

围观者甲：谁这么散德行啊？

围观者乙：把祖宗三代的眼都现尽了。

大漏勺：不知道吧？这是研究生毕业的大记者，高级知识分子！

围观者甲：这哪像高级知识分子呀，说是胡同串子还差不多。

吴非躺在地上，依然傻笑。在他眼里，围观人们和大漏勺的脸都变了形，显得非常滑稽和狰狞。

大漏勺拍打着吴非的脸蛋：哎，你那一肚子学问呢？你那酸倒牙的酸词儿呢？怎不说了你，啊？说呀，怎不说了？

躺在地上的吴非只会一个劲儿傻笑。

大漏勺：说不了酸词儿了吧？好，我来替你说。

吴非试图爬起来，挣扎了挣扎，又瘫软在地。

大漏勺整整衣服，摆出架势：啊，辉煌的橘树啊，枝叶分披；啊，富贵的牡丹啊，繁叶相陪；啊，傲雪的蜡梅啊，嫩叶紧随；啊……

大漏勺"啊"的声音忽然变成疼痛的喊叫。

叶子将坤包一下又一下地重重打在大漏勺脑袋上：我让你驴似的啊啊叫唤！

大漏勺抱着脑袋乘机溜了，把吴非这个包袱甩给叶子。

叶子好不容易搀扶起吴非，没走几步，吴非吐了，恨不得把五脏六腑都吐出来。然后，瘫坐在了马路牙子上。

叶子拦了几辆出租车，司机一见是醉鬼，都不肯拉。有一辆出租车停下来，司机走下车，原来是枝子。她与叶子一起搀起吴非上车。

吴非甩开叶子：我……我不要你碰我，你……你早已不是原装了。

叶子：你胡说八道什么！

吴非：不……不是原装。

叶子打了吴非一个大嘴巴，气愤离开。

枝子：哎，你走了，吴非怎么办？

叶子：凉拌热拌随你便，扔街上喂狗我也不管！

满囤扯着绳子，王一斗潜在井下凿木板。

忽然传来"哐当"一声，这是院门发出的声响。

满囤跟妈对视一眼，立刻紧张起来。

传来枝子的声音：满囤！满囤起来，快来帮帮我！

满囤急忙把绳子交给母亲，跑出去。

醉成一摊烂泥似的吴非被门槛绊倒了，枝子怎么搀也搀不动。

满囤赶来，帮助枝子架起吴非：怎么了这是？

枝子：都是猫尿惹的祸。

枝子和满囤把吴非放倒在床。丽珍将一条毛巾被盖在吴非身上。扑

104

面而来的酒气，熏得丽珍一阵恶心，捂着嘴跑出屋子。

丽珍剧烈地呕吐着。

枝子从屋子里走出来：丽珍，你怎么了？

丽珍掩饰着：啊，我一闻到酒气就恶心。

枝子脸上显出疑惑：不会是……

丽珍：没事的，放心吧，一会儿就好。

说着，丽珍忍不住又呕吐起来。

井下传来王一斗的声音：快拉我上去呀！

满囤妈使劲拉着绳子。王一斗的双脚出现在井口。满囤妈用力太大，不禁咳嗽起来，手一软，绳子松了。

井下传来王一斗的声音：哎哟！

枝子和满囤走进堂屋。

枝子：爸和妈都睡了吧？

满囤一怔：啊，睡了，他们早睡了。

枝子走进住屋。满囤看了父母住屋一眼，跟随枝子走进去。

黑衣老太和九库熟睡在床。

满囤：你还出去拉活吗？

枝子：你想累死我呀？不拉了，今儿早点儿睡觉。

枝子脱着上衣：哎，对了，大妈的家人有信儿吗？

满囤：除了昨儿那仁河南人，还没有人再找来呢。

枝子：报纸也登了，电台也播了，怎么就一点消息也没有啊？你白天没事，领着大妈出去转转，说不定大妈家里人急得满街找呢，也省得大妈一天到晚老在家憋着。

满囤：啊，行。

枝子：哎，你衣服上怎么有这么多土啊？

满囤一怔：啊，白天收拾搬家的东西，蹭的。

枝子：蹭的？也没见你收拾多少东西呀，还满身的土腥味儿，跟从地道里爬出来似的。脱下来，明天我给你洗洗。

满囤一脸紧张，慢慢解着衣服扣子。

枝子：刚才我见丽珍吐了，她是不是怀孕了？

满囤心不在焉，惦记着井里的父亲：哦，你说什么？

枝子：丽珍好像怀孕了。

满囤：啊，可能吧。

床上的九库动了动，把枝子的注意力吸引过去。

满囤赶紧脱身：我回爸妈那屋睡觉去了。

枝子：就跟谁想留你似的。

满囤：哎哟，让大妈赶紧找到家吧，不然我真成和尚喽。

枝子：去你的。

满囤转身出了屋，走进父母住屋，与母亲合力扯动绳子，将父亲从井里拉上来。王一斗满头大汗，头上扎了许多木屑，激动得要哭。

满囤：爸，爸你怎么了？

王一斗：木板凿通了，下面有一个大口井，井底还有一个卧井，安着石门，门上钉锔挂着锁，跟我梦里梦见的一模一样！

满囤打开手电筒，照进井里。横在井中间的柏木板上，露出一个拳头大小的洞，手电光一直照下去，里面大口井的井壁非常完整，用青砖砌成，井底有一个卧井，卧井石门的钉锔上确实挂着一把老式锈锁。满囤惊讶得睁大了眼睛，一句话也说不上来。

满囤妈：老头子，这么说，咱们真的要发财了？

王一斗顾不上回答，激动得不能自制，两行热泪从眼睛里流淌下来，看去就像是两条蚯蚓爬在他饱经风霜的脸上。

满囤倒了一杯水：爸，您喝口水，静静神儿。

王一斗喝了一口水：等打开卧井石门，我就能拿到大把大把的金条，倒要看看它是不是真的烫手。到时看你这个傻婆子还敢说我是一斗粮食的穷命不！

满囤妈：这不是还没拿到金条吗？

王一斗：你们俩现在相信井里有宝吗？还只是想陪我玩玩儿吗？

满囤看了满囤妈一眼。

满囤妈：行，打今儿起，我们娘儿俩就相信你一回，就相信这井里有宝贝，行了吧？

王一斗：光信不行，还得跟我一门心思地干。满囤，你别不说话，你也明确表个态。

满囤沉吟片刻：好，我听您的。反正用不了几天，就能水落石出。

满囤和满囤妈对视一眼，从他们的眼神中可以看出，他们似乎有点相信这口井里藏着金银珠宝了。

第 七 章

吴非醒了，想起昨天夜里说叶子早不是原装的话，后悔不迭。

吴非出了住屋，看见枝子妈正在扫地：伯母，让我来吧。

枝子妈：怎能让你干这事呢。

吴非：没关系的，您歇着。

吴非要过笤帚扫起来。枝子妈用欣赏的眼光看着。

叶子出了屋，一把夺过笤帚，摔在地上，回屋去了。

枝子妈跟进屋：哎，你这个丫头怎么了？怎么说翻脸就翻脸了？昨儿还恨不得把他夸成一朵花。

叶子：狗尾巴花！

枝子妈：他到底怎么招惹你了？

叶子：您甭管！

枝子妈：我是你妈，能不管吗？

叶子：我姐的事您倒是管了，结果呢？到现在还后患无穷。

枝子妈：你别老拿你姐的事堵我的嘴，你的事该管我还得管！

载有液化气罐的独轮小车发出尖厉刺耳的声响，丽珍换液化气罐回来。满囤走出二道门，过去帮忙。

枝子洗涮着碗筷，经堂屋门看去，只见满囤拎着沉重的液化气罐，搬进丽珍家堂屋，脸上显出几分不快。

满囤把管子接到液化气罐阀门上，打开炉灶开关，随着嘭的一声，灶眼燃起蓝色的火苗。然后将一把水壶放上去。

满囤：好了，没问题。

丽珍递上毛巾：谢谢。

满囤擦擦手：这还谢什么呀。你身子不方便，自己别逞能，以后有什么重活，尽管说话，我帮你干。

丽珍很是感动：好吧。对了，推销保险的事好干吗？

满囤：咳，明跟你说，至今一份保单也没拉到呢。

丽珍：我当你第一个客户吧。

满囤：好啊，回头我把入保的材料给你一份，你先好好看看。

丽珍：不用了，我还能不相信你？

满囤回了家，见枝子刷着碗，头也不抬：雷锋学得不错嘛！

满囤：听你这话，味儿有点儿不对。

枝子：还不傻，还知道味儿不对。

满囤：你别来劲啊。

枝子：你待在家里有劲儿没处使，把人家的活儿全干了得了。

传来丽珍的喊声：满囤，满囤！

满囤看了枝子一眼，枝子却走进住屋。

满囤答道：哎，来了！

丽珍抱着一床棉被站在院子里：帮我搭绳子上晒晒行吗？

满囤：行。

满囤接过棉被，搭晒在绳子上。

晚上，枝子整理着被子：今天给人家晒被子，明天该给人家铺被子了吧？

满囤走进住屋：你今儿这是怎么了？

枝子：给人家当使唤丫头，最好别当着我的面儿。

满囤：丽珍怀了孕，男人又出差了，我帮她搬搬煤气罐、晒晒被子，这有什么呀，啊？好好好，你是咱家头号功臣，再睡会儿吧，晚上还要上夜班呢。

枝子：谁说我今儿上夜班了？

满囤：你……你不上夜班了？

枝子：今儿该张童上夜班，明天轮到我上白班。

满囤一怔：上白班？

枝子：怎么了？你过去不总希望我上白班吗？

满囤：啊，好，上白班好，夜里好能睡个子午觉。

枝子：那你还一脸不高兴，是不是耽误你的好事了？

满囤：我能有什么好事呀？

枝子：最近你说话吞吞吐吐的，不会有什么事瞒着我吧？

满囤：你比孙悟空还火眼金睛，真要有什么事，还能瞒得过你？

枝子：哼，知道就行。

王一斗：这可怎么好呀？枝子上白班，院儿里人白天睁着眼睛，支棱着耳朵，咱不能下井凿木板；枝子下了白班，晚上回家吃饭睡觉，夜里咱又不能下井凿木板。这辈子，一轮到我烧香，灶王爷就掉屁股。

满囤：要不，把井的事告诉枝子？

王一斗：不行，绝对不行。

满囤妈：如果真的挖出金银珠宝，早晚也得让枝子知道哇。

王一斗：现在多一个人知道，就多一分危险。

满囤：那咱怎么办呀？

王一斗：别光问我，都赶紧想主意呀。

满囤：能有什么主意呀？

满囤妈：枝子早不倒班晚不倒班，偏偏凿通了柏木板，打开石门就能得到金银珠宝，她改成上白班了，这不是急死人嘛！

王一斗找出清凉油，抹在太阳穴上：你别叨叨了，还嫌我心不烦啊？

满囤：哎，我有主意了。

王一斗：快说，啥主意？

满囤：找拆迁办刘主任，求他答应咱们晚几天搬家。

王一斗：也只好这样了。

满囤妈：理由呢？

王一斗：咱就说，枝子妈不给户口本，还在想办法要。哈哈，想不到枝子妈攥着户口本不撒手，反倒帮了咱们的忙。这就叫东方不亮西方亮，老天爷饿不死瞎家雀儿，我这就找刘主任去。

刘主任办公室里，刘主任连连摆手：不行不行，这可不行。您想想呀，总不能为了您一户，耽误这一片几百户危旧房改造的速度吧。

王一斗：我们又不是当钉子户，不就晚几天搬家嘛。刘主任，从您家老爷子当房管所主任那会儿，就总是给老百姓办好事，至今街坊四邻嘴里还常念叨老爷子的好儿呢。

刘主任：谢谢，您替我谢谢大家。

王一斗：对您，大伙儿就更佩服了。拆迁嚷嚷了一二十年，干打雷不下雨，多年媳妇熬成婆。自从您接手，办事麻利脆，说拆就拆，说搬就搬了，人家伙感激不尽，正准备把给您的锦旗送到区政府去呢。

刘主任脱掉一只鞋子——这是他的习惯动作，把脚放在椅子上：要感激就感激现今的政策好，我不过是个办具体事的工作人员罢了。

王一斗：您答应我晚几天搬家了？

刘主任：哎，这我可没说啊。

王一斗：咳，这点儿小事，对您来说，上嘴唇一碰下嘴唇。

刘主任：老王，我不是驳您的面子。搬家和拆迁的具体日期，是领导和开发商韩老板一起开会研究决定的，要在搬家后一周之内，保证做到四通一平，晚一天要赔偿开发商一万元，还得是美金！

王一斗：难道一点儿办法也没有了？

刘主任：您可得想明白，不能按时搬家，哪怕是一天，两万元奖励就没了，这在搬家协议上写得清清楚楚的。

王一斗：两万块钱对我们，确实是不小的数。可有一笔账您帮我算算，是两万块值钱啊，还是八大马车……啊，不，还是一套房子值钱啊？刘主任，您帮我们通融通融，就算我老头子求您了！

刘主任被说动了心：这样吧，我把你们家的情况向领导反映反映。

王一斗：谢谢，谢谢！

刘主任：枝子的户口本，你们可得抓紧朝枝子妈要。

王一斗：一定，一定抓紧要。

刘主任：用不用我出面，帮你们找枝子妈说说？

王一斗连忙谢绝：不用不用，哪儿好意思总麻烦您啊。

满囤妈：刘主任答应了？

王一斗：只答应晚搬家两天。

满囤：这也不够呀，枝子要上一个星期白班呢。

王一斗：所以还得想别的主意。

满囤妈：怎么才能让枝子不上白班上夜班呢？

王一斗：哎，你今儿总算说了一句有用的话。

满囤妈：我啥时说过废话呀？

王一斗：得了得了，别刚说你喘你就咳嗽。

满囤妈：喊！死老头子！

王一斗：满囤，让枝子上夜班的任务交给你了。

满囤：我有什么好主意呀？

王一斗：你去想呗。哎呀，后背又痒痒了，快给我挠挠！

满囤妈撩起老头子衣服，挠起来。

枝子给黑衣老太洗头发：还老不让洗，头发都馊了，您看这黑汤。

一旁，九库在玩吹肥皂泡。

枝子为黑衣老太冲完头发：九库，递给我绳上那条干毛巾。

九库来到晾衣服绳子下，使劲一跳，够下毛巾。

枝子：我儿子真棒，跳得真高！

这时，枝子的手机响了。

枝子：九库，你给奶奶擦头发。

九库：好。

枝子接听手机：喂……哦，张童啊。

张童的声音：你出来一下可以吗？

枝子：你在哪儿？

张童的声音：在你们家门口。

枝子：什么事？

张童的声音：你出来就知道了。

张童坐在出租车里，看见枝子走出院门，显得有些紧张。

枝子：找我有什么事？

张童：你上车来我跟你说。

枝子打开车门，坐进去：什么事呀，还神神秘秘的。

张童将一件绣有小花的羊绒衫放到枝子腿上。

枝子：你给谁买的？

张童：送给你的。

枝子：太鲜艳了，这我哪儿穿得出去呀。

张童：我就是想让你年轻漂亮。

枝子：我不要。

张童：不许不要，这是我第一次给你买东西。

枝子：那……我给你钱。

张童：你这是看不起我。

枝子：我怎么会看不起你呢？你给我买了东西，我当然得给你钱了。说，花了多少，我给你。

张童沉默片刻：你如果非要给钱，那你就给一百吧。

吴非见叶子下班走出饭店，迎上前：叶子！

叶子转身向另一个方向走去。

吴非追上前：叶子，你听我解释嘛。

叶子：我不认识你！

吴非掏出几页纸，递上前：叶子，我错了，我向你做深刻检讨，这是我的检讨书，请你一定要收下。

叶子苦笑一下，一挥手将检讨书打掉在地，继续往前走。

吴非捡起检讨书，追上去，又掏出电影票：叶子，我请你去看电影吧，啊，新进口的大片。

叶子：不许你碰我！走开，我从来就不认识你！

吴非：你到底要我怎样才肯原谅我啊？

叶子：还用我原谅你吗？我都已经不是原装了。

吴非：叶子你听我说，我那是酒后胡言，不是我的真心话。

叶子：谁知道你真心话是什么！走开，你再纠缠，我可报警了。

吴非：你……你真的这么绝情？

叶子：绝情？我跟你有什么情？感情？亲情？爱情？一夜情？

吴非：你……你怎这么说话？

叶子：我的话怎么了？别以为多读了几年书，就觉得了不起，现在这社会，谁还把你们知识分子当宝贝儿呀？

吴非还想说什么，被叶子一把推开，愤然离去。

看着渐渐走远的叶子，吴非把电影票撕得粉碎。

叶子懒散地走在人行横道上。一辆大奔开来，车窗降下，露出韩老板的脸。叶子犹豫一下，拉开车门坐进车里。大奔风驰电掣般地开走了。

韩老板把醉得不省人事的叶子放在床上，从衣兜里摸出一粒药丸，放进嘴里，吞了下去。也许是心情太急切，也许是水喝呛着了，一个接着一个地打嗝。叶子呻吟一声，翻了一个身。韩老板解着叶子上衣纽扣。

叶子忽然醒了：你……你干什么？

韩老板又打了一个嗝：你说我要干什么？

说着，韩老板抱住叶子就亲。叶子用膝盖一顶，正好顶在韩老板的要害。韩老板惨叫一声，叶子夺门而去。

临睡前，枝子为黑衣老太洗脚。满囤在双人床上和九库玩骑马。

九库骑在爸爸背上，以笤帚当鞭子：驾！驾！

满囤不断颠着：你妈小时候，就总骑我的大马，不让骑就呜呜哭；现在你又拿我当马骑。我这辈子呀，没有出头的日子喽。

枝子：活该！那是你愿意让我骑。

九库：驾！驾！

满囤：不过，我也没吃亏，长大以后，我也没少骑你妈。

枝子用毛巾擦着黑衣老太的脚：你就教儿子坏吧。

满囤有意将儿子掀翻在床上。

九库：不，我还要骑，我还要骑！

枝子将儿子抱到满囤的背上：骑，狠狠骑你爸这个大马！

九库：驾！驾！

满囤颠着：哎哟，爸都要累吐血喽！

枝子：一天到晚，什么事也没干，累什么累呀？

九库手里的箸帚不断打在爸爸屁股上：驾！驾！

满囤：哎哟哟，别真打呀，疼死了！

九库咯咯地笑着。满囤又是一挺身，将儿子掀翻在床。

枝子将黑衣老太扶到行军床：您睡觉吧。

这时，传来吴非的声音：枝子姐在家吗？

满囤过去拉开屋门：来来来，屋里坐。

吴非递上一个纸盒子：送给九库玩的。

满囤接过来：来就来吧，还买东西干吗呀？

枝子：是呀，哪能让你破费。

吴非：没花钱，采访时厂家给的纪念品。大妈的家人有消息吗？

枝子：没有。

吴非：用不用再登一次广告？

枝子：过两天吧。

满囤打开纸盒子，里面装着一个很精致的汽车模型。

九库叫起来：汽车！汽车！

吴非：九库，喜欢吗？

九库：喜欢。

枝子：还不快谢谢叔叔？

九库：谢谢叔叔。

吴非：不用谢。

枝子：九库，赶明儿好好学习，等长大了，跟叔叔一样，也读研究生，也当大记者。

九库在床上入迷地玩着汽车模型，根本顾不上回答。

吴非：枝子姐，我真得感谢你呀。

枝子：我有什么值得感谢的？

吴非：昨天晚上，多亏是你开车把我送回家，要不然，醉鬼似的躺在大街上，更得斯文扫地了。

枝子：以后别喝那么多酒了。

满囤：酒喝多了，伤身子。

吴非：好，我记住了。不过，我还有一件事情，想麻烦枝子姐。

枝子：你说吧，只要我能办到。

吴非：由于我的错误，叶子和我闹矛盾了。枝子姐，你能劝劝她吗？再帮我递交一份检讨书。

吴非掏出一个封了口的信封，上面写着"叶子亲收"。

满囤被逗笑了：兄弟，这事你枝子姐恐怕帮不上忙。

枝子：你应该自己交给叶子。

吴非：我给她了，可她根本不理我。

满囤：那就一次不行两次，两次不行三次，学习愚公挖山不止的精神，只要功夫深，铁杵也能磨成针。你的明白？

枝子接过信封：你别逗人家了。检讨书我替你交给叶子。

吴非：谢谢枝子姐。

枝子：不过，劝说叶子这事，你必须亲自出面。

满囤：就是，拿出男子汉的劲头来，死缠烂打，穷追不舍，不到黄河不死心，不获全胜不收兵。

枝子：人家吴非还用你给出馊主意？

吴非：我知道满囤哥是为我好……哎，枝子姐，今天我们报纸上刊登了一条消息，标题叫《为了争取婚姻自由女儿将母亲告上法庭》，说的是母亲死活不交出户口本，不让女儿登记结婚。

满囤迅速看了枝子一眼，只见枝子顿时沉寂下来。

吴非继续说着：法院判女儿赢了这场官司，要母亲必须交出户口本。枝子姐，你们的情况跟这很相似，也不妨诉诸法律。我有个同学是律师，可以找他帮忙，而且保证是义务的。

枝子沉寂片刻：谢谢你吴非，如果诉诸法律，我很可能会得到户口本，正式结婚以后也很可能得到一套房子。但这样的话，我将永远失去母亲，一个生我养我疼爱我的母亲！

院门嘭的一声被推开了，叶子失魂落魄地走进里院。

枝子走出屋泼水，发现妹妹神情异常：哎，叶子，你怎么了？

叶子拨开姐姐：你别管。

枝子：叶子……

叶子走到东厢房前，隔过玻璃窗，冲着灯影下的吴非大喊：吴非！你这个浑蛋！从今往后，姑奶奶饶不了你！

屋子里的灯关了，吴非的身影也随即消失。

枝子妈闻声跑出屋：怎么了叶子，谁欺负你了？

满囤出现在家门口：得，第三次世界大战开始了。

枝子：就会说风凉话，进屋去。

叶子抄起笤帚一下又一下地打在玻璃窗上：我让你关掉灯！我让你装听不见！我让你装乌龟王八蛋！

大漏勺从家里走出来，看到这一切，得意地笑着。

大漏勺走进吴非住屋，拉亮灯，吴非从门后闪出来。

大漏勺：看把你小子吓的，没尿裤子吧？

吴非：都是你干的好事，害得我伤害了叶子又丢了面子。

大漏勺：怎么会是害你呢？我大漏勺长这么大，什么心眼都有，就是没长害人的心眼。再说了，你见刚才那阵势了吧，就你一个傻了吧唧的书生，是那娘儿俩的对手吗？她们还不把你吃喽？

吴非：谢谢你的好心。

大漏勺：别害怕，赶明儿我给你压压惊，请你去喝二两。

吴非一听说喝酒，赶紧摆手：别别别，我再也不与你喝酒了。

大漏勺：以后再用酸词儿勾引叶子，我有比喝酒更厉害的招儿治你。

吴非：大路朝天，各走一边，有能耐你也去讨她喜欢呀！

大漏勺：你敢再说一遍？我立马灭了你！

吴非：现在是法制社会，每个人的行为必须受到法律的约束。

大漏勺：嗬，好小子，跟我玩儿这一套，今儿我不教训你一顿，你不知道马王爷长三只眼。

枝子走出屋：大漏勺！你太过分了！

大漏勺回头一看是枝子，立刻变得嬉皮笑脸：我们俩闹着玩儿呢。

吴非：谁跟你闹着玩？

枝子：大漏勺我警告你，以后再敢无中生有诬蔑叶子，可别怪我伤了咱们这些年的和气。

夏五爷平躺在床，呼吸均匀，一动不动，看上去似乎睡得很沉。

这时，响起一阵蚊子的声音。夏五爷突然伸出手向半空抓了一把，原来他根本就没有睡着。他掸了掸手，将蚊子遗体抖落在地上。

满囤梦里大叫：啊！蛇！蛇！

枝子被惊醒了：哎，醒醒，满囤醒醒。

满囤醒了，抹了抹脸上的凉汗。

枝子：做什么噩梦了，一个劲儿地喊？

满囤：啊，我……我喊了吗？

枝子：蛇、蛇的，恨不得吓死谁。

满囤：我梦见一条蛇紧紧缠着我。

枝子：梦见蛇缠身，命中多女人。你往后可得给我老实点儿。

满囤：哎哟我的姑奶奶，你放心吧，除了你，谁还看得上我呀？穷了吧唧，窝窝囊囊；牙口倍儿好，吃吗吗香；插着钢笔，不会算账；买台电脑，不会上网；晚上睡觉，只会尿炕……

枝子打了满囤一巴掌：这嘴儿真是没白练，跑我这儿显摆来了，有能耐多拉几个保单，比什么不强呀？

满囤把枝子拉到怀里：我还是拉你吧。

枝子手指睡觉的黑衣老太：有人。

满囤：人事不知，怕她干吗？

满囤将枝子搂在怀里。

王一斗躺在床上：得赶紧想主意让枝子上夜班。

满囤妈：有什么好主意呀？要不让满囤跟枝子直说？

王一斗：怎么个直说？学着满囤的口吻：枝子你上夜班吧。

满囤妈学着枝子的口吻：凭啥让我上夜班？

王一斗学着满囤口吻：你上了夜班，我好和爸妈一起挖金银珠宝。

满囤妈：这么一说，不就全露馅了？

王一斗：还没傻到家，你也知道怕露馅啊？

满囤妈：那有啥法子让枝子上夜班？

王一斗：想呀，使劲想。

满囤妈想了想：不行不行，想得我脑仁儿都疼了。

王一斗·摸出清凉油：给，抹一点儿就好了。

满囤妈：我可不用那玩意儿，抹上肉皮杀得难受。

王一斗抠出一块清凉油，抹在自己的太阳穴上。

满囤倒完尿盆回来，迎面遇到上班去的叶子。

满囤：哎，叶子，我正想要找你呢。

叶子：你先放下尿盆。

满囤放下尿盆：你姐说，让我劝劝你。

叶子：劝我什么呀？

满囤：人家吴非其实不错……

叶子：打住打住！

满囤：甭说别的，比我不得强百倍？

叶子：那可说不定。

满囤：我哪一点比得上人家呀？人家相貌堂堂，我窝窝囊囊；人家研究生毕业，我读完高中勉勉强强；人家是无冕之王，前途远大，我下岗在家，一顿不吃饿得慌。

叶子笑了：这么说，我姐看上你算是瞎眼了？

满囤：也可以这么说，我没本事撑起这个家，全靠你姐风里来，雨里去，累死累活……咳，叶子，你是不知道啊，我心里觉得特对不起你姐。你姐襟怀坦荡，光明磊落；我心有杂念，瞻前顾后，有时……咳，还不得不对你姐藏着掖着瞒着骗着……

叶子：那就离了算了。

满囤：哎哎哎，这可不行。赶明儿等我咸鱼翻身了，一定好好补偿你姐，疼她敬她爱她宠她，让你姐成为世界上最最幸福的女人！

叶子很感动：我姐没瞎眼，真的没瞎眼，找了你这么个好心的人。

满囤：也就剩下这一条了。

叶子：这一条，比金子、比银子、比所有金银珠宝都珍贵。

满囤：叶子，听姐夫一句话，女人把漂亮当成资本是愚蠢的，而把漂亮当成资源才是智慧的。

叶子：嗬，还蛮有哲理呀。

满囤：除了哲理，还有通俗的呢。爱情这东西，就像是一块面团儿，只能烙张大饼，给一个人吃；不能像揪饺子剂儿似的，零揪儿给许多人。

叶子：这面团儿理论是你发明的？

满囤：这是我的亲身体会。爱情是美酒，一个人喝是孤独，两个人喝是幸福，三个人喝是中毒。

叶子笑了：这也是你的亲身体会？

满囤：我可没这福分，是从一本杂志上抄下来的。

叶子：好，你放心，我不会中毒的。

满囤：哎，别走，我想让你姐继续上夜班。

叶子：我姐上不上夜班，与我有什么关系？

满囤：如今社会挺乱的，等你下了夜班，好让你姐开车接你回家，这样不就安全了嘛。

叶子：谢谢，我自己打车就行了。再说了，我姐上夜班，她也不安全，又太辛苦，还是让她上白班吧……不行，我上班要迟到了。刚要走，又凑过去在满囤脸上亲了一下：好好地爱我姐，美酒给她一个人喝，啊！

满囤摸了摸脸蛋，留在脸上的唇印红成了一片。

枝子拎着水杯和书包走出院门，遇到倒尿盆回来的满囤。

枝子：哎，叶子呢？

满囤向叶子走去的方向一指：刚走。

枝子：我去送送她……哎，你脸上怎么蹭了一块红？

满囤捂着脸：啊，是吗？

枝子没再多问，发动起出租车开走了。

枝子将吴非那封写有"叶子亲收"的检讨书递给叶子。

枝子：吴非让我交给你的。

叶子：他去求你了？

枝子：求了，就差痛哭流涕了，求给他一个改正的机会。

叶子打开信封，将信一目十行地看完，苦笑一声。

枝子：叶子，你对吴非到底什么意思呀？

叶子：老实说，人嘛，挺吸引我的，有知识，有前途，也挺幽默，在我接触的人里，他应该是个比较优秀的。

枝子：既然这样，给他点儿颜色看看就得了。

叶子：不行，一次就得让他知道本姑娘的厉害。

枝子：那可得掌握好火候，如果把风筝放断了线，最后着急的是你。

叶子：放心吧，我心里有底。

枝子：你跟妈说了吗？

叶子：咳，妈你还不了解，生怕自己女儿吃亏，总跟老母鸡护小雏鸡似的护着，可结果越护着越乱。你和满囤姐夫的事，还不是例子？

枝子：我把妈气得够呛了，你可别再学我。

叶子：知道了！嘱咐我 N 遍了，耳朵都快磨出茧子来了！

枝子：叶子，我还得嘱咐你一句，不能把漂亮当成资本，更不能把自己的爱人人都奉献一点儿。

叶子：嗬，真是夫唱妇随呀，满囤姐夫跟我说的也是这个意思。

枝子：他对你说什么了？

叶子学着：说女人把漂亮当成资本是愚蠢的，把漂亮当成资源才是智慧的。还说爱情就像一块面，只能烙张大饼给一个人吃，不能像揪饺

121

子剂儿似的，零揪给许多人。还说，爱情是美酒，一个人喝是孤独，两个人是幸福，三个人喝是中毒。

枝子：看我回家怎么收拾他！

叶子：你还别说，姐夫为拉保险，这嘴练得大有进步。

枝子：你还夸他呢，练得油嘴滑舌的有什么用？

叶子：我赶明儿真要嫁给姐夫那样的好心人就知足了。

枝子恍然大悟：哦，我明白了。

叶子：你明白什么？

枝子：你姐夫脸上那一大块红，是不是你？

叶子：是呀，没错。不过，别吃醋，那是我替你对他的奖赏。

枝子：瞧你们俩，哪有姐夫和小姨子的样儿。

说着，枝子交给叶子一件羊绒衫。

叶子：哇！给我买这么贵的羊绒衫，这得花你多少银子呀？

枝子：你猜。

叶子：这是名牌，即便打八折，少说也得七八百。

枝子搪塞：差不多吧。

叶子：哎，姐，你怎么忽然想起给我买这么贵的礼物？

枝子：为的是让我妹妹更漂亮，而把漂亮当成资源才是智慧的呀。

张童有些忐忑：为什么要请我吃饭？而且还到这么豪华的地方来？

枝子没有正面回答，将菜单推给张童：你点菜吧。

张童：你不说出原因，我不点。

枝子：咱们姐俩开一个车快两年了，请你吃一顿饭不行吗？

张童：好，那就你请客，我埋单。

枝子：不管谁埋单，花的都是你的钱。

张童一时没有明白此话的含意：这话什么意思？

枝子：你心里应该比我明白。点吧，挑你爱吃的，别嫌贵，也别心疼钱，反正咱们俩再怎么吃，还不够买一件羊绒衫袖子的。

张童不禁一怔，终于明白了什么。

这是一个单间，只有韩老板和大漏勺两个人。饭局已经进入尾声。

大漏勺：韩老板，这回您放心，我已经侦察到金缕玉盖藏在什么地方了，只等我爷爷一出门，我就给您搬来。

韩老板：好，君子一言，驷马难追。其余的九十五万，我都已经给你锁进保险柜了，就等着你来拿。

大漏勺：放心吧。您到北京世面儿上打听打听，我办的事，全都绑在老虎蛋上，绝对牢靠。

韩老板：好，干杯！

大漏勺：干！

韩老板：我托你办的另外一件事怎么样了？

大漏勺：还有什么事啊？

韩老板：兄弟跟我装傻是不是？

大漏勺：哦，我知道了。

韩老板关切地问：也办利落了？

大漏勺：没有。

韩老板情绪一落千丈。

大漏勺话锋一转：不过，我可以给你献上一条妙计，保证立竿见影，水到渠成，百试不爽。

韩老板：什么妙计？快说。

大漏勺：擒贼先擒王，擒女先擒郎。

韩老板：擒贼先擒王我懂，可这擒女先擒郎，什么意思呀？

大漏勺：真不明白？

韩老板摘下粗大的金戒指，戴到大漏勺手指上：请兄弟赐教。

大漏勺：拿手机来。

韩老板不明所以地递过手机：拿我手机干什么？

大漏勺在韩老板的手机上按下吴非的手机号：这是你要擒的那个郎的手机号，我保你手到擒来，马到成功。

第 八 章

王一斗一支接一支地吸烟，把屋子里弄得乌烟瘴气。

满囤妈：抽抽抽，抽了半天烟了，让枝子上夜班的主意也没想出来呀。

王一斗忽然想起什么：满囤，跟枝子昼夜轮班倒着开车的那个小伙子，叫什么来着？

满囤：张童。

王一斗：张童，张童，张童……

满囤：张童怎么了？

王一斗呼地站起来：有了！你马上去找张童。

满囤：找他干吗？

王一斗凑在满囤耳朵边悄声嘀咕了几句。

满囤：总这么骗枝子，我觉得，有点儿对不住她。

王一斗：挖出金银珠宝你就对得住她了。

张童：白班夜班对我都无所谓。可你为什么要让枝子上夜班？

满囤：这不是没办法嘛。过些天就要搬家了。到现在里里外外什么东西都没收拾呢，枝子上夜班，白天抽空儿收拾收拾搬家的东西。

张童：这样一来，枝子就更累了。

满囤：放心，我多给你枝子姐吃些有营养的。

张童：你这话说的，我有什么不放心的？

满囤：你刚才那意思，好像比我还关心你枝子姐。

张童不禁一怔。

满囤：好了，开个玩笑。哎，兄弟，这事你可得保密。

张童一脸疑惑：为什么？

满囤笑着：枝子要是知道我让她上夜班，还不得让我跪搓板？

张童：她才不是你说的那种人呢！

韩老板递上一张名片：我们公司准备投放一笔数目不小的房产广告，想请您出任宣传策划，不知您肯不肯答应。

吴非：为什么找我？

韩老板：我是一位崇拜您的读者，您的文笔好、主意高啊！

吴非：还有呢？

韩老板：当然，不会让您白干，报酬嘛……

吴非：我们素不相识，为什么要把这么好的事给我？

韩老板：您多虑了，我是想交一个您这样有文化的朋友。

吴非：容我想一想行吗？

韩老板：当然行了。您给我一张片子，我起草个协议发给你看看。

吴非：我没带，我给你写纸上吧。

韩老板：那更好了，见字如面嘛！

吴非在一张便笺上写下姓名、电话和信箱，交给韩老板。就是这个便笺，以后让吴非在叶子面前跳进黄河也洗不清了。

叶子和闺密小胡走在便道上，一人手里拿着一碗冰激凌吃着。

小胡：怎么样，跟你那位大记者还绷着劲儿呢？

叶子：这就叫真真假假，假假真真，懂吗你？

小胡：就怕真假不辨，你可就遭殃了。

叶子：哼，你也太小看本姑娘了。

吴非和韩老板走出咖啡厅，来到大奔前。叶子看见，立刻怔住了。

韩老板：来，上车，我送您回去。

吴非：谢谢，不用了，我坐公交车走。

韩老板：来吧来吧，客气什么呀。

吴非被韩老板拉上他的大奔。叶子将这一切看在眼里。

满囤妈在门口火炉子上熬鸡汤，枝子从外面走进来。

枝子：妈，炖鸡汤了？在院门口就闻见香味儿了。

满囤妈：进屋洗洗脸，吃饭吧。

堂屋里，满囤将一条毛巾放入已放了水的洗脸盆里：来，快洗吧。

枝子感动地看了满囤一眼，埋头洗脸。趁这个机会，王一斗向满囤摆手示意着什么。满囤接过枝子的毛巾，又递上润肤霜。

枝子：今天对我怎么像迎接贵宾似的？

满囤：啊，全家数你劳苦功高嘛。

枝子：妈，饭做好了吗，赶紧吃吧，我还得再连个夜班。

满囤妈：做好了，咱这就吃。满囤，赶紧放桌子，摆筷子摆碗儿。

一家人，包括黑衣老太，围着桌子坐下来吃饭。

满囤：枝子，你怎么又上夜班了？昼夜连轴转，身体吃得消吗？

枝子：这不是没办法嘛。张童说，他爸爸心脏病犯了，夜里需要有人照顾。以后改为我上夜班，他上白班。

满囤试探地：哎哟，那得多长时间啊？

枝子：起码半个月吧。

满囤和父亲会心地交换了一下眼神：妈，给枝子再添个好菜。

满囤妈：还用你说，不光你会疼媳妇，躲开点儿，鸡汤上来喽！

一大碗热气腾腾的鸡汤摆在枝子面前，碗里有一只鸡大腿。

王一斗趴在井边问：刀锯好使吗？

井里传来满囤的声音：好使，比凿子凿快多了。

传来小孩哭似的猫闹春，此起彼伏，无尽无休，笼罩整个夜空。

王一斗：这该死的猫，真邪门儿了，叫起来怎么没完没了啊？

满囤妈：是呀，都说农历二八月，猫狗闹骚时。这二月早过了，八月还没到，这猫叫哪家子春呀？

王一斗：你出去看看，再叫下去，把人都吵醒了，又得停工。

堂屋门悄没声地打开了，猫闹春的叫声更加强烈。满囤妈探头探脑走出来，循声看，只见西厢房的房顶上，隐约可见若干只猫追逐的身影。

满囤妈向房顶掷去一块砖头，而猫们依然肆无忌惮地叫春。满囤妈找来一把笤帚疙瘩，奋力向屋顶掷去。不承想，臂力不够，笤帚疙瘩打在枝子妈住屋的窗户上，砰的一声。

传来枝子妈的声音：谁呀？

话音刚落，枝子妈屋里的灯亮了。

满囤妈赶紧返回屋，关上屋门。

枝子妈披着睡衣走出家门：谁这么讨厌呀，啊？猫闹骚还嫌不够，人也跟着闹骚呀！

丽珍走出来：大婶，骂谁呢？

枝子妈指着王一斗家：谁缺德我就骂谁！深更半夜的，把一个破笤帚疙瘩打在我们家窗户上，你说得有多缺德呀！

丽珍：这猫叫起来像小孩哭，听了心里怪害怕的。

猫们依然长一声短一声地号叫。

枝子妈：这要整宿闹下去，人还怎么睡觉啊。

王一斗向井下轻唤：满囤，先上来歇会儿吧，没法儿再干了。

满囤妈帮老头子拉动绳子，将满脸是汗的满囤拉到地面。

猫闹春的号叫再次响起，一浪高过一浪。

王一斗抹了一块清凉油，涂在太阳穴上：这该死的猫，号得我脑浆子生疼。这左一桩右一桩的事，搅得咱们没有一天顺当过。

满囤：爸，猫叫得这么邪乎，我觉得有点儿不对劲儿。

王一斗：是呀，按说现在也不是闹猫的季节呀。

满囤：不会是猫吃了伟哥吧？

王一斗：亏你想得出来。

猫叫春的哭号又掀起一次新高潮。

枝子妈、叶子、丽珍、吴非轰赶着猫。忽然，一股液体从屋顶射下

127

来，不偏不倚落在叶子裙子上。叶子扯过裙子闻了闻，恶心得要呕吐。

　　叶子砸着夏五爷家门：夏五爷！夏五爷！

　　夏五爷：这么晚了有事吗？

　　叶子：起来，您起来！

　　夏五爷房间里的灯亮了，走出堂屋：什么事呀叶子？

　　叶子扯着裙子：看，都是你们家猫惹的祸，腥了吧唧的，恶心死了！

　　夏五爷：对不起了叶子，赶明儿我赔你一条。

　　叶子：这根本不是赔不赔的事！你们家的猫也太坏了！

　　大漏勺走出屋，起哄架秧子：就是嘛，养一只还不够，还招这么多野猫来，大叫春大交配大不要脸地耍流氓，这不是玷污人家姑娘的纯洁吗！

　　叶子：大漏勺你浑蛋！

　　大漏勺：哎，你怎么不知好歹呀？我这是替你说话呢。

　　叶子：用不着，好心留着你自己使吧。

　　夏五爷指着大漏勺：滚回屋去！

　　大漏勺哼了一声走进屋。

　　枝子妈：要不是看在您的分儿上，早把这讨人嫌的猫收拾了。

　　夏五爷：使不得，使不得，再怎么讨人嫌，一只只也都是生灵。

　　枝子妈：那您说怎么办吧？猫整宿地叫春，吵得人睡不着觉。

　　夏五爷：对不起各位，实在对不起了。

　　吴非：这确实太不像话了。

　　叶子瞪了吴非一眼：有人更不像话！

　　吴非一怔，想解释什么又不便多言。

　　大漏勺站在垃圾桶旁刷牙。垃圾桶里一张皱皱巴巴的白纸蓝字说明书吸引了他的眼球。他歪头看了看，先是显露出疑惑，随即脸上漾出几分坏笑。他捡起说明书，药物名字清晰地映入眼帘——枸橼酸西地那非片使用说明书。

　　大漏勺自言自语：这不是伟哥吗。

128

说着，大漏勺将说明书塞进裤子口袋，一边刷牙一边眯着眼睛，审视着东厢房、西厢房、大北房。他猜不出这个院子里谁用伟哥，更猜不出是谁把这说明书扔到他家垃圾桶里。听见一阵擤鼻涕的声音，大漏勺回身看去，只见满囤将一团鼻涕纸扔进垃圾桶，走出院子。

　　大漏勺叫住满囤：哎，满囤，等等，你急急忙忙地干吗去？

　　满囤：我急着上厕所。

　　大漏勺：要是再努着劲干，憋不住的可就不仅是尿了。

　　满囤一头雾水。

　　大漏勺：我劝你还是悠着点儿劲。

　　满囤：悠着什么？

　　大漏勺：跟我装糊涂是不是？你最近的脸都绿了。

　　满囤想到挖井事情上去了，有些紧张：是吗？我倒没觉得。

　　大漏勺：还不觉得呢？就你这身子骨，要是再不分昼夜地干，我看呀，盖张纸都够哭的过儿了。

　　满囤：哎，你一说，我倒想起来了，给我帮帮忙行吗？

　　大漏勺：这个忙我可帮不了。

　　满囤：你肯定行。我知道，你们倒腾文物的人里边尽是阔老板，花个三千五千，眼睛都不眨。这样吧，你帮我拉十份人寿保险，提成费嘛，分你一半儿，四六开也可以，就算给我帮个忙。

　　大漏勺：咳，猴儿吃麻花——满拧，我刚才问你的不是这个。

　　满囤：那你要问什么？

　　大漏勺：我问的是夜里凿井的事。

　　满囤慌了：凿井？老实跟我说，你到底知道什么？

　　大漏勺：隔着门缝看人，也忒把我看扁了，我什么事不知道呀？

　　满囤更加紧张：你真的全知道？

　　大漏勺：这有什么新鲜的？不就男女那点儿事嘛。

　　满囤如释重负地松了一口气：不跟你贫了，我快憋不住了。

　　说完，满囤夹着两条腿跑进厕所。

　　大漏勺：怪了，这伟哥说明书，不是他扔的，还会是谁呢？

吴非从外面走进院子，将口香糖吐向垃圾桶，但没吐准，掉在地上。他捡起来，用纸将嚼过的口香糖包起来，重新扔进垃圾桶。

大漏勺望着吴非走向屋子的背影，露出几分猜疑。

吴非整理着屋子，回头一看，大漏勺已经站在面前，不免有些慌乱。

大漏勺怪声怪调：把用过的废物，扔到别人家垃圾桶里，这不像是一个知识分子的行为吧？

吴非不解。

大漏勺：比如什么包装纸了、说明书了、用过的工具了。

吴非：我不明白你说什么。

大漏勺：你学问那么深，能不懂我说的话？

吴非：这与文化高低、知识多少没有关系。

大漏勺：我看你就懂得和人发生关系。

吴非：你这话什么意思？

大漏勺：干吗让我挑明了啊，那多没意思。

床上放着一本时尚杂志，大漏勺拿起来翻着，一件东西滑落在地，捡起来一看，原来是一张叶子穿中式内衣表演的照片。

大漏勺冷笑着：照相技术还不错嘛！

吴非：那当然。

大漏勺：别的活儿恐怕就难说了。

吴非一时不知如何回敬。

大漏勺看着照片：早就不是原装儿了，这话我没说错吧？

吴非：请你放尊重一些，不要总是污言秽语。

大漏勺：你装什么孙子！

吴非：你凭什么骂人？

大漏勺：骂你了怎么着，还想跟我耍胳膊根儿呀？

四目相对，吴非的眼神先软下来。

大漏勺把照片和杂志扔床上，换成教导的口气：我好心劝告你，那种事儿是盐坛子，不是蜜罐子，吃多了小心躺儿着。

夏五爷用木棍扒拉垃圾桶里的东西，像是在寻找什么。大漏勺走出吴非屋子，看到这情景，极不可思议。

大漏勺把伟哥说明书平展地放在桌子上，悄悄躲进自己屋子里，扒着门缝向外屋窥视。只见夏五爷进了屋子，发现了桌子上的说明书，神色有些慌乱，拿起来，揉成团，装进衣服口袋。

大漏勺瞠目结舌，百思不得其解：我说老爷子，您到底图什么呀？啊？手里有俩活钱儿，也别瞎造是不是。买那挺贵的东西，敢情就是为了找乐子呀。把钱给我好不好，要是愿意听猫叫春，我给您学呀。

喵——

夏五爷随手抄起笤帚打在大漏勺脑袋上。

大漏勺真跟猫叫春似的叫了一声：哎哟！

枝子拎着两条鲤鱼走进二道门。黑衣老太坐在廊子前晒太阳，脖子依然挂着布娃娃。满囤妈正在水管边淘米。

满囤妈：哟，不年不节的，买鱼干啥啊？

枝子：听人说吃鱼能补脑子，给大妈补补脑子，兴许能变明白点儿。

满囤妈：真要变明白就知道家住哪儿了，省得多养一个白吃饭的。

枝子拿过马扎儿坐下，用剪刀破开鱼膛。

九库跑过来：妈妈，我要鱼泡。

枝子从鱼肚子里掏出鱼泡：给。

九库将鱼泡放地上，抬起脚，用力一踩，鱼泡砰的一声爆炸了。

枝子收拾完鱼，将装有鱼鳞鱼内脏的塑料袋扔进自家的垃圾桶里。

绒毯依旧遮挡着窗户，王一斗父子继续锯着柏木板。

王一斗问井里的满囤：锯得怎么样了？

满囤：快能钻进人了。

井里吊着一盏灯泡，从井底望上去，木板窟窿的直径已有大约三十厘米，可以清晰地看见操着刀锯锯柏木板的满囤，不时有几滴汗水掉下来，在灯光的照射下，滴滴汗珠就像是一颗颗晶莹的珍珠。

忽然，传来一声猫叫，声音显得很近：喵——

满囤妈撩起绒毯一角，向院子里看去，不禁"妈呀"一声，急忙放下绒毯，显出几分恐慌。

王一斗：怎么了？

满囤妈：猫……猫跑到咱家窗台上来了。

王一斗冲井下打招呼：满囤，停下。

井下锯木板的声音立刻没有了。

王一斗吩咐：赶紧把灯关上。

满囤妈过去关掉插销板开关，屋子里顿时一片漆黑。

王一斗撩起绒毯，透过玻璃，看见有一只大黑猫站在窗台上，毛茸茸的大尾巴，蛇似的摇啊摇，不时叫上一声。

王一斗放下绒毯，锁紧眉头：这猫真邪行了，跑咱窗台上干什么来了？

满囤妈：是啊，这可怎么办？

窗台上，大黑猫摇着尾巴，一边喵喵地叫，一边嗅着什么。

堂屋门无声无息地打开了，王一斗弯着腰悄悄地走出来，随手抄起门口的扫地笤帚，猛地向猫打去。大黑猫惨叫一声，逃走了。

大口井里的灯光透过窟窿反射在屋顶上，形成一个大大的圆柱。

满囤比画着：窟窿有这么大，能钻进一个小孩了。

王一斗：你歇会儿，我来，今儿一定要打通柏木板。

说着，王一斗解下满囤腰间的粗绳子，往自己身上拴着。

满囤妈：我掰着手指头数了，离搬家的日子，满打满算，还有十几天，再打不通木板就全瞎了。

王一斗瞪了满囤妈一眼：你念点儿好！

忽然，玻璃窗咚的一声。三个人吓了一跳。王一斗示意妻儿沉住气，过去关掉电源。大口井里反射在屋顶上的灯柱立刻消失了。

满囤妈撩开绒毯向外看去，大黑猫又跑到窗台上来了，毛茸茸的长尾巴依然蛇似的摇摆着。

满囤妈轰着：这该死的猫又来了。去！去！

王一斗：你干脆再大点儿声，把全院儿的人都叫起来得了。

满囤妈：那你说怎么办？

王一斗：兵来将挡，水来土囤，看我怎么修理它。

外面窗台上的猫一声接一声地叫唤。

猫叫声传来，枝子妈醒了，翻身坐起，没有开灯，掀开窗帘，透过玻璃向外看，只见对门家的堂屋门开了，王一斗猫似的猫腰摸出屋子。枝子妈揉了揉睡眼，然后又把眼睛凑近玻璃窗，向院子里看去。

王一斗摸到窗台下，突然一把抓住猫尾巴。猫惨叫一声，咬了一口。王一斗疼得撒开手，猫跳下窗台，蹿房越脊逃跑了。

枝子妈收回目光：活该！真是活该！要是有狂猫病就好了，这回准得染上，让你也整天喵喵地叫春……

满囤妈给老头子涂着红药水：这回不说我笨了吧？

王一斗疼得直咧嘴：赶明儿让我逮着，非活剥了它的皮！

满囤：真是奇怪了，昨天夜里，一群猫比着赛叫春，今儿又有一只猫专门跑到窗台上叫唤。

满囤妈：这不是成心跟咱作对嘛。

这时，传来九库的喊声：爸爸，我害怕！

王一斗吩咐满囤妈：快去看看孙子。

满囤妈脚绊在为井里照明的电线上，险些栽个跟头。

九库从床上爬起来，哭了：爸爸，我害怕！

满囤妈走进屋：奶奶来了，好孙子，咱不怕，躺下好好睡觉。

黑衣老太从床上爬起来，依然呆呆的。

满囤妈埋怨：就知道要吃要喝，连个孩子都看不了，枝子再给你买鱼吃，脑子也明白不了。

黑衣老太又躺下来。

满囤妈伺候孙子躺下，盖上被子，轻轻拍打九库屁股，哼着古老的催眠曲：噢，噢，睡大觉，狼来喽，虎来喽，老鼠背着鼓来喽，我的好孙子睡大觉……

九库忽然翻身坐起来。

满囤妈：你这孩子，怎不睡觉呀？

九库：要爸爸陪我睡。

满囤妈：奶奶陪你不好吗？你爸小时候，就是奶奶陪。

九库：不好，我就要爸爸陪。

满囤妈软下来：好好好，小祖宗，我叫你爸去。

满囤妈出了屋子。黑衣老太似乎睡着了。

片刻，满囤走进来：奶奶陪你睡觉多好呀。

九库：不好，我要你陪我睡。

满囤：好，爸爸陪你睡。

九库：不，我要你脱了衣服。

满囤只好脱了上衣，躺在九库身边，轻轻拍打着九库。拍着拍着，手的节奏越来越慢，越来越慢，终于不动了。

王一斗吸着烟：这老半天了，满囤怎么还不过来？

满囤妈：哄孩子睡觉呢。

王一斗：他自己别睡着喽。

满囤妈：瞧你说的，满囤就那么没心没肺？

话音未落，传来满囤的呼噜声，而且声音越来越大。

王一斗很是恼火：我这儿急着凿井火上房，他那儿闲得没事睡大觉，你去把他给我叫起来。

满囤半张着嘴，呼噜打得很响。

满囤妈走进来，轻轻地捅着儿子：满囤，满囤醒醒。

满囤激灵一下子醒了：啊，妈，我睡着了？

满囤妈：你爸叫你赶紧过去。

满囤起身下地穿衣服。这时，从院子里传来开门的声音。

枝子的喊声传来：满囤，满囤起来，给我开开门。

母子俩对视一眼，满囤妈赶紧溜出屋子。

满囤打开堂屋门，枝子走进来，进了住屋，满囤闩上门闩，跟进去。

满囤：今儿怎这么早就收车了？

枝子：想你了呗。

满囤皱着眉，摸不着头脑。

枝子忽然回过身：你当我真想你呀？车胎扎了，备胎只有半气儿，深更半夜的，我上哪儿补胎打气去呀？

满囤：哦，这么回事。

枝子：你好像不高兴我回来？

满囤：人家睡得迷迷瞪瞪的，能高兴吗？

枝子：好了好了，睡觉吧，困死我了。

王一斗夫妇躺在床上。满囤妈为老头子挠着后背。

王一斗：不是这事就那事，怎这么不顺呀，哪有工夫凿木板啊？……使点儿劲挠……对，对……哎哟，轻点儿，你的手怎么跟猫爪子似的？

满囤妈抽回手：再骂，我不给你挠了。

王一斗：你敢！快给我挠挠！

满囤妈解恨地挠起来。

早晨起来，王一斗闻到一股腥味，侧身一看，窗台上摊着一层鱼鳞和鱼内脏，难怪夜里大黑猫反复跑到窗台上叫唤，一切全明白了。这会是谁干的呢？王一斗看看丽珍家，又看看枝子妈家，最后把目光盯在夏五爷家。

这时，夏五爷端着猫食盆走出屋子：咪咪！咪咪！

王一斗眯缝着眼睛，透过二道门看着夏五爷，心中充满疑团。

枝子把出租车停在张童家楼下，拨打手机：张童，我把车放在你们家门口了，车胎扎了，我已经补好了，你再检查一下是不是亏气。

张童：你等等我，你别走。

枝子：我已经走了。晚上你把车也放在你们家门口就行了，再见。

说完，枝子挂断手机。

张童跑出来，只看见停在路边的出租车，哪里还有枝子的影子。张童气急败坏地照着汽车轮胎狠狠地踢了几脚。

自来水管旁，枝子收拾着两条鲤鱼。叶子端着脸盆出家来洗衣服。

叶子：姐，又给老太太做鱼吃啊？

枝子：你以为吃退烧药啊，一片就见效。要想补脑子，得常吃鱼。

叶子：我脑子也不聪明，被人骗了，还以为人家对自己有恩呢。

枝子：要傻到这份儿上，恐怕顿顿吃鱼也白搭。哎，你和吴非的事……

叶子：不许再提他。

枝子：你不是说，在你认识的人里，他是最优秀的一个吗？

叶子：哼，他认贼作父，见钱眼开。

枝子：出什么事了，把人家说得那么坏？

叶子：姐，我跟你实话说吧，有个老板想占我便宜，被我拒绝了。可他倒好，跟那个人打得火热。从今往后，我要是再理他，就不是人！

枝子：就怕过不了两天又黏糊上了，那时看我怎么刮你鼻子。叶子，姐提醒你，青春和美丽不能零售，那样获得的利润太低，所以，你要……

叶子打断：嘿，怎么都变成哲学家了？满囤姐夫练嘴是为了拉保险，你怎么一张嘴也净是格言警句啊？

枝子：还不都是为你好。

叶子：好好好，我对自己一定要批发，不搞零售，行了吧？

枝子：这就对了。

叶子忽然神秘地压低声音：哎，姐，我发现妈一个秘密。

枝子不屑一顾：还秘密呢，我早就知道了。

叶子惊讶地：啊，你也知道咱妈和郑考古的事了？

枝子：有一天晚上，他们赶巧打的是我的车。

叶子：噢？有什么故事？讲讲，讲讲。

枝子：有故事也不告诉你。

叶子：姐，对妈的黄昏恋，你是什么态度？

枝子：顺其自然吧。

叶子：要我说，让咱们同意妈的黄昏恋也成，叫她把你的户口本拿出来，作为交换条件。

枝子忽然不耐烦：不是说好不许再提户口本的事了吗！

枝子起身将装有鱼鳞和鱼内脏的塑料袋扔进自家门前的垃圾桶里。

王一斗带孙子九库从外边回来，手里拎着一袋小笼包子，走过二道门，正好将这一情景看在眼里。

九库：妈妈、二姨，爷爷给我买好东西了。

枝子：买什么了？

叶子：我看看。

九库捂住衣兜：不告诉你们。

枝子：又让爷爷花钱。

王一斗：花钱怕啥的，以后家里财产都是我孙子的。

满囤妈从屋里走出来，见王一斗手里拎着的包子：米饭我都焖好了，你还买小笼包子干啥？

王一斗小声地：留着夜里吃。

说完，王一斗看了垃圾桶一眼，鱼鳞和鱼内脏清晰可见。

票友们认真听着郑考古传授京剧的知识。

郑考古：研究京剧的专家说，无论是演员还是票友，要想唱好京戏，必须先做到三个字：学、练、演。先说这头一个，学，京剧艺术只听只看不学，是不可能真会的。可学又得学得地道，基础打歪了，一辈子都难改。我相信，各位都深有体会。

票友们频频点头称是，枝子妈更是佩服不已。

郑考古：这第二个字呢，是练。学会了一个唱段，要反复练才行。但光在底下练不成，还得登台演出。这就说到第三个字，演。在台下练几十回，不如上台演一回。登台演出，一方面是练本事、见世面，更重要的是给自己增强信心。

郑考古和枝子妈的眼神碰撞在一起，迸发出许多火花。

票友甲：还真是这么回事。

票友乙：可咱也没有演出的机会呀。

票友丙：是呀，咱们这样自娱自乐，什么时候才能提高啊？

郑考古：我正要跟大家商量一个事，区文化馆准备搞一个京剧票友大赛，咱们敢不敢报名参加？

票友甲：好啊，参加，有什么不敢的？

票友乙：对，是骡子是马，拉出去遛遛。

票友乙：那咱们选谁参加？

郑考古：我推荐枝子妈，大家看行不？

枝子妈：哎呀，别别别，就我那两下子，跟大家伙儿一起乐乐还凑合，上不了台面。

众人七嘴八舌：行，没问题，别推辞了。

郑考古：大家这么信任你，你就答应了吧。

枝子妈：那……那我就赶着鸭子上架试一试。

说着，琴师拉起过门。

枝子妈清清嗓子，整整衣服，唱起来：看大王在帐中和衣睡稳，我这里出帐去且散愁情……

票友聚会散了，枝子妈和郑考古并肩走着，谈话很小心，谁都不想伤害对方。

枝子妈：能告诉我，你这个干考古的，为什么对京剧这么在行？

郑考古：我妻子是个京剧演员，唱青衣的。

枝子妈一怔：你妻子？

郑考古：她已经去世了。

枝子妈：因为什么？

郑考古：肝癌。当时她已经到了晚期，身体虚弱得连说话都困难了，但她舍不得离开舞台，要剧团给她举行一场告别演出，剧目就是《霸王别姬》。当她唱到虞姬出帐去且散愁情时，突然吐血，倒在了舞台上。

枝子妈：你家里还有什么人吗？

郑考古：老人早就都不在了，有一个儿子，在国外读博士后呢。

枝子妈：什么时候让我到你家看看？

郑考古有些慌乱：啊，不，我家太乱，你又那么好干净，怕你……

枝子妈：正好我帮你收拾收拾。

郑考古：谢谢了，回头再说吧。咱们的事，你两个女儿同意吗？

枝子妈：你先别问我，你跟你儿子说了吗？

郑考古：啊，还没来得及。

第 九 章

夏五爷披着浴巾从浴池间走出来。

王一斗一抬头：哟，夏五爷，您也来泡澡？

夏五爷话里有话：泡泡，整天净出汗，再不泡泡，身上都馊了。

王一斗话里藏针：身上一馊，就总想出馊主意。

夏五爷：有时馊主意也是好主意。

王一斗：得了，好主意留着您自己使吧。

夏五爷：一斗啊，别怪我多嘴，有几句话，我早想跟你说说了。

王一斗：好啊，您说吧，别烂在肚子里。

夏五爷：生固欣然，死亦无憾，花开花落，水流不断。

王一斗：说着说着，您又转上了不是？

夏五爷：等我把话说完，你自会有所领悟。

王一斗：好，那您接着说，我听着。

夏五爷：人生不如意事常八九，要想欣然并不容易，说到底，不如意和欣然都是内心的感受。贪欲深的人，即便财产多、名气高、权力大，也不会有欣然的感受；火气大的人，即便处事顺利、受人尊重，也会动不动就怒气冲天；至于那种痴心之人，更是不知道什么叫作欢欣了。

王一斗：您的意思是说，人要丢掉一切念想儿，才不会有烦恼？

夏五爷：悟性就在你的脚下。

王一斗：得得得，即便上刀山下火海进泥坑，那也是我脚上的泡，自己走的，跟您没关系。我也劝您一句话，少管闲事，多活几年，比什么不强啊？赶明儿真的有一天您没了，别一提起来就让人戳脊梁骨。

140

夏五爷：我会记住你的话。不过，我还要劝你一句，生者必死，聚者必散，人来一世，苦终相伴。我们都是黄土埋半截的人了，即便明天死了也无憾事，只是要多为子孙着想，积德行善，一切随缘，才是正道。

王一斗：谢谢您的教导。

夏五爷：不必客气。

王一斗：哎，对了，夏五爷，慈禧太后在太监暗宅藏有八大马车金银珠宝的事，您到底信不信？

夏五爷：你怎么忽然也跟我问起这个？

王一斗：这不是随便扯闲篇嘛。

夏五爷：那我就实话跟你说，这不过是痴心之人的发财梦。

枝子走出院门不禁一怔，见张童已把出租车停靠在路边。

枝子：我不是让你把车停在你家门口吗？

张童直截了当：你为什么躲着我？

枝子：我躲着你干吗？

张童：你要我把车放在我家门口，就是为了疏远我，躲避我，不想看见我。

枝子：你明白了就好。

九库拎着水杯从院子里跑出来：妈妈，爸爸让我给你水杯。

枝子：好儿子，谢谢。回家吧，妈妈上班去了。

九库：妈妈再见，张童叔叔再见。

枝子：再见。

张童向九库招招手，脸上的表情很尴尬。

枝子开着车：看见我儿子九库，你脑子该清醒了吧？

张童：我脑子始终也没糊涂。

枝子：那我就再帮你清醒清醒。我是你姐，我比你大七岁，我有丈夫有儿子有公公婆婆，我还有一个虽然不富裕但很温暖的家。

张童：反正你也没正式结婚，你不能不让我喜欢你。

枝子：你喜欢谁是你的事，但你不能太自私。

张童：爱本来就是自私的，我心里只有你。

枝子：你就不怕伤害了我的感情吗？

张童：我只知道，任何一种感情都替代不了爱情。

枝子：爱情是双方倾慕，你这样，简直就是矫情！

张童：停车！给我停车！

车停下来，张童下了车，头也不回地走了。

王一斗见垃圾桶里装有鱼鳞和鱼内脏，眼珠一转，计上心来。他将铁簸箕放在垃圾桶上，从衣兜里掏出几个玻璃球，放在铁簸箕里。

王一斗走进屋：夜里望风时，听见铁簸箕里的玻璃球一响，就赶紧报信给我。

满囤妈：你唱的又是哪一出儿啊？

王一斗：我要知道，那个故意跟咱捣乱的，到底是人还是鬼。

叶子和模特们有说有笑地走出练功房。

等候多时的吴非迎上去：叶子！

叶子一怔。姑娘们做着各种鬼脸，嬉笑着走远了。

叶子：你干吗总是跟着我？

吴非：我跟你到天涯到海角到世界任何一个地方，总之，擒龙跟你下大海，打虎随你上刀山。

叶子：跟着我管什么用，我又不是阔老板，不会给你一分钱。

吴非：我视金钱如粪土，感情看得重如山。

叶子：我才不信你这空许诺。

吴非：白云从来不向天空许诺去留，却朝夕相伴；风景从来不向眼睛许诺永恒，却始终美丽；星星从来不向黑夜许诺光明，却努力闪烁。

叶子：哼，说的比唱的好听。

吴非：信不信，看实践，时间久，必了然。我对你的情感，海枯石烂心不变，天崩地裂紧相伴，今生今世无所求，恩恩爱爱到永远！

叶子：真讨厌！你就不会说几句人话？！

吴非：只有这样，才能表达我真诚的心愿。你问我爱你有多深，太阳证明我的情，月亮代表我的心。

叶子用拳头一下又一下地打吴非：我恨你！我恨你！我恨你！

吴非就势将叶子揽在怀里。

叶子推开吴非：你和那姓韩的狗东西，到底做了什么交易？

吴非：我跟他做什么交易？

叶子：我亲眼看见你上了他的大奔。

吴非：哦，那天他想请我给他们房地产广告做宣传策划。

叶子：你答应了？

吴非：我吴非再没志气，也不会沦落到如此地步。土可浊河，不可浊海；风可拔树，不可拔山。

叶子：又来了又来了，请你说人话好不好记者同志？

吴非：哎，你为什么那么憎恨韩老板？

叶子：他……差点强奸了我！

吴非：啊？这个坏蛋，我非得找他算账去！

叶子：你要敢去找他，就永远不要再理我！

吴非：好，我听你的。哎，对了，我差点忘了。

说着，吴非掏出一个新手机：给，换个新的吧，来，试一下。

吴非拨打手机：喂，叶子吗？

叶子：是我，你找我有事吗？

吴非：I love you!

叶子：你说什么？我不懂。

吴非：I love you!

叶子：我还是不懂。

吴非凑近叶子耳朵：我——爱——你！

叶子很感动，猛地吻了吴非一下，跑走了。吴非追上去。

王一斗将大绳拴在满囤腰间：铆足劲，抓紧干，累了我换你。

满囤：就怕再出什么意外，又挖不成井了。

王一斗：放心吧，我早就有准备。今儿晚上，咱说啥也要把柏木板凿得能钻进人，只要下到井底，伸开腿脚，后面的活儿就好干了。

满囤妈：对，省得整天脑袋朝下，屁股朝上，跟倒栽葱似的。

忽然，从窗外传来一声猫叫：喵——

王一斗过去将绒毯扒开一道缝儿，向窗外看了一眼，赶紧闭上。

王一斗：猫又跑到窗台上来了，我不是叫你支棱耳朵听着吗？

满囤妈：我耳朵始终支棱着，就听见九库在那屋放了一个响屁，啥动静也没有。

王一斗：你听见簸箕里的玻璃球响了吗？

满囤妈：没有啊。

王一斗：没有鱼鳞鱼肚子招它，该死的大黑猫跑窗台上干吗？

满囤妈：哪有那么聪明的猫，专门跟咱作对啊？

王一斗：没有那么聪明的猫，有比猫聪明的人。

王一斗蹑手蹑脚走出屋，大黑猫跳下窗台跑走。窗台上有只小耗子，细绳一头拴着耗子腿，一头拴着一根钉子，而钉子紧紧插在窗户缝里。

王一斗拿着拴有细绳的小耗子给满囤妈看：自从咱开始挖井，邪事鬼事古怪事，一桩一桩又一桩，真邪门了。这到底是人干的，还是鬼干的？

满囤妈神情紧张：哎哟，我后背凉飕飕的。

满囤：不可能是鬼，肯定是人，是有人成心跟咱作对，可这又是谁呢？难道这个人也知道咱们屋里藏着金银珠宝？

王一斗：好，问得好。咱们只有凿开木板，下到井底，打开石门，拿到宝贝，不管他是人是鬼，都拿咱没办法了。来，我下去。

躺在床上的夏五爷激灵一下子醒了，不见了总睡在他身边的大黑猫。

夏五爷起身下地：咪咪，咪咪！

不见猫的踪影。夏五爷发现床边露出半截猫尾巴，弯腰向床下看去，几只猫躺在床底下呼呼睡大觉。

满囤眼皮不断打架，脑袋垂了下去，猛地一磕头，吓醒了。满囤使劲揪了揪眼皮，试图赶走困意。片刻，又打起盹来，终于脑袋一歪睡着了。

井下传来王一斗的声音：满囤，拉我上去！

满囤妈：哎，满囤，醒醒。

满囤激灵一下子醒了。母子俩拉着绳子，将王一斗拉出井口。

王一斗满脸是汗：刚才怎么回事？睡着了？

满囤用手揪着眼皮：我今儿眼皮就跟坠了铅似的，怎么也睁不开。

王一斗：那就找根火柴棍儿支上眼皮。

满囤打着哈欠：不知怎么回事，简直困死了，就像吃了安眠药。

王一斗一怔，抖着空塑料袋：今儿我买的小笼包子呢？

满囤妈：我让满囤吃了，早知道你也饿了，给你留几个就好了。

王一斗：呸！你呀你，傻得没治了，我那是给猫吃的！

满囤妈：买了小笼包子不给人吃，喂猫，还说我傻？

王一斗：我往包子里放了……放了安眠药。

满囤妈：啊？这……这可怎么办呀？

王一斗摸出烟，递满囤一支，自己一支，点燃，抽起来。

王一斗吩咐满囤妈：我让你做的那个软梯呢？拿出来。

满囤妈从床下拉出用粗绳子做的软梯。

满囤：爸，您这是……

王一斗抑制不住兴奋：木板终于锯通了，可以下去人了！

母子俩趴在井边往下看，柏木板的窟窿大得足可以钻过一个人。

王一斗：还等什么？下去吧。

父子俩沿着软梯先后下到井底。竖井与卧井之间，安有青石板石门，石门表面漾着许多水珠，铜钉锦上挂着一把锈迹斑斑的老式铜锁。王一斗伸手去拧老式铜锁，果然，不费吹灰之力，锁柱就断了。王一斗推推石门，没有推开。满囤上前助阵，石门依然纹丝不动。

父子俩坐地上，四只脚一齐蹁向石门：一二三！

石门还是蹁不开。

王一斗：石门越不容易打开，就越说明里面藏着宝贝。

王一斗举着电灯，仔细寻看，忽然，眼睛睁大了。石门门轴犄角

145

处，有一个东西闪闪发光。王一斗捡起来，在衣服上蹭蹭，竟是一只珍珠耳坠！他把耳坠举到灯泡下，这颗蚕豆般大小的珍珠耳坠，白如玉，滑如脂，晶莹剔透，更为奇特的是，珍珠里面隐约可见一幅嫦娥奔月图。

满囤：爸，你看，这里边有一幅嫦娥奔月图。

王一斗：跟爸好好干，成堆的宝贝还在石门里面呢！

满囤相信井里藏着宝了：爸，您说怎么干吧，往后我都听您的。

王一斗：咱先上去，等天亮以后你去买几把錾子和一根撬棍。

满囤：好，商店一开门我就去。

王一斗把珍珠耳坠装进衣兜：珍珠耳坠的事，先别跟你妈说，我怕她嘴不严，万一散出去，会惹出娄子。

王一斗和满囤先后踩着软梯爬出井口，来到地面。

满囤妈关切地问：怎么样？有宝贝吗？

满囤：石门有顶门柱顶着，打不开。

满囤妈：那可怎么办呀？

王一斗：这你就别管了。打今儿起，你的任务就是把这屋子给我看好了，除了咱仨，谁也不许进来，连九库、枝子都不许，记住了？

满囤妈：放心吧，进来一只苍蝇我都给它拍死！

胡同里，王一斗叫住大漏勺：大侄子！

大漏勺：哎，您什么事？

王一斗从衣兜里掏出珍珠耳坠：有个东西，让你这个行家给看看。

大漏勺接过珍珠耳坠，眼睛一亮：哪儿偷的？

王一斗：你小子怎么说话呢？这……这是我家祖传的。

大漏勺嘴角流露一丝冷笑，认定王一斗说的是谎话。

王一斗解释：这不要搬家嘛，收拾东西时才从箱子底儿翻出来。

大漏勺掩饰着内心的激动：一般般，不是什么好东西。

王一斗：你给估个价。

大漏勺试探：就这一只，还是一对儿呀？

王一斗：就这一只。

大漏勺：那就不值钱了。

王一斗：不会吧？这可是从皇宫里出来的老玩意儿。

大漏勺：皇宫里出来的？您祖上不会是太监吧？

王一斗：你小子，说话总没正形儿。老实说，这东西值多少钱？

大漏勺：您是要卖给我吗？

王一斗：卖不卖再说，你先开个价。

大漏勺：开少了算我欺负您。这么着，五百。

王一斗一把夺过珍珠耳坠：拉倒吧你！你真蒙我不懂行啊？

大漏勺：我豁出去赔本了，给您三千总可以了吧？

王一斗：多少钱也不卖，留着给我孙子当传家宝呢。

说完，王一斗走进院子。

大漏勺：真是难得一见的好玩意儿，怎么跑他手里去了？

大漏勺走进韩老板办公室：韩老板不光做房地产，还是个收藏家啊！

韩老板：见笑见笑，请夏老板帮我掌掌眼。

大漏勺拿起一件黄釉梅瓶，上下端详：不错，老窑儿，唐朝的东西。

韩老板很得意：前几年收的，贼便宜。

大漏勺又拿起一件蓝釉绿梅筒式梅瓶：这件东西也不错嘛。

韩老板：乾隆的。

大漏勺：错！

韩老板：底下有款儿写着呢！

大漏勺看了看瓶底，确实有"乾隆年造"的字样：您不能光看底款儿，这是清光绪出口瓷，又从海外流回来的。

韩老板：兄弟眼力真毒，我还真是从一个海归人手里收的。

大漏勺：我说得没错吧？

韩老板：佩服，佩服。

大漏勺一一看着，拿起一件老窑：这兽头尊……

韩老板连忙叫道：哎，小心，小心点儿！

大漏勺故意举起来要摔的样子。

韩老板脸都吓白了：别，千万别！

大漏勺不屑地：就这，还值得在您这里摆着？

韩老板接过兽头尊，放回原处：这可是我的宝贝。

大漏勺：宝贝？这要是老窑儿，文物部门早收走了。汉代兽头尊，全国只有一件，在故宫博物院藏着。

韩老板：你再说是年份不对，我跟你急。

大漏勺：得得得，您也别跟我急，我也不跟您争。

韩老板来到一件五彩棒槌瓶前：你再给我看看这个棒槌瓶。

大漏勺抄起棒槌瓶，瓶底有"大清康熙年制"方款。

韩老板：五彩，官窑，大清开门儿的东西。前不久的一次拍卖会上，跟我这件一模一样，拍了两百六十万。

大漏勺：您这是拍卖样品画册上的词儿吧？

韩老板：没错。

大漏勺：您也是照着样品画册上的照片买的吧？

韩老板：没错。

大漏勺：卖给您东西的人，肯定还讲了一个非常曲折的传奇故事吧？

韩老板：没错。

大漏勺大声地：错了！您这个大棒槌，还想买官窑棒槌瓶？

韩老板：你的意思……我这可是花大价钱买的。

大漏勺抓过韩老板的手放在棒槌瓶上：您摸摸。

韩老板摸不着头脑，一脸茫然。

大漏勺：这是高仿，刚刚出窑儿，还热乎呢！

韩老板：啊，那……那我可真成冤大头了。

饭店里，两个酒杯碰到一起，韩老板和大漏勺各自干掉杯中白酒。

大漏勺很兴奋：韩老板，这么跟您说吧，在这行儿里我混十来年，还头一回看见这么好的珍珠耳坠，往阳光底下一照，立刻显出一幅嫦娥奔月图。以我的眼光看，这肯定是从皇宫里流出来的。

韩老板：你这个人，前些天把金缕玉盖说得天花乱坠，今天又把珍珠耳坠说得神乎其神，吊我胃口是不是？你得要我看见实物才行。

大漏勺：难道我还骗您不成？

韩老板：好好好，再往下说就伤和气了。这么着吧，不管是金缕玉盖，还是珍珠耳坠，只要你把东西搞到手，我开的价，绝对让你满意。不过，咱有言在先，我可是你第一个买家儿。

大漏勺：订金您都交了，东西一到手，我保准第一个给您看。

韩老板：好，来，干杯！

二人将杯中酒一饮而尽。

韩老板：兄弟，还有 个宝贝儿，我心里可还惦记着呢。

大漏勺：反正上意我给您山了，以后就看您自己的本事了。

韩老板：我是按你擒贼先擒王、擒女先擒郎的主意办了，可那只大灰狼，他不上套儿。

大漏勺：你把详情跟我说说。

韩老板：那天，我把那小子邀出来，要他负责我们公司的广告策划，价码开得也不低。他说考虑考虑，给我留下姓名、电话和信箱……

大漏勺立刻来了精神：他给你留下名字了？

韩老板：留了。

大漏勺：让我看看。

韩老板从皮包里找出吴非给他留下那张便笺，递过去。

大漏勺看了看：有主意了！

韩老板：什么好主意，快说！

大漏勺：我这个主意，保证让你套住那只大灰狼。

大漏勺凑在韩老板耳边嘀咕着。韩老板脸上渐渐绽放出笑容，不禁习惯地抹了一下嘴巴，发出吱的一声。

叶子笑得前仰后合：看把你吓得那熊样儿！

吴非：哎呀，快说，咱俩的事，你母亲到底什么意见？

叶子：我妈她基本、原则、大体上，拟同意。

吴非：哇！我简直是世界上最幸福的人了！

叶子：不过……

吴非担起心：不过什么？

叶子：我妈说，配我嘛，还差那么一点点儿。

吴非：这……这我知道，我一定努力提高自己各方面的素质。

叶子：我妈嫌你说话侉了吧唧的，满嘴鸟语花香。

吴非：我一定改，一定改。哎，对了，干脆从现在开始，我正式拜你为师，教我学说北京话好不好？

叶子：那就赶紧跪地上向师傅磕头吧。

吴非看看四周：等只有我们两个人时，我一定跪拜在你的石榴裙下。

叶子被吴非的样子逗笑了，用筷子打在他的脑门上。

叶子挎着吴非胳臂走在斑马线上，边过马路边教吴非说北京话。

叶子：要想学好北京话，首先要学会儿化韵。

吴非：这我知道，可是我的舌头打不过弯。

叶子：就拿这个弯来说吧，不是弯，是弯儿，弯儿。

吴非：弯。

叶子：不对，舌头往上卷，弯儿——

吴非：弯——儿。

叶子：不是弯——儿，把两个音变成一个音，弯儿。

吴非：弯儿。

叶子：对，就这么说。

吴非：弯儿，弯儿，弯儿……

叶子：哎，你怎么弯儿起来没完了？

吴非：这不是为了加深记忆嘛。

叶子：好，冲你这学习态度，我再教你一句稍微复杂一点儿的。

吴非：学生洗耳恭听。

叶子：一根儿铁丝儿。听好了啊，我再说一遍，一根儿铁丝儿。

吴非：一根铁丝。

叶子被吴非笨拙的发音逗笑了。

150

吴非和叶子来到公园，并肩坐在长椅上，二人的谈话在继续。

叶子刮了吴非鼻子一下：真笨！

吴非：你不要笑话我嘛。

叶子逐字逐字地：听好了啊，一——根儿——铁——丝儿。

吴非：一——根——铁——丝——

叶子大笑不止：完了完了，不可救药，狗改不了吃屎儿……

吴非沉下脸。

叶子：怎么，生气了？

吴非：你这个样子，太伤人家自尊心，太打击人家积极性了。

叶子：好好好，再来一遍，说好了有奖励。

吴非：什么奖励？

叶子：保证让你满意。

吴非：说话当真？

叶子：本姑娘说话，向来算数儿。来，你听清楚了啊，一根儿铁丝儿。

吴非：一根儿，铁丝儿。

叶子忍住笑：不能断开说，得连起来——一根儿铁丝儿。

吴非：一根儿铁丝儿。

叶子：哎，这回差不多，尽管说得还不地道，学习态度还是蛮认真的。

吴非反反复复：一根儿铁丝儿，一根儿铁丝儿，一根儿铁丝儿。

叶子用手在吴非眼前晃了晃：哎，我说，不会神经了吧？

吴非就势揽过叶子：说话不能抹桌子，我要你把奖励落到实处。

叶子乖巧地仰起脸，闭上眼。

吴非将嘴唇紧紧贴在叶子的嘴唇上，长时间地亲吻着。

忽然，吴非一把推开叶子，捂着嘴：你……你为什么咬我？

叶子：我看你舌头这回会不会打弯儿。

吴非：要是咬掉了舌头，想打弯也不成了。

叶子：我就喜欢你这傻样儿。

叶子迎上去，把鲜艳的口红印在吴非的脸上、额头上、嘴唇上……

红桥珍珠市场里，一个珍珠耳坠进入大漏勺的眼帘：这个珍珠耳坠我看看。

老板拿出珍珠耳坠：大哥，您看清楚了，这可是用珍珠粉合成的。

大漏勺看着珍珠耳坠，脸上漾起得意的笑。

王一斗躺在床上睡觉。

一个男人的声音隐约传来：蛐蛐！蛐蛐的卖！

九库跑进屋：爷爷，爷爷！

王一斗醒了：别吵爷爷，让爷爷再睡会儿。

九库：胡同里有卖蛐蛐的，您给我买蛐蛐。

王一斗：哎呀，烦不烦呀！

九库趴在床边：不嘛，我就买，我喜欢。

王一斗：要买，找你奶奶要钱去。

说完，翻过身去，给孙子一个后背。

九库不高兴了，可脸上忽然又出现惊喜的表情，因为他伸到爷爷枕头下的手触到一件东西。九库从枕头下抽出手，跑出屋子。

吆喝卖蛐蛐的声音远去了。

九库在院门口玩着弹球。他把珍珠耳坠放在拇指的指甲盖上，瞄准地上一个弹球，用力弹出去。珍珠耳坠滚到一个人的鞋子旁，停下来。

大漏勺捡起地上的珍珠耳坠，惊愕不已，甚至不敢相信自己的眼睛。但他很快镇定下来，和九库玩起弹球。

大漏勺：来，看我的。

说着，将一颗弹球弹出去，但没有弹准。

九库：真臭！

大漏勺：嗬，还敢嫌我臭？你爸我们小时候尽在一起玩，你爸爸每次都是我手下败将。

不经意间，大漏勺把珍珠耳坠放进裤子口袋里，待手抽出来，拿出的却是用珍珠粉合成的那颗。

满囤妈：九库！回家了！

大漏勺：你奶奶叫你呢，回家吧，以后我再跟你玩儿。

九库：好吧。

九库捡起弹球，其中包括那颗鱼目混珠的珍珠耳坠。

大漏勺来到韩老板办公室：看好了，到底是不是宫里的，可别走了眼。

韩老板拿起放大镜对着珍珠耳坠，仔仔细细看了一番，越看越激动：好玩意儿！真是好玩意儿！

大漏勺坐在沙发上，悠然地点燃一支烟：怎么样，还满意吧？

韩老板：满意，太满意了！

大漏勺：您再放灯底下照照，就该是得意了。

韩老板撤亮桌上台灯，借助灯光，珍珠耳坠里的嫦娥奔月图依稀可见。

大漏勺：是不是有一幅嫦娥奔月图？

韩老板：有，太像了！真是鬼斧神工，天地造化！

大漏勺：给个价吧。

韩老板眼睛始终没有离开珍珠耳坠：你说吧。

大漏勺：不怕我吓着您？

韩老板：只要你敢开口，我就敢答应。

大漏勺：十万。

韩老板：不是美金吧？成交了！

大漏勺激动得手一松，烟头掉在地上。

韩老板依然用放大镜在灯下看着珍珠耳坠：你要是再找到另外一只，凑成一对儿，我可以出到三十万。

大漏勺高兴地站起来：说出来的话，泼出去的水，再收回可就难了。

直到这时，韩老板才抬起头：我还是那句话，君子一言，驷马难追。

大漏勺：好吧。不过，得容我一段时间。

韩老板：那可得越快越好。

大漏勺：行，到时候，我连金缕玉盖一块儿交到您手里。

韩老板：时间一长，我保险柜里的票子可就长毛了。

大漏勺从韩老板手里拿过珍珠耳坠，装进衣服口袋。

韩老板：哎，你……你怎么又收起来了？

大漏勺：我好比照着这个去放长线，钓大鱼呀。

韩老板：不会是钓我吧？

大漏勺：我钓您这个甲鱼干吗呀？

韩老板：哎，兄弟你骂我是不是？

大漏勺：我哪儿敢呀？

二人都笑了。

韩老板：怎么也得让我拍一张照片吧？

大漏勺变魔术似的掏出一张彩色照片：我早替您准备好了。

大漏勺又来到红桥珍珠市场柜台前，掏出珍珠耳坠：能不能照着这样子仿制一个？

老板惊叫起来：哇，从来没见过这么大的珍珠！

大漏勺：你喊什么？说，能不能用珍珠粉合成一个？

老板：问题不是太大。

大漏勺：必须跟这颗一样，里面要有嫦娥奔月图。

老板：不敢肯定，只能试试。

大漏勺：把握有多大？

老板：不敢保证一模一样，但八九不离十吧。不过，要请高级技师做，费用自然要高一些。

大漏勺：多少钱？

老板：怎么也得……两千元。

大漏勺掏出钱和珍珠耳坠照片：这是订金和样子，越快越好。

韩老板将同样一张珍珠耳坠照片递给郑考古：拆迁办刘主任介绍我

来，请您帮助给鉴定鉴定。

郑考古：没问题，刘主任刚刚给我打过电话。他仔细看了看，十分惊奇：这可是国宝啊！

韩老板一怔：国宝？

郑考古追问：实物在哪儿？

韩老板撒谎：哦，我也不清楚，是一个朋友托我帮助看看。

郑考古：你那朋友是哪里人？

韩老板撒谎说：在沈阳，我们老家。

郑考古：越说越对上号了。

韩老板一脸疑惑：您这话怎讲？

郑考古：听说过军阀孙殿英盗挖清东陵慈禧太后墓的事吧？

韩老板：啊，当然，还拍成电影了呢。

郑考古：孙殿英盗得慈禧太后凤冠上的两颗大珍珠，镶嵌在绣花鞋上。末代皇帝哪里受得了如此奇耻大辱，一气之下，跑到沈阳，在日本人扶持下，成立了伪满洲国。而慈禧太后平日戴在耳朵上的两颗珍珠耳坠，据考证，根本就没有下葬，一直下落不明。

韩老板：您的意思是说……

郑考古：没错，照片上的这颗珍珠耳坠，很可能就是慈禧太后戴过的。仅凭这一点，你说是不是国宝吧？

韩老板：啊，是，是。

郑考古：不仅如此，据说，慈禧太后非常喜欢这对珍珠耳坠，原因除了这么大的珍珠极为罕见，还有一点就是两颗珍珠里都有一幅天然形成的嫦娥奔月图。别看当年慈禧专横跋扈，杀人不眨眼，但她毕竟是个女人。这个奶名叫兰子的女人，对嫦娥奔月寄托着多少向往和追求，就只有她自己知道了。

韩老板：您给估估价，这玩意儿得值多少钱？

郑考古：这可不好说。如果是一对儿，真要上了拍卖会竞起价来，五六十万是它，五六百万也是它。

郑考古送韩老板出了办公室。

韩老板握住郑考古的手：谢谢，十分感谢，您请回吧。

待韩老板松开手，郑考古掌心里多了一串金项链：哎，这可不行！

韩老板：知识就是财富，哪能让您白辛苦啊。

郑考古：不行不行，你拿着。

韩老板：看不起我是不是？以后我还怎么找您掌眼呀？

郑考古：礼也太重了。

韩老板：这还重，也就十几克，一点儿小意思。

说着，韩老板把金项链塞进郑考古衣服口袋里。

枝子走出院子，来到出租车前，发现张童坐在副驾驶座位上。

枝子坐在车里，看都不看张童：不是说好把车放在你们家门口吗，怎么又开到这儿来了？

张童情绪低沉：我……我是想当面向你道歉。

枝子：用不着道歉，以后别再胡思乱想就行了。

说着，枝子挂挡走车。

张童：以后，你……你不会不理我了吧？

枝子开着车：只要你不再对我无礼，咱们还是好搭档。

张童把手搭在枝子握挡把的手上：这么说，你原谅我了？

枝子将张童的手推开：那还要看你以后表现怎么样。

张童：不过，有一点我想让你明白，我对你完全是一片真心，绝对不是玩弄你的感情，请你理解我。

枝子：好了，我理解你。

第 十 章

　　黑衣老太睡在床一侧，九库躺在中间，满囤妈歪倒在床的另一侧。

　　满囤妈轻轻拍打着九库屁股，哄孙子睡觉，嘴里哼唱着又一首乡间歌谣：野麻雀，尾巴长，娶了媳妇忘了娘。把娘背到野地里，把媳妇背到炕头上，白米饭，烧肉汤，不吃不吃又盛上。

　　九库忽然坐起，指着黑衣老太：这个奶奶的儿子娶了媳妇忘了娘吧？

　　满囤妈：你还别说，臭小子，真有可能。只知道吃喝不认人，傻了吧唧讨人嫌，怪不得她家里人不找她。好了，赶紧睡觉吧。

　　王一斗对着灯照了照珍珠耳坠：咦，不对呀，满囤你看看，是我眼睛花了，还是怎么了？

　　满囤端详着珍珠耳坠：是呀，真奇怪了，嫦娥奔月图怎么没了？

　　满囤妈走进屋：你们爷儿俩嘀咕啥呢？

　　王一斗赶忙把耳坠攥在手心里：啊，没干吗。

　　满囤妈：枝子上夜班去了，九库也总算睡着了，你们俩还不赶紧下井撬石门？我可恨不得立刻看见成堆的金银珠宝。

　　王一斗：你先出去看看，院儿里的人家都睡了吗。

　　满囤妈：哎，我说老头子，真挖出八大马车金银珠宝，咱往哪儿放呀？

　　王一斗：活人还能让尿憋死？我给老家他舅舅打过电话了，让他腾空家里的白薯窖，备好大卡车，只要挖出金银珠宝，就连夜转移出去。

丽珍将一沓人民币推到满囤面前：这钱是我入人寿保险的。

满囤：好，等明天我把保单拿给你。

丽珍：以后，如果我要是有个三长两短，保险公司赔付的钱就给九库上学用吧，虽然不多，上完大学还是够的。

满囤：丽珍，你今天情绪有点儿不对。出什么事了，能跟我说说吗？

丽珍苦笑了一下：什么事也没有。

满囤：你还瞒我？眼睛都红了。

丽珍：啊，那是迷眼了，揉的。

满囤：真的没事？

丽珍：没事，你放心吧。

满囤：我走了，你早点儿休息。

说完，满囤向屋子外走去。

丽珍突然深情地叫道：满囤！

不等满囤转过身来，丽珍扑过去扶在满囤肩上。

丽珍：满囤，这辈子，我们有缘没分，等下一辈子，我一定嫁给你，不把机会留给任何一个女人。

满囤不禁愕然。

撬棍插进门墩缝隙里，王一斗和满囤将整个身子压上去，撬棍撬弯了，父子俩摔倒在地，而石门纹丝不动。

王一斗拿过錾子：来，我把錾子，你使锤。

满囤抡起锤子打下去，落点偏了，险些打在父亲手上。

王一斗急忙缩回手：你看着点儿呀，真要砸了我手，啥也干不成了。

满囤：还是我自己来吧。

满囤拿过錾子，放在门墩上，挥起锤子打下去，门墩溅起一股白烟。

忽然传来急切的敲门声。

吴非的声音：满囤大哥！开门，快开门！

满囤妈趴在井口：快停下，有人叫门呢，我出去看看。

吴非急切地敲着满囤家的堂屋门：满囤哥，快起来！

堂屋门开了，满囤妈出现在门口：这么晚了，有事吗？

吴非：您赶紧把满囤哥叫起来，再晚就该出人命了！

满囤妈一惊：出人命？谁出人命？

吴非：您别管了，赶紧叫起满囤哥！

丽珍割腕自杀，脸色刷白，不省人事，血将床单染红一大片。

满囤给丽珍包扎完伤口，吩咐吴非：快，把她扶到我背上。

吴非近乎吓傻了，仲着俩胳臂，不知如何是好。

满囤：还愣着干什么，快呀！

丽珍俯在了满囤后背上，满囤背起丽珍就走。

丽珍被送进医院急救室，吴非和满囤坐在椅子上等候。

吴非掏出一张纸递给满囤：这是我在丽珍姐屋子里发现的遗书。

满囤：遗书？

吴非：我本来都要睡觉了，忽然听见丽珍姐呻吟，以为她病了，过去一看，丽珍姐躺在那里，床单上都是血，旁边还有这封遗书。

丽珍的声音：我自愿结束自己的生命，与任何人无关。这一生，我走错了关键的一步，嫁给了一个人面兽心的白眼狼……

满囤妈：满囤这孩子，去了大半宿了，怎么还不回来呀？

王一斗不接老婆话茬：还有清凉油吗？给我拿一盒儿新的。

满囤妈从抽屉里拿出一盒清凉油，递给老头子。王一斗抠了又抠，却怎么也打不开，气得把清凉油盒摔在地上。

满囤妈：什么倒霉事都让咱赶上了。井里的石门要是再打不开，搬家的日子可说话就到了。

王一斗：你别唠叨了行不行？

满囤妈嘟哝着：本来就是嘛。

王一斗：你给我闭嘴！

满囤妈不敢再吭声了。

医生在处方上快速地写着什么。病人已经脱离了危险，目前的问题是，出现先兆流产，怀的孩子肯定保不住了。

满囤和吴非面面相觑。

医生撕下几张单子：先去交费、化验，回来马上做流产手术。

吴非接过单子转身走了：我去吧。

医生责怪满囤：你也是，看着挺聪明的一个人，怎么能让怀孕的老婆寻短见呢，这回麻烦了吧！

满囤解释：大夫，她……她不是……

医生：现在还讲什么谁的不是啊？即便是你老婆的不是，这会儿也全都是你的不是了。来，把病人推到手术室，准备手术。

枝子打开出租车门，搀出一位大腹便便、表情痛苦的孕妇，走进医院。

在妇产科门口，枝子看见了满囤：哎，你怎么在这儿？

满囤：啊，我……我陪丽珍来做手术。

枝子：丽珍怎么了？

满囤：她……先兆流产。

枝子：流产？为什么要你来陪？

满囤：她……我……你……咳，一句两句解释不清。

枝子：既然你那么好心，这个产妇也拜托给你了。

说着，枝子将满脸痛苦的孕妇交给满囤。

满囤：哎，枝子，你别走啊！

枝子头也不回地离去。满囤急得直跺脚，即便浑身长嘴也解释不清了。

吴非交费回来：满囤哥，你急什么呀？

满囤：刚才，你枝子姐来过了。

吴非：啊，她人呢？

满囤：赌气走了。

吴非：赌气走了？是不是误会你了？

满囤：咳，好人难当啊，等回去我再跟她慢慢解释吧。

门打开了，一位护士走出来：张丽珍的家属在吗？

满囤和吴非迎上前：啊，在。

护士：病人失血过多，需要马上输血，不然很可能有生命危险。

满囤：那就赶紧输血吧。

吴非：钱不够，我们回家再去拿。

护士：不是钱的问题。病人是 A 型血，我们医院血库里目前没有这种血型的血，跟血液中心联系，他们也说暂时为零库存。我们正在与其他医院联系，你们家属也赶紧想想办法吧。

说完，护士闪进门里不见了。

大街上，满囤拦住一个男人，请求人家献血，男人摇摇头走开。

吴非拦住一个妇女，而妇女以为遇到打劫的，惶恐地躲开了。

满囤看见一个男人走来，赶紧迎上前，男人却把手里的酒瓶子举到满囤眼前要他喝，原来是个醉鬼……

满囤和吴非终于带来两个民工模样的人。满囤敲了敲手术室的门。护士闻声开门走出来。

满囤：同志，献血的人，我们找到了。

护士：不用再献了，够了。

满囤不明白：还没献，怎么就够了？

吴非：你们找到血源了？

护士：有一个女的，说是你们亲属，献了血，刚离开。

满囤和吴非你看我，我看你，不知所以。满囤忽然想到什么，拍了一下大腿，撒丫子就往楼下跑。

满囤妈打开屋门，满囤闯进来。

满囤：妈，枝子回来了吗？

满囤妈努了努嘴，指了指里屋。

满囤推门想进去，门闩着：枝子，开门，快开门！你献了那么多血，想吃什么，让妈给你做。

满囤妈：你说啥？枝子给谁献血了？

满囤：给丽珍。

满囤妈：哎哟，这可怎么好呀！枝子，开开门，啊，别跟满囤一般见识，要是受了什么委屈，妈替你出气。说着打儿子：叫你气枝子！叫你让媳妇给人家献血！

满囤躲闪着：妈，您不问青红皂白，打我干什么呀？

满囤妈：我不打你打谁呀？有这么好的媳妇，是你几辈子修来的福，打着灯笼都难找，你还气她，我今儿非打你不可……

门开了，枝子却没有露面。满囤妈推满囤进了屋。

满囤：枝子，你听我跟你解释。

枝子：你甭解释！我辛辛苦苦挣钱养家，你闲得难受拈花惹草。

满囤：谁拈花惹草了？

枝子：要不是我亲眼看见，打死也不信，我丈夫深更半夜陪同当年的恋人去做流产，还装得跟没事儿人似的。

满囤急了：你胡说什么呀！丽珍割腕自杀，被吴非发现，我们俩把她送到医院抢救。后来，大夫说，丽珍怀的孩子保不住了，要做流产手术，她丈夫出差还没回来，只好我陪着她。

枝子：那我问你，丽珍为什么要自杀？

满囤：这……这我哪儿知道啊。

枝子：哼，是不知道怎么编瞎话了吧？

满囤：你要这样认为，可就冤枉死我了。反正我浑身长嘴也说不清，等丽珍回来让她当面给你解释吧。

说完，满囤赌气出了屋子。

王一斗夫妇躺在床上，难以入睡。

王一斗：卧井石门眼看就凿开了，却生生惹出一连串烦心事，搅得什么也干不成，把时间一天天都耽误了，你说这急不急死人，啊？这回

162

可倒好，枝子给丽珍献了血，怎么也得歇个三天五天吧？到时候，搬家的日期一到……哎哟，我脑袋疼死了，赶紧给我拿清凉油。

满囤妈：不是在你枕头底下吗！

王一斗从枕头下摸出清凉油盒，打开，抠了一块，涂在太阳穴上。

一辆出租车驶来，在院门口停下，满囤和吴非搀扶着丽珍下了车，走进院子。

满囤将盛有红糖的杯子端给卧床的丽珍：来，喝杯红糖水吧。

丽珍：谢谢，你们俩为我受累了。

吴非：丽珍姐，你太客气了。

满囤：趁热赶紧喝，凉了对身子不好。

丽珍喝下红糖水，两行热泪流下来。忽然，丽珍的眼神里显出惊奇。满囤回头一看，枝子站在门口。

满囤出了屋，坐在窗外台阶上吸烟。枝子和丽珍的对话隐约传出来。

枝子：不是我说你，为什么要这样虐待自己？

丽珍：枝子，我真是没脸活在这个世上了。

枝子：想法就不对，你为谁活着？命是你自己的。

丽珍：枝子，我……我……

枝子：有什么话你就说，憋在心里多难受啊。

丽珍哭了：枝子，我太轻信那个白眼狼了。

枝子：哪个白眼狼？

丽珍：我的前夫。

枝子：前夫？你离婚了？

丽珍：本来说好是假离婚，为的是单立户口，趁拆迁多分一套房子，然后再复婚。可万万想不到，我们办了离婚手续没两天，他就和他们科里一个毕业没多久的大学生到南方旅游结婚去了。

枝子：这么说，他挖好了陷阱，让你一步步往里跳？

丽珍：所以我恨我傻呀，怎么就一点儿也没看出他的狼心狗肺！我去找他算账，他拿出离婚证，说从法律上和我已经解除了夫妻关系。我告诉他，我怀孕了，可他根本不承认是他的，还说不定是谁撒的野种，气得我想干脆死了算了。

枝子：你真糊涂，万一你死了，那不正中了他的诡计？

丽珍呜呜地哭出声。

枝子：好了，别难过了。小月子不小，别哭坏了身子。

丽珍：枝子，我现在总算明白了，什么有钱没钱，什么有权没权，只要真心实意对你好，知道疼你、爱你、保护你，这才是好男人。你看你们家满囤，待你多好呀，真让我羡慕。

枝子：哼，看你把他夸成一朵花儿了。除了我，谁还肯嫁给他呀。

丽珍：你别多心，我再怎么羡慕，也不会做出对不起你的事。

枝子：说什么呢，我知道。

听到这里，满囤将烟头丢在地上，用脚碾灭，起身回了家。

丽珍：好了，你也早点儿回家睡觉吧。

枝子：不，今天我陪你睡。

丽珍：你放心吧，这回甭管是谁，逼我死我也不死了。

枝子：早这样想就对了。

丽珍：你走吧，啊，再不回去睡觉，有人该对我有意见了。

枝子：好吧，那我走了。

丽珍叫住往外走的枝子：哎，枝子，谢谢你，给我献血。

枝子：今儿晚上，就这一句是废话。你睡觉吧，我走了。

满囤佯装睡着了，轻轻地打着呼噜。黑衣老太睡在行军床上。

枝子走进屋，脱了衣服，钻进满囤被窝：对不起，我错怪你了。

满囤用一串呼噜回应枝子。

枝子拧了一把满囤的耳朵：讨厌！让你装睡！

满囤：哎哟，疼死我了！

枝子：活该！

满囤翻身趴在枝子身上：你还说我活该不？

枝子：去，全身都是臭烘烘的汗味儿，洗洗去。

枝子用力一推，满囤滚到床下。枝子赶紧下地，抱着满囤亲吻起来。

九库抱着小狗臭臭儿，凑到坐在屋门口马扎上的黑衣老太跟前：臭臭儿，亲亲奶奶。

臭臭儿伸出舌头在黑衣老太脸上舔了几舔，黑衣老太躲闪着。

九库：来，再亲亲，再亲亲。

黑衣老太左右躲闪，挂在胸前的布娃娃显露出来。

九库放下狗，猛地摘下黑衣老太脖子上的布娃娃，跑到二道门那里，坐在门槛上，翻过来掉过去地看。黑衣老太过去夺，脸上很着急的样子，嘴里哼哼唧唧说不出话。

九库：破东西，不好玩儿，还给你。

九库将布娃娃递到黑衣老太手里。黑衣老太把拴着布娃娃的挂绳重新套在脖子上。黑衣老太抬起头来，透过二道门，看见夏五爷站在外院正向这边看，黑衣老太的目光立刻又变得呆滞。

满囤推门走进屋：枝子，张童看你来了。

张童拎着各种营养品跟进来：枝子姐。

枝子从床上坐起来：来，张童，坐吧。满囤，给张童沏杯茶。

满囤：哎，好。

说着，满囤走出屋。

张童：听说你献血了，我特别惦记，心里一整天都不踏实。

枝子：别担心，休息几天就会好的。这两天的车就都归你开了。

张童：一定要注意休息，想吃什么就说，我给你买。

枝子：谢谢，不用麻烦你，有你满囤哥呢。

张童：他是他，我是我，他对你的关怀代替不了我。

满囤端着茶杯走进来，放到张童面前的桌子上：来，喝茶。

张童却站起来：我得走了。

满囤：哎，别着急走哇，陪你枝子姐再待会儿。

张童：不了，我走了。

枝子：走吧，开车注意安全。满囤，替我送送张童。

　　胡同里，王一斗拦住大漏勺，掏出珍珠耳坠：你给看看，这珍珠里面的嫦娥奔月怎么没了？

　　大漏勺接过珍珠耳坠，对着阳光看了看：是呀，怎么会呢？噢，我明白了，前两天您给我看的时候，是阴历十几？

　　王一斗想了想：阴历十六吧。

　　大漏勺：这就对了。俗话说，十五不圆十六圆。这珍珠，肯定是等月亮圆的时候，才会出现嫦娥奔月。如果下个月的阴历十五或十六，嫦娥奔月图又出现了，那说明这珍珠耳坠确实是个宝贝。

　　王一斗：我留着它也没什么用，干脆卖给你得了，就按你开的价。

　　大漏勺：啊，您听我跟您解释，我收它不是自己留着玩儿，是为了倒腾出去。我跟一个买家问了，人家说，要是一对儿就买，价高点儿也行。

　　王一斗：要是一对儿，你肯出多少钱？

　　大漏勺：咱谁跟谁呀，再怎么我也不能赚您的钱是不是？买家说了，如果是一对儿，答应给一个整儿。

　　王一斗：一个整儿？

　　大漏勺：就是一万。我呢，一分钱都不赚您的，说瞎话是孙子。我就算帮个人情，您看这样行不？

　　王一斗：我不会让你白干的。

　　大漏勺：这么说，您能找到另外一只？

　　王一斗：也许吧。

　　大漏勺：那我就等您的好消息了。您先把这个收起来，等找到另一只珍珠耳坠，凑成一对儿，您再一起给我。咱一手交钱，一手交货，我保证点给您一万块嘎嘎儿响的票子。

　　枝子喝完鸡汤，把空碗还给婆婆：谢谢妈。

　　枝子妈：谢什么呀，补足了身子好去上班。

枝子：那就再给我盛一碗。

满囤妈：好，还有一大锅鸡汤呢。

枝子端着一大碗鸡汤走进丽珍家：来，快趁热把鸡汤喝了吧。

丽珍接过来，看了枝子一眼：你呢？

枝子：我都喝好几碗了，肚子撑得鼓鼓的。

丽珍低头喝鸡汤，眼泪随之掉进碗里。

九库一边玩弹球一边说着从奶奶那里学来的歌谣：野麻雀，尾巴长，娶了媳妇忘了娘，把娘背到野地里，把媳妇背到炕头上。白米饭，烧肉汤，不吃不吃又盛上……

枝子妈从院子里走出来：博学，这歌谣多土啊，谁教你的？

九库：奶奶。

枝子妈：怪不得呢，跟着好人儿学好人儿，跟着巫婆跳大神儿。以后不许再说那土了吧唧的歌谣了，姥姥教你一个新的。

九库：姥姥您教我什么呀？

枝子妈：姥姥说一句，你跟着学一句。

九库点点头：好吧。

枝子妈酝酿片刻，抑扬顿挫地教起来：妈妈的心，一定很大、很大。

九库学着：妈妈的心，一定很大、很大……

黑衣老太躺在床上已经睡着了。九库和妈妈躺在一个被窝里，说着白天从姥姥那里学来的歌谣。

九库：妈妈的心，一定很大、很大。不然，怎么能把我全装下？我冷了，妈妈比我先知道，给我穿厚厚的棉衣；我饿了，妈妈比我先知道，给我吃香甜的蛋糕，还有挺脆挺脆的麻花。我想，我的心一定也要像妈妈那样，等我长大了，也要装下妈妈。

枝子问：谁教你的？

九库：姥姥。

枝子一怔：再给妈妈说一遍，好吗？

九库：好。妈妈的心，一定很大、很大。不然，怎么能把我全装下？我冷了，妈妈比我先知道……

枝子妈从屋子里出来泼水，听见九库说歌谣，站下认真地听。

九库：……给我穿厚厚的棉衣；我饿了，妈妈比我先知道，给我吃香甜的蛋糕，还有挺脆挺脆的麻花。我想，我的心一定也要像妈妈那样，等我长大了，也要装下妈妈。妈妈我说得好吗？

枝子：好，好儿子。

说着，枝子不禁流下泪来。

九库：妈妈你怎么哭了？

枝子：妈妈不好，妈妈心里没有装着你姥姥，妈妈对不起你姥姥。

枝子妈听到这里，抹了一把眼泪，摇摇头，走进屋去。

王一斗在屋里，埋怨着满囤：石门里藏着成堆的宝贝，可就是拿不出来，这不急死人吗！已经耽误了好几个晚上，说来说去，全都怨你，她丽珍做不做流产手术，关你屁事呀？狗拿耗子！

满囤：我总不能见死不救吧？

王一斗：撬不开石门，看谁来救你。

满囤妈：是呀，过些天就搬家了，这可怎么办呀？

王一斗：枝子她说歇几天了吗？

满囤：我还一直没敢问她。

王一斗长叹一声：你这事办的，整个一个缺心眼，让我说你啥好呀。

传来九库的喊叫：爸，爸，妈妈让你回来睡觉！

满囤大声回答：好，我这就过去。

满囤挨着枝子身边躺下。

枝子：大妈来咱家好几天了，一直没有她家人的消息。

满囤：可不是嘛。

枝子：大妈走失了，家里人肯定在四处寻找，指不定多着急呢。

满囤：嗯。

枝子：大妈待在咱家里，终究不是个事，我想，在电台和报纸上再做一次广告，这样就又得花钱。往后，你我都得再省着点儿，能不花钱的就尽量不花。

满囤：嗯。

枝子：爸妈那边，你也得多替我解释解释，大妈住进咱家，他们当我面儿，嘴上虽没说一个不字，心里肯定别扭，搁谁谁也不愿意家里多一个白吃饭的……

满囤发出了鼾声。

黑衣老太悄悄地向工一斗夫妇住屋走去，踩在狗食盆上，脚下一滑摔倒了，狗食盆的声响显得格外夸张。

满囤妈走出屋，拉亮电灯，见黑衣老太倒在地上，脸上表情很痛苦。

满囤妈：深更半夜的，不好好睡觉，我还以为是闹鬼呢。

枝子闻声出了住屋：大妈，摔着没有？

满囤随后也跟出来。

枝子：来，把大妈搀起来。

满囤夫妇二人搀黑衣老太。

黑衣老太痛苦地大叫一声：啊！

医生指着片子：看见了吧，桡骨骨裂，问题不是太大，打上夹板儿，住院观察几天，就可接回家。

满囤：摊上这么一个累赘，倒霉到家了。

枝子：你瞎嘟嘟什么啊！

满囤不敢吭声了。

枝子和满囤坐在病房外的椅子上商量陪护的事。

值班台的护士翻看着一本杂志，不时抬头瞥一眼夫妇俩。

枝子：大妈这么大岁数了，脑子又糊涂，不能没人陪床。我想这样，白天我陪，你在家休息；夜里你陪，我上班拉活儿。

满囤：你刚给丽珍献了血，怎么也得再歇两天。

枝子：整天在家躺着，我都烦了。再说，不出去拉活，哪来的钱啊？

满囤：你身子吃得消吗？

枝子：没事，我身体恢复差不多了。

满囤：别把自己累坏了。

枝子：你老婆我什么时候那么娇嫩过？

满囤：那好吧，我再让妈炖锅鸡汤，给你多补补。

枝子：说起来，真有点儿对不住你，要不是我把大妈给撞了，也不会让你这么跟着受累。还得辛苦你一趟，回家拿些常用的东西来。

满囤：好吧。

满囤妈：都怪枝子瞎揽事，非要把个糊涂蛋接家来，住院又得花一大笔钱。

王一斗：这会儿什么也别说了，满囤你把东西送到医院，赶紧回来跟我挖宝，别总指望我一人。

满囤：恐怕以后真得您一个人干了。

王一斗一愣。

满囤：枝子说，老太太住院得有人照顾，白天她陪，晚上我陪。

王一斗：这哪儿成啊？井里的宝贝你不想要了？

满囤：想。

王一斗：想要，就得跟我一起铆足劲干。

满囤：我是想干，可枝子让我晚上陪床，我怎么抽身呀？

满囤妈：不行就编个瞎话，你就说……你爸胳膊也摔裂了。

王一斗：笨死了你，瞎话都编不圆。

张童拎着一袋慰问品走进病房。

枝子：你怎么来了？

张童：听说老太太胳膊摔伤了，我不放心，过来看看。

枝子：没事，大妈打上夹板，住院观察几天就能回家。

170

张童深情地望着枝子：我是不放心你，你刚刚献了血。

枝子：你尽管放心，我有满囤和公婆照顾呢。

张童：你知道吗，我时时刻刻都挂念着你，睁眼闭眼满脑子都是你，我的心完完全全被你占满了，一天见不到你，我心里就空荡荡的。

枝子：你不要再说了，我早就跟你说过，咱们俩只是姐弟关系、搭档关系，不可能再有别的。

张童：枝子，我就不明白，你为什么总是对我冷冰冰的？

枝子：我再不冷冰冰的，你脑子更得发热了。

这时，满囤拎着饭盒走进屋：谁发热了？哟，张童来了？是不是感冒了？用不用吃点儿药？

张童：啊，没有，我走了。

枝子：我送送你。

满囤看着张童和枝子离去，眨巴了几下眼睛，似乎有些想不明白。

枝子送张童出了医院，来到他们的出租车前。

枝子：晚上下了班，你把车停在我家胡同口儿就行了。

张童不解地看着枝子：你……

枝子：从今儿开始，我接着上夜班。

张童：你刚献完血，歇了没两天，我不让你上夜班。

枝子：这你甭管，我已经决定了。你知道，我决定的事谁也别想改变。

张童软下来：你只要答应不上班，我赶明儿不再看你了，家也不去，医院也不来，行了吧？

枝子：就怕你说话不算数。

张童：这回我说话算数，一定算数，不算数我不是人。

枝子：好了，不说了，你开车走吧，晚上七点我在胡同口儿等你接车。

枝子不再说什么，转身走进医院。

第十一章

枝子走出院门，出租车停在门口。她上车发现座位上有一张纸条。

张童：枝子，不管你对我什么态度，我想让你记住一点，撼动泰山容易，动摇我对你的爱，难……

枝子苦笑一声，将纸条团起来。

吴非：一根儿铁丝儿。怎么样老师，北京话学得够标准吧？

叶子：学会北京话，只是万里长征的第一步。

吴非：哇，这第一步就快难死我了。

吴非故作晕倒状，叶子去扶，吴非顺势倒下去，叶子又忽然闪开，吴非扑通一声摔在地上。

叶子大笑不止。

吴非站起来，掸掸身上的土：坏蛋儿。

叶子：你说什么？

吴非：坏蛋儿。

叶子：画蛇添足，北京话不能乱用儿音。应该说坏蛋，不是坏蛋儿。

吴非：坏蛋，坏蛋儿……什么词可以带儿音，什么词不可以带儿音？

叶子：比如，东直门，你不能说东直门儿；洗衣粉，你不能说洗衣粉儿；小孩儿，不能说小孩；门墩儿，不能说门墩。不然，别人一听你就不是北京人。

吴非：有什么规律和逻辑可言吗？

叶子：我只知道应该这么说，还从没总结过。你可以请教夏五爷，他是老北京，学问可深了。

满囤妈：好孙子，别玩儿了，咱该睡觉了，玩儿时间长了毁眼睛。

满囤妈夺过九库玩的电子游戏操纵器。电视屏幕上，游戏闯关失败。

九库：都赖你，都赖你！你赔我，你赔我！

满囤妈：好好好，明天奶奶买冰激凌赔你。

九库哭喊着：爸爸！我要爸爸！

满囤妈：小祖宗，你喊什么呀？你爸去医院陪老太太了。

九库：那您陪我坑儿骑大马。

满囤妈：我哪儿禁得住你骑啊？

九库：不行，就要让您陪我玩儿骑大马，要不我不睡觉。

满囤妈：你这小兔崽子，跟你妈一样倔。

满囤妈脱了鞋子，爬上床：臭小子，上来吧。

九库破涕而笑，骑在奶奶身上：驾！驾驾！

满囤妈：哎哟，小点儿劲，你奶奶我老腰禁不住。

九库：往高颠！往高颠！

满囤妈使劲颠着，却怎么也颠不高：行了，奶奶没劲了。

九库：不行，还往高里颠！驾驾！

满囤妈颠着：你爷爷整天嫌弃我，王八孙子你也欺负我，我是耗子进风箱，受你们爷孙儿俩的气。

枝子拎着一个装有小笼包子的塑料袋走进病房，只见黑衣老太躺在床上睡着了，却不见满囤的身影，不禁有些奇怪。

枝子问临床的护工：在这儿陪床的那个人，您知道去哪儿了吗？

护工：他回家了，让我帮忙照看着。

听见院门响，满囤妈撩开遮挡窗户的绒毯，向外只看了一眼，马上转回身，疾步走到井口：快上来，枝子回来了！

王一斗和满囤赶紧沿着软梯爬上来。

传来枝子敲堂屋门的声音：满囤，满囤给我开门。

满囤妈比画着让满囤赶紧回他住屋，自己走到堂屋门前。

满囤妈：谁呀？枝子吗？

枝子：妈，是我，给我开门。

满囤妈故意拖延时间：枝子，今儿怎么早就收车了？

枝子：您给我开开门再说。

满囤妈慢慢腾腾打开屋门，枝子走进来，也不与婆婆打招呼，直奔自己住屋。

见枝子走进来，满囤一副巴结相：媳妇儿，今儿怎么回来这么早？

枝子不理不睬。

满囤倒了一杯水放到枝子面前：肯定渴了吧，润润嗓子。

枝子将头扭向一边。

满囤：是不是累了？我给你捶捶背揉揉肩。

满囤上前欲给枝子揉肩，被枝子啪地打了一巴掌。

满囤苦笑：哟，什么事惹你生这么大气啊？

枝子指着满囤鼻子尖：王满囤！你说我为什么生这么大气，啊？本来我好心好意给你买了小笼包子，怕你陪床夜里饿。可到医院一看，不见你人影儿，噢，敢情跑回家睡大觉来了，你说我能不生气吗？

满囤：咳，这是因为……因为我……

满囤妈走进来：啊，是因为我，别怪满囤。九库哭着喊着，非要让他爸哄他睡觉，是我打电话让满囤回来的。

枝子：哄九库睡着了，你为什么不再回医院陪床？

满囤支吾着：我……我这不是为你好吗？

枝子：为我好？

满囤：是啊，你上夜班拉活儿，白天给老太太陪床，这哪吃得消啊？我请同病房的那个护工帮着照看大妈，每晚上给她十块钱，夜里我回家睡觉，白天你休息，我陪床。你说，我这是不是为你好？

枝子：那……那你也不能先斩后奏。

满囤：再说了，病房里俩老太太一个护工，都是女的，我一个大老爷们儿，在那儿过夜多不方便啊。

满囤妈：也是，这几天满囤多累啊，没日没夜忙。

枝子质问满囤：你忙什么了，啊？我怎么没见你忙啊？

满囤支吾着：我……我……

王一斗走进来：好了好了，为一个傻老太太，伤了夫妻和气不值得。

枝子也不说话，转身往外走。

满囤：哎，你干吗去？

枝子：你说我干吗去？光花钱不挣钱，脖子还不得系起来？

满囤：老婆真辛苦，我送送你。

枝子：不用，睡你的觉吧。

早晨，枝子下夜班回来把车停在路边，等候接班的张童开门坐了进去。

大漏勺从院子里出来，路过出租车，透过车后窗不经意间向车里看了一眼，却发现一个惊人的秘密——副驾驶座位上的张童抓起枝子的手吻了一下。大漏勺露出几分淫笑，走进厕所之前，又不禁向车里望了一眼。

车内。枝子：你要再动手动脚，以后可别怪我对你不客气。

张童：你应该明白我对你的一片心。

枝子：这样下去，我们不可能再做搭档了。

张童：你不是吓唬我吧？

枝子：我是认真的，请你把我的话牢记在心里。

枝子开门下了车，走进院门。张童叹了一口气，挂挡走车。

大漏勺走出公厕，看见满囤端着尿盆走来，主动打招呼。

大漏勺：你这家庭妇男当得不错呀。

满囤：大漏勺，你别总看不起我，今天是家庭妇男穷光蛋，明天兴许就是腰缠万贯大老板。

175

大漏勺上下打量着满囤：嘀，真是一日不见，刮目相看，过去是武大郎卖豆腐——人软货也软，今儿说话怎么变得这么硬气了？

满囤收敛着：我就不行鼓着肚子说一次气壮的话？

大漏勺：好，既然你敢说气壮的话，那我就考你一个问题，你知道什么人最可怜吗？

满囤：除了我，还能有第二个人吗？

大漏勺：这哪是气壮的话呀？

满囤：肚子还没鼓起来就瘪了呗。

大漏勺：那你怎么最可怜了？

满囤：企业倒闭摊子散，下岗在家没事干，挣钱没有老婆多，腰杆不硬腿发软，爹娘嫌弃没能耐，岳母动不动就白瞪眼。

大漏勺笑了：要我说呀，有人比你还可怜。

满囤：谁？

大漏勺：给炮兵连送信的邮递员。

满囤：为什么？

大漏勺：戴绿帽子背绿包，看别人打炮。

满囤：你小子，满肚子花花肠子。

大漏勺：我算老几呀，有人比我花花肠子可多多了。

满囤：你别谦虚了，还有谁比你花花肠子多？

大漏勺：啊，不说了，人心隔肚皮，猜透不容易。

满囤望着大漏勺走去的背影，自言自语：这小子憋什么坏呢？

满囤妈养的臭臭儿跑出枝子妈家，枝子妈紧跟着追出来。

枝子妈抛出笤帚疙瘩：往哪儿跑你臭东西！我打死你！

臭臭儿跑进满囤家，满囤妈出屋来。

满囤妈：哟，这是怎么了亲家母？

枝子妈：把你们家臭臭儿找出来，看我不剁扁了它！

满囤妈：臭臭儿怎么招你了，惹你生这么大的气？

枝子妈：主人不地道，养的狗也不是好东西。

满囤妈：哎，我说亲家母，你这是怎么说话呢？

枝子妈：你们臭臭儿，把我们家亲亲宝贝儿的童子身给……给破了。

满囤妈：那好啊，猫三狗四，孕期不长，赶明儿卜了小狗，一准是串秧儿。等出了满月，你想抱哪只，由你先挑。

枝子妈：呸！谁稀罕呀！我们宝贝儿出身名门望族，你们臭臭儿杂种一个！

满囤妈：枝子妈，你要是这么说，可别怪我跟你顶嘴。是你家宝贝儿奸了我家臭臭儿，我还没说什么呢，你倒不依不饶成原告了。

枝子妈：母狗不闹骚，公狗不上前。是你们家臭臭儿一大早儿跑进我们屋子里勾引亲亲宝贝儿的。

大漏勺出了屋，凑上前来：现在这社会，有公的勾引母的，也有母的勾引公的。别说是狗，人又怎么样，啊？

枝子妈：给我一边凉快去！

大漏勺：大婶，不是我说您，您对亲亲宝贝儿也忒残忍了，要不您就给它阉割喽当太监，要不您就给它性自由，哪儿有说都好几岁了，连个情人都不允许找的呀？您以为你们家宝贝儿破了童子身，有失体面了，其实，不信您进屋瞧瞧，人家没准儿正趴在床底下，没事偷着乐呢。

夏五爷来到：你就会起哄架秧子，滚屋里去！

大漏勺很不情愿地离开了，夏五爷跟了过去。

满囤妈：要我说，大漏勺说的也不错。男大当婚，女大当嫁。这猫呀狗呀的也一样，早晚也得该破身破身，该开苞开苞。

枝子妈：你得了便宜卖乖是不是？

满囤妈：哎，这咱们得说清楚，臭臭儿是让亲亲宝贝儿欺负了，我怎么得便宜卖乖了？

枝子妈：你心里清楚。是哪个缺了八辈子德的，打了八辈子光棍儿的穷小子，勾引良家妇女，还恬不知耻呀？

满囤妈：你要是骂谁就直说，别指桑骂槐！

枝子妈：你不是说过，世上有捡钱捡物捡便宜的，还没听说有谁专爱捡骂的吗？你要认为我骂你，那是你的事。

这时，臭臭儿露出头来，枝子妈抄起笤帚疙瘩打去。

满囤妈：哎，我说亲家母，这就是你不对了，打狗还得看主人呢。

枝子妈：看的就是主人，我才打狗呢。

满囤妈：我看你是专拣软柿子捏，有能耐你……

满囤妈忽然发现枝子妈眼神软下来，回身一看，原来是枝子从住屋的窗户探出头，咄咄逼人地怒视着母亲和婆婆。

枝子：你们要愿意吵架，就跑大街上去，别耽误我睡觉，你们敢情闲着没事，我还得上夜班呢！

枝子妈转身走进家。片刻，响起亲亲宝贝儿被打得嗷嗷叫的声音。

枝子妈：我叫你不要脸，我叫你闹骚儿！

京剧还没有开演，郑考古和枝子妈肩挨肩坐在座位上。

郑考古：哎，怎么了，你今儿有点儿不高兴。

枝子妈：都快气死我了，能高兴吗！

郑考古：谁又惹你生气了？

枝子妈：臭臭儿。

郑考古：臭臭儿？谁叫臭臭儿啊？

枝子妈：满囤妈养的那只小骚狗子。

郑考古：哦？怎么回事？

枝子妈很委屈：该死的臭臭儿，破了我们家亲亲宝贝儿的童子身。

郑考古忍住笑：我还以为什么事呢，敢情是为这个。

枝子妈：为这个怎么了？亲亲宝贝儿比我亲儿子还亲！

郑考古：我的意思是，狗和人都如此，发育成熟了，免不了要相思。

枝子妈：再说我不理你了。

郑考古：好好好，不说了，看戏吧。

京剧的开场锣鼓点儿响了起来……

吴非向夏五爷请教北京话儿化韵的学问。

夏五爷：北京话儿化韵，大体上有这么几个规律。

吴非掏出笔记本赶紧记。

夏五爷：一个词后面，带不带儿音，要看是大是小、是多是少、是褒是贬。比如说吧，建国门、德胜门、和平门、宣武门，都不能带儿音，因为这都是大城门；而东便门儿、西便门儿、大红门儿、小红门儿，就得带儿音，因为这些门都小。还有，同样是一个席，炕席大，凉席儿小，所以一个不带儿音一个带儿音。

吴非：噢，那多和少呢？

夏五爷：一大堆，是多吧，不能带儿音；一小堆儿，肯定是少，如果不带儿音，一小堆，多不上口啊。至于褒贬，就更泾渭分明了。比如，一个人大方，另一个人抠门儿，大方是褒，抠门儿是贬，用与不用儿音，足见感情色彩。当然了，大小、多少、褒贬，并不能概括所有儿化音的用法。等你融入北京生活，就会掌握规律的。来，我给你写一些常用的北京土语，如果你能理解并熟练运用，你差不多就是一个合格的北京人了。

吴非赶紧把笔记本递上去：啊，那太好了。

吴非回到家在台灯下念着夏五爷给他写在笔记本上的北京土语：棒槌，就是外行；拌蒜，就是走路两脚不稳；撂挑子，就是丢下工作，甩手不干；肉，就是性子慢、动作缓；拿搪，就是装模作样，抬高身价；闷得儿蜜，就是得到不该得的好处，自己偷着乐。

叶子悄悄走进来：嘿！谁在这儿闷得儿蜜呢？

吴非：哎哟，吓我一跳，你这个坏蛋。

叶子：哎，这回对了，没再说成坏蛋儿。

吴非：我不是朽木，所以可以雕也，更不要说有强大的动力了。

叶子：动力？

吴非：赶明儿我娶了一个北京媳妇，听不懂她说的北京土语，怎么能夫唱妇随，心心相印，恩恩爱爱，甜甜蜜蜜呢？

叶子：谁说要嫁给你了？

吴非：远在天边，近在眼前。我有那姑娘的照片儿，你想不想看？

叶子：噢？让我看看。

吴非拉开抽屉，拿出一小面镜子，举到叶子面前：就是她！

吴非亲了一口镜子。叶子一把搂过吴非亲吻起来。

一男一女两只手同时伸向台灯座，手指碰到一起，静止了瞬间，最终是男的一只手关掉台灯开关。屋里变得一片漆黑。

叶子躺在床上看时尚杂志。枝子妈走进来，撩开床单往床底下看。

叶子：妈您找什么呢？我床底下可没藏着人。

枝子妈：谁管你藏不藏人，我找亲亲宝贝儿呢。

叶子起身：还真是的，我下班回来就没看见亲亲宝贝儿。

枝子妈在桌子底下、床底下到处找，明显有了哭腔：宝贝儿出来吧，别跟妈玩儿藏猫儿了，急死妈了！

叶子：妈您别着急，再好好找找，没准趴在哪儿睡觉呢。

枝子妈：屋里屋外找遍了，要是趴在哪儿睡觉，它早出来了。

王一斗和满囤坐在地上，抬起脚向石门用力踹去，一扇石门有些歪了，露出一道缝隙。

父子俩欣喜异常。王一斗将撬棍插进门缝里，父子俩一起用力撬，石门明显松动了。

枝子妈对王家屋门连砸带踹：开门！听见没有！都睡死过去了？

满囤妈伏在井口：快上来，那母夜叉又不知抽啥风呢。

枝子妈：开门！快给我开门！再不开门我可拿斧子劈了！

王一斗从井里爬上来：你先出去支应支应，看是为啥呀。

枝子妈继续砸着门：满囤，你小子给我开门！满囤！

丽珍住屋的灯亮了。大漏勺住屋的灯亮了。夏五爷住屋的灯依然黑着。

门缝里传出满囤妈的声音：亲家母，都这么晚了，有啥事儿明天再说行吗？

枝子妈：不行！你必须马上给我开门！

门开了，满囤妈从堂屋走出来：又是风又是雨的，到底啥事啊？

枝子妈将满囤妈扒拉到一边，抬腿就往屋里闯。满囤妈一把拉住枝子妈的胳臂，大声喊着，以便让屋子里的人听见。

满囤妈：哎，深更半夜的，你凭什么闯我们家呀？

果然奏效，堂屋门咣当一声关上了。

满囤插上门插销，用身子紧紧顶着门，一声也不敢吭。

枝子妈怒指满囤妈：你今儿给我说实话，是不是做了昧良心的事？

满囤妈：这你可冤枉死我了，我们家人啥时对你昧过良心呀？

枝子妈：哼，你们还少昧良心了？

大漏勺出了住屋，站在二道门台阶上：得，这回又有热闹儿看了。

满囤妈：盐从哪儿咸，醋打哪儿酸，深更半夜你凭啥砸我们家门呀？

枝子妈：我们家亲亲宝贝儿丢了。

大漏勺走进内院，两头敲锣边：哎哟，这不是要人命嘛！

满囤妈：你们家宝贝儿丢了，也赖不上我们呀。

大漏勺：对，有作案动机吗？

枝子妈：你们臭臭儿勾引我们亲亲宝贝儿破了童子身，我跟你吵了一架，你就怀恨在心，把亲亲宝贝儿给藏起来了。

大漏勺：要是这样还真得进屋搜搜！

满囤妈：咱一个院儿住了几十年，你见我们拿过别人一针一线一根草棍儿没有哇？你可不能平白无故冤枉好人啊！

大漏勺：是呀，有证据吗？

枝子妈：你叫我进去搜，找出亲亲宝贝儿就是证据。

叶子拨通枝子的手机：喂，姐，你赶紧回来一趟吧，咱妈和你婆婆又打起来了。妈妈狗儿子找不到了，怀疑让满囤妈藏起来了。

满囤妈极力阻拦着不让枝子妈进屋：满囤他爸早就睡觉了，你进我们家算怎么回事呀？

枝子妈：你还别拿这个吓唬人，我进我闺女家，谁敢说什么呀？

满囤妈：这会儿知道认闺女了，你不早就和枝子断绝母女关系了吗？

枝子妈：枝子是我身上掉下的肉，打断骨头连着筋。你们关着屋门不让我进去搜，心里肯定有鬼。

大漏勺：就是，让人家进屋搜搜怕什么呀，又没做贼没偷奸养汉。

夏五爷走来：有你这么对长辈说话的吗？给我滚回屋里去！

大漏勺嘟哝着躲到一边。

丽珍走出家，劝着枝子妈：大婶您消消气，有什么事等明天再说。

枝子妈：不行，今儿我非要进去搜！

吴非躲在东厢房堂屋，透过敞开的屋门向外看。

北房堂屋门开了，王一斗走出来，屋门咣当一声又关上了。

王一斗：有啥事不能好好说呀，亲家母？

枝子妈：谁跟你是亲家母！

王一斗：是不是，反正外孙子都快上学了。

枝子妈：那是你们王家人欺负我孤儿寡母！

王一斗：让街坊四邻们看看，半夜三更堵在我们家门口撒野，这到底是谁欺负谁呀？

枝子妈：你甭猪八戒倒打一耙！你儿子把枝子骗到手，成了你们王家的挣钱机器；今儿又把亲亲宝贝儿藏了起来，这是成心往死里气我啊！

王一斗：好男不跟女斗，好猫不跟狗斗。

枝子妈抽冷子抓过去：叫你老东西骂我！

王一斗脸上立刻现出五个指甲印子。

满囤妈：你敢抓我老头子，我跟你拼了！

满囤妈和枝子妈扭打在一起，躲在东厢房的吴非不禁皱起眉头。

夏五爷：都给我住手！

枝子妈和满囤妈被夏五爷这一声怒吼震住了，呆呆地愣在那里。

夏五爷：一个个黄土都埋半截儿了，怎么还跟穿开裆裤的小孩儿似的，整天打架玩儿呀，你们也不怕儿女们笑话？

枝子妈：他们一家人合伙儿想气死我。

夏五爷：枝子妈，你先压压火儿，听我一句话行吗？

182

枝子妈耿耿于怀。

叶子出了家门，走到外院等候姐姐。

夏五爷：古人云，善为至宝，一生用之，不尽世事让三分，天空地阔。我知道你丢了狗，心里着急。可再着急，也不能随便闯进人家去搜呀！

枝子妈：不搜，他们肯交出亲亲宝贝儿吗？

夏五爷：你只是怀疑。再说了，私闯民宅，那可是犯法的。如今不是从前了，想搜谁家就搜谁家，咱得知法守法，对不对？

丽珍帮腔：夏五爷说得在理。大婶，您听夏五爷的没错儿。

枝子妈：那……亲亲宝贝儿就白丢了？那可是我的命根子。

夏五爷：我看这样吧，等大晃了，咱把管片儿的民警找来，到满囤家查看查看，不就真相大白了？

枝子妈：他们王家人什么缺德事都做得出来，要是毒死我们家亲亲宝贝儿，在屋子里挖个坑埋起来，那就成了无头案了。

王一斗脸上露出几分慌乱，夏五爷却一副无动于衷的样子。

枝子妈揭发道：前几天夜里，大黑猫跑他们家窗台上叫唤，我亲眼看见他王一斗使劲揪猫尾巴，这心得多歹毒啊！他敢揪猫尾巴，就敢把我们亲亲宝贝儿害死，埋在床底下。

王一斗和满囤妈大眼瞪小眼，一时不知说什么好。

枝子妈：夏五爷，你看他们俩紧张的，让我说准了吧？

夏五爷：你这不过是推测，我不信他们能做出这等伤天害理的事。

满囤妈：就是，枝子妈你甭血口喷人！

枝子妈：我不血口喷人也行，让我进去搜。满囤，你这个王八羔子，缩在龟壳里不露头，给我开开门，叫我进去！

夏五爷吼道：枝子妈！我这么说着劝着，你怎么还没结没完啊？

枝子妈被夏五爷的怒吼震住了。

夏五爷缓和了口吻：忍辱柔和方静心，得饶人处且饶人。好了，就算给我一个面子，等天亮了，我亲自把片儿警给你请来还不行吗？

枝子妈不从：夏五爷，亲亲宝贝儿是我的命根子，要是被王家人害死了，我也就不活了，非吊死在他们家门口！

183

二道门外，叶子见枝子走进院子，赶紧迎上前：姐，你可回来了。

枝子走进二道门，她冷眼看了看大伙儿，却没有发现满囤。

枝子走到北房堂屋门口敲门：满囤，是我，开门。

片刻，门开了，枝子走进去。

枝子：满囤，你给我说实话，到底知道不知道妈的小狗在哪儿？

满囤：上有天下有地，中间有良心，我真没看见妈的宝贝儿子。

枝子走出来，将屋门四敞大开：妈，您不是怀疑亲亲宝贝藏在屋里吗，那您就进来搜好了。

枝子这么一说，王一斗和满囤妈目瞪口呆，夏五爷也愣住那里。

枝子妈抬脚就往屋子里走，却又被枝子伸手拦住。

枝子：妈，您先等等，有句话得事先说清楚。如果从屋子里搜出您的宝贝儿，我一定让满囤给您跪在地上磕头赔不是，您怎么骂他打他都行；如果屋子里没有藏着狗，您也不能白白诬陷人，必须给大伙儿一个交代。

枝子妈一愣：你……你这是成心难为我。

枝子：您别怪我难为您，我是您的女儿，我也是王家的媳妇，手心手背都是肉，一碗水必须端平。您到底是搜还是不搜，您可想好了。

枝子妈：你……

夏五爷：还是人家枝子想得周全，枝子妈，你还听不出枝子这话里的意思？她可全都是为你着想。如果搜不出小狗，你的脸可就丢尽了。再说了，枝子肯定是问了满囤，屋子里没藏着狗，才敢让你进去搜。你是明白人，我相信你不会做出这种蠢事。

枝子妈有些犹豫了。

满囤妈：对，对呀，要不怕私闯民宅犯法，你就进屋搜。

王一斗一把将满囤妈拉到一旁：亲家母吃葱吃蒜不吃姜（将），能跟你一般见识吗？

夏五爷：叶子，把你妈拉回家，劝她消消气。

叶子拉起妈的胳臂：妈，咱回家吧。

丽珍也劝着：大婶，进屋歇着吧，大伙儿也都该睡觉了。

枝子妈只好顺坡下驴，嘟嘟囔囔回了家。

夏五爷叮嘱王一斗：一斗啊，天一亮我可真的把片儿警找来，到你们家看看，为的是让枝子妈放心。

王一斗看了夏五爷一眼，想弄明白夏五爷的用心。而夏五爷根本不与王一斗交流眼神，径自回屋去了。这让王一斗迷惑不解。

王一斗回到家：夏五爷要把片儿警找来，到底是啥意思呀？

满囤妈：一片好意呗，为的是还咱清白。你别总怀疑人家夏五爷，要不是他好说歹说，枝子妈就闯进咱家来了。

王一斗：他越这样，我就越猜不透他心里打的是啥主意。

满囤妈：有啥猜不透的？夏五爷讲得头头是道儿呀。

王一斗：就怕他道性太大，揣有别的鬼主意。

满囤妈：他有啥鬼主意呀？

王一斗：我觉得……一开始他就知道咱们挖宝的事。

满囤妈：不可能，他怎么知道咱家井里埋着宝贝啊？

王一斗：你可别忘了，他从小儿就住在这个院子里，会不会想把片儿警带来，抓咱一个现行啊？

满囤妈：哎哟妈呀，你这么一说，我后脖梗子嗖嗖地直冒凉气。

王一斗：赶紧把井口堵上。

王一斗和满囤妈将床移开，找了一个铝锅盖，盖住井口，又拿来几双破鞋烂袜子堆在上面，看看没有什么破绽，这才把床又移了回去。

枝子躺在床上：妈的亲亲宝贝儿万一丢了，你可得帮着去找。

满囤：就怕逮不着狐狸惹身骚，到时候那可就冤透了。

枝子：那好，白天我不睡觉了，晚上也不上夜班了，我去帮妈找。

满囤：哎，那可不行，我去帮着找行了吧。

枝子：自从我跟妈闹僵了，妈就养了这条小狗解闷儿，妈对小狗的感情非常深，万一丢了，对妈的打击肯定很大，不亚于当年我对妈的伤害。

满囤：你放心睡觉吧，我一定帮妈把小狗找回来。如果真的丢了，我给妈再买一条。

枝子：就怕妈不领你这个情。

枝子妈坐在床上，哭天抹泪：我的亲亲宝贝儿啊，你跑到哪儿去了，真要是有个好歹，妈可就不活了！我的亲亲宝贝儿呀……

叶子披衣走进来：妈，您怎么又哭了？亲亲宝贝儿丢不了，说不定找它的情人去了呢，天一亮就会自个儿跑回来。

枝子妈：要真是这样，也是满囤家臭臭儿破了亲亲宝贝儿童子身，给勾引坏了……我的亲亲宝贝儿呀，妈想死你了！

叶子：妈您甭着急，宝贝儿真要找不到，我让吴非在晚报上登个寻狗启事，好心人看见了，肯定会给您送回来。

枝子妈：那赶紧让吴非写个广告词。

叶子：这么晚了，人家睡觉呢，明天一早我就跟他说。

枝子妈找出一张小狗照片：跟吴非说，把宝贝儿的照片也登上。

叶子：行，连照片也一起登上。这回您安心躺下睡觉吧。

叶子扶母亲躺下。片刻，枝子妈又忽地坐起来。

叶子：您干吗呀这是？

枝子妈：你听，亲亲宝贝儿好像叫我呢。

叶子听了听：哪儿有狗叫啊？这是您的幻觉。睡吧睡吧，明天我休息，专门帮您找宝贝儿。

叶子找到吴非，请他帮忙登个广告。

吴非：没问题，我有个同学在晚报，争取下午就把寻狗启事登出来。

叶子：大约需要多少钱？

吴非：提钱干什么啊，就当是给我一个孝敬未来岳母的机会。

夏五爷和管片儿民警走进院子：枝子妈，我把片儿警小刘给你请来了。

枝子妈立刻迎上前：刘同志，你可得帮我好好搜搜。

片儿警刘：不能说是搜，只能是调查调查，搜家必须要有搜查证，不然我即使是警察也是违法的。

夏五爷：我说得没错吧？警察都不能随便搜查别人家，何况你了。

枝子妈：我后来不是听您的了嘛。

王一斗闻声走出来，向屋里让着片儿警刘：来，家坐，家里坐。

片儿警刘走进王一斗家堂屋，枝子妈和夏五爷跟了进去。

枝子妈声声呼唤着：宝贝儿，亲亲宝贝儿……

不见亲亲宝贝儿回应，只有臭臭儿在墙角向枝子妈吼叫。

满囤妈：别叫了，你狗儿子根本就没在我们家。

片儿警刘用手势止住大家：好了好了，听我说两句。对满囤妈：大妈，我就问您 句话，您看到她家的小狗了吗？

满囤妈：没有啊，谁知它跑哪儿犯骚去了。

片儿警刘又问枝子妈：您为什么说宝贝儿被他们家藏起来了？

枝子妈：昨儿他们家臭臭儿破了我们家宝贝儿的童子身，我跟他们吵了一架，他们就怀恨在心，把宝贝儿藏起来报复我。

片儿警刘：有证据吗？

枝子妈没吱声。

片儿警刘：您这只是猜测和怀疑，不能代表证据。

夏五爷：枝子妈，你还用到东西屋里再搜搜吗？

王一斗：对，搜搜吧，省得以后总疑神疑鬼的。

枝子妈看了一眼片儿警刘，似乎在征询意见。片儿警刘将头转向一边，装作没看见。

满囤从住屋走出来，向岳母咧嘴笑笑：妈，枝子在屋里睡觉呢。

枝子妈：哼，别老拿枝子说事儿。

说着，枝子妈扒拉开满囤，就要往屋里走。

传来枝子声音：妈，你想进就进来吧。

枝子妈停住脚步，转过身来，又要进王一斗夫妇住屋。

叶子闯了进来，拿着一条狗链：妈，您看，宝贝儿的狗链儿！

枝子妈接过狗链：你在哪儿找到的？

叶子：胡同的水沟眼里。

枝子妈一下子大哭起来：啊，我的亲亲宝贝儿啊……

第十二章

郑考古在报摊买了一张晚报，看到有一条寻狗启事并配有一张亲亲宝贝儿的照片，便拨打手机向枝子妈通报。

枝子妈接着电话：……广告登出来了？你赶紧念给我听听。

郑考古打着手机：……寻狗启事，亲亲宝贝儿，男孩儿，于昨天傍晚走失。小狗出身名门望族，举止雍容华贵，气质端庄优雅，体态健美丰盈。亲亲宝贝儿虽为犬类，但实为我家一名成员，其走失后，全家沮丧凄然，痛苦万分，无时无刻不思念，渴望与其团圆。如有发现者，请速速告之，届时必有重谢。

枝子妈哭得很伤心：亲亲宝贝儿真要是丢了，我也就不想再活喽，我的亲亲宝贝儿啊……

王一斗对满囤妈说：枝子妈的小骚狗子，早不丢晚不丢，偏偏这会儿丢。石门撬松动了，眼看就能打开，全让狗给搅了。当初，你抱来臭臭儿，我不让你养，你非要养，争不过你，高低把臭臭儿留在家里。后悔哟，后悔死喽！我不让你养臭臭儿就好了，没臭臭儿，枝子妈就不会到咱家来闹。

满囤妈：那我得看好咱家臭臭儿，可别也丢了。

王一斗急了：我说啥，你说啥呢？

满囤妈：咱俩说的不是一样吗？不都是丢狗吗？

王一斗：牛头不对马嘴，没法跟你说。

忽然，电话铃响起来，坐在沙发上的枝子妈怔了一下，赶紧拿起话筒。

枝子妈：喂，你找谁……啊，是啊是啊，是我们家丢了小狗……什么？您看见有条小狗被车撞死了？还跟寻狗启事里说的一模一样？哎哟我的妈呀，我可怎么活呀……

叶子闻声走进来，接过母亲手中的话筒：麻烦您把情况详细说说……啊……啊……谢谢您了。

说完，叶子放下话筒：妈，您瞎哭什么呀，电话里那人说的小狗特征，跟咱家的亲亲宝贝儿根本对不上号儿。

枝子妈顿时止住哭：啊？真的不是咱家亲亲宝贝儿？

叶子：所以您就放心吧，耐心等着，肯定会有好消息。

这时，电话铃又响起来，叶子抓起话筒，刚"喂"了一声，立刻用手势让妈安静下来。

叶子：您说我听着呢……噢……噢……我知道了……

枝子妈迫不及待：要是把咱宝贝儿抱回来，答应他多给钱也行。

叶子摆手让妈不要说话，继续聆听：噢……好，谢谢您，非常感谢。

枝子妈：宝贝儿是不是有消息了？

叶子：有个不太确切的消息，昨天晚上警察抓了十多条流浪狗，用车送到小汤山收容所去了。

枝子妈不由分说，立刻抓起外衣就要出门。

叶子：妈您干吗去？

枝子妈：上小汤山啊。

叶子：被收容的狗到底有没有咱家宝贝儿还不一定。您这么急急忙忙去，很可能白跑腿儿。

枝子妈：那你说怎么办呢？

叶子：我让吴非找他们跑政法系统的记者先给问问，如果真有亲亲宝贝儿，您再去也不迟。

枝子妈放下外衣：那你现在就给吴非打电话。

叶子刚要拿起话筒，电话铃又响起来，枝子妈抢先拿起话筒。

枝子妈：喂……你说什么？亲亲宝贝儿在你手里？你想要多少

钱……啊？一万？那也忒多了吧……好吧，一万就一万……什么？把钱打你账号上你才肯把宝贝儿还给我……喂……喂……

话筒里传出"嘟嘟"的忙音。

枝子妈几乎要哭了：电话里这人说如果咱不掏出一万块钱，他就放了狗血，吃了狗肉，把狗皮扔咱家来。

叶子：您甭信这话，肯定是敲诈。

枝子妈：如果要是真的，我可就再也见不着亲亲宝贝儿喽！

不等说完，枝子妈又哭起来。

叶子安慰母亲：妈您先别急，我马上给吴非打电话。

这时，电话铃又响起来。母女二人面面相觑，谁也不敢去接，任凭电话铃响个没完。最终，还是叶子拿起了话筒。

叶子：喂，你要是想敲诈，小心我报警，我家电话有来电显示，你的号码我已经记下了……啊？对不起，误会误会，您说……啊，好，好的，我们马上就去。

说完，叶子放下话筒。

枝子妈：到底是谁来的电话？

叶子：片儿警小刘。

枝子妈：他说什么？

叶子：让咱们到派出所去一趟。

枝子妈：去派出所干吗？

叶子：有人在街头公园草坪上投毒，毒死了好几条小狗，让咱马上去认，看有没有咱家的亲亲宝贝儿。

枝子妈腿一软，被叶子一把扶住。

片儿警刘在派出所门口等候，见叶子和枝子妈走来，迎上前，说了几句什么。枝子妈的神情更加紧张起来。

片儿警刘打开车库大门，只见地上躺着不同品种的五条狗，亲亲宝贝儿也在其中。枝子妈见了，眼前一黑，险些晕倒……

一个精致的木盒子徐徐放入墓坑里，枝子妈、郑考古、叶子、吴非为亲亲宝贝儿举行树葬仪式。枝子妈满脸泪痕，手里捧着一束鲜花和一个小木牌。

墓坑很快被土填平了。枝子妈将鲜花放到坟堆前，又将小木牌挂在树杈上，小木牌上清晰地写着：亲亲宝贝儿之墓。

郑考古用打火机点燃纸钱。一阵风儿吹来，纸灰被吹得四处飘散。

枝子妈再也控制不住，号啕大哭起来。

满囤帮助枝子收拾上夜班的东西：这人精神肯定有毛病，踩了一脚狗屎就给狗下毒药，好家伙，还一下子毒死五条……

枝子：我听着，你怎么有点儿幸灾乐祸呀？

满囤：我有那么卑鄙吗，替妈难受还难受不过来呢。

枝子：以后，不许再当我妈的面儿提亲亲宝贝儿的事。

满囤：那当然，再缺心眼儿我也不会往妈的伤口上撒盐呀。

枝子：知道就行。

满囤发现九库很不高兴：九库，小嘴噘得能拴一头驴了，为什么呀？

九库的眼泪流下来。

枝子：谁欺负你了？

满囤：谁敢欺负咱九库，你跟爸说，爸爸给你报仇去。

九库：我……我以后不叫九库了。

枝子一怔：哦？

满囤：那叫什么呀？

九库：叫博学。

满囤：为什么？

九库：这是姥姥给我起的名。姥姥的亲亲宝贝儿死了，姥姥特伤心。我要是不叫博学，姥姥心里更该难受了。

枝子蹲下来将儿子揽在怀里：好儿子，姥姥听见肯定会感动的。

屋门开了，枝子走进病房，发现地上一片狼藉。

枝子：哟，怎么了这是？

护工抱怨：别提了，你们家满囤在这时，听话着呢，只要满囤一走，就犯脾气，给啥也不吃，还乱摔东西。这不，刚祸害的。

枝子走到床边：大妈，您哪儿不舒服吗？

黑衣老太：回家。

枝子：我正想办法帮您找呢，等有了消息，立刻送您回家。

护工：再这样闹，给多少钱也不看了。

枝子：大姐，老太太脑子糊涂，您甭跟她真生气。回头，每天我再给您加十块钱。

护工不再埋怨，扫着地上摔碎的茶杯。

王一斗：自从发现这口藏宝的井，邪事怪事古怪事全来了。开始是闹猫，也不是二八月，可猫闹起骚儿来比啥时都邪乎，鱼鳞鱼肚子和小耗子不知被谁放在窗台上，闹得耽误了咱两个晚上。还有丽珍，离婚就离婚呗，非要寻死寻活，枝子给她献了血，上不了班，又耽误两三个晚上。还有那个糊涂老太太，简直是个丧门星，摔伤住进医院，枝子叫你陪床，耽误了挖井时间不说，还差点让枝子知道井的秘密。再有你丈母娘家养的小狗，偏偏在眼看就凿开石门的节骨眼儿上，叫人给毒死了，又耽误两个晚上。这一桩桩、一件件，难道真是一轮到我烧香，灶王爷就调屁股？还是有人成心跟咱作对？

满囤：谁想跟咱作对也晚了，今天夜里咱肯定能撬开卧井的石门。

王一斗：但咱们不能不防，尤其是夏五爷，这回我可知道了，什么叫人老精、马老滑、兔子老了也难拿。

满囤：这些事儿不一定都是夏五爷干的。

王一斗：不是他干的，还会是谁呀？

满囤：是啊，还会有谁呀？

满囤妈走进屋：九库睡了，各家灯也熄了，你们爷儿俩赶紧下井吧。

王一斗和满囤下到井里，将撬棍插入门缝，用力一撬，石门终于倒了下来，卧井出现在眼前。二人一时惊讶得竟然不知所措。

192

卧井里翻滚着团团雾气。满囤猫腰刚要往里钻，被父亲一把拉住。

王一斗：慢着，小心毒气熏着。

说完，王一斗将烟的包装纸点燃，扔进卧井里，火苗飘飘忽忽，鬼火一般，团团雾气漫出来。渐渐地，卧井里清晰可见——地上摆放着一只箱子，而卧井尽头又有两扇同样的石门挡住了去路。

王一斗父子俩对视一眼，既惊喜又有几分恐慌，先后钻进卧井。

箱子上面堆着一团团丝瓜瓤子似的东西。王一斗捏起来，那东西轻薄如蝉蜕，凑近一看，不禁失声大叫，扔掉手里的东西。

王一斗：啊！蛇皮！

满囤也被吓得惊慌失措。

王一斗：这该死的蛇，非跑这箱子上蜕皮来。

扫去箱子上面的浮土，可以看出这箱子整个都是用铜皮包的，铜皮上钉有一排排铜铆钉。

满囤：来，爸，快打开箱子，看看里面装的是什么宝贝。

父子俩仔细看了看，箱子正面安有一个粗大的铜钉锔，钉鼻上挂着一把老式铜锁。满囤用錾子撬开铜锁，掀起钉锔，却打不开箱子盖。

王一斗：邪门儿了，这箱子怎么打不开呀？

满囤：可能是锈住了。

王一斗：来，甭管它，搬出去再说。

父子俩各站到箱子一头，分别用手抠住箱子的四个角。

满囤叫着：起——

箱子却纹丝不动。

王一斗：里边肯定有金银珠宝，要不怎这么沉啊？来，再使点儿劲！

父子二人往手心里啐了口吐沫，重新把手伸到箱子角下。

王一斗：听我的，一、二、三，起！——哎哟！

身子一歪，王一斗坐在地上。

王一斗蹬着软梯刚一爬出井口就歪倒在地。

满囤妈：哎哟，怎么了这是？

193

王一斗疼得龇牙咧嘴，哪里还顾得上说话。

满囤爬出井口：我爸把腰给扭了。

满囤妈：咳，真是的，越渴越吃盐，越咳嗽越生痰。老胳臂老腿儿老腰杆儿，自己也不知道注意点儿。

王一斗：闭上你那臭嘴！

满囤：妈，赶紧倒半碗二锅头来。

王一斗躺在床上。满囤划着一根火柴扔进酒碗里，碗中燃起蓝色的火焰。满囤用手指蘸着白酒，涂抹在父亲的后背上，快速地摩擦着。

满囤妈：等天亮了让夏五爷给揉揉，平时谁要是扭个腰、抻个筋什么的，让他揉上一两次准好。

王一斗：傻不傻呀你？

满囤妈：我……我这还不是为你好？

王一斗：夏五爷要是问腰怎么扭的，我怎么说呀？

满囤妈：编个瞎话不就得了。

满囤：妈，今儿我爸这腰扭得值。

满囤妈递上麝香虎骨膏：没听说过，扭腰还有值不值的。

满囤将膏药贴在父亲腰上：卧井石门打开了，里面有一只铜皮箱子，特别沉，我们俩人都抬不动，所以我爸才扭了腰。

满囤妈：卧井里就只有一只铜皮箱子？

王一斗：你还想有啥？

满囤妈：你不是总梦见打开石门，里面有金山银山珠宝山吗？

王一斗：财迷转向！

满囤妈：你不财迷，整天耗子似的钻洞挖井干吗呀？

王一斗：我今儿不爱搭理你。满囤，下井打开箱子看看里面有啥宝贝，上来告诉你妈一声，省得她总说我是一斗粮食的穷命。

满囤下到井底，钻进卧井，抄起錾子沿着箱子与箱盖的缝隙一点儿一点儿地撬，箱子盖终于打开了，箱子里整整齐齐码放着一摞摞如同书本大小的纸，印着红黑两色墨迹，上面清晰地写有"万义川银号，光绪二十四年，京津通用，北京前门外施家胡同，天津针市街德兴栈内"等字样。满囤惊讶得睁大了眼睛。

满囤爬出井：爸、妈，箱子打开了，里面装的全是银票！满满一大箱子大清光绪银票！

满囤妈：银票？我的老天啊！老头子，听见了吧，满满一大箱子银票！你说一张银票现在值多少钱啊？

王一斗：前些天，晚报上登了，说是一张能值一千块钱。

满囤妈：那满满一箱子银票，还不得有十万张啊？十万个一千，老头子，你说得有多少钱啊？

王一斗：你自己算呗。

满囤妈掰着手指头：十个一千，是一万；一百个一千，是一百万；一十个一十，是……是一千万。

王一斗：糊涂蛋！你再算算，手指头不够，脱了鞋，把脚指头也用上。

满囤妈：满囤你算吧，我一用脑子就头疼。

王一斗：满囤，快抓上来一把让我瞧瞧。

满囤下到井里掀开箱子盖，伸手去抓，抓起的却是一把纸泥浆，满箱的银票都已朽烂，散发着一股股腐臭的气味，熏得满囤皱起鼻子眯起眼。

王一斗挣扎着坐起来：银票呢？快让我看看。

满囤摊开手，亮出纸泥浆：一箱子的银票都烂成泥了。

王一斗：什么，全都烂成泥了？

满囤妈：哎哟，跟牛屎似的，臭死人了！

王一斗捏起泥浆，表情由失望渐渐变得坚定：烂就烂了没关系，卧井里还有一道石门呢，银票能烂成泥，金银珠宝烂不了。

王一斗起身下地，刚一站起来，又瘫坐在床：哎哟！我的腰啊！

铜皮箱子上的一团团蛇蜕幻化成一条条黑蛇，吐着信子袭来，王一斗惊恐地倒退着，脚下一绊，坐在地上，蛇纷纷扑来……

王一斗：啊，救命啊！

躺在身旁的满囤妈被惊醒了，捅着老头子：哎，醒醒，快醒醒！

王一斗醒来，抹了一把头上的汗。

满囤妈：做啥噩梦了吓成这样？不会又是金条烫手了吧？

王一斗：我梦见好多蛇。

满囤妈：你怎么这么怕蛇呀？

王一斗：咳，都是小时候吓的。七八岁那年，我爬树掏鸟蛋，从鸟窝里蹿出一条蛇，钻进我嘴里，吓得我从树上掉下来，多亏我一口咬住蛇，没让它钻进肚子里，这才保住一条命。打那儿起，只要见了蛇，我腿肚子就转筋。

满囤妈：都说一次遭蛇咬，十年怕井绳；你可倒好，一次咬了蛇，怕井绳一辈子。

忽然，王一斗后背又痒痒起来：哎哟，快给我挠挠！

满囤妈撩起老头子背心，使劲地挠着，一片片皮屑掉下来。

满囤妈：你身上哪儿来这么多老皮呀，一片儿片儿跟蛇鳞似的，不会是蛇附你身上了吧？

王一斗吓得一激灵：你要再这么吓唬我，可别怪我跟你翻脸。

满囤妈捏起几块皮屑，放在手心里：你看你看，可不跟蛇皮似的吗。

王一斗看着满囤妈手里的皮屑，眼神惶恐不安。

叶子接着枝子打来的电话：哟，姐，还真巧了，我们班上小胡，跟她男朋友刚刚吹没几天，正郁闷着呢……人当然不错了，心地善良，作风正派，要说美中不足嘛，就是……稍微胖了点儿，不过要是配张童，还是绰绰有余……好，放心吧，这个月老儿，我算是当定了！

说完，叶子放下话筒。

小胡走来：你要给谁当月老儿呀？

叶子：还有谁，你呗。

小胡：我？别逗我玩儿了。

叶子：嘿，谁逗你呀，这是真的。他是跟我姐轮班开一辆出租车的，叫张童，你见了面，保证满意，那小伙子长得特帅。

小胡：既然那么好，你干吗不先下手为强啊？

叶子：啥事都有个先来后到儿，谁让我们吴非抢了先呢。

小胡：呵呵呵，还没怎么着呢，就一口一个我们吴非了。

叶子：等见了张童，你就不再嫉妒我了。

枝子走出院门，见张童将出租车停在路边等候她。

枝子开着车：我妹妹有个同事，想给你介绍认识一下。

张童：我不要。

枝子：为什么呀？那姑娘各方面条件都挺好的。

张童：我不中你的调虎离山之计。

枝子：你不要为我浪费你的感情和青春。

张童：我相信，你就是一块冰，终究有一天，我也要把你给焐热了。

枝子：你这孩子，怎么这么不听话？就这么定了，那姑娘要是约你，你可不能回绝啊。

张童没回答。

枝子叮嘱：听没听见？不许回绝啊。我向人家打了保票的，你要是回绝，就太不给我面子了。

张童依然犹豫。

枝子踩住刹车，车停下来。

枝子：我说这么半天，你到底听见没有啊？

张童：我又不是聋子。

枝子：那人家姑娘约你，你必须要去。

张童有些烦：行了行了，我去行了吧！

叶子下了班，边走出饭店，边打手机。

叶子很生气：姐，你现在在哪儿？……好，你就在那儿等我，我去找你……一句两句说不清楚，等见了面，我再跟你细说。

叶子和枝子来到餐馆吃着馄饨。

枝子：怎么样，小胡和张童见面了吗？

叶子还在气头上：还说呢，就你干的这好事，让我在小胡面前简直丢尽人了！

197

枝子：为什么呀？

叶子：小胡跟张童见了面，张童冷若冰霜不说，还事儿妈似的端个臭架子，对小胡带搭不理、阴阳怪气的。

枝子有些惊讶：哦？

叶子：小胡回来，跟我哭了一鼻子，说我怎么能给她介绍这样的人，闹得我这个介绍人成了罪人了。姐，你跟张童在一块儿开好几年车了，对他应该了解，他平时不是挺热情的吗，怎么突然抽起风来了？是不想交女朋友呀，还是心里早就有人了？

枝子看了看四周，有不少食客，欲言又止。

枝子开着出租车行驶在霓虹灯闪烁的大街上，叶子坐在副驾驶座上。

叶子十分惊讶：啊？原来张童在追你？笑话！他难道不知道你有儿子有丈夫有公公婆婆吗？荒唐荒唐，简直是太荒唐了！

枝子：谁说不是呢！我拒绝他无数次了，可他鬼迷心窍，跟中了邪似的，天天缠着我。

叶子：姐，这事你可得把握好了，虽说姐弟恋现在时髦，可真要摊在你身上，会毁你一辈子，也会毁了你们全家。

枝子：我当然知道后果有多么严重，所以我才想转移张童的注意力，让你给他介绍个女朋友。

叶子：你应该把这事早跟我说，我也就不会让小胡去当替罪羊了。哎，对了，满囤姐夫知道这事儿吗？

枝子摇摇头：不知道。

叶子：姐，你可千万千万守住这个秘密。满囤姐夫万一知道了这事儿，要么他敢拿刀子找张童拼命，要么他敢拿刀子把自己宰了。

枝子：你说得也太邪乎了吧？

叶子：一点儿也不邪乎。我可知道，满囤姐夫得有多么爱你，在他心里，你就跟菩萨似的。别看他整天乐乐呵呵、无忧无虑的，其实他心里苦着呢。下了岗没工作，挣钱没有老婆多，这对任何一个男人来说，都是特没有面子的事。如果满囤姐夫知道张童在拼命地追你，他的精神，依我分析，将会彻底崩溃。

枝子：我也想过，可拿张童简直没办法，而我又不想把这事闹大。

叶子：姐，你不能再这么迁就张童了。他总抱着希望不放，有了一点儿曙光就会得寸进尺。如果你不好撕破脸皮，我替你出面摆平。

枝子：你先别找张童，我怕适得其反。万一他被逼急了，做出什么出格的事儿来，麻烦可就大了。

叶子：他敢！我借他俩胆儿！

枝子：总之，还是把这事悄悄了了最好。

叶子：要是悄悄了不了，那就只有来硬的，我找几个哥们儿好好收拾他一顿就老实了。

枝子：叶子，绝不允许你这么干！

叶子：姐，你这个人呀，总是心太软，什么事都自己扛。到头来，谁心里难受谁知道。

枝子：好了好了，我的好妹妹，放心吧，我会把这事处理好的。

叶子：就怕纸包不住火，满囤姐夫万一知道了，你的麻烦可就来了。

枝子将出租车停在家门口，叶子下了车。

叶子：姐，你今儿就别去扫马路了，干脆回家歇一晚上吧。

枝子：不扫马路，车份儿和工资你给呀？

叶子：别，我还想找人救济呢。

枝子：哎，对了，你和吴非怎么样了？

叶子唱起来：甜蜜蜜，我俩甜蜜蜜，好像花儿开在春风里……

枝子：死丫头，看把你美的。

听见院子里传来脚步声，满囤妈将窗帘撩起一道缝儿向外窥视，并随手拉了拉通向井里的线绳。

线绳一动，挂在井壁上的小铃铛响了。王一斗立刻示意凿击第二道石门的满囤停下手中的活计。父子俩支棱耳朵仔细听着。

叶子过了二道门，打开自家屋门，走了进去。

满囤妈放下窗帘，又扯动了几下线绳。小铃铛再次响了，满囤抄起家什继续凿击石门。

王一斗：今儿你妈想的这个法子还不算是瞎主意，比原来井上井下地喊方便多了。

满囤：爸，以后您别动不动就跟我妈顶嘴，我妈也怪不容易的。

王一斗：咳，跟你妈过了一辈子，也饿饿了一辈子。

正说着，小铃铛又急速地响起来。

满囤立刻停止凿击，父子俩你看我，我看你，不知发生了什么事。片刻，小铃铛再次响起，简直把父子俩闹蒙了。

王一斗钻出卧井，仰头向井上看，满囤妈的脸出现在井口。

王一斗：怎么回事呀你？好玩儿是吧？

满囤妈脸上露出愧疚：对不起，是线绳绊了我一下，没事，你们接着凿吧。

王一斗：刚想夸你，又犯二百五了。

满囤妈：喊，怎么都不对你心思。

说完，满囤妈的脸从井口消失了。

王一斗回到卧井。

满囤：什么事？

王一斗：屁事也没有，是你妈闹妖儿呢。凿吧。

满囤继续干起来。

王一斗绕过铜皮箱子：抽空儿把箱子里的烂泥倒出来，弄上去刷干净，搬家还能装些东西，也省得过来过去碍手碍脚的。

满囤：要是让枝子看见了，怎么对她说呀？

王一斗：等挖出宝贝，再一块儿跟她说呗。

枝子下了夜班，把出租车停在家门口。在此等候交接班的张童开门上了车。

张童递给枝子一个纸盒子：给。

枝子：我不要。

张童：你看看是什么东西总可以吧？

枝子：不管是什么东西，我都不要。

张童只好自己打开纸盒子，里面是一副太阳镜，拿起来递给枝子。

枝子：我早就说过，你不要再给我买任何东西。

张童：是我爸送给你的，说戴上白天开车时，就不晃眼了。

枝子：真的吗？

张童：我什么时候骗过你呀？戴上试试吧。

枝子戴上太阳镜，眼前的张童和世界变成了另外一种颜色。

张童：哇，你戴上太阳镜更好看了。

枝子摘下太阳镜：那你替我谢谢伯父吧。

张童趁枝子双手摘太阳镜时，突然亲了枝子脸蛋一下。

枝子有些恼了：干吗呀你?!

张童根本不在乎：你真香。

枝子开门欲下车，被张童一把拉住：我不让你走!

枝子：你松手，我要回家。

张童：我亲你了，可你还没有亲我，你这样对我不公平。

枝子：不可能公平!

张童：你不亲我，我就不让你走。

枝子：我说你别跟小孩儿似的好不好？

枝子推了张童一把，开门下了车。张童失望地看了枝子一眼，开车走了。枝子没有直接回家，而是走进不远的厕所。

这时，一直隐藏在门道里的满囤走出来，他被眼前发生的事情闹蒙了，望着渐渐消失在胡同尽头的出租车，一时不知如何是好，张着的嘴巴半天才合上。终于，他醒过梦儿来，将手里的尿盆摔在地上，尿水洒了一地，尿盆像个足球似的在地上滚动……

满囤妈看见满囤拎着瘪了的尿盆走进二道门，好生奇怪。

满囤妈：哟，尿盆怎么瘪成这样了？

满囤：您甭管!

满囤妈：你今儿吃枪药了？

满囤：还吃了炸药呢!

满囤妈：就是吃了耗子药，你跟我急什么呀？

满囤：别理我，烦着呢！

枝子出现在满囤身后：有什么烦的？

满囤回头一看是枝子，不禁愣在了那里。

一家人闷闷地吃早饭。九库不小心碰翻了饭碗，豆浆全洒在身上。

满囤大发脾气：你看你，不想吃就别吃了，滚一边去！

九库委屈地看看爷爷、奶奶和妈妈，哇的一声哭了。

枝子：你今儿哪来这么大的邪火儿呀，啊？

满囤妈用筷子敲着满囤的头：吃饱了撑的你！

王一斗视而不见，低头喝完碗里的豆浆，放下碗，走进住屋。

满囤意识到自己的失态，表情复杂地笑了笑，但这笑，简直比哭还要难看。

一颗石子落到河水里，咚的一声，泛起片片涟漪。

满囤坐在扬城河的护坡上，抓起一颗石子投掷到河面上。他一颗接一颗不紧不慢地往河里扔着，心思就像那一片又一片涟漪，乱透了。两行冰冷的泪水顺着脸颊缓缓地流下来。直到手抓空了，满囤扭头看了一眼，备的一捧石子都已扔到河里。他四处寻看着，一块水泥砖映入眼帘。他过去搬起来，使劲砸进河里，扑通一声，河水溅了他满脸满身。他抹了一把脸，整个脸变得湿漉漉的，分不清是河水还是泪水……

第十三章

王一斗父子在井下继续凿击第二道石门。满囤的情绪明显低落，没凿几下就把工具扔地上不干了。

王一斗：你今儿个蔫头耷脑，怎么跟霜打了似的？

满囤不说话，点上一支烟，嘬瘪腮帮子，狠命吸了一口。

王一斗：遇到什么不顺心的事儿了？

满囤依然不说话。

王一斗：跟枝子闹别扭了？

满囤：要是闹别扭就好了。

王一斗：这话怎么说啊？

满囤：咳，您甭管了。

王一斗：甭管有啥事儿，这会儿心里不能乱，咱爷儿俩得一门心思撬开这第二道石门……

突然，砖砌的拱顶裂开一道缝，掉下几块砖头，一根蛇一样的东西颤颤悠悠垂下来。王一斗吓得大叫一声躲开了：蛇！蛇！

满囤抄起斧子砍去，那东西一下子就被劈断了，原来是一截树根。

满囤：爸，是树根。

王一斗松了一口气：吓死我了，以为又是蛇呢。

满囤刚要出门，被枝子叫住：哎，你干吗去？

满囤头也不回：澡堂子泡澡儿！

枝子招呼儿子：九库，跟你爸一块儿去，好好搓搓身上的泥儿。

满囤：我不带他，要带你带。

枝子：废话，小时候我带他行，这么大了还能往女部里带吗？

满囤：我说不带就不带！

九库：我还不爱跟你去呢。

说着，九库跑出屋。

枝子：我看你有点儿不对劲儿，到底谁招惹你了？

满囤：是我自己招惹自己！难道我连生气的权利都被剥夺了吗？非得笑脸相迎，笑脸相送，整天跟三孙子似的？

枝子：嘀，本事没长，脾气见长啊。

满囤：就是因为没本事，所以才被人看不起。

枝子：我什么时候看不起你了？你给我说清楚！

满囤：哼，以后我要让所有人都不敢看不起我！

枝子：甭先吹，那得做出让人看得起你的事。

满囤：我会的！

说完，满囤拎着塑料袋走出屋。

枝子冲满囤背影一语双关：把你身上的泥儿和气儿都洗干净了再回来。听见没，说你呢！

满囤头也不回地走了。

满囤躺在浴池床上，翻来覆去睡不着。

服务员来给茶壶里续水：往日在这儿一躺，脑袋一挨枕头就着，今儿怎么翻来覆去折饼子呀？是不是老婆跟人跑了？

满囤瞪了服务员一眼：少扯淡！

满囤撩起浴巾蒙头上，屁股以下露了出来，真可谓顾头不顾腚了。

满囤来到酒馆，独自一人喝闷酒，瓶子里的二锅头已经喝掉一半了。

丽珍走进来：给炒个鱼香肉丝，打个包我带走。

服务员：好，您坐那儿等着，马上就得。

丽珍坐在椅子上，不经意间看见满囤一个人在喝酒，走了过去。

丽珍：嘀，小酒儿喝得真滋润啊。

204

满囤看了丽珍一眼，没有说话，又将一杯酒倒进嘴里。然后抄起酒瓶子刚要往酒盅里倒，被丽珍一把夺过去。

丽珍：不要命了你？

满囤：不要了，你让我喝吧。

丽珍坐下来：为什么呀这是？从来没见你这样想不开呀？

满囤叹了一口气：咳，怎么跟你说呀……我从天上，一下子掉到地下来了。

丽珍开着玩笑：不是还没摔死吗，那就还有救儿。跟我说说，是谁把你从天上扔下来的？

满囤：谁把我捧到天上，就是谁把我扔到地下。

丽珍很惊讶：是枝子？

满囤：还能有谁呀？

服务员送来打好的包。丽珍打开饭盒，放到满囤面前。

丽珍吩咐服务员：随便再给我们添两个菜，我就在这儿吃了。

服务员应声而去：好。

丽珍：还从没见你对枝子有这么大的怨气，跟我说说成吗？

满囤：我不知道该怎么说，我说不出口。

丽珍：对我有什么说不出口的？有什么郁闷的事说出来，别窝在心里，或许我能帮得上你。

满囤：我看见枝子和张童好了。

丽珍既惊讶又疑惑：你是不是看走眼了？

满囤：这事儿我能看走眼吗？张童亲了枝子。

丽珍：那也说明不了什么问题呀，没准儿是俩人闹着玩儿呢。

满囤：赶明儿张童结了婚，我跟他媳妇也这么闹着玩儿，行吗？

丽珍：那我问你，你听见他们说什么了吗？

满囤：没有。

丽珍：你看见他们还有别的动作吗？

满囤：没有，后来枝子推开张童下了车。

丽珍：你问过枝子这到底是怎么回事吗？

满囤：没有。

丽珍：这不得了！你没听见没看见也没问过，就瞎猜疑生闷气，要我说呀，你这是身在福中不知福，自寻烦恼。夫妻之间，相互理解和信任是最珍贵的。

满囤低头不语。

丽珍进一步开导：退一万步说，如果一个女人站在河边上，你推一推，她就掉河里了；你拉一拉，她就上岸了。那你是推一推，还是拉一拉呀？不同举动有两种完全不同的结果，我相信你不会做出愚蠢的选择。这个时候，一个女人最想得到的就是男人的关爱。再说了，枝子绝不是你想象的那种轻浮的人，这你应该比我更了解她。

满囤似乎有些宽心：照你这么说，我错怪枝子了？

丽珍：你肯定误解人家了。来，我陪你喝杯酒，回家跟枝子说开了，以后再也不许你胡思乱想，没事儿找不自在了。

丽珍抄起瓶子，倒了两杯酒，推给满囤一杯，自己端起一杯。满囤依然有些犹犹豫豫，不肯端起酒盅。

丽珍：端起来呀！咱俩一个院儿长这么大，还从没对斟对饮过呢。

满囤端起酒盅干掉，这才想起忘了和丽珍碰杯。

丽珍笑了笑，也将杯中酒一饮而尽。

满囤回到家，一扫离家时的沮丧，主动与刚睡醒的枝子打招呼：嘿，该起了吧我说？

枝子掀开被子坐起来：看来这澡泡得不错啊，身上的泥和肚子里的气儿全都没了。

满囤：人本来就是泥捏的，以后身上的泥儿肯定还得有，肚子里的气儿可不敢再生了。

枝子：刚才你那个德行就该用相机照下来，让你自己欣赏欣赏。

满囤揽过枝子，亲了一下脑门：要照把这也一块儿照下来。

枝子推开满囤：去，满嘴酒气，跟谁一醉解千愁去了？

满囤：反正你猜不出来。

枝子：讨厌。

206

满囤妈从屋子里搬出铜皮箱子，放在窗台下，打开箱子盖，里面湿漉漉的。然后，在自来水管接了一盆水，倒进一些洗涤灵，用抹布擦洗箱子里的污垢。

夏五爷看到这一情景，走过去：满囤妈，箱子还是铜皮包的呢？

满囤妈：总在屋子里搁着返潮了，拿太阳地儿底下晒晒。

夏五爷：这箱子有年头儿了吧？

满囤妈：可不是嘛，一百多年了。

夏五爷：祖传的？

满囤妈：啊，还是我妈出嫁时，姥姥家陪送的呢。

夏五爷：一般老百姓可不趁这种箱子，你姥姥肯定是大户人家。

满囤妈：哪儿啊，房无一间，地无一垄，穷得叮当响。

夏五爷：那哪儿来的这么好的箱子当陪嫁呀？

满囤妈：哎，这箱子很值钱吗？

夏五爷：反正是穷得叮当响的人家置买不起。

满囤妈：噢，那我就不知道了。

夏五爷：怎么还长了铜锈？放屋子里不会潮成这样吧？

满囤妈掩不住慌乱：咳，这不是房子老漏雨嘛。

夏五爷：可我看，倒像是从土里挖出来的。

满囤妈张口结舌，慌里慌张，不知该怎么搪塞夏五爷了。

这时，王一斗从院子外走进来，看到摆在家门口的箱子，又急又恼，可当着夏五爷的面又不便发作，强装笑脸，为满囤妈找台阶下。

王一斗：夏五爷，你甭听满囤妈瞎叨叨，她脑子比糨子还糊涂。

夏五爷：人生苦短，难得糊涂。该糊涂时不糊涂那是糊涂，该精明时不精明那也是糊涂。有时糊涂是精明，有时精明是糊涂；有时装糊涂是精明，有时装精明是糊涂；有时听人摆布是糊涂，有时摆布他人也是糊涂。总之，糊涂并非是坏事，聪明反被聪明误。

王一斗：您绕来绕去的都把我绕糊涂了。

夏五爷：你嘴上糊涂，心里不一定糊涂。

王一斗：您这话是什么意思？

夏五爷：凭你的精明劲儿，不会听不懂我的话吧？

说完，夏五爷头也不回地走了。

王一斗一把将满囤妈推进屋子，搬起铜皮箱子跟了进去。

王一斗把箱子往屋地上一放，指着满囤妈脑门：你傻不傻呀？

满囤妈：我……我怎么傻了？

王一斗：你把箱子拿外头去晒，这不等于把秘密全抖搂出来了吗？

满囤妈：喊，反正我干什么都不得好儿，说什么都不对你心思，跟你一个炕上睡了几十年，从来就没有得到过你一句夸奖的话。

王一斗：这么说你还有理了？

满囤妈：本来嘛，箱子不晒晒，里头湿得快长毛了，怎么装东西呀？

王一斗：你想装什么？

满囤妈：眼看搬家的日子就要到了，那些破鞋烂袜子往哪儿搁呀？

王一斗：那箱子是让你用来装破鞋烂袜子的？

满囤妈：不装破鞋烂袜子装啥呀？

王一斗：那是留着装井里宝贝的！

满囤妈：宝贝在哪儿呀？啊，在哪儿啊？

王一斗：凿开第二道石门，宝贝多得吓死你！

满囤妈：哼！做梦吧！这些天，我跟着你苦没少吃，累没少受，点灯熬夜，担惊受怕，到现在连个狗屁宝贝也没见着。

王一斗：成事不足，败事有余，哪件事你不是帮倒忙啊？

满囤妈：那好，打今儿起，我再也不跟你瞎折腾了。

说完，满囤妈向屋外走去。

王一斗：你给我回来！

满囤妈：你不是说我总帮倒忙吗？

王一斗：把门插上，谁都不许进来，如果有什么动静，你就摇铃铛。

满囤妈插上门插销：你……你要干吗？

王一斗：下井凿石门呀。

满囤妈：这大白天的，你就不怕叫人听见？

王一斗调大电视机音量：活人还能让尿憋死？井里有个一星半点儿动静，外人也听不见。

满囤妈：枝子和满囤带九库到医院看傻老太太去了，说不定他们一会儿就回来。

王一斗：能干一会儿是一会儿，总比大眼瞪小眼地傻待着强。凿不开第二道石门，搬家的日子一到，全瞎菜。

二人搬开床，待王一斗沿软梯下了井，满囤妈移过床掩盖住井口。

拆迁办刘主任和开发商韩老板走进院子，直奔满囤家。韩老板往枝子妈家瞭了一眼，没有看见叶子的身影，不免有些遗憾。

满囤妈将二位迎进门：来来来，二位坐。

刘主任坐在床边，韩老板坐在临窗的椅子上，屁股压住报警的线绳，致使满囤妈不能向井下的老头子通风报信了。

满囤妈：刘主任，这位是……

刘主任：这就是开发咱们这一片儿的房地产商韩老板。

满囤妈上下看看：哟，怪不得穿得这么风光。

韩老板：您过奖了，过奖了。

刘主任：大婶，你们家老王呢？

满囤妈：啊，他……他出去了。你们有事跟我说吧。

刘主任：是这样，老王找我提出，要缓几天搬家，我跟韩老板商量，他一听说原因，立刻答应下来，同意你们家晚搬几天，按时搬家的奖励也照给不误。如果枝子朝她妈要来户口本，和满囤办了正式结婚手续，就按原来说的，再多分给你们一套房子。

满囤妈：哎哟韩老板，您可真是一个大好人，谢谢，谢谢您了！

韩老板：您别客气，具体问题具体分析，特殊问题特殊对待嘛。

刘主任习惯地脱掉胶底布鞋，盘腿坐在床边。

韩老板往窗外看了一眼，顿时分心走神。原来，叶子走出家门，来到自来水管旁洗衣服。

刘主任：韩老板……

也许电视机声音过大，也许心思全在院子里，反正韩老板没听见。

刘主任提高声音：韩老板！

韩老板转过脸来：啊。

刘主任：你还有什么要说的？

韩老板：一切都按刘主任说的办。

刘主任活动了一下腿脚，不小心把一只鞋碰到床里边。

满囤妈沏了两杯茶放在刘主任和韩老板面前：喝水，别嫌茶不好。

韩老板端起杯子抿了一口，借机又往窗外瞟了一眼。

自来水管旁，叶子从盆里捞起来裙子，上上下下涮着。吴非从屋子里走出来，拿过叶子的裙子，用撑子支好，挂在晒衣服绳上。

韩老板收回目光，表情显然有些不自然。

刘主任问满囤妈：趁着这次拆迁搬家，枝子妈你们两家的矛盾，也该化解了，这都多少年了，总不能亲家天天跟冤家似的吧？

满囤妈：谁说不是呢！可枝子妈那个人，咳，刘主任您是知道的，那嘴呀，简直比鸡嘴还尖。

床底下，王一斗从井口露出头，伸手抓起一只鞋子，又退回井里去了。由于电视机播放的音量很大，对家里来人的情况他全然不知。

刘主任：赶明儿我帮你们两家说和说和？

满囤妈：那可是巴不得的。

刘主任：好。韩老板你还有事吗？

韩老板：啊，没事了。

刘主任：那咱走着。

韩老板：走。

满囤妈：忙啥的，您二位是贵客，再坐一会儿吧。

刘主任：不了，我们还得走访别的住户去呢。

说着，刘主任用脚在地上摸着脱掉的鞋，可只穿了一只，另外一只却怎么也找不到了。

刘主任猫腰往床底下看：咦，真怪了，我那一只鞋呢？

满囤妈赶忙过去扶起刘主任：来，我给您找。

满囤妈往床底下看看，也没找到鞋，拿来扫地笤帚往床底下扒拉扒拉，还是没有。

满囤妈：兴许是让耗子拖进洞里去了。

刘主任：耗子能拖动鞋？这得多大的耗子呀？

韩老板：肯定是耗子精。

满囤妈：哎哟，我们家的耗子可大了，别说是鞋，连香油瓶子都丢好几个了。要不怎么说拆迁好呢，赶明住上楼房就不闹耗子了。

韩老板：我们赶紧走吧。

刘主任：我总不能一只脚穿着鞋、一只脚光着走吧？

满囤妈：我们老头子有一双懒汉鞋，就是有点破了，刘主任您要是不嫌弃，先穿走。

刘主任：这怎么好意思呀？

满囤妈：这有啥不好意思的，不就是一双破鞋嘛。

韩老板向刘主任开玩笑：对，刘主任最喜欢破鞋了。

刘主任：你嘴没把门儿的，这可是在群众家。

满囤妈找出一双懒汉鞋递给刘主任：您试试合脚不？

刘主任穿上：还行，稍微大了点儿。

韩老板：应该让你这大主任尝尝穿小鞋的滋味儿。

满囤妈：鞋穿大不穿小。我们老家人常说，穿大鞋，放响屁，坐着牛车到姥姥家去，最舒服不过了。

刘主任和韩老板被满囤妈的话逗笑了。

满囤妈送二人走出住屋。

刘主任忽然转过身：你们家电视机放那么大声，也不怕费电？

满囤妈张口结舌：啊，我……我耳朵背，声音小了听不见。

吴非与叶子合力拧着一件衣服的水。韩老板向叶子点头笑笑。

叶子瞪了他一眼，故意大声说：今天晚上咱们去看夜场电影吧？

吴非心领神会：好啊，你下了班到电影院门口找我，不见不散。

叶子继续演戏：看完电影，咱们去吃茶鸡蛋怎么样？

吴非随声附和：当然好啊。

叶子：不过就怕蒸不烂、煮不烂，吐出一看是浑蛋！

满囤妈不明其意：这俩孩子，胡说八道什么呀？

叶子和吴非爆笑起来，笑得眼泪都流出来了。

挂在井壁上的铃铛剧烈地响起来。王一斗停下手中活计，仔细听着，铃铛一直响个没完。

王一斗：这老婆子，又抽啥四六风呢？

王一斗从床底下爬出来：吃饱了撑的你，没事儿扯线绳干吗呀？

满囤妈：谁说没事？要不是我，今儿捅大娄子了。

王一斗：捅大娄子？

满囤妈：拆迁办刘主任和开发商韩老板刚才到咱家来过了。

王一斗有些不相信：瞎说，他们来了我在井下能听不见？

满囤妈：你把电视放这么大声，别说人说话，打雷你也听不见。对了，你是不是在床底下拿了一只鞋？

王一斗：是啊，垫在凿子上的那只鞋凿烂了，我从井里爬上来，在床底下摸了一只替换上。

满囤妈：那鞋是刘主任的。

王一斗张大了嘴巴：啊？

满囤妈：人家要走的时候，嘿，怎么也找不着另外一只鞋了，敢情是让你给摸了去。幸亏我急中生智，说是让咱家耗子拉走了，把你的一双鞋给他穿上，这才把他们糊弄走。哼，往后看你还总说我帮倒忙不？今儿要不是我，井的事肯定露馅了。

王一斗：嗯，今儿你还算是立了一功。

满囤妈：什么叫算是立了一功啊？这些天来，还不仅这些天，这一辈子，没我给你里里外外张罗，你狗屁事儿也干不成！

王一斗：你别蹬鼻子上脸，蹬锅台上炕，夸你两句就不知道姓什么了。

满囤妈：喊，没我这起子粉，你还就蒸不成大白馒头。

传来九库的喊声：奶奶！奶奶！

王一斗夫妇立刻停止斗嘴，九库拿着新买的风筝跑进来。

九库：我妈给我买风筝了，奶奶您给我找根线绳，我放风筝。

满囤妈：我哪儿有线绳啊，朝你妈要去。

九库发现地上有一根线绳：咦，这儿有一根儿。

说着，九库捡起来，往自己怀里倒着，隐约传来一阵铃铛声。

王一斗赶紧从孙子手里夺过线绳：这可不能给你。

九库向爷爷夺着线绳：你给我，你给我！

王一斗左躲右闪：不行，爷爷还有用呢。

九库一屁股坐地上：我要线绳，我要放风筝！

这时，枝子和满囤出现在门口。

枝子抱起儿子：起来，别缠着爷爷奶奶了。

九库：不给线绳我就不起来。

王一斗看满囤一眼，满囤心领神会，拉起儿子出了屋。枝子跟出去。

王一斗悄声埋怨着满囤妈：你说说你干的这拉屎不擦屁股的事儿，啊，把线绳扔在地上，九库要是拽出井里的铃铛，那还得了？

满囤妈：我哪知道九库这会儿进来呀？

王一斗：说你成事不足败事有余你还不爱听，又差点儿帮倒忙吧？

满囤妈：嘁，整天整宿地陪着你点灯熬夜，没有功劳也有苦劳，没有苦劳还有疲劳呢！

王一斗：你看你就会唠唠叨叨。

枝子回到住屋，找出一根线绳，给九库拴着风筝：他爷爷今儿怎么了？平时，九库要月亮不给星星，今儿要根线绳都舍不得，又不是什么值钱的东西。

满囤支支吾吾：也许，爸留着拴什么东西用吧。

枝子：拴风筝就不算拴东西了？

满囤：为一根线绳，你至于这么矫情吗？

枝子：我是说这事有点儿反常。

满囤：是你想得太多了，不就是一根线绳嘛。

叶子下班走出饭店。停在一旁的大奔尾随而去。

车窗摇下，韩老板露出头：请上车吧，叶子小姐。

213

叶子没理韩老板，继续走着。

韩老板开着车跟着：想吃什么，我陪你去。

叶子：你给我滚远点儿！

韩老板：那次的事，都怪我酒后失态，保证以后再也不会了。

叶子：请你别癞皮狗似的跟着我好不好，我还有事呢。

韩老板：去找那个叫吴非的记者？

叶子不置可否。

韩老板：这年头儿，人心难测啊，有人被卖了都不知道，还沾着唾沫帮人家数钱呢。

叶子站住：你这话什么意思？

韩老板欲擒故纵：我随便一说，你随便一听。

叶子：你少给我绕圈子，有话说，有屁放。

韩老板：好吧，我给你看一件东西。

韩老板从怀里掏出几张纸递给叶子。

叶子一看，是一份"关于聘请吴非担任宣传策划总监协议书"。

韩老板：看看就知道了，我为什么说被人卖了还帮人家数钱。

叶子匆匆浏览，吴非的笔迹赫然出现在乙方签名处。

韩老板：都看明白了吧，还要我再跟你细解释吗？

叶子一时无语，渐渐地，愤恨和委屈充满了整个脸，把手里的协议书撕得粉碎，甩在韩老板脸上。

叶子走出院门，吴非追上去：叶子，我哪里得罪你了？

叶子不予理睬，自管往前走。

吴非上前拉住叶子的手：叶子，你倒是跟我说呀，不然我会苦闷死的。

叶子：哼，伪君子！

吴非：我怎么是伪君子了？请你给我解释清楚！

叶子：真想听我给你解释吗？

吴非：啊，当然了。

叶子：把你耳朵凑过来。

214

吴非凑近叶子，叶子抡起巴掌狠狠地抽了吴非一个大嘴巴。

吴非捂着脸：你……

叶子拂袖而去，头也不回地走了。

吴非回到家，打开电脑，将硬盘里的叶子照片一一调了出来。

叶子身着中式内衣，脸上挂着迷人的微笑；

叶子身着休闲外衣，调皮地向人做着鬼脸；

叶子身着古典服装，恬静得像个淑女模样……

吴非端详着每一张照片，回忆着他和叶子在一起时的美好时光。叶子的欢颜笑语不断闪现和回荡在他的眼前和耳畔。吴非不禁痛苦万分。

忽然，显示器啪的一声黑了，台灯也灭了。

卧井里变得一片漆黑，伸手不见五指。

王一斗：哎，灯怎么灭了，去问问你妈。

满囤走出卧井：妈，电灯怎么不亮了？

满囤妈举着蜡烛出现在井口：可能是保险丝烧了，你上来给换上吧。

满囤蹬着梯子拉开电表旁的闸盒，用手电一照，保险丝果然断了。满囤去掉断了的保险丝，将新保险丝接到两极上，合上闸盒。

挂在井壁上的电灯亮了，把井里照得通明。

满囤钻进卧井：爸，还真是保险丝断了。

王一斗：那就赶紧接着干吧。

王一斗抄起工具凿着第二道石门。片刻，灯泡又灭了。

王一斗埋怨：连保险丝都接不好，亏你原来在工厂还是四级电工。

满囤：我接得结结实实的，怎么会又断了呢？我再出去看看。

满囤把保险丝接在闸盒两极上，用改锥将固定保险丝的螺钉紧了又紧，合上闸盒，然后用绝缘胶布封上。

满囤下到井里，从父亲手里接过工具，凿击石门。

王一斗擦擦汗，点燃一支烟，吸了一口，不等烟雾从鼻孔里冒出来，挂在井壁上的灯泡又灭了。

王一斗恼了：叫你把保险丝接结实点儿，这点儿屁事都干不好。

满囤：我这次肯定接结实了，两股合成一股，闸盒还粘了胶布。

王一斗：那怎么又断了？

满囤：谁知道啊。我再去接。

说着，满囤出了卧井。

黑暗中，王一斗一口接一口地吸着烟：真是闹鬼了……

忽然，王一斗好像意识到什么，灭掉香烟，出了卧井。

满囤把保险丝合成两股，接在闸盒两极上，用改锥紧了又紧。

满囤自言自语：这回我看你还断不断。

满囤回到卧井，不见父亲身影，觉得好生奇怪：咦？爸，爸！

一个黑影拿着一根木棍，悄悄走到闸盒前，举起木棍扒拉下闸盒，刚要捅断保险丝，忽然从身后传来一声大喊。

王一斗：嘿！干吗呢？

夏五爷吓得一激灵，举着木棍的双臂僵在了那里。

王一斗从墙角的黑影里走出来：装神弄鬼好玩儿是吧，啊？要是闲得难受，说一声，有的是办法给你解闷儿。

夏五爷收回木棍，看也不看王一斗一眼，低头溜进自己的住屋。

王一斗从鼻子里发出一声冷笑。

满囤很惊讶：什么？是夏五爷捅断的保险丝？

王一斗：哼，他这个老狐狸，就算再狡猾，也斗不过我这个好猎手。

满囤：难道他知道咱家井里藏着宝贝？

王一斗：肯定知道。我还敢肯定，自从咱发现井以来，所有的邪事鬼事古怪事，都是他一个人干的。

满囤：我不理解，夏五爷为什么要这么干？他图的是什么呀？

王一斗：是呀，我一时半会儿也想不明白。

满囤：那咱们该怎么办？

王一斗：只有赶快凿开这道石门，取出金银珠宝，他再想打什么鬼主意也白搭。来，干吧。

满囤抄起工具凿起石门。

王一斗：哎，这半天怎没见你妈呀？

满囤：我妈陪九库睡觉呢。

王一斗：外面万一有什么动静，谁给通风报信呀？叫你妈起来。

满囤：让我妈睡会儿吧，一天到晚，里里外外忙，真够我妈累的。

忽然一声严厉质问从天而降：嘿，你们干吗呢？

王一斗和满囤吓了一跳，回身一看，卧井入口处，站着只穿着背心和裤衩的九库，瞪着两只大眼睛，怒视着爷爷和爸爸。

王一斗和满囤对视一下，顿时傻眼了。

满囤妈激灵一下子醒了，发现身旁的被窝已空，九库不知去向，赶紧下地走出屋子。

九库、满囤、王一斗沿着软梯依次从井里爬出来。

满囤妈拉起孙子：你……你不好好睡觉，跑井里干吗去呀？

九库：井里好玩儿。奶奶，你为什么不早告诉我咱家里有井呀？

满囤妈：你一个小屁孩儿，别管那么多。

九库不满地看了一眼奶奶，走出屋子。

王一斗叮嘱满囤：千万不要让九库把井的事告诉任何人。

满囤：您放心吧。

说完，满囤跟了出去。

满囤妈知道自己失职，暴露了井的秘密，一脸歉疚地向老头子笑笑：我……我本来想躺床上直一直身子、歇歇脚，可谁想，脑袋一挨枕头，就……就睡着了。

王一斗瞪了老伴儿一眼。

满囤妈：这回……这回算是我错了行了吧？

王一斗还是依然一声不吭。

满囤妈反倒有些毛了：你……你倒是说话呀？

王一斗狠狠地杵了一下满囤妈脑门：让我说你什么好，啊？狗屁事儿干不成，越忙越添乱！

满囤妈：我……我也不是故意的呀。

王一斗：要是故意的，我一脚给你踢出去！

217

满囤妈：老虎还有打盹的时候呢。

王一斗：还老虎呢，你简直是猪脑子，记吃不记打，就知瞎哼哼。远的不说，自打挖宝起，你说你哪件事干漂亮了？啊？

满囤妈自知理亏，不说话了，噘着嘴。

王一斗：这回可倒好，九库井里的事全看到了，万一哪天告诉他妈，枝子肯定不同意咱们挖宝，非得坏事不可。你呀你，我真想……

说着，王一斗扬起胳膊，满囤妈吓得急忙把双手放在头上护着。

第十四章

　　满囤连哄带骗，威逼利诱：九库，爸知道你是个好孩子，好孩子呢，就得听爸爸的话。

　　九库：爸，你和爷爷到井里干什么去了？

　　满囤：这是大人的事儿，说了你小孩子也不懂。

　　九库：我不是小孩子，我都快要上学了。

　　满囤：在爸面前你永远是个孩子。好儿子，爸跟你定个协议怎么样？

　　九库：协议？什么叫协议啊？

　　满囤：协议就是咱们俩定的事情，要共同遵守，谁都不许说话不算数，谁都不许出卖谁。

　　九库：那你跟我定什么协议啊？

　　满囤：今儿晚上，你就只当什么也没看见，行不行？

　　九库：我看见你和爷爷在井下凿石门了，为什么说什么都没看见？

　　满囤：傻小子，要不爸干吗要跟你定协议啊？今天的事儿，你以后跟谁也不许说，听见没有？

　　九库：连妈妈也不许说吗？

　　满囤：不许说，不能告诉任何一个人。

　　九库不说话了。

　　满囤：如果你保证以后不跟你妈说，保证不再下井，赶明儿你要什么，爸就给你买什么。

　　九库：真的？

　　满囤：爸说话绝对算数。

九库：好，我想……我想要一个冲锋枪。

满囤：行。

九库：我还想……我还想要一个大飞机。

满囤：可以。

九库：那……我还想要一个小火车，带铁轨的。

满囤咬了咬牙：没问题。

九库：那你得跟我拉钩上吊。

满囤：你小子，还怕爸抹桌子不成？来，爸跟你拉钩上吊。

父子俩把各自的小手指勾连在一块儿：拉钩儿上吊，一百年不许变。

九库：明天我就想要冲锋枪。

满囤：好，爸明天就带你去买。

九库端着枪跑进屋：爷爷奶奶，你们看，爸爸给我买冲锋枪了。

王一斗：啊，好，好好玩儿吧。

九库：爸爸说了，以后还要给我买大飞机和小火车呢。

满囤妈：啊，买，买。

九库端着冲锋枪跑了出去。满囤走进来。

满囤妈：九库要什么你都给他，一定要封住他的嘴。

满囤：就怕他狮子大张口，把我口袋掏瘪喽。

王一斗：等挖出宝贝，还愁没钱？真飞机都给孙子买得起。

满囤：我担心给九库买再多的东西，也不能保证九库不告诉他妈。

王一斗：所以呀，说一千道一万，赶紧凿开石门才是最要紧的。

大漏勺四处翻找：老头子把金缕玉盖到底藏哪儿了？

大漏勺坐在床上，床板发出一声响。他起身撩开床单，发现床屉很厚，拉出床屉夹层，梦寐以求的金缕玉盖静静地躺在里面，不禁又惊又喜。忽然觉得有一个东西顶在后腰上，大漏勺顿时僵住了。

九库将冲锋枪顶住大漏勺：不许动！举起手来！

大漏勺见是九库，合上床屉，放下床单，举起手来：八路爷爷饶命。

九库：打死你这个狗汉奸！

大漏勺转过身来，揪住九库脖领子：你的良心大大地坏了坏了！

九库：哎哟，你撒手！

夏五爷走进来：干吗呢？这么大了还跟孩子闹着玩儿？

大漏勺松开手，九库跑出屋。

大漏勺眼睛一眨，计上心来：爷爷，我请您下馆子去吧。

夏五爷：真是太阳从西边出来，你什么时候这么孝顺过？

大漏勺：您总隔着门缝看人，把人看扁了。走吧，我请您吃海鲜。

夏五爷：好了，你有这份孝心，我就知足了。

大漏勺只好出了屋门。夏五爷坐在床上，床屉发出一声响。夏五爷立刻警觉起来，掀起床单，看看床屉，没有什么异样，这才放下心来。

叶子和小胡在一起吃饭。小胡翻阅报纸，发现有吴非的稿件。

小胡：快看，又有你们吴非写的报道。

叶子顿时沉下脸来，把报纸打在地上。

小胡：怎么了这是？

叶子：以后你要是再提他，别怪我跟你急。

小胡：哦，那我可不管什么先来后到了啊？

叶子：随你怎么勾引他，只要不怕把你卖了还帮着人家数钱就行。

小胡：这么说，问题严重了？吴非他怎么得罪你了？

叶子：男人啊，我算看透了，没有几个好东西。

小胡：听这话，就跟你挨了多少男人骗似的。

叶子：骗，是男人的本性。有的男人，自以为有才，就能够骗女人感情；有的男人，自以为有钱，就能够得到女人的一切。

小胡：你这是突发奇想，还是有感而发？

叶子：你甭管，我一定要让骗我的男人尝尝本姑娘的厉害。

韩老板翻看菜谱：哎，叶子，今天你怎么想起请我吃饭？

叶子：如果不想和我一起吃饭，现在你就可以走。

韩老板：我不是这个意思，能和你一起吃饭，是我梦寐以求的啊！

叶子：我不仅请你一个人。

韩老板：噢，还有谁？

叶子：等一会儿来了，你就知道了。

韩老板：这么说，我们认识？

叶子：何止是认识，你们交情还不浅呢。

韩老板笑了：好，我倒要看看叶子小姐今天变的什么戏法。

门打开，吴非手捧一束鲜花走进来。韩老板和吴非都惊呆了。

叶子佯装热情：来就来吧，还给我买什么鲜花呀？接过鲜花闻闻：咦，花都应该香喷喷的，你这花怎么又臭又酸啊？

叶子随手将花束扔到桌子上。韩老板一阵窃笑。

吴非一怔：你是请我来吃饭，还是想挖苦我？

叶子：当然是请你吃饭了，来，坐吧。

韩老板：什么贵点什么，鲍鱼龙虾燕窝汤，随便点，不用你这个大记者掏钱。虽说是叶子请客，账，由我这个小老板来结。

吴非：叶子，我知道你摆的这是鸿门宴。有什么话，你就直说吧。

叶子：还知道是鸿门宴，我以为你读书读成白痴了呢。

韩老板敲边鼓：对，不吃白不吃，吃了也白吃，点菜吧。

吴非：请你不要多嘴，我与你没有任何关系，过去没有，现在没有，以后也绝不会有！叶子，你把我骗到这里来，当着这个暴发户，到底要跟我说什么？

叶子：哼，还说我骗你？我被你骗得团团转！

吴非：我……我怎么骗你了？

叶子：你背地里干了些什么勾当，你自己清楚。我原本以为，你学问渊博，知书达理，是个可以信赖的正人君子。可谁想，你是一个地地道道的伪君子！你以前对我说的所有好话、酸话、人话、狗话，全是花言巧语，全是虚情假意！说着揪下一朵又一朵鲜花扔到吴非脸上：你骗了我的心！你骗了我的爱！你骗了我的感情！你是一个十足的大骗子！

吴非眼神里露出绝望，起身离去。韩老板脸上露出得意的笑。

叶子抄起花束砸向韩老板：你甭得意，你也不是好东西！

韩老板：哎，怎么冲我来了？

叶子伏在桌子上痛哭。

韩老板走过去抚慰：宝贝儿，你一哭我心都要碎了。别哭了，吃完饭，我带你去逛商场，想要什么我都给你买。

韩老板开着车，叶子坐在副驾驶座上。

韩老板：陪我逛商场，不会吓着你吧？

叶子冷笑一声：本姑娘长这么大，还从来不知道什么叫害怕呢！

韩老板：叶子小姐玉手纤纤，如果再戴一枚戒指，那简直就是举世无双了，请允许我来促成这件美事，好吗？

叶子：那得说为什么了。

韩老板：有钱难买愿意，为漂亮的叶子小姐花钱，我心甘情愿。

叶子：好啊，有人愿意花钱，又不图什么，我当然也愿意了。

韩老板：你愿意，我愿意，这事就好办了。

叶子瞪了韩老板一眼。

韩老板知道走了嘴，解释：我是说，两好并一好，那就再好不过了。

叶子：不怕我吓着你？

韩老板：你都不怕我吓着你，我更不害怕。

叶子：本姑娘不是胡同妞儿，仨瓜俩枣可打发不了。

韩老板：各种戒指任你挑，我要是眨巴一下眼，我就是这个。说着用手指比画了一个乌龟爬行的动作。

金店玻璃柜台前，叶子指着一枚白金戒指：您拿这个我看看。

韩老板附和：拿出来看看。

服务员从玻璃柜台里拿出一枚铂金戒指：这枚是 2.76 克。

叶子将铂金戒指戴在中指上，端详一番，摘下来，还给服务员：您把那个拿出来我再看看。

服务员从玻璃柜台里又拿出一枚铂金戒指：这枚是 3.4 克。

叶子将铂金戒指戴在中指上，又端详一番。

韩老板：嗯，这枚不错。

叶子摘下戒指，还给服务员：您这儿有铂金钻戒吗？

服务员：有，在这边柜台。

三人来到另一柜台。

叶子指着一枚铂金钻戒：我看看这个。

服务员拿出铂金钻戒，放在柜台上：这枚戒指钻石重半克拉。

叶子：多少钱？

服务员：三万六千二。

韩老板神情不再像刚才那么大方了。

叶子又指着另一枚铂金钻戒：这个呢？

服务员拿出钻戒：这枚戒指钻石重一克拉，价格整十万。

叶子用余光瞟了韩老板一眼，只见韩老板轻轻出了一口长气。

服务员推荐：您就要这枚吧，别看价格不菲，以后绝对能升值。

韩老板倒吸一口凉气，瞪了服务员一眼。

服务员心领神会：其实这枚半克拉的也不错，货真价实。

叶子眼睛盯着韩老板：那就要这枚吧，不会肝儿都疼了吧？

韩老板心里疼，表面依然装大方：啊，行，只要你喜欢。

服务员开了票，韩老板去交钱。

一个熟悉的声音传来：您把这条项链拿来我看看。

叶子侧身一看，是张童，二人不免有些惊奇和尴尬。

售货员从玻璃柜台里取出一条金项链：给您。

叶子将张童扯到一边：我警告你，以后不许你再骚扰我姐姐。

张童：这是你的意思，还是你姐姐的意思？

叶子：甭管是谁的意思，你要是再敢惹我姐姐，我可对你不客气！

枝子从碗里舀起一勺粥，递到黑衣老太嘴边：来，大妈，刚刚熬好的，还放了好几勺糖呢，来，张嘴。

黑衣老太把头扭向一边。

护工：晚饭一点儿也没吃，水也不喝一口，不知道又犯什么劲。

枝子：人不吃饭哪儿成啊，来，听话，吃一口。

黑衣老太把头扭向另一边。

枝子：是不是大妈哪儿不舒服？骨裂的地方又疼了？

护工：医生刚来检查过，血压、心跳、体温，一切都正常。

枝子：大妈，您现在养伤，得多吃饭，伤口才能好得快。

黑衣老太：回家。

枝子：您又想家里人了是吧？咱先吃饭，啊，要是不吃饭，伤口不容易好，就算家人找来了，也接不走您啊，是不是？

黑衣老太依旧是那两个字：回家。

护工：满囤把这都跟我说了，没见过你这么好心眼儿的，一不沾亲，二不带故，对老太太真比亲妈还亲。

枝子：咳，谁叫我把大妈撞了呢。

护士走进来：还是不吃饭？

枝子把粥碗放床头柜上：是啊，一口也不吃，这样下去怎么行啊？

护士：那就打吊瓶，输葡萄糖。

枝子：要是接回家养着行吗？

护士：不行，大夫说还得再观察几天。

井下，王一斗换过满囤，操起榔头一下下地打在绑有鞋底的凿子上。

满囤点上一支烟：爸，凿开这道石门，万一里面还有石门怎么办呀？

王一斗：那就再接着凿，刘主任不是答应咱们晚几天搬家吗。

满囤：如果时间还是来不及呢？

王一斗：所以咱得分秒必争，再也不能让乱七八糟的事耽误了。

满囤：只要夏五爷不再捣乱，我估计不会再有乱七八糟的事。

一挂鞭炮由天而降，落在院子里，噼噼啪啪好不热闹。

满囤妈被这突如其来的动静吓了一跳，连忙扯动几下线绳，向井下的父子俩报信。

挂在井壁上的铃铛响起来，王一斗和满囤立刻停下手中的活计。

满囤妈撩开遮挡窗户的绒毯，只见院子里的鞭炮响个不停。

井里传来王一斗的询问：又怎么了？

满囤妈的脸出现在井口：也不知谁往院子里扔了一挂鞭炮。

门吱呀一声被推开了，黑衣老太推门走了进来。

护工醒了：哎，你上厕所叫我一声，我扶着你去，省得又摔着。

黑衣老太似乎没听见，躺上床，睡了。

满囤妈和枝子婆媳俩在堂屋刷碗，里屋传来手机的铃声。

枝子向住屋里喊着：满囤，帮我接一下手机。

九库跑过去从妈妈挎包里拿出手机：喂，你是谁呀？

满囤要过手机：来，让爸爸接……您找谁？不对，您打错了。

枝子的脸出现在门口：谁来的呀？

满囤合上手机：有人拨错号码了。

枝子：你把我手机放回包里，省得上班忘了带。

满囤拿过枝子挎包，把手机放进去，刚想拉上拉锁，发现包里有一个红色锦盒，有些奇怪。拿出锦盒，打开一看，里面竟有一条金项链。满囤愣住，满腹疑惑，这是谁送给枝子的？满囤盖上锦盒，将其重新放入包里。

枝子走进来：哎，你不是说要带九库看大妈去吗？赶紧走吧，回来时顺便买点儿肉馅，妈说晚上咱们包饺子。

满囤定住神：啊，好，九库，走。

九库：我要妈妈也去。

枝子：好儿子，妈不能去，妈要抓紧时间睡觉，晚上还上夜班呢。

九库：那好吧。

满囤：咱们走。

父子俩走出屋，满囤又返回来：哎，你有要花大钱的地方吗？

枝子有些奇怪：花大钱？没有啊。夜里出去拉活，白天回家睡觉，别说是没有钱，有钱也没工夫花呀。你问我这个干吗？

满囤：随便问问，如果你要用钱就说话。

枝子：嗬，口气跟大款似的，真要用钱了，你有吗？

满囤：现在没有，但不会永远没有。

枝子：哎，你想说什么，别吞吞吐吐的。

满囤：我……我想问你，最近你收了什么礼物没有？

枝子一头雾水：我一个开出租的，谁会给我送礼呀？

满囤：那你准备给谁送礼吗？

枝子：为九库上重点小学的事，该送的礼都送完了，不用再给谁送礼了。你为什么要问我这个？

满囤：啊，没事，你抓紧时间睡觉吧，我带九库去医院了。

满囤出了屋。枝子躺在床上准备睡觉，手机响了起来，她从包里拿出手机接听。

手机里传来张童的声音：喂，是我。

枝子：啊，有事吗张童？

张童：你在你包里发现什么东西了吗？

枝子：没有啊。

张童：那你现在打开看看。

枝子翻着包，发现红色锦盒，打开一看，有一条金项链，不禁怔住。忽然她想起什么，把手机和锦盒扔在床上，急跑出去。

枝子跑出院门口，向胡同两头张望，哪里还有满囤和九库的影子。

家中手机里传来张童的声音：枝子，你在听吗？喂……枝子……

枝子走进屋来，抄起手机，愤愤地喊：张童！我恨你！

九库爬上高高的象鼻山，向山下的爸爸招手：爸爸！

满囤坐在一块石头上吸烟，闷闷不乐，心不在焉。

九库从象鼻山上滑下来，不小心摔倒了：爸，爸爸！

满囤吐了一口烟雾，根本没有听见。

九库哭了：爸爸！爸爸！

满囤猛地惊醒，过去将儿子从地上扶起来。

九库开着碰碰车。满囤虽然眼睛看着儿子，脑子却走神了。

一辆车撞向九库的车，九库的脸碰到方向盘上，鼻子流血了。九库哭起来，而满囤一点儿也没有听见。

有位孩子家长捅了满囤一下：哎，那是不是你的孩子？

满囤醒神：啊？

九库用手一抹，弄得满脸是血。满囤急忙赶过去。

枝子在自来水管旁洗衣服。九库噘着小嘴，从外面蔫头耷脑走进院子。

枝子：九库，怎么你一个人回来了，你爸呢？

九库：爸爸把我送到门口，骑上车又走了。

枝子：他说干吗去了吗？

九库：没有。

枝子出了院门，满囤骑着自行车拐弯没影了。枝子不禁叹了一口气。

枝子给九库洗着脸：奶奶好吗？

九库：爸爸没带我去医院。

枝子：没去医院看奶奶？

九库：爸带我去公园玩儿了，一点儿都不好玩儿。

枝子：为什么呀？

九库：爸爸不跟我一起玩儿，就知道一根接一根地抽烟。

餐馆里。这边，满囤一个人喝着闷酒。那边，吴非一个人喝着闷酒。吴非看见了满囤，满囤也看见了吴非。两个同病相怜的人并到一个桌子上喝酒。

满囤给吴非夹菜：吃，多吃，天塌下来，也不能耽误了吃。

吴非为满囤满酒：女人心，海底针，难猜难捞摸不准，热起来像一团火，冷起来像一块冰。

满囤：咳，女人真是一本难念的书，读不懂啊。

吴非：枝子姐对你一直不都是挺好的吗？

满囤：谁都这么说，可谁心里难受谁知道。这姐俩儿呀，一个赛一个，耍起人来，眼睛都不带眨的。

吴非：咱哥儿俩是惺惺相惜，同病相怜啊。

满囤：来，喝酒，喝酒。

二人端起酒杯碰了一下，各自干了。

一家人默默地吃着饺子。

王一斗：满囤呢？

满囤妈：谁知道干吗去了。

王一斗：九库，你知道你爸干吗去了吗？

九库看了妈妈一眼，枝子自管低头吃着饺子。

九库：我爸今儿好像有点儿不高兴。

王一斗：再怎么也不能不回家吃饭啊。

满囤妈用胳膊肘碰了老头子一下。枝子放下饭碗站起来。

满囤妈：哎，怎么才吃几个就撂碗了？

枝子一脸不悦：啊，我吃饱了。

大漏勺在饭桌上摆好饭菜，向夏五爷住屋里喊：老爷子，出来吃饭吧。

夏五爷应声走出来，坐在桌旁，端起碗喝粥。大漏勺神色有些紧张地盯着夏五爷把粥喝下去。

夏五爷抬起头：哎，你怎么不吃啊？

大漏勺一惊：啊，我吃，我吃。

大漏勺端起碗，刚喝一口，"哎哟"一声，放下碗往外走。

夏五爷：你干吗去？

大漏勺含含糊糊：啊，有沙子，我吐了去。

夏五爷从锅里又盛了一碗粥，接着喝起来。

餐馆里。满囤：兄弟，你文化水平高，我请教你个事儿。

吴非：大哥你说。

满囤：一个女人接受了一个男人送给她的金项链，这说明什么？

吴非：这太显而易见了，接受金项链就说明接受了爱。

满囤一时无语，端起酒杯一口干了。

吴非：都说男人爱拈花惹草，其实很多男人都瞻前顾后，难以割舍。这女人要是一旦出了轨，心就很难再收回了，就像跳过龙门的鱼，会借助激流，顺水而下，无所顾忌，再也不会回头。

满囤：所以，作为男人，宁可让人嫉妒死，不能让人踩咕死，更不能让女人欺负死。这就得想办法长本事，有本事就有钱，有钱就叫有本事。男人有了钱，说话就硬气了，腰杆就挺直了。哪个有钱的男人不在女人面前摆威风？哪个漂亮的女人不在有钱的男人面前摇尾巴？兄弟，要想不让女人欺负死，要想在女人面前摆威风，咱就得想方设法、拼死拼活长本事、多挣钱，为的就是证明咱是一个男人、一个不被女人看扁的男人！

吴非：满囤哥，听你一席话，胜读十年书，我今天算是开窍了。来，我敬你一杯！

二人的酒杯碰到一起，各自一饮而尽。

张童身子靠着出租车，拨通枝子手机：车放门口了，你出来接吧。

片刻，枝子从院子里走出来，将锦盒扔给张童。

张童接住锦盒：我这是特意给你买的。

枝子怨恨地看了张童一眼，转身就走。

张童拉住枝子，将锦盒塞到她手里。枝子一甩手，锦盒掉在地上。

九库跑出来：张童叔叔。

张童苦笑了一下，转身离去。枝子只得捡起锦盒，装进兜里。

满囤和吴非走在大街上，显然都喝高了，身子摇摇晃晃，脚下磕磕绊绊。两个同病相怜的人借助酒劲唱着同一首歌，扯着嗓子号，像是从动物园里跑出来的两只大灰狼。

满囤：你总是心太软，心太软……

吴非：独自一个人流泪到天亮……

满囤：你无怨无悔地爱着那个人……

吴非：我知道你根本没那么坚强……

吴非脚下绊了一下，摔倒了。满囤上前去扶，也跌倒了。二人干脆坐在地上唱。

满囤：你总是心太软，心太软……

吴非：所有问题都自己扛……

满囤：相爱总是简单，相处太难……

吴非：不是你的，就别再勉强……

二人唱着唱着，都不禁有泪流下来。

王一斗为满囤久久不归而大为光火：你说这满囤，啊，这么晚了还不回来，枝子也不去上夜班了，这石门还怎么凿啊？

满囤妈：满囤肯定是跟枝子闹别扭了。你在家等着，我出去看看。

满囤妈从院里走出来，向胡同两头张望：满囤这孩子，到底去哪儿了？

一辆出租车开来，满囤和吴非趔趔趄趄下了出租车。

满囤妈：你去哪儿了，怎这么晚才回来呀？哎哟，瞧你这一身酒味儿，赛过酒鬼了。

满囤：妈，我……我没喝多。

吴非：我们哥儿俩今儿高兴，出去喝两盅，您别责怪他。

满囤妈：我不责怪，枝子饶得了你吗？

听到"枝子"俩字，满囤立刻急了：我还饶不了她呢！

满囤妈狠狠地打了满囤一下：胡说八道！撒什么酒疯啊你！

满囤一怔，似乎清醒了许多。

枝子将锦盒拿给满囤：我知道你是为这个生气。我跟你直说了吧，这项链是张童悄悄塞到我包里的。今天你问我收没收别人的礼物，那会儿我还没发现这个锦盒，是事后才知道的。

满囤一边揶揄一边装傻充愣：我才不生气呢。当初，你跟我睡到这张床上，什么戒指呀、项链呀、耳环呀，一件首饰我也没给你买，也没钱买。如今，有人替我给你买，我高兴还高兴不过来呢。你枝子要是真想穿金戴银，赶明儿等我有了钱，给你买一百条项链都行。

枝子：你胡说什么！我要是图那些，还会嫁给你吗？

满囤：你觉得嫁给我冤枉是不是？后悔还来得及，反正户口本还在你妈手里攥着，离婚都不用办手续，你卷起铺盖搬回娘家就是了。

枝子：你别给我耍酒疯！

满囤：哼，我就耍酒疯了，你怎么着吧？

枝子：这会儿我懒得搭理你，等你酒醒了再说。我上班去了。

说完，枝子将锦盒装进包里，出了屋。

枝子过了二道门，看见夏五爷痛苦地捂着肚子从住屋走进来。

枝子：夏五爷，您怎么了？

夏五爷：哎哟，哎哟，我肚子疼……

不等说完，夏五爷倒了下去，被枝子一把扶住。

随着一声急刹车，枝子将出租车停下来，她开门下了车，和大漏勺一起将夏五爷搀扶进医院。

一滴滴药液顺着透明的塑料管流进夏五爷的手背里。

大漏勺：枝子姐，别耽误你挣钱，你赶紧拉活儿去吧，这儿有我呢。

枝子：你一个人行吗？

大漏勺：没问题，这不是还有大夫和护士吗？

枝子伏在床边：夏五爷，你好好养着，我走了。

夏五爷点点头：走吧。

大漏勺推着枝子：枝子姐，你放心吧，走吧，拉活儿去吧。

枝子：要有什么急事，给我打手机。

大漏勺：行，走吧。

枝子走出医院，打开车门，发动着车，开车离去。

片刻，大漏勺从医院走出来，拦了一辆出租车，也离开了。

护士拿着化验单走进病房：大爷，您的粪便里怎么会有巴豆的成分？

232

夏五爷听了一惊：巴豆？

夏五爷立刻从床上坐起来。

护士：哎，您躺着别动啊。

夏五爷：我孙子呢？

护士：说家里有急事，走了。

夏五爷一把扯下扎在手上的针管，穿鞋下地就要走。

护士：还没输完液呢，您怎么就走啊？

夏五爷也不回答，踉踉跄跄走出屋。

夏五爷跌跌撞撞回到家，推开屋门一看，只见床屉已被拉开了，藏在夹层里面的金缕玉盖不知去向。夏五爷两腿一软，瘫坐在地上。

满囤疯狂地凿击着石门，一刻也不停歇。

王一斗觉得奇怪：来，我替你一会儿。

满囤不说话，将榔头一下又一下地打在凿子上。

王一斗：昨儿像霜打了提不起精神，今儿怎么又跟扎了吗啡似的？

满囤只管狠命干活。忽然，凿子一歪，榔头重重砸在大拇指上。

王一斗：哎，伤着没有？

满囤一声不吭，将流血的拇指放嘴里嘬了嘬，接着干起来。

王一斗不解：你今儿这是怎么了？

满囤：我总算明白了，这人呀，心眼再好也不管用，只有腰包鼓了，腰杆才能挺直，说话才能硬气，才能不被别人看不起。

王一斗：哎，你早这样想就对了。

满囤狠命地挥动着榔头，震得大拇指流出一股殷红的鲜血……

第十五章

在大漏勺古玩城汲古坊里，韩老板后退几步，端详着金缕玉盖。

大漏勺指指点点解释着：这是头，这是肩膀，这是两条胳膊，这是战袍，这是两条腿；中间这个护心镜上刻的是周，以周为中心，上面是魏，左边是楚，右边是齐，下边是燕，左腿是韩，右腿是吴。

韩老板赞叹不已：好东西，真是好东西！兄弟，我先把这东西拿走，请人帮助给长长眼，回来再给你钱。

大漏勺：您要是拿不定主意，我可卖别人了。

韩老板：谁说拿不定主意？一手交钱，一手交货，走，跟我拿钱去。

大漏勺用绒毯包起金缕玉盖：您可看好了，万一走眼，我可不负责任。

韩老板：成心逗我玩儿是不是？我是棒槌，你还走得了眼？

大漏勺：您早这么说就对喽。

大漏勺随韩老板来到他的办公室，打开皮箱，里面整整齐齐码放着一沓沓人民币，不禁窃喜。

韩老板：加上订金，正好一百万。你还用再清点一下吗？

大漏勺：您真会开玩笑，我还怕您给我假钞不成？

韩老板笑了笑。

大漏勺神秘起来：这东西可是国家一级文物，买和卖都属于非法，以后要是追究起来，您一不留神把我给抖搂出去，我可死也不认账。

韩老板：放心吧，到什么时候也不会出卖你。

大漏勺：好，有您这句话，我心就踏实了。

韩老板又想起什么：哎，对了，等那珍珠耳坠凑成一对儿，可还一定想着我啊。

大漏勺：那还用说，就冲韩老板的实在劲儿，我能不想着您吗？

郑考古用放大镜对准金缕玉盖仔细辨别。

韩老板：您看这东西应该还对吧？

郑考古往手指上吐了点唾沫，在玉面上擦拭一番，又拿起放大镜看。

韩老板：凭我眼力，怎么着也不该是新活。

郑考古：新活倒不是，不过年份不是太老。

韩老板：可那小子跟我说这是东周的。

郑考古：还东周呢，胡诌吧。

韩老板：胡诌？

郑考古：花了多少钱？

韩老板：一百万。

郑考古：依我看呀，顶多也就值三两万。

韩老板：三两万？不会吧？他从腰间掏出一块福禄寿玉佩：我这块儿小小的玉佩还值五万呢！

郑考古拿过玉佩在玻璃板上使劲地划了一下，玻璃现出一道白碴，然后又用刀子在玉雕上轻轻划了一下，玉面上掉下些许粉末：看见了吧，玉质软硬分明，你这块玉佩是新疆和田玉，而这玉雕则是河南岫玉。

韩老板：岫玉？我还以为是青白玉呢。

郑考古：要真是青白玉，你还真捡了一个大漏儿。

韩老板：我真以为捡了一个大漏，敢情是上了一个大当。不行，我这就找那小子算账去。

郑考古：哎，等等，我问你一个问题。卖你这东西的人和上次要卖你珍珠耳坠的，是不是一个人？

韩老板似乎有些犹豫。

郑考古：你必须要跟我说实话。

韩老板：是。

郑考古略有所思：还真让我给猜着了。

韩老板掉进云里雾里：您好像话里有话。

郑考古：你先去退货，回头我再跟你讲这里面的故事。

韩老板带着两个随从来到大漏勺汲古玩古董店前，防盗门已锁上了。

韩老板给大漏勺打手机，从手机里传来的却是"对不起，您所拨打的电话已关机"，韩老板气得使劲连踹几脚防盗门。

韩老板：跑了和尚跑不了庙，走，跟我找那兔崽子去！

枝子从碗里挑起几根面条，送到夏五爷嘴边：夏五爷，您都一天不吃不喝了，这怎么行呀？来，趁热吃一口。

夏五爷卧在床上，神情沮丧，一言不发。

枝子：您跟自己孙子生什么真气呀，气坏了身子多不值啊。

夏五爷：真是个孽种！

枝子：我回头把他找家来，让他给您认个错。

夏五爷：他这会儿不定躲到哪儿去了，你是不会找到他的。

传来郑考古声音：夏五爷在家吗？

夏五爷顿时变得不安。

郑考古走进门：枝子你也在这儿？

枝子：啊，您今天怎么有空儿……

郑考古：枝子，我跟夏五爷想单独说几句话。

枝子：好，你们说吧。夏五爷，有事您叫我。

枝子来到堂屋，打扫房间。郑考古和夏五爷的谈话不断传出来。

夏五爷：说吧，是不是为那金缕玉盖而来？

郑考古：既然您早就知道，那我就打开天窗说亮话。我不想多占您的时间，只向您请教三个问题。

夏五爷：第一。

郑考古：那金缕玉盖是您祖传的，还是您为谁保管的？

夏五爷：都不是。是北平和平解放那年，我从一个叫花子手里花一块现大洋买的。至于那玉的成色，你应该比我懂。

郑考古：围绕这金缕玉盖有一段故事，您不会没听说过吧？

夏五爷：哦？那你讲讲给我解解闷儿。

郑考古：大清末年，河南巡抚想买官，将出土的一个由九块新疆和田青白玉雕刻的金缕玉盖进贡给慈禧太后。不承想，半路被人掉了包，送进宫里的是用岫玉雕刻的仿制品，慈禧太后一怒之下将河南巡抚以欺君之罪处以极刑。

夏五爷：故事挺好听，接着往下说。

郑考古：这仿制品，据说慈禧太后送给了人总管李莲英。李莲英又转手给了他手下一个太监。而这位太监的暗宅，就在你们住的这一带……

夏五爷打断：第二。

郑考古：故事我还没讲完呢。

夏五爷坚决地：第二个问题！

郑考古僵持不过，只好又问：大漏勺手里有一只珍珠耳坠，不久前我见过照片，那可不是凡人的饰物，您知道他是从哪儿得到的吗？

夏五爷：你去问他好了。

郑考古：您就一点儿也不知道？

夏五爷：最后一个问题！

郑考古：您父亲活着的时候，是这所宅院的门房，您打小在这院子里长大，您给我说句实话，这所宅院的主人到底是什么身份？

夏五爷：三个问题都问完了？

郑考古：完了。

夏五爷：那你怎么还不走？

郑考古：您连一个字也没回答我呀！

夏五爷：好，我回答你。

郑考古：您说。

夏五爷：不知道。

237

枝子回到家，跟满囤说：郑考古向夏五爷打听金缕玉盖、太监暗宅和珍珠耳坠的事，我觉得怪怪的，听不明白。

满囤掩饰着：听不明白就别听，管那么多闲事干吗？

枝子：还为项链的事生气呢？

满囤：我才不生气呢！

枝子：小心眼儿！明告诉你吧，我把那项链退了，钱也还给张童了。

满囤：那岂不辜负了人家一片心意？

枝子：你别来劲好不好？我只跟你说一句，我绝不会做出对不起你和儿子的事，这辈子我跟定你了，打也不走轰也不走，一直陪你到老。这你该放心了吧？

满囤：我什么时候也没不放心过呀。

枝子：德行！没工夫搭理你。

满囤来到父母住屋：我听枝子说，郑考古向夏五爷打听珍珠耳坠和太监暗宅的事。

王一斗一怔：哦，他又来了？

满囤：郑考古怎么会知道珍珠耳坠的事？

王一斗想了想：肯定是大漏勺那漏风嘴告诉他的。

满囤：您把珍珠耳坠给大漏勺看过？

王一斗：想让他给估个价，谁知道他到处瞎说去呀。

满囤：娄子恐怕就出在这儿。

九库跑进来，把冲锋枪扔在满囤怀里：爸爸，枪坏了，打不响了。

满囤：怎么刚玩两天就坏了？

王一斗：让你爸给修修。

九库：我不要了。爸爸你给我买飞机，你给我买飞机嘛！

满囤：怎能说买就买呀？爸又不是开银行的。

九库：你答应我的，我要什么你给我买什么。

满囤：你小子，这倒记得挺清楚。

九库：咱们拉钩上吊过，你不能说话不算数。

王一斗递给满囤一个眼色。

满囤：好，爸爸给你买。

张童坐在出租车里拨通枝子手机：喂，你能出来一下吗？我在门口等你，如果你拒绝，我会在门口一直等你出来。

片刻，枝子走出来：你不去拉活，找我有什么事？

张童打开车门。枝子犹豫一下，坐了进去。

张童开起车就走：你为什么要替我交车份儿？

枝子：我没有替你交。

张童：不要再骗我，中午我到公司去交车份儿，会计说你把我的那一半车份儿已经交了。

枝子：那钱本来就是你的。

张童：我什么时候给你钱了？

枝子：我把那条项链……退了。

一脚急刹车，车停下来。

张童：你……你为什么要这样？

枝子：为的是让你脑子清醒清醒。

张童：我脑子压根儿就没糊涂！

枝子不想再和张童争执，开门要下车，被张童一把揪住。

张童：我不许你走！

枝子：你撒手，你给我撒手！

张童见枝子急了，立刻软了下来：那……那我撒开手，你不许走。

枝子：你先撒开我手再说。

张童松开枝子的手：枝子，都是我不对，我不该跟你发火，更不该跟你耍态度，你……你能原谅我吗？

枝子：让我怎么原谅你？啊？我早跟你说过，不要在我身上浪费你的情感，可你呢，总一而再再而三地胡闹，破坏了我们本来挺好的关系，把我们很和睦的家庭也给搅乱了，我……我简直恨死你了！

张童：这么说，我死了你都不原谅？

枝子：愿意死你就去死吧！

张童露出几分可怜的目光：那我真的去死了？

枝子：去死吧！跳河、撞车、喝毒药，怎么死都行！

张童绝望地看了枝子一眼，打开车门奔了出去，冲上大街。

张童迎着一辆面包车冲过去：撞死我吧！我不想活了，撞死我吧！

面包车司机吓得打着方向盘左躲右闪。枝子飞身上前一把将张童扯到路边。面包车擦着张童而过，停了下来。

面包车司机下了车破口大骂：你他妈活腻了找死啊！

枝子：对不起师傅，对不起了。

司机：妈的，这要真的撞死你，我还得掏火葬费！

张童瞪着眼睛一言不发。枝子连推带搡将张童扯进胡同里。

枝子：你傻不傻呀？我让你死，你就真的去死呀？

张童：为了你，我宁愿牺牲一切，包括我的生命。

枝子：你呀你，让我说你什么好，真是个孩子。

张童：不许你再说我是孩子！

枝子：我今儿不想跟你吵。回家睡不着觉的时候，你好好想想，这样做到底对不对。

张童不服气地哼了一声。

九库噘着小嘴走进屋。

满囤：怎么不玩儿了？出去接着玩儿吧，啊？

九库把飞机扔给爸爸：这破飞机，刚玩儿一会儿就坏了。

满囤：先凑合玩儿，等爸有了钱，再给你买一个更好的。

九库：不嘛，现在就去给我买，带我去买飞机。

九库一屁股坐在地上哭起来。

满囤急了：给我站起来！

九库：不带我去买飞机，我就不起来。

满囤扬起手：不起来我打你！

满囤妈闻声赶进来，扶起九库：怎么了这是？

满囤：这孩子，让他妈惯得越来越没样儿了。

公园里。枝子妈很惊讶：什么？你说我们住的院子，过去是太监暗宅？

郑考古：现在还没有确凿的证据。

枝子妈：是太监暗宅又怎么样？

郑考古：如果是，就有可能藏着慈禧太后的八大马车金银珠宝。

枝子妈不屑一顾：我对这风传压根儿就不信。

郑考古拉过枝子妈的手：不管怎么样，你帮我注意着点儿，如果发现什么蛛丝马迹，立刻告诉我。

枝子妈：好吧。

郑考古松开手，努努嘴。枝子妈回头一看，票友们来了。票友们各自坐下来，开始了他们的自娱自乐。

KTV包间里。大漏勺和几个哥们儿各抱一个三陪小姐挑逗着。一个老板模样的女人疾步走进来，在大漏勺耳边嘀咕几句。大漏勺塞给女老板一沓钞票，招呼几个哥们儿慌忙离开。

片刻，房门被一脚踹开，韩老板带着几个打手闯了进来。

韩老板：人呢？

女老板向几个小姐使了个眼色，小姐心领神会，呼地涌向韩老板。

小姐：哎哟，难道我们不是人吗？

一辆出租车驶来，停在院门口。大漏勺鬼鬼祟祟下了车，四下张望一番，除了远处停着一辆中型面包车，不见任何人影。他向司机付了钱，示意停在这里等他，然后悄悄地溜进院门。

几个打手下了中型面包车，勒令出租车司机将车开走，分兵两路埋伏在院门口两侧。

大漏勺拎着提包从自己住屋走出来。

夏五爷堵住去路：你把金缕玉盖还给我！

大漏勺冷笑一声：哼！我早给卖了。

夏五爷：你是在害人家。

大漏勺：只要不害我就行。

夏五爷：你是既害人又害己。

大漏勺有些动情：爷爷，我恐怕三五年不会回来了，您多保重。

说完，大漏勺推开堂屋门走了出去。

大漏勺刚一走出院门，埋伏在门口的打手一拥而上，将其摁倒在地，一阵拳打脚踢。

韩老板走下中型面包车：你小子，说，是要命还是还钱？

大漏勺：一手交钱一手交货，咱们两清了，让我还你什么钱？

韩老板：跟我装王八蛋是不是？你能不知道那金缕玉盖是仿制的？

大漏勺：仿制的？不会吧？

韩老板：你还想骗我！那东西我让人看了，顶多值两三万块钱。

大漏勺：谁说的？那是我爷爷藏了一辈子的宝贝，不可能是假的。

韩老板：还敢嘴硬！给我打！

打手们上去又是一顿暴打。大漏勺抱着脑袋，鬼哭狼嚎。

一辆出租车开来。枝子下了车：哎，别打了，住手，住手！

韩老板：枝子你少管闲事。他骗了我一百万，打是轻的，不要他小命儿就算便宜他。

大漏勺：枝子姐，救命啊！

枝子用身体护着大漏勺：韩老板，有话好好说，你打死他，他也还不了你钱，有什么问题可以用法律解决。

韩老板：好，既然你这么说，我给这小子留口气。吩咐打手：把这王八蛋架车上送局子去。

枝子走进夏五爷住屋：夏五爷，大漏勺被人绑走送公安局了。

夏五爷：善有善报，恶有恶报，脚上的泡，他自己走的。

枝子：咱们得赶紧想个办法捞他呀！

夏五爷：良心丧尽，坏事做绝，随他去吧，就当我没这个孙子。

韩老板坐在办公室的沙发里：枝子，不是我不给你面子，你再替大漏勺求情也没用。公安局已经以诈骗罪把他拘留了。

枝子：难道就没有商量的余地了？

韩老板：除非他把那一百万如数还给我。公安局已经替我追回九十五万，剩下的五万被那小子挥霍了，他就等着坐牢吧。

枝子：按理说，他这是罪有应得。不过，韩老板你想过没有，夏五爷已经八十多岁了，身边就这么一个亲人，大漏勺真要坐了牢，谁来照顾夏五爷，谁来给夏五爷养老送终啊？

韩老板：这我不管，我只认钱不认人。

枝了：如果把五万块钱如数还你，你能撤诉吗？

韩老板：那得等他把钱还给我再说。

看守所紧闭的大铁门打开了，一个警察送大漏勺走出来。

警察：接受这次教训，出去好好做人，别再干坑蒙拐骗的缺德事了。

大漏勺点头哈腰：是，一定，我一定好好做人。

警察走了回去，砰的一声关上大铁门，吓得大漏勺一激灵。

一辆大奔缓缓开来，车窗降下，露出韩老板的脸。

大漏勺一阵慌乱：你……你要干什么？

韩老板：看把你小子吓的！

大漏勺：有能耐你别放我出来呀。

韩老板：哼，依我才不想放你出来呢。

大漏勺：放心，老子欠你那五万块钱，早晚还你。

韩老板：不还我钱，你小子能出来吗？钱已经有人替你还了。

大漏勺一怔。

满囤听了枝子的诉说十分惊讶：什么？你从银行里取出五万块钱，替大漏勺还韩老板了？那可是你留着买车的钱！

枝子：对不起，事情太突然，我先斩后奏，没跟你商量。

满囤：我担心肉包子打狗，有去无回。

243

枝子：可我担心的是，真把大漏勺关几年，人没准儿就毁了。

满囤：反正你总有自己的主意，还跟我说干吗？

枝子：我相信，你不会忍心看着从小一起长大的伙伴儿成为囚犯。

大漏勺闯进屋，扑通一声跪倒在枝子面前：枝子姐！

叶子接听大漏勺打来的电话：你说什么，都是韩老板捣的鬼？到底是怎么回事，大漏勺你跟我仔细说说……好，我明白了，这么说，我错怪吴非了？……哎，大漏勺，你为什么要告诉我这些？喂，喂……

电话挂断了，传来嘟嘟的忙音。

听到敲门声。韩老板在办公室里翻阅着一摞文件，头也不抬：进来。

门开了，高跟鞋踏在地板上声音很是悦耳。

韩老板翻过一页文件，依然没有抬头：什么事，说吧。

不见回答。

韩老板抬起头，一看是叶子，又惊又喜，迎上前：啊，叶子，我以为是秘书呢。对不起，快请坐。

叶子走到桌子旁，转了转老板椅，一屁股坐在上面。

韩老板摁了一下电话免提，吩咐秘书：不要让任何人进来。转头对叶子说：我正想找你呢，你就来了。

叶子：这说明咱们俩心有灵犀，缘分不浅啊。

韩老板：啊，对，缘分，缘分啊！

韩老板拉开抽屉，拿出一个精致盒子：让朋友刚从香港带回来的。

叶子：又给我买什么好东西了？

韩老板：你打开看看就知道了。

叶子打开盒子，里面是一块坤表：哇，这得多少钱啊？

韩老板：钱算什么东西，钱是王八蛋，只有你才是我心中的最爱。

叶子将表戴在腕子上：真好看，不用我谢谢你了吧？

韩老板：谢什么呀，手表手表，表表心意。

叶子的话开始变味儿：你的心意我领了，你的便宜我也占了，因为

244

是你死缠烂打，非要让我占你便宜，不是我想占。而我的便宜，你别想占，一点儿也别想占！

韩老板：你这是什么理论啊？

叶子：这是我的哲学。

叶子从办公桌上的烟盒里抽出一支烟叼在嘴上。韩老板赶紧用打火机给叶子点烟。叶子深深吸了一口，将一团烟雾喷在韩老板脸上。韩老板狗似的嗅着鼻子，吸了几下烟雾。叶子将一支烟送进韩老板嘴里，拿过打火机，悄悄地将控制气体的机关扳到最大位置上。韩老板得意地伸过头。叶子按动一下开关，打火机砰地蹿出一股十几厘米高的火苗，吓得韩老板急忙往后一躲，捂住了眉毛。

叶子：对不起，对不起。

韩老板貌似大度：没关系，眉毛燎了还能长呢。

叶子起身将自己抽的烟送进韩老板嘴里。韩老板陶醉地吸了一口，伸手就要揽叶子亲吻。叶子身子往后一躺，碰倒桌子上的一件五彩天球瓶瓷器，当的一声掉在地上，碎了。

韩老板一惊：啊，我的瓷器！

叶子一推花几，摆在上面的青花赏瓶掉下来。韩老板上前双手抱住，脚下一滑，连人带瓶倒在地上，人摔了一个屁墩，赏瓶也摔碎了。叶子前仰后合地大笑，突然又板起面孔，抄起摆在多宝槅里的瓷器，一件件地向倒在地上的韩老板砸去。

韩老板大叫：哎，叶子，我的小姑奶奶，那可都是我的宝贝！

叶子从手腕上摘下手表，砸到韩老板身上，继而从手提包里掏出那个装有铂金钻戒的锦盒，又砸到韩老板身上。

叶子：我一天也没戴，我怕脏了我的手指头！

说完，叶子拂袖而去。

躲在公园假山后面的叶子悄悄溜到吴非身后，双手蒙住他的眼睛。吴非掰开叶子双手，不等反应过来，叶子上前吻住吴非双唇。

叶子和吴非并肩坐在长椅上。吴非摘下眼镜，用衬衣擦拭着镜片。

吴非：看看，镜片上都是你的唇印儿。

叶子笑了，掏出手绢给吴非擦拭眼镜。擦完之后，亲手将眼镜给吴非戴上，顺势又在吴非脸上亲了一阵。

吴非摘下眼镜：得，白擦了。

叶子：从今往后，你的眼镜片别想再干净了。

吴非：求之不得，心甘情愿，天天如此，直到永远。

叶子：呸，臭德行！

餐馆里，吴非请大漏勺吃饭。

吴非：要不是你告诉叶子韩老板协议上我的签名是复印的，我恐怕跳进黄河也洗不清了。

大漏勺：是我对不起你。来，喝酒。

大漏勺和吴非二人已喝得醉眼惺忪。

吴非：叶子真是让我捉摸不透，对我一会儿风一会儿雨，一会儿温柔一会儿冷酷，闹得我的心跟蝴蝶似的，忽上忽下，飘浮不定。

大漏勺：这你就不懂我们北京姑娘了吧？

吴非：请予赐教，不胜感谢。

大漏勺：北京姑娘越是喜欢你，她就越爱跟你闹别扭，越爱跟你闹别扭就说明越喜欢你。如果有一天她不跟你闹别扭了，那她就要跟你挥手拜拜了，你可就杆儿屁着凉大海棠了。

吴非：你刚说什么？我没听懂。

大漏勺一字一字地：杆儿屁着凉大海棠！

吴非：我还是不懂，你得给我翻译翻译。

大漏勺：意思就是啊，你没戏了，瞎菜了，玩儿完了，找死去吧。

吴非：不懂不懂，你们北京土语和北京姑娘我都搞不懂。

大漏勺笑着端起酒盅：来，多喝几瓶北京二锅头就全都搞懂了。

吴非端起酒盅，二人一饮而尽。

大漏勺来到王一斗家。大漏勺：嫦娥奔月图是不是又显出来了？

王一斗将珍珠耳坠放在灯底下照看：没有啊。

大漏勺将手伸进衣兜里又迅速拿出来，从王一斗手里要过珍珠耳坠，放在灯底下照看：怎么会没有啊？您来看，这不是嫦娥奔月图吗？

王一斗：咦，还真是有，刚才我怎么没看见呢？

大漏勺：那是您眼花了。我早说过，月亮圆的时候才能看见这图。

王一斗还是有些疑惑：可这还没到月亮圆的时候呀？

大漏勺：快圆的时候也行。

王一斗：噢，知道了。

大漏勺：这回还舍得卖给我吗？

王一斗把珍珠耳坠放进衣兜里：谁也不卖，留着给我孙子媳妇呢。

枝子搀着胳膊上打着夹板的黑衣老太走进院子。

夏五爷正在扫地：出院了？

枝子：啊，大夫说一切都正常，让回家来养着。

夏五爷凑近黑衣老太，似乎话里有话：伤筋动骨一百天，你可得好好养着，毕竟年纪大了，再也折腾不起了。

黑衣老太依然目光呆滞，脸上没有任何表情。

菜市场肉类柜台前，满囤妈挑了几块大棒骨，放在秤盘上。

摊主：五斤半，高高儿的。

满囤妈付完钱，扭身一看，九库不见了：九库！九库！

活禽专柜前，九库拿着几根菜叶喂铁笼子里的鸭子。

满囤妈找来：你这孩子，怎么到处乱跑啊，奶奶以为你丢了呢。

九库：奶奶，我要买鸭子回家玩。

满囤妈：你爸不是给你买了冲锋枪和飞机吗，还不够你玩的呀？

九库：假的不好玩，我想要这活的。

满囤妈：我看你是活腻歪了。走，跟奶奶回家去。

满囤妈拎着棒骨，领着九库走进院子。

大漏勺递给九库一个蛐蛐罐：九库，叔叔送你个好玩意儿。

九库很惊讶：蛐蛐儿！

大漏勺：喜欢吗？

九库：喜欢。

247

满囤妈：正好你不是想要活的吗，快谢谢叔叔。

九库：谢谢叔叔。

大漏勺：不用谢，一点儿小意思。

满囤妈和九库走过二道门。

夏五爷：赶明儿多做积德的事，少做那些歪门邪道的缺德事。

大漏勺：您看您，好话也不得好说不是？

夏五爷：我怕你只有三天热乎劲儿，狗改不了吃屎。

大漏勺：您放心，枝子姐救我一命，如同再生父母，我就是再浑蛋，也不能不讲良心。从今往后，我按您说的，好好做个正派人行了吧？

夏五爷：你要真能这样，赶明儿就是我死了也能闭眼了。

黑衣老太坐在房前廊子下的马扎上，脖子依然挂着布娃娃。

满囤妈将拎着的塑料袋往黑衣老太眼前一举：看见了吧，枝子让我给你买的大棒骨，说是多喝棒骨汤，骨头愈合得快。

黑衣老太：回家。

满囤妈：听见你说这俩字我就烦，谁拦着你了？要不是枝子吩咐，我才懒得伺候你呢。

蛐蛐罐放在桌子上，九库给爷爷挠着后背。

王一斗感觉舒服极了：啊，好，真舒服，我孙子小手儿跟葱白儿似的嫩，不像你奶奶那手，比锉刀还拉人。

满囤妈走进来：嫌我手拉得慌，以后你再痒痒我可不管挠了。

王一斗：你还别拿捏，有我孙子呢。

有一只蛐蛐从罐里爬出来，蹦到地上。

九库发现了：蛐蛐儿跑了！我的蛐蛐儿跑了！

王一斗和满囤妈在地上四处寻找，却不见蛐蛐的踪影。搬开墙角的那只铜皮箱子，这才发现蛐蛐藏在箱子底下。

满囤妈伸手一捂，蛐蛐捕到了，却碰掉一条后腿：哎哟，完了。

九库哭喊着：你赔我，你赔我蛐蛐儿！

王一斗狠狠地瞪老婆子一眼：你说你，啊，能干成什么事啊！

满囤妈把蛐蛐放进罐里：奶奶回头买一只赔你。

九库拿起蛐蛐罐，生气地走出屋子。

王一斗指着老婆子：你呀你……

满囤妈啪地打了老头子一巴掌：赶明儿你少杵捣我！

满囤和大漏勺在热气腾腾的浴池里泡澡。

大漏勺：满囤大哥，你这话我听着耳朵扎得慌，你怎么能怀疑枝子姐有外心呢？

满囤：那天你跟我说，邮差戴绿帽子背邮包看别人打炮，这话你到底是什么意思？

大漏勺：我那不过是黄色幽默。戴绿帽子的邮差，背着邮包到炮兵连去送信，正赶上人家实弹演习，这不是看别人打炮吗？

满囤：可我越琢磨越觉得，你好像话里有话。

大漏勺：有话我早跟你直说了，咱哥儿俩谁跟谁啊？

满囤：你可别因为枝子替你还了五万块钱，就袒护她。

大漏勺：没有你这样的人！噢，非逼我说你戴了绿帽子，才相信我说的话是真的呀？

满囤：我……我倒也不是这个意思。

大漏勺：好了，不跟你说了，我叫人搓搓背去。

枝子来到丽珍家。丽珍：满囤好像对你有什么误会。

枝子：让他误会呗，我反正不做亏心事，不怕鬼叫门。

丽珍：都说两口子没有隔夜仇，越早消除满囤的误会越好。

枝子：我还不了解他？越跟他解释，他就越爱瞎猜疑。

丽珍：有句话，我说了你可别多心，满囤是挺好的一个男人，至今我对他都很有好感，希望你珍惜你们的缘分。

枝子：好吧，我听你的。

丽珍：哎，对了，告诉你一件事，我准备到深圳去工作。

枝子有些惊讶：你会计当得好好的，怎么突然想去深圳？

丽珍：我有个亲戚下海了，在深圳开了一家公司，请我去给他管账。再说，我也想换换环境，离开这个让我伤透了心的地方。

枝子：也好。有什么需要我帮忙的吗？

丽珍：赶明儿院子拆了，新楼房盖起来，帮我领一下新房的钥匙。

枝子：没问题。你什么时候走？

丽珍：就这三两天吧。

枝子：你走了，我会想你的。

丽珍泪水充满眼眶：我也会想你。

枝子和丽珍拥抱在一起，相互拍打着后背，似乎在叮嘱和祝福。

第十六章

满囤洗完澡，回到家，电话响起来。满囤拿起话筒：谁呀？……张童？枝子不在……什么，你是找我？什么事，说吧。

枝子从外屋走进来。

满囤：……你说我不敢？难道我还怕你不成？好，你等着！

满囤放下话筒，这才发现枝子站在旁边。

枝子：谁来的电话？

满囤往外走：你甭管！

枝子：你干什么去？

满囤站了一下，没有回头，快步走出屋子。枝子有些纳闷儿，愣了片刻，忽然意识到什么，赶紧追出去。

满囤和张童坐在街心公园的石凳上。张童递给满囤一支烟。满囤没有接，从兜里掏出一支烟叼嘴里，用打火机点烟，打了几下也打不着。张童打着自己的打火机给满囤点烟。满囤躲开，依然不屈不挠地与自己的打火机较劲，可还是打不着，干脆扔了，烟也一撅两半，丢在地上。

张童：我的话说得再明白不过了，你到底是什么态度？

满囤：这么说，你是认真的了？

张童：当然。自从枝子占据了我的心，我就再也不想爱别的女人了。

满囤奇怪地笑笑：枝子知道你的心思吗？

张童：我向她表白过无数次，可她总是拒绝我。

满囤：那你为什么约我到这里来？

251

张童：为了告诉你，全是因为有你的存在，枝子才不敢接受我的爱。

满囤：枝子爱你吗？

张童：我会让她爱我的。

满囤：你凭什么这么自信？

张童：因为我并不比你王满囤差，我也比你更爱枝子！

满囤：你以为我会把枝子拱手让给你吗？

张童：不是你让不让给我，你跟她不是合法夫妻，没有领取结婚证，不受法律承认和保护。咱们俩谁都有权去爱枝子，也都有权得到枝子的爱，在追求枝子的路上，我们俩站在同一条起跑线上。

满囤冷笑一声。

张童：请你不要责怪枝子，认为她如果爱我，就是移情别恋。

满囤努力控制着情绪：还有什么，都说出来。

张童：我爱枝子，谁也阻挡不了，不管是你还是你们的儿子。

满囤：亏你还知道我们有个儿子！即便我答应你，九库也绝不会容忍她的妈妈被你夺走。

张童：我会搬开前进路上一切绊脚石。

满囤：好，那我这块绊脚石，就先给你一句痛快话。

张童误解了：你同意我们俩公平竞争了？

满囤大吼一声站起来：你休想！只要我王满囤站着还是条汉子，枝子就永远是我老婆，就永远是我儿子他妈妈！

张童也站起来，冷笑一声：你这不过是一厢情愿。

满囤：我警告你张童，如果你再死皮赖脸纠缠枝子，我的拳头绝饶不了你小子！

张童：动不动就抡胳膊挥拳头，这是没有文化的表现。

满囤把拳头伸到张童鼻子尖前：我就他妈的没文化了，怎么着吧？

张童一副天不怕地不怕的样子：打呀，有能耐你就打。

满囤气得火冒三丈，呼地挥起拳头。张童闭上眼睛，静候挨打，满囤的拳头却又放下来。

张童睁开眼睛：你不是要打我吗？怎么没胆儿了？

满囤：你以为挨我几下拳头，就可以名正言顺勾引我老婆了吗？要在以前，我早就揍扁你了。现在，我要告诉你的是，争风吃醋打花架，那不是男人干的事。我以前是窝囊，是没出息，是被人看不起。以后，我要让你、让枝子、让所有人都看看，我王满囤是怎样一个顶天立地的男人！

张童从鼻子出了一口气：哼，你也就是嘴上说说，一个靠老婆养活吃软饭的主儿，还有脸说自己是一个顶天立地的男人？

满囤：你再敢说一遍？

张童拉长声音大喊：王满囤，你不是一个男人！

满囤一拳击下去。张童一个趔趄险些摔倒，努力重新站稳，一股鲜血从他鼻孔里流出来。

满囤：这一拳，是替我儿子打的，因为你玷污了他的好妈妈！

张童又闭上眼睛：再来呀。

满囤又一拳打下去，张童摔倒在地，挣扎着爬起来。

满囤：这一拳，是替枝子打的，因为你辜负了她对你的一片好心。

张童再次闭上眼睛，身子不免有些摇晃：来吧，还有为你自己的那一拳，最好再狠点儿！

满囤再一次挥起拳头。

传来枝子的声音：满囤！你住手！

满囤和张童转身看去，枝子赶来了，怒视着他们。

满囤收回拳头，有些不知所措。

张童：现在当着枝子的面，我正式向你王满囤宣战。我再说一遍，我爱枝子，我要跟你竞争到底！

满囤：我也当着枝子的面，郑重地警告你，枝子是我的老婆，你再敢打她的主意，我绝轻饶不了你！

张童：别以为我就怕你。

满囤：不信你就走着瞧！

枝子看着两个男人为她争来吵去，泪水夺眶而出，转身跑走了。

满囤和张童面面相觑，愣在那里。

满囤有些心不在焉，凿了几下石门，扔掉錾子和榔头。

王一斗：哎，才凿了几下呀这是，怎不凿了？

满囤也不说话，点上一根烟，狠狠地吸了一口。

王一斗：刚提起精神头儿没两天，怎么又蔫头耷脑了？为什么呀？

满囤依然不说话。

王一斗拿起工具：你不干我干，你就耍脾气看着吧。

满囤夺过工具凿起来，简直是在拼命。榔头频繁而有力地打在錾子上，迸出许多火星。可是不一会儿，又泄了气，再次扔掉錾子和榔头。

王一斗打了满囤一下：你小子今儿怎么了，啊？有啥话就说，憋在心里跟谁较劲啊？

满囤：我愿意较劲！

王一斗口气缓和下来：是不是跟枝子生气了？

满囤：您甭管！

王一斗：不是我说你，你这叫没出息。枝子再怎么气你，你也先得忍着，那句话怎么说来着？大丈夫能伸能屈，等凿开石门，挖出财宝，看谁还敢小瞧咱！

满囤还是不说话。

王一斗有些急了：嘿，我的话你听见没有啊？

满囤：说什么今儿我也不干了，困了，累了，回屋睡觉去。

王一斗一把拉住儿子：回来！今儿你要是不干，我……我……说着拿起錾子对准太阳穴：我就白錾子进去，红錾子出来，你信不信？

满囤只好返回身，一屁股坐下来，深深叹了一口气。

一家人围着桌子吃饭。黑衣老太汤碗里有一根大棒骨。

枝子放下饭碗，站起身：妈，我上夜班去了。

满囤妈：哎，怎么吃这么一点儿呀？

枝子：我饱了。

满囤看了枝子一眼，低头继续吃饭。

满囤妈：满囤你找个塑料袋，给枝子带上几个包子。

枝子：不用了，夜里饿了我会在外面吃点儿。

九库：妈妈再见。

枝子走出屋：再见。

满囤理也不理枝子，只顾闷头吃饭。

满囤妈和老头子对视一眼，似乎看出这里面的名堂。

满囤妈问满囤：你跟枝子闹别扭了？

满囤装傻充愣：没有啊。

满囤妈：那枝子怎么不高兴？

满囤：是吗？我倒没觉得。

王一斗：小两口儿的事你少管。

满囤妈：嗨，我又没让你管。拿起一根大棒骨递给九库：去，给臭臭儿磨牙去。

九库从桌子上拿过蛐蛐罐，发现那只掉了一条腿的蛐蛐一动不动，倒出来一看，已经死了，立刻哭起来：蛐蛐儿死了，蛐蛐儿死了。

满囤情绪烦躁：死就死了，明天爸爸给你买一只。

九库：你现在就去给我买。

满囤：这么晚了，我上哪儿给你买去呀？

九库：不嘛，现在去，你现在就去买。

满囤：不许胡闹了，快躺被窝里睡觉。

九库：不买我就不睡！

满囤急了：反了你！睡觉！

九库：我就不睡！

满囤：不睡我打你！

九库：你敢打我，我就告诉妈妈。

满囤火了：告诉你姥姥我都不怕。

九库：那……那我就把你和爷爷偷偷摸摸挖井的事说出来。

满囤：嗬，你小子也敢威胁我？

九库：你还答应给我买小火车呢，都拉钩了，可你总是不买，说话不算数就不是好人！

满囤：你妈欺负我，你小子也想骑在我脖子上拉屎，看我不打你！

九库：你敢！

满囤扯过九库，按在床上，痛打九库屁股。九库疼得大哭。

满囤妈闻声赶过来，一把推开满囤：你疯了！

满囤：谁叫他跟我犟嘴！

满囤妈将孙子揽在怀里：好孙子，不哭，回头奶奶替你出气。

满囤一屁股坐在椅子上。

满囤妈：你今儿哪儿来这么大的邪火呀，啊，拿孩子出气？

满囤：三天不打，上房揭瓦，这孩子越来越不听话了。

满囤妈：老猫房上睡，一辈传一辈，你小时候更淘气。

王一斗进来：没脑子！哪个事急你不知道啊？走！跟我上那屋去！

说着，王一斗拉起满囤走出屋。

满囤把心里的火都发泄在凿击石门上，錾子下石头渣子四处迸溅。

王一斗：我就真纳闷儿了，都到什么时候了，你心思怎么还踏实不下来？凿开这道石门，挖出金银珠宝，这才是正事。

满囤一声不吭，自管挥动榔头凿击石门。

九库躺床上睡觉。枝子下了夜班进屋来：起来吧儿子，妈给你买炸糕了，你最爱吃的，快着，一会儿凉了不好吃了。

九库动了一下，没有说话。

枝子掀开被子，在儿子屁股上拍了一下：快起来，太阳都晒屁股了。

九库疼得大叫一声，双手捂着屁股蛋。

枝子移开儿子的手，不禁一惊：屁股怎么又红又肿呀？

九库：奶奶不让我告诉你。

枝子：说，没关系，谁打的你？

满囤走进来：我打的，怎么了？

枝子：你为什么打儿子？

满囤：他淘气，我当爸爸的不该管教呀？

枝子：那你也不能打他呀！还下手这么狠，俩屁股蛋都打肿了，你觉得合适吗这样，啊？

满囤：鞋子合适不合适，只有脚知道。

枝子：别跟我绕弯子，我知道你指的是什么。

满囤：那就不用我多废话了，你打算怎么办吧？

枝子抄起暖瓶往盆里倒热水：什么怎么办？

满囤：当着儿子的面，不要让我挑明了吧。

枝子把毛巾放进盆里：你想怎么办都行，只要你良心没被狗吃了，觉得对得起我们娘儿俩，随你怎么办。

满囤：我没有任何地方对不起你们。

枝子拧干热毛巾：既然这样，我也跟你明说了吧，我已经和公司说好了，换一个车开，不再和张童搭档。剩下的事，你看着办吧。

枝子将热毛巾敷在儿子红肿的屁股蛋上。

满囤：哎，那毛巾是我擦脸的。

枝子：哼，就你那脸，还不如儿子屁股蛋干净呢。

满囤：你……

九库拎着蛐蛐罐走出院门，看见张童开出租车来到：张童叔叔，你不和我妈妈开一个车了吗？

张童一怔：你怎么知道？

九库：妈妈和爸爸吵架时说的。

张童若有所思：哦……

九库：我养的那蛐蛐儿死了，我让爸爸去买，他总说没工夫。

张童：走，叔叔带你去买。

九库：我回家告诉妈妈一声。

张童：不用了。

九库：妈妈找不到我，她该着急了。

张童：不会的，咱们一会儿就回来，上车吧。

在花鸟鱼虫市场，张童给九库买了两只蛐蛐，放进罐里。

一个男人迎面走来，掏出一把菜刀：来一把菜刀吧，钢口儿相当

257

好。说着将一根头发放刀刃上，使劲一吹，头发断成两截：瞧见了吧。

张童：不要，不要，我要菜刀干吗呀？

卖刀男人：您是做啥的？

张童：开出租，你问这个干吗呀？

卖刀男人：买把菜刀防身多好呀，遇到歹徒，拿出来一亮，吓不死他也得吓个跟头，您说是不是？

张童似乎被说动了心：多少钱一把？

卖刀男人：十五。

张童付钱买下菜刀，在九库面前晃了晃：怕死吗？

九库：不怕。

张童：为什么？

九库：你不敢砍。

张童：谁说我不敢？

九库：你要杀了我，我爸爸就杀了你，替我报仇。

张童一怔，挥起菜刀：哇呀呀，我要杀了你！

摆摊卖金鱼的老头对这种玩笑方式看不惯，嗤之以鼻地摇摇头。

饭菜已经摆上桌子。满囤妈：哎，九库呢？

满囤：胡同里玩儿呢。

满囤妈：赶紧叫他回来吃饭。

满囤应声出了堂屋。

满囤妈向满囤夫妇住屋喊：枝子，扶老太太出来吃饭。

枝子答应：哎，马上。

枝子搀着黑衣老太走出住屋。

满囤在院门口喊着：九库！回家吃饭了！

枝子走出来，喊着：九库！九库！

久久不见儿子儿媳妇回来，满囤妈有些担心：这半天了，九库怎还找不回来呀？

王一斗：刚才我迷迷糊糊睡着了，好像听见九库跟我说了一句玩藏猫儿，我懒得答应，等醒来一看，不见人影，原来是梦。

满囤妈顿时慌乱：妈哟！别是九库真的丢了，给你托梦吧？

满囤和枝子急切地四处找儿子。

枝子：如果找不到儿子，看我怎么跟你算账！

满囤：你……你跟我算什么账？

枝子：废话！你不把儿子屁股打成那样，他能离家出走吗？

满囤顿时傻眼了：这……这能赖我吗？

花鸟鱼虫市场，枝子向摆摊卖金鱼的老头打听。老人想了想，说看见一个小伙子举着刀追杀一个男孩。

枝子找到张童。张童　听就急了：什么？你怀疑我害了九库？

枝子：有人看见你今天和九库在一起。

张童：不错，我是带九库到花鸟鱼虫市场买蛐蛐儿，后来送他回到家门口儿，看着他走进院子，我就拉活儿去了。

枝子急得带着哭腔：张童，你必须跟我说实话！

张童：我从来没对你说过一句瞎话，不然我出门就让汽车轧死！

满囤妈在家急得哭天抹泪：宝贝孙子哟，你在哪儿哟，快回来吧，急死奶奶喽！

王一斗：哭哭哭，光哭管什么用！

满囤妈继续哭：什么宝贝也不如我宝贝孙子哟！孙子金不换啊！

咣当一声，堂屋门被推开了，枝子妈怒气冲天地闯了进来：你们听着，我外孙子要是有个三长两短，我非拿刀剁了你们！

王一斗：哎呀我说亲家母，你就别添乱了……

夏五爷在门口不断向胡同两头张望，脸上露出焦急的神情。

满囤妈、枝子妈走出院子。

满囤妈：夏五爷，宝贝孙子要是丢了，我就不活喽！

枝子妈：这会儿知道哭了，连个孙子都看不好，你说你还能干什么？博学真要是有个好歹，我跟你没完！

夏五爷：都别着急，有菩萨保佑，九库会找到的。

王一斗坐在屋里沙发上，将清凉油大块大块涂在太阳穴两侧，闭目歇息。隐约传来一阵蛐蛐叫，王一斗睁开眼睛，四下看了看，蛐蛐又不叫了。王一斗以为是幻觉，闭上眼睛。片刻，蛐蛐的叫声再次响起。王一斗睁开眼睛，四下寻找着声源。蛐蛐停止了鸣叫。王一斗依然以为是幻觉，又闭上眼睛。片刻，蛐蛐的叫声又一次响起。这回，王一斗没有睁眼。

黑衣老太悄悄走进屋，看看王一斗，又看看屋子四周。蛐蛐的叫声逐渐清晰。黑衣老太呆滞的目光停留在墙角的铜皮箱子上……

黑衣老太回到自己住屋坐下来，手里依然紧紧攥着布娃娃。

王一斗躺在沙发上，闭着双眼。忽然传来一阵狗叫，王一斗惊醒了，只见自家养的小狗臭臭儿，对着墙角的铜皮箱子汪汪叫，而箱子上比刚才多了一根大棒骨。王一斗走过去，拿起箱子上的大棒骨，扔给臭臭儿。臭臭儿叼着大棒骨跑出屋。王一斗眼睛盯住铜皮箱子，继而盯住箱子正面那个铜制的大钉锔，隐约听到从箱子里传出蛐蛐的叫声。他忽然意识到什么，瞪大眼睛，张大嘴巴，过去掀起铜制大钉锔，打开箱子一看，顿时惊呆了。九库蜷在箱子里，已经奄奄一息，怀里依然抱着蛐蛐罐，蛐蛐的叫声正是从这个罐里发出的。

王一斗大喊：快来人啊！孙子找到了！

王一斗弯腰从箱子里抱起九库。

满囤妈、枝子妈和夏五爷闻声赶进来。

夏五爷用手指在九库鼻子下试了试：还有救，快送医院！

王一斗、满囤妈和枝子妈抬着九库出了屋子。

夏五爷看了一眼敞开的箱子，长长叹了口气。

躺在病床上的九库终于醒来了：妈妈。

枝子：哎。

九库：爸爸。

满囤：哎。

枝子和满囤围坐在病床两侧，一人拉着儿子一只手，二人眼里噙满泪水。满囤愧疚地看了枝子一眼，试探地拉住枝子一只手。枝子哀怨地看看满囤，抽回手。满囤犹豫片刻，再次攥住枝子手。枝子这次接受了满囤的歉意。满囤又将自己另一只手放在枝子手背上，枝子噙在眼里的泪水流了下来……

枝子妈拎着一把斧子，气冲冲地出了家门，直奔王一斗家。

王一斗正要出门，险些与闯进来的枝子妈撞个满怀：亲家母你……

不等王一斗说完，枝子妈已经举起斧子。王 斗吓得抱头躲到墙角，枝子妈举起斧子就砍。

满囤妈扑上去夺斧子，被枝子妈用力一推，摔倒在地。

枝子妈手里的斧子落下来，但并没有砍王一斗的脑袋，而是重重地砍在墙角那只铜皮箱子上，一下又一下，把铜皮箱子砍了个稀巴烂……

从此，九库成了姥姥家的座上宾。枝子妈憋在心里的对九库的爱一下子迸发出来。枝子妈用勺舀起一个小饺子，吹了吹，喂到外孙嘴里。

枝子妈：博学，香吗？

九库：香。

枝子妈：爱吃吗？

九库：爱吃。

枝子妈脸上乐开了花：来，张嘴，再来一个。

九库刚才那个还没吃完，姥姥又送进嘴里一个，腮帮子撑得鼓鼓的。

枝子妈：是姥姥包的饺子好吃，还是你奶奶包的好吃？

九库说话嘟嘟哝哝：都好吃。

枝子妈：谁包的最好吃？

九库：姥姥。

枝子妈高兴地在九库脑门上亲了一口：好宝贝儿！

枝子妈给臭臭儿的食盆里也夹了一个饺子，臭臭儿吃得头都不抬。

枝子妈：吃吧，吃吧，以后有博学一口，就有你一口。

叶子走进来：我说妈，您也忒喜新厌旧了吧？就说您心里对外孙子的爱憋了这么多年，今儿一下子迸发出来了，但也不能光知道疼外孙子，不管我这个亲生女儿啊！

枝子妈：这叫姥姥疼外孙子——实打实，知道不？以前没法疼博学，现在我得好好找补回来。

叶子：一夜之间，一百八十度大转弯，连臭臭儿也跟着鸡犬升天了。

枝子妈：臭臭儿是博学的救命恩人，你能跟它比吗？

叶子：前些天，也不知是谁，把王家人和臭臭儿绑在一块儿骂。

枝子妈：你再提过去的事，我抽你！

臭臭儿冲着叶子汪汪叫了两声。

叶子：还挺会狗仗人势。哎呀，我饥肠辘辘，饿死都没人管了。

九库拿过勺子，舀了一个饺子：二姨你吃。

叶子：二姨可不敢，吃一个你姥姥也得跟我急。

枝子妈：你的我也给包好了，在堂屋里放着呢，想吃自己煮去。

叶子：得，以后您心里只有九库和臭臭儿，我沦为三等公民了。

枝子妈：知道就行，谁也别想跟我外孙子争。

叶子：哎，妈，我姐姐的户口本，这回您该乖乖儿地给人家了吧？

枝子妈：不用你管，我自有主意。

叶子：喊，就跟谁愿意管似的。

说完，叶子出屋煮饺子去了。

九库：姥姥我吃饱了。

枝子妈：吃饱了也再吃一个，来。

九库又吃了一个饺子：姥姥，蛐蛐儿吃饺子吗？

枝子妈：别提蛐蛐儿，一提蛐蛐儿我就心惊肉跳。哎，对了，告诉姥姥，昨天你跑箱子里干吗去了？

九库：玩藏猫儿。

枝子妈：玩藏猫儿？跟谁玩？

九库：跟我爷爷。

原来，昨天王一斗正坐在住屋的沙发上打盹，九库抱着蛐蛐罐走进来。

九库：爷爷，你和我玩藏猫儿吧？

王一斗迷迷糊糊：啊。

九库走到墙角，以屋门做掩护，打开铜皮箱子，进去蹲下来，用手托着箱子盖轻轻放下。

从箱子里隐约传来九库的声音：爷爷你找我吧。

王一斗勉强地睁开眼睛，看了一眼，不见有人，便又闭上眼。

再次隐约传来九库的声音：爷爷你找我吧。

王一斗的脑袋歪在沙发靠背上，打起了呼噜。

箱子盖动了几下，铜制大钉锦落下来，扣在钉鼻里……

枝子妈：这死老头子，害得宝贝儿差点没了命，哪天我非得治治他！

九库：姥姥，我想回家了。

枝子妈：回去吧，别打搅你妈，让她多睡会儿，夜里她还得上班呢。

王一斗：说起来也真邪了，等我再一睁眼，那箱子上放着一根大棒骨，臭臭儿够不着，急得汪汪叫。

满囤妈：说不定是你看花眼了。

王一斗：我眼是花了，可还没花到连箱子上有没有大棒骨都看不清楚吧？当时，你、枝子妈还有夏五爷，都在门口等消息。

满囤妈：是啊，枝子妈还跟我说，要是九库找不回来，跟我没完。

王一斗：就我一个人在家里守电话，除了傻老太太，再没别人。

满囤妈：你不会说那大棒骨是老太太放在箱子上的吧？她傻了吧唧的，能干这事？

王一斗：所以我怎么也想不明白啊，这大棒骨到底是谁放的？

满囤妈：哎呀，别再瞎想了，是我放上去的行了吧？

黑衣老太坐在北屋前廊子下的马扎上，如果她真不是痴呆的话，屋里王一斗夫妇的对话，她应该都听到了。

浴池休息间，夏五爷喝了一口茶：这次宝贝孙子的教训，总该记取了吧？

王一斗：咳，别提了，差点儿让我断子绝孙。

夏五爷：心中常存善念，遇事逢凶化吉。君子爱财，取之有道；不义之财，殃及子孙。世间一切，无论什么，是你的跑不了，不是你的，再怎么折腾也是枉费心机。

王一斗：夏五爷，您给我打开天窗说亮话，您肚子里到底藏着什么？

夏五爷：肚子里还能藏什么，不是屎就是尿呗。

王一斗：您跟我打岔是不是？

夏五爷笑了笑：其实，我肚子里藏着什么不藏着什么都无所谓，你听懂我话里的意思才是重要的。

王一斗：正因为我听不懂，才向您请教呢。

夏五爷：是真不懂还是装不懂？

王一斗：真不懂。

夏五爷：那可就麻烦了。

王一斗：怎么讲？

夏五爷：日后难免还会有血光之灾。

王一斗：我胆儿小，您可别吓唬我。

夏五爷起身要走：好了，不说这个了。

王一斗拉着夏五爷胳膊：夏五爷，今儿您非得跟我说清楚，对咱们院儿里的事和我们家的事，您到底知道多少？

夏五爷：跟谁我都是那句话，不知道，什么也不知道。

王一斗：我服了，我真是服您了！

夏五爷：好吧，既然你服了我，那我最后再跟你啰唆几句，人生是苦，苦于贪欲，戒除贪欲，心地纯净。

王一斗：您那一套又来了。

夏五爷：可你听进一句话了吗？生前枉费心千万，死后空留手一双。钱就是再多，又能买到什么？能买一张床，但不一定睡得踏实；能买好吃的，但不一定吃着香；能买房子，但不一定家就温暖；能买药，但不一定能治好病；能买衣服，但不一定穿着好看；能买各种享受，但不一定就能享受快乐。

王一斗：这是您的理儿。

夏五爷：好了，我该说的说了，该劝的劝了，该做的也做了，无论是谁，我都对得起了。以后不管你是上天堂，还是下地狱，都与我无关了。

王一斗：行，有您这句话我就放心了。不过，有件事我得向您请教。

夏五爷：说。

王一斗：枝子接家来的这个老太太，您怎么看？

夏五爷：噢，你难道对她有什么怀疑吗？

王一斗：我找到九库，是因为臭臭儿叫着够箱子上的大棒骨，可那个大棒骨是谁放箱子上的，除了她，我实在想不出别人。

夏五爷：你这么一说，我也觉得有些蹊跷。有一天，我看见九库的鞋带松了，差点儿绊个跟头，老太太过去给九库系上鞋带，还使劲勒了勒。当时我就琢磨，一个痴呆之人，能做出这样细心的事吗？

王一斗：那肯定做不出来啊。

夏五爷：还有件事也让我觉得可疑，九库把老太太戴在脖子上的布娃娃抢去玩儿，她急得什么似的，一把夺过来，这也不是一个糊涂人之举。

王一斗：您这么一说，我心里直发毛。这个老太太为什么要装糊涂？又为什么住到我家来呀？

夏五爷：这……只有天知道了。

第十七章

枝子走出院门去上班，发现母亲正在用抹布擦拭着她的出租车，便停住脚步，倚着门框，默默地注视着母亲。渐渐地，她的眼睛里噙满了泪水。

枝子妈擦得很认真，在水桶里涮干净了抹布，又继续擦。反光镜上有些污迹，她贴上去张嘴哈了一口气，在反光镜里看见了枝子。

枝子妈转过身，显得很平静：枝子，你新换了一辆车？

枝子抹了一把眼泪走过来：妈，怎么好意思让您给我擦车呀？

枝子妈：听人说用饺子汤擦车最好了，又光亮又滑溜，打了蜡似的。

枝子眼泪流了出来：妈，您……

枝子妈说：反正我待着也没事，以后每天擦车的事包在我身上了！

枝子哭了：妈！

枝子妈依然显得很平静：好了，上班去吧，千万注意安全，啊！

枝子打开车门坐了进去，发动着车，深情地看了母亲一眼。枝子妈向女儿挥挥手。枝子驾车而去。望着渐渐远去的出租车，枝子妈再也抑制不住自己的情感，泪水像断了线的珠子似的流了下来。

九库：姥姥！

枝子妈慌忙擦去眼泪，转过身来：博学。

九库：姥姥你怎么哭了？

枝子妈：姥姥高兴。

九库：姥姥骗人，我高兴了笑，你高兴了为什么哭呀？

枝子妈将外孙子揽在怀里：好孩子，等长大了你就明白了。

传来满囤的声音：九库，跑哪儿去了，回来！

枝子妈抬头看去，见满囤从院子里走出来。

枝子妈从家柜子里拿出一双黑皮鞋递给满囤：试试合脚不？

满囤又惊又喜：妈，您……

枝子妈：别嫌弃，还是枝子他爸活着时买的呢，可他没这个命，还没来得及上脚他就去了，你穿上我看看。

满囤脱掉懒汉鞋，穿上皮鞋，在地上走了几步：合适，正合适。

枝子妈：合适就穿着吧。

满囤：谢谢妈。

九库：哇，爸爸真精神！

枝子妈拎起那双懒汉鞋：把你爸这双破鞋替我扔垃圾桶里去。

九库接过鞋子，走出屋。

满囤：哎，我……

枝子妈：还舍不得扔啊？赶明儿再破衣烂衫的，别怪我瞧不起你。

满囤尴尬地笑了。

满囤回到家穿着皮鞋走了几步给父母看：怎么样？

满囤妈：你别说，还真人五人六、人模狗样儿的。

王一斗：好话让你一说，也都变了味儿。

满囤妈狠狠地瞪了老头子一眼，关心地问儿子：哎，你丈母娘除了送你皮鞋，跟你提枝子户口本的事了吗？

满囤：没有。

满囤妈：得马上朝她要，不然，她那热乎劲儿·过，黄花菜又凉了。

王一斗：要我说呀，户口本的事，这回咱们得拿捏着她点儿，看她怎么下这个台阶。

满囤妈：再拿捏，一套房子就没了。

王一斗：我现在才不关心什么房子。

满囤妈：你就知道关心你那井。

267

王一斗：你小点儿声。

满囤妈反而提高了嗓门：屋子里就咱仨人，你还怕谁听见啊？

王一斗指了指外屋：那屋子里，还有一个老婆子。

满囤妈：她也算个人？迷迷瞪瞪，傻了吧唧的。

王一斗：就怕她是装傻。

满囤：装傻？爸，您这话什么意思？

王一斗：我看啊，这个女人不寻常。

满囤妈：我看是你脑子不正常，对谁都疑神疑鬼的。

王一斗：你给我少废话，去把她给我搀这屋来。

满囤妈：搀她干吗呀？

王一斗：叫你去你就去！

满囤妈不情愿地走出了屋子。

满囤很是不解：爸，您演的这是什么戏呀？

王一斗：我倒要看看她这个老婆子，是李逵还是李鬼！

满囤妈走进满囤夫妇住屋，架起黑衣老太一只胳膊：走，跟我上那屋去。

黑衣老太呆呆地看着满囤妈。

满囤妈：我老头子要考考你呢。

满囤妈搀黑衣老太走进来。躲在门后的王一斗突然大喝一声：呔！

黑衣老太无动于衷，满囤妈反倒吓了一跳。

满囤妈骂道：死老头子，吓死我了你！

满囤看到这一幕，不禁笑了。

王一斗很没趣，吩咐满囤妈：行了行了，搀她回去吧。

满囤妈：你这是闹啥妖儿啊？刚搀来又让搀回去？

王一斗：快搀她走吧你。

满囤妈叨叨：走，人家让咱来，咱就得来；人家让咱走，咱就得走。

满囤妈搀黑衣老太出了屋。

满囤：爸，您对老太太有什么怀疑？

王一斗：画人画皮难画骨，知人知面不知心，我不得不防啊。

满囤：老太太如果不是痴呆，刚才您那么一声大喊，搁谁也得吓一大跳，可她没有任何反应。

王一斗：是啊，要么她真是个痴呆，要么她早就有准备。

满囤妈返回来：这回心里踏实了吧，还疑神疑鬼吗？

王一斗：李逵李鬼，是真是假，还很难说。

传来枝子妈的喊声：亲家母！

满囤妈走出住屋，见枝子妈站在堂屋门口：亲家母进来呀！

满囤赶紧拉过椅子：妈，您坐。

枝子妈坐下来，四下打量：怎么样，搬家的东西都收拾好了吧？

满囤妈：咳，破东烂西也没啥好收拾的。亲家母，过去呢，都怪我们不对，大水冲了龙王庙，一家人不认一家人，你宰相肚里能撑船，别跟我们一般见识。

枝子妈：过去的事就过去了，别再提了。

满囤妈：满囤，别让你妈干坐着，赶紧沏茶去。

满囤：啊，好。

枝子妈拦着：不用了，我待不住，锅里还炖着牛肉呢。

满囤妈：这么晚了还没吃饭？

枝子妈：我是炖给枝子吃的，她总是上夜班，身子虚，给她补补。

满囤妈：喊，光说不行，亲妈就是亲妈。对了，你送给满囤一双皮鞋，我还没谢你呢。

枝子妈：谢什么呀，你儿子不是我儿子？我闺女不是你闺女？

满囤妈：是，是，看我这破嘴，又说错话了。

满囤插不上嘴，看着两位母亲说话，只知道陪着傻笑。

满囤妈：亲家母，您来……

枝子妈：啊，你看我，光顾闲聊把正事给忘了。我来找点儿山楂片，放锅里一起炖，牛肉容易烂。

满囤总算有了说话机会：好像有，我给您找找。

满囤拉开橱柜抽屉，找到一包山楂片：不多了，够不够？

枝子妈接过山楂片：够，有几片就够。哎，博学呢？

满囤妈一时没明白问的是谁：博学是谁？

269

满囤马上接过来：啊，在屋里玩游戏机呢。

枝子妈起身走过去，推开屋门，外孙子玩得正欢。

枝子妈：博学，怎么也不理我呀？

九库眼睛盯着屏幕，头也没回：姥姥！

枝子妈：哎！小白眼儿狼。

满囤妈：本来嘛，再怎么疼外孙子也是白眼狼。来，坐下待会儿。

枝子妈：不了，等有空儿我再来待着，只要你不烦我就行。

满囤妈：看你说的，本来就是一家人，烦什么呀，缺什么就来拿。

枝子妈：好吧，以后少不了麻烦你。

送走枝子妈，满囤妈问满囤：九库叫得好好的，怎么改名叫博学了？

满囤：叫什么都是您孙子。

满囤妈：那不行，名儿不能瞎叫。

满囤：您要不同意，跟他姥姥理论去。

满囤妈：我……我可不敢再招惹她。

满囤：这不得了。

满囤妈倒了一杯水刚喝一口，就听见枝子妈又大声地唤她。

枝子妈：满囤妈！

满囤妈喝进嘴里的水喷了出来：哎，来了！

王一斗显得很烦，使劲抽了一口烟。

枝子妈走进堂屋：你看我这记性，忘了要姜了。

满囤妈：有，干姜、鲜姜都有，你要啥？

枝子妈：当然鲜姜炖肉香了。

满囤妈拿出一大块鲜姜：给。

送走了枝子妈，满囤妈掩上堂屋门。

夜里，井下。王一斗在磨刀石上磨着錾子，满囤凿击着石门。

枝子妈穿着睡衣走出家门，来到满囤家堂屋前。

枝子妈敲门：满囤妈，满囤妈，给我开门呀！

满囤妈将绒毯撩开一道缝看了一眼，赶紧回身扯动报警线绳。

挂在井壁上的小铜铃铛忽然叮叮当当响起来。王一斗父子停下手中活计，熄灭电灯，井下变得一片黑暗。

满囤妈打开屋门：这么晚了，有啥要紧事呀？

枝子妈：我睡不着，翻来覆去也睡不着。

满囤妈：那……那你找我……

枝子妈：把外孙子给我抱出来。

满囤妈：他早睡了。

枝子妈：我知道，你就给我抱出来吧。

满囤妈：这……等明天再说不行呀？

枝子妈：哎呀，跟你说话真费劲。

枝子妈一把扒拉开满囤妈，径自闯进满囤夫妇住屋。

黑衣老太躺在床上睡着了。枝子妈进屋，抱起在床上睡觉的九库。

满囤妈跟进来：亲家母，你要干吗呀？

枝子妈：外孙子长这么大，还没钻过一回姥姥的被窝呢。

满囤妈：孩子睡得迷迷瞪瞪的，我是怕你吓着他。

枝子妈：瞧你说的，我又不是没带过孩子。

枝子妈抱着九库走到堂屋门口，忽然站住：哎，怎么没见满囤？

满囤妈：啊，他……他拉稀跑肚，去厕所了。

枝子妈：我那儿有痢特灵，用不用给他拿过来几片？

满囤妈连忙摆手：不用了，他刚刚吃了。

枝子妈抱着外孙子走出堂屋，忽然又回过头来：咱可说定了啊，搬家前这几天，孩子都跟着我睡了。

满囤妈：啊，好吧，就依你。

看着枝子妈穿过院子，进了自家堂屋，满囤妈无可奈何地摇摇头，关上屋门，别上门闩。

满囤妈走进里屋，见老头子瞪大眼睛站在眼前，吓了一跳。

满囤妈：你……你怎么爬出来了？

王一斗：废话！井口大敞四开的，那娘儿们要是闯进来怎么办？

满囤妈：把我看得也忒没用了，我能让她进来吗？

王一斗：这娘儿们，从早到晚搅得我心神不定。豆腐掉在煤灰上，打不得，掸不得。

满囤爬出井来：妈，给我们沏壶茶喝。

满囤妈：哎哟，一忙把这事忘了。

满囤妈抓了一把茶叶放进壶里，端起暖瓶沏茶。

王一斗：我可提醒你啊，别见枝子妈跟咱家一和好，你就不知道姓什么了。现在可是紧要关头，哪事重，哪事轻，你心里得有谱儿。

满囤妈：我怎么没谱儿了？

忽然又传来枝子妈的喊声：满囤妈，开门！

满囤妈往外推着满囤：赶紧回你屋去。又提高嗓音应道：哎，来了！

满囤妈打开堂屋门：亲家母，你还有啥事？

枝子妈：把博学的鞋给我，不然半夜起来撒尿，总不能光着脚下地吧？

满囤妈：好，你等着。

满囤妈小跑着进了儿子的住屋，片刻，拿着九库的一双鞋跑出来，交给枝子妈：给。

枝子妈：满囤回来了？

满囤妈：回来了。

从屋里传来满囤的声音：妈！

枝子妈：哎，肚子好点儿不？

满囤妈赶紧接过话茬：啊，好多了，已经不拉了。

枝子妈：赶明儿别逮着什么都瞎吃，注意点儿卫生。

满囤妈：是，是得注意卫生。

枝子妈提着鞋子走回家，满囤妈赶紧关上屋门。

满囤走进父母住屋：妈，您刚才说我什么已经不拉了，我怎听不懂呀？

满囤妈：咳，刚才你不是没在屋子里吗，你丈母娘问你哪儿去了，我编了个瞎话，说你拉稀跑肚上厕所了。

王一斗：你就变着法儿咒我们爷儿俩吧。

满囤妈：嘁，我这叫急中生智。

王一斗：狗屁！

满囤被父母的话逗笑了。

王一斗极为烦躁，照沙发扶手上砸了一拳：后悔哟，后悔死喽！两家还不如不和好呢，这回可倒好，她热乎劲儿上来，拿水浇都浇不灭，这一晚上，又是要山楂，又是要鲜姜，又是抱孙子去睡觉。这样下去，就甭想挖宝了。后悔哟，后悔死喽！

满囤背手在院子里走了几步，让叶子看新皮鞋：怎么样，像不像个大老板？

叶子：不错，应该再套上一件黄马褂。

满囤：什么意思？

叶子：那就更像进城的农民兄弟了。

满囤：你损我是吧？

叶子：我哪儿敢呀？

满囤：别逗了，姐夫求你件事。

叶子：是不是我姐的户口本？我早替你问过了，你那丈母娘说，不用我管，她自有主意。

满囤：不会又难为我吧？

叶子故意吓唬：我看呀，悬。

满囤：哎，你和吴非的事怎么样了？

叶子：你就准备好大把大把的票子，等着送礼吧。

满囤：哦，火箭速度啊！

叶子：当初你和我姐更快，白天还不怎么着，晚上就睡一块儿去了。

满囤：那是你姐她被逼无奈。

叶子：是你按捺不住吧？

满囤：去，没大没小，怎么跟姐夫说话呢?!

叶子：哎哟，刚穿上丈母娘给的一双皮鞋就……

满囤：就怎么了？

叶子贴近满囤耳朵：屎壳郎趴在铁道上——假充大铆儿钉。

满囤扬起手：我抽你！

叶子冲满囤做了个鬼脸，嬉笑着跑走了。

满囤催着枝子向丈母娘要户口本：再拖就来不及了，说话没几天就搬家，等要过户口本，你我立刻去登记，把结婚证书交给拆迁办刘主任，他就会多给咱一套房子。

枝子：问题是，要过户口本，你……你还想和我结婚吗？

满囤：做梦都想。

枝子：不怀疑我移情别恋了？

满囤：到时候还可以再离呀。

枝子：儿子，替妈打你爸爸那张臭嘴！

九库扑上前，打着爸爸嘴巴子。

满囤推开九库，捂着脸蛋：哎哟，挨老婆儿子合伙儿欺负，我这辈子算是没有出头之日喽。

枝子：嘴还不老实，儿子，上！

母子二人将满囤按倒在床上，一通猛打。满囤抱着头，撅着腚，发出杀猪般的号叫。

满囤妈撩开门帘：别闹了，别闹了，吃饭了。

堂屋里，一家人围着饭桌，陆续坐定，却不见黑衣老太。

枝子吩咐九库：搀奶奶进屋来吃饭。

九库应声出了堂屋，片刻又进来：奶奶不在。

枝子：不在？

屋子前廊子下，黑衣老太经常坐的那个小竹椅子空着。

枝子：大妈能去哪儿啊？

满囤：是啊，她糊里糊涂的。

枝子：来，快到各屋找找。

枝子妈正好走出来。枝子：妈，大妈在您这儿吗？

枝子妈：没有啊，大约一个小时前，我看见她坐在小竹椅子上。

满囤隔着堂屋门问丽珍：丽珍，看见大妈了吗？

丽珍：没有，她从来不到我这里来。

夏五爷走过二道门：怎么，老太太不见了？

枝子：是啊，我担心走丢了。

王一斗、满囤妈、九库走出堂屋。九库发现小竹椅子靠背后面挂着一个布娃娃，摘下来，交给奶奶。

满囤妈：哎，枝子、满囤你们看，布娃娃！

满囤接过布娃娃，很奇怪：这布娃娃，大妈平时从来不离手。

枝子：是啊，为什么要留下？

满囤：难道是想暗示咱们什么？

枝子翻过来掉过去地看，发现布娃娃腋下有一拉锁，拉开拉锁，掏出一个纸条。

枝子妈：快念念，写的什么？

满囤拿过纸条，念起来有些诚惶诚恐：枝子，你发现我不在了，一定会很着急，请不用找我，当你看到这封信时，我已经登上飞机出国了。谢谢你对我无私的关怀和悉心的照料，你是我这一辈子遇到的心眼儿最好的人。以后如果有机会回国，我一定来看你，到那时，我再向你解释我的所作所为吧。再次谢谢你，并替我向全院人问好。

满囤妈：嘿，这老太太敢情不是傻子。

王一斗：你以为都跟你似的？

枝子妈：夏五爷，您经得多见得广，您给分析分析，这神秘的老太太，她唱的这到底是哪一出儿啊？

丽珍：是啊，真奇怪。

夏五爷沉思片刻：我只能说，绝非等闲之辈。

大家不禁愈加茫然。

夏五爷在家看电视。枝子妈推门走进来。

枝子妈：夏五爷。

夏五爷：哎，枝子妈，来，坐，坐。

枝子妈坐下来：夏五爷，我想和您商量个事。

夏五爷：你说。

枝子妈：后天就该搬家了，咱们几家子都要各奔东西，再聚一起得等一年以后新楼房盖起来。大家伙儿在一个院儿里住了几十年，这抽冷子一分开呀，我心里还怪不是滋味儿的。

夏五爷：谁说不是呀，合是缘，分是缘，合合分分都是缘。

枝子妈：所以我想呀，在头搬家之前，大家凑一块儿吃一顿团圆饭。

夏五爷：好哇，我赞成。

枝子妈：您说定在哪天好呀？

夏五爷：那干脆就在今儿晚上吧。

枝子妈：咱们吃涮羊肉怎么样？

夏五爷：好，这多热闹呀。

枝子妈：那就这么定了，所有东西我来准备。

夏五爷：我把多年不使的紫铜火锅找出来，刷干净。

枝子妈：那敢情太好了。

夏五爷：哎，枝子妈，我得叮嘱你一句，你们两家儿女亲家的疙瘩，不是已经解开了吗，晚上你……

枝子妈打断：您放心，我会处理好的。

半空中吊着一盏大灯泡，把四合院照得通明。

灯下，几个桌子拼在一起，形成一个大方桌。桌子中央紫铜火锅炭火正旺，羊肉片、豆腐、粉丝、各种蔬菜、调料和碗筷都已摆放好，所有该到场的人都来了，围着桌子而坐。他们是：夏五爷、枝子妈、郑考古、叶子、吴非、枝子、满囤、九库、王一斗、满囤妈、丽珍。

大漏勺非常殷勤，给各位的杯子里倒满或啤酒或白酒或饮料。

枝子妈：好了，大家伙儿静一静！请夏五爷给咱们做个开场白。

随着热烈的掌声，夏五爷站起来：识时务者为俊杰，看着这么多的肉和菜吃不到嘴里，谁都会馋得慌，所以我不想多耽误大家的工夫。

人们都笑了。

夏五爷：俗话说，远亲不如近邻，近邻不如对门。咱们几家儿在这个院儿里住了几十年，虽说平时也免不了有些摩擦，但总的来说，不是一家，胜似一家。这次赶上拆迁，咱不得不暂时分开，一年以后，回迁原地儿盖起的新楼，又是楼上楼下的好邻居。一句话，希望大家都多多保重。来，干杯！

大家举起杯子站起来，或多或少喝了些许，便纷纷往火锅里添肉片。

大漏勺：哎，吴非，你抿一口怎么行呀？来，咱俩把这个干喽！

吴非看了身旁的叶子一眼。叶子把头扭向一边，似乎不管。

枝子妈拦着：哎，人家南方人不能喝白酒，你又不是不知道。

枝子妈坐的椅子靠背的立柱上挂着一个红色尼龙绸书包。

大漏勺：哎哟哟，这还没倒插门儿呢，就开始心疼姑爷了？您当初要是再生个小三儿就好了。

枝子妈一时没明白什么意思。

大漏勺：那我不也就有丈母娘疼了吗？

枝子妈：去你的，臭贫嘴！

王一斗心思根本就没在这里，只顾喝酒吃肉，吃肉喝酒。

满囤妈低声埋怨：就跟这辈子没吃过肉似的。

王一斗一声不吭，自当没听见。

满囤从火锅里夹出一筷子肉，沾了些调料送进嘴里，低声问身旁的枝子：妈会不会借今儿这个机会把户口本给咱呀？

枝子没听见，提醒跑来跑去的儿子：九库，别把可乐洒你二姨身上。

九库的腿碰了一下挂在姥姥椅子背上的那个尼龙绸书包。

满囤不甘心：趁着妈今儿高兴，你应该主动……

枝子不理睬，举起酒杯邀请旁边的丽珍：来，丽珍，咱俩碰一杯。

丽珍端起杯：干了吗？

枝子：听你的。

丽珍：干杯。

枝子：好，干！

二人将各自杯中啤酒一饮而尽。枝子为丽珍满上啤酒。

满囤悄声埋怨：反正又不是我一个人的事，你爱着急不着急。

丽珍举起杯子站起来：来，请大家举起杯中酒，我先干为敬。

不等人们端起杯子，丽珍率先把酒干了，然后又给自己满上。丽珍努力控制着情绪：明天，我就到深圳工作了，今天借这个机会，我跟大家告个别。

人们听到这个消息，感到很突然。

丽珍：我父母去世早，没有全院儿人对我的关心和爱护，就没有我丽珍的今天。别的感谢话我也不说了，望各位长辈、平辈和晚辈身体健康、家庭幸福！

丽珍端起酒杯一口气干了，泪水随即流下来。

气氛一下子变得有些凄楚。

枝子将手扶在丽珍肩上：明天我开车送你去机场。

丽珍边用手绢擦眼泪边点点头。

大漏勺试图改变气氛：哎，咱们大家应该为丽珍高兴才是呀，对不对？赶明儿等挣了大钱回来，咱们让她到贵宾楼……

叶子打断：凯宾斯基。

大漏勺：对，到凯宾斯基请咱们吃西餐。

说完，大漏勺带头拍起巴掌。人们也随即鼓起掌来。

满囤妈抹了一把眼泪：咳，要说这闺女，命也够苦的。

王一斗扯了扯老伴儿：你哭什么劲儿呀？

满囤妈：我……我管不住自己。

王一斗：留着你那洗脚水给九库洗屁股吧。

满囤妈：你的眼泪才是洗脚水。

夏五爷点将了：满囤他爸，你不说几句？

王一斗站起来：大家吃好，别吃撑着，喝好，别喝醉喽，我说

278

完了。

大家不禁笑了。

满囤妈端着酒杯来到枝子妈面前：亲家母，谢谢你替大家伙儿张罗。

枝子妈站起来：甭客气，应该的。

枝子妈身旁的郑考古也赶紧站起来陪着喝了一口酒。

夏五爷：为了这顿团圆饭，枝子妈操了不少心，大家一起敬她一杯。

人们纷纷站起来：谢谢！谢谢！

夏五爷感叹：人间自有真情在，多少钱也买不来啊！

王一斗嘀咕着：那套又来了。

枝子妈端着酒杯站起来，走到满囤妈和王一斗面前回敬：亲家公、亲家母，我过去有什么对不起你们的地方，等喝了这杯酒，就算全了了。

满囤妈：啊，是我们对不起你。

王一斗笑笑，喝了杯中酒。

满囤悄声问枝子：妈怎还不提户口本的事呀？咱们过去给她敬杯酒？

枝子依然不理睬，从火锅里夹起一筷子肉放到丽珍的碗里。

枝子：多吃点儿，到了深圳恐怕就吃不着北京涮羊肉了。

丽珍：谢谢。来，我祝你们俩和和美美，白头到老。

三人的酒杯碰在一起，发出一阵悦耳的声响。

吴非和叶子悄声嘀咕：你说吧。

叶子：你说。

吴非：我……我有一点儿胆怯。

叶子：那好吧，我说。叶子站起来：我跟大家宣布一件事。

大家静下来认真听着。叶子一把将吴非从座位上拉起来。吴非整整衣服，扶扶眼镜。

叶子：我和吴非正式宣布，今天订婚！

说完，叶子在吴非额头上、脸上和嘴唇上各响亮地亲了一口。

大漏勺模仿马季说相声的语言和口气：老乡们，闭眼吧！

不管别人捂不捂眼睛，大漏勺自己捂上眼睛。叶子喝了一口啤酒，噗地喷了大漏勺一脸。人们大笑起来。王一斗默不作声，只顾抽烟。

叶子拉着吴非来到母亲面前，鞠了一躬：妈，我算正式向您通报了。

枝子妈：死丫头，就会耍花活。

叶子捅了吴非一下，吴非向枝子妈也鞠了一躬：妈。

枝子妈反倒有些不好意思，含混地答着：啊，坐下吃吧。

叶子看看郑考古：郑考古同志，什么时候我对您改称呼呀？

郑考古看了一眼枝子妈：你母亲说，八字还差半撇儿。

枝子妈打了一下郑考古：讨厌，我什么时候说过这话呀？

人们又笑起来。

大漏勺：哎哎哎，我忽然想起一个好主意！说着指着叶子、枝子、枝子妈：要我说呀，赶明儿你们娘儿仁的喜事干脆一块儿办得了，由我来主持，保证让你们新娘新郎、旧娘旧郎、老娘老郎都满意。

枝子妈：打你个坏小子！

枝子妈将红色尼龙绸书包蹭掉在地上，但谁都没有察觉。

九库跑过来，脚下被什么东西绊了一下，低头一看，是尼龙绸书包，捡起来，交给妈妈：妈妈，书包。

枝子：哪儿捡的？

九库回身一指：那儿。

枝子妈发现挂在椅子背上的书包没了，正在低头找。

枝子将手伸进书包，摸到一个硬东西，掏出来一看，原来是户口本。

枝子妈显然看到枝子从书包里掏出户口本，笑着向她比画收起来。

枝子眼圈红了，走过去，抱住妈妈。

枝子：妈，我错了！

人们被这忽然发生的变故惊呆了。

枝子妈也抱住女儿：不，是妈错了。

枝子：不，是我错了妈！

枝子妈：本想吃完饭把户口本交给你，没想到让博学抢了先。得了，都过去了，明天跟满囤登记去吧。

　　枝子：妈，我对不起您！这些年来，我没为您尽过孝，没伺候过您一天，哪怕一杯热水都没给您倒过。说着跪下：妈，求您原谅女儿吧！

　　枝子妈泪流满面，抱住枝子：别再往下说了，我的好女儿！

　　九库抱着姥姥和母亲：姥姥！妈妈！

　　在场所有人，无不为之动情流泪。

第十八章

夏五爷家、枝子妈家、丽珍家都搬走了，屋里屋外一片狼藉。王一斗的家也搬了，但堂屋门上却挂着一把大铁锁。

王一斗坐在家门口台阶上，看见刘主任和韩老板走进来，脸转向一边。刘主任绕到王一斗面前，王一斗把脸转向另一边。

刘主任笑了：我说老王，您这是跟我玩儿什么呢？

王一斗：不答应我提出的条件，别看我家搬了，可我人就是不走。

刘主任：这是怎么一个茬儿呀？前些天您找我说，准备晚几天搬家，向枝子妈要户口本，让满囤和枝子登记结婚。如今这户口本要来了，结婚证也领了，一套房子的单子我也开给满囤了，您还有什么不满意的？

王一斗：我能满意吗？那房子的窗户一个朝西，一个朝北，没有一个向阳的，到了冬天，让我老头子去喝西北风啊？

刘主任：老王，不是我跟您表功，所有房子都分出去了，这我还是费尽心思给您挤出来的呢。

王一斗：我不管，要不换一套向阳的，要不你就再给我一套房子。

刘主任：什么，还要一套房子？

韩老板：狮子大张嘴，明显敲竹杠。

王一斗：不满足我的条件，我就在这沙家浜扎下去了。

刘主任：看来，您真想要当钉子户了？

王一斗：哎，看咱谁耗得过谁。

刘主任：您这话说得可就有点儿不讲理了。

韩老板急了：你再胡搅蛮缠，我叫人绑了你！

王一斗冷笑一声：谁的裤裆开了把你露出来了？

韩老板：你敢骂人？

王一斗：我不骂好人！

刘主任把韩老板拉到一旁：好了好了，我来跟老王说。

王一斗：不答应我条件，咱俩没话可说。

刘主任用温柔的口吻威胁着：老王啊，不是咱们俩有没有话说，您这是在跟法律作对。

王一斗：我一没偷、二没抢、三没杀人放火，我犯什么法了？

刘主任：您不要忘了，咱们双方签署的搬迁合同，是经过公证的，具有严肃的法律效力。您不按合同规定的执行，就是违法。

王一斗：哼，我还说你们违法呢！

刘主任：今儿咱先不纠缠谁违法谁不违法。这样吧，我给您一天时间，您再好好考虑考虑，如果想通了，明天痛痛快快地走人，我依然还算您按时搬迁，两万元奖励照给不误。

王一斗：如果我想不通呢？

刘主任：我会带联合执法队来，拔您这个钉子户。

王一斗：既然你这么说，那行吧，容我好好想想。

刘主任见好就收：咱们走。

刘主任和韩老板从院子里走出来。

韩老板意味深长，似乎话里有话：这老家伙，不会另有企图吧？

刘主任：他就是占便宜没够，还能图啥呀。

韩老板：仅仅为了换一套向阳的房子，他会这么赖着不走吗？

刘主任：不管他憋什么屁，明天我也要让他放出来。

王一斗走进住屋。屋里家具都搬走了，只留有一张双人床遮挡住井口。满囤妈躲在屋子里，刚才院子里的话她全听见了。

满囤妈：明天刘主任要真的带执法队来，你胳膊拧得过大腿吗？

王一斗：争取一天是一天，院儿里人都搬走了，正好白天晚上都能干，不等胳膊拧不过大腿，石门就凿通了。

枝子刚送走一个乘客，手机响起来。

枝子接通手机：喂……什么，车抛锚了？在哪儿？……好的，你在原地等着别动，我一会儿就到。

天色暗下来，路上行人很稀少。张童远远看见枝子的出租车急速驶来，神色略显紧张。

枝子下了车：车哪儿坏了？

张童：可能是线路毛病，怎么也打不着火。

枝子：我车里有绳子，我来帮你拖。

枝子打开车的后备厢，刚想拿纤绳，便被张童从身后一下子抱住。

枝子：张童，松开！你松开我！

张童紧紧抱着枝子不放。

枝子挣脱胳膊：你疯了！

张童眼里冒着火：我就是疯了！

张童将枝子扑倒在机器盖子上，抱住枝子强行亲吻。枝子左右摆头努力反抗挣扎，但无济于事。张童疯狂地吻着枝子。忽然，张童觉得身下的枝子不动了，停下一看，枝子眼睛里淌下两行泪水。张童不禁怔住了。

枝子站起身：你简直是个畜生！

张童：我没有错！

枝子：你把我对你的情感全都糟蹋了！

张童：我爱你爱你爱你爱你，就是爱你！

枝子：你是在毁我！毁我们全家！

张童：不，我是在拯救你，满囤根本不值得你爱。枝子，我是真心实意想对你好，除了你，我这辈子谁也不爱！

枝子：把我骗到荒郊野外，干这种见不得人的事，你这是爱我吗？

张童：谁……谁叫你总是躲着我？

枝子：我躲着你，是因为我烦你、恨你、讨厌你！

张童央求着：枝子，求你别这样……

张童又想拥抱枝子。枝子打了张童一个大嘴巴，驾车而去。

饭店里，韩老板请郑考古吃饭。饭局已经接近尾声。

韩老板端起酒杯：来，老郑，再次谢谢您。

郑考古：说好了不用客气嘛。

二人干掉各自杯中的红酒。

韩老板：要不是您火眼金睛，大漏勺那小子把我就坑苦了。

郑考古：事情不是已经圆满解决了吗，还提它干吗？

韩老板：知恩不报非君子。

郑考古：贪图钱财是小人。

韩老板愣了一下，随即大笑起来：哈哈哈……

郑考古不理解韩老板为什么如此大笑。

韩老板：对了，我跟您请教个问题，慈禧太后在宫外藏着八大马车金银珠宝的事，到底是真的吗？

郑考古：说是真的吧，一百年来经多次寻找，至今一点儿确切的线索也没有；说是假的吧，不论是文字记载还是口头传说，又都有鼻子有眼儿。所以，真真假假，假假真真，是一个难解之谜啊。但凭我的预感，这事迟早大白于天下。

韩老板：谁要挖着是不是就归谁呀？

郑考古：那怎么行呀，地下文物，国家所有。不过呢，最近出台了一项新政策，对发现地下文物做出贡献者，要给予适当奖励。

韩老板：适当奖励，是多少呀？

郑考古：最多可奖励文物价值的百分之二十五。

韩老板：不会抹桌子不算数吧？

郑考古：怎么可能呢？红头文件，白纸黑字，板上钉钉，玩笑不得。

井下，王一斗替换下满囤，凿击着石门。

满囤擦了擦脸上的汗：爸，这两天，我右眼总是跳，都说左眼跳财，右眼跳灾，我担心……

王一斗：我左眼还跳呢！别瞎想了，说话这石门就凿开了。

撬棍插进石门缝里，王一斗和满囤将身体重量全部压在上面，用力

285

一撬，石门哗啦一声倒下来，露出里面的洞穴。二人又惊又喜，走了进去。

第二道石门里面并没有王一斗想象的金山银山珠宝山，尽头又出现一道石门。而这石门前又放着一只大箱子，与第一道石门和第二道石门之间那只箱子一模一样，也是铜皮包的，钉着一排排铜制大铆钉。那个箱子曾差点儿要了九库的命。父子俩对视一眼，从对方眼睛里各自看到了惶恐。

王一斗：打开看看，不会又是烂成泥的银票吧？

满囤撬开了箱子，出人意料的是，箱子里面套的还是箱子。

打开第二个箱子，里面套的还是箱子。

打开第三个箱子，里面套的还是箱子。

直到打开第四个箱子，发现里面有一块用黄缎子包着的东西，大有剥开一看是挠挠的意味。王一斗拿起这东西，似乎很沉。待慢慢解开黄缎子，里面包的竟是一把匕首。从鞘里抽出匕首，刀刃锋利，闪着寒光。

满囤展开黄缎子，上面写有十六个繁体字：爸，这上写着字呢。

王一斗：念念。

满囤念着：前行一步，血光之灾，恣意妄为，贻害子孙。

王一斗不禁倒吸了一口凉气。

满囤也害怕起来：爸，这……这上面的意思……

王一斗：我懂。

满囤：爸，我听说，谁要是发现地下文物，报告给政府，可以得到文物价值百分之二十五的奖励。

王一斗：这会儿你跟我说这个干吗呀？

满囤：咱们干脆别冒这个险了，谁知道打开这第三道石门，前面会不会还有第四道、第五道呀？咱把这消息告诉给政府，拿那百分之二十五的奖励，不也挺好吗？

王一斗：都到这会儿了，你怎么又打起退堂鼓？

满囤：我怕……

王一斗：怕什么呀？边说边抖动着黄缎子：它越吓唬人，就越说明里面藏着金银珠宝。别再瞎想了，事不过三，这是第三道门了，干吧！

父子俩七手八脚搬开箱子，开始凿击第三道石门。

忽然传来一阵响动，父子俩转脸看去，那个攀上爬下用粗麻绳子制作的软梯滑落下来，在井底堆成一盘。满囤走过去，仰脸向井口望了一眼，不见有人，拿起软梯看了看，绳子明显是被割断的。

满囤：爸，这会不会又是夏五爷捣的鬼？

王一斗：不像是，他明明白白跟我说过，不管是上天堂还是下地狱，都和他无关了。

满囤：那又会是谁呢？难道还有人知道咱们挖宝的秘密？

正说着，挂在井壁卜的灯泡忽闪了几下，灭了，井里漆黑一片。

满囤打开蓄电池灯，井里有了一些光亮。

王一斗：这么高，咱怎么爬上去呀？

满囤：哎，爸，我有主意了。

王一斗：快说。

满囤：咱把那几个箱子摞起来，不就可以……

王一斗：好，这就叫歪打正着，天不灭曹。

父子二人将箱子一个个摞起来。满囤站在最上面那个小箱子上，欠脚够了够，手摸到横在井壁半截的柏木板，一纵身，猴子般地爬了上去。

胡同里，一辆大奔开着明晃晃的大灯缓缓驶来。墙角有个人影移动了一下，把身子完全隐蔽在阴影里。大奔车停在满囤家门口不远处，关了大灯，灭了发动机，但并没有从里面走出人。

窗户上依然遮挡着绒毯。王一斗父子都已经从井里爬上来。蓄电池灯照在床腿上，原本拴在床腿上的软梯被割断了。灯光又照在电源插座上，插销被人拔离了插座。满囤将插销重新插进插座，井里的灯亮了，从井口射出缕缕灯光。

王一斗来到堂屋，动了动门闩，门闩依然插着。

王一斗好生纳闷儿：闹鬼了，门闩插得好好的，这人是怎么进来的呀？

满囤：是呀，真奇怪。

正说着，从满囤夫妇住屋传出砰的一声响。满囤抄起斧子冲进屋子，王一斗也紧跟进去。

屋子里所有东西都搬空了，地上破鞋烂袜子废报纸一片零乱。一阵风儿刮进来，吹得一扇窗户呱嗒呱嗒响。满囤举着的斧子放下来。

王一斗：都怪你没关好窗户。

满囤：下井之前我仔细检查过，每扇窗户都关死了。

王一斗：那肯定是忘了插插销儿。

满囤上前关上窗户，又插上插销。

满囤妈给王一斗父子俩送吃的喝的来了，拎着一个暖瓶和一个塑料袋，四下张望了张望，推门走进院子，回身关上院门。

片刻，大奔的车门开了，一身便装的韩老板下了车，鬼鬼祟祟地溜到门口，轻轻推开院门，跟了进去。

王一斗父子从满囤妈带来的塑料袋里拿出包子，狼吞虎咽地吃着。

满囤妈端起暖瓶往大茶缸子里倒已沏好的茶水：还没挖着宝贝呀？

屋门外，韩老板蹲在门旁一侧偷听。

堂屋里，满囤说：石门里面又发现一道石门。

满囤妈：再挖不着宝贝，可就没几天耗头儿了。

王一斗：不用你管，我自有主意。

王一斗抄起大茶缸子喝了一通，向门口走去。

王一斗走出屋。韩老板不知躲到哪里去了。王一斗来到他们住的北房与丽珍住的西厢房之间的过道里，解开裤子文明扣，掏出家伙，对准墙根一块破门板哗啦啦撒尿，一边尿一边仰天打了一个长长的哈欠。这泡尿似乎尿了一个世纪那么长。待尿完了，王一斗哆嗦几下，把家伙放进裤子，走回屋去。

韩老板从破门板后面慢慢站起来，用手在鼻子底下来回来去地扇着浓浓的尿臊气，撤离院子。

院门吱的一声开了，满囤妈拎着空暖瓶从院子里走出来，张望一下，发现墙角有个人影，便赶紧又转身进了院子。

片刻，满囤妈和王一斗父子手里拿着棍子走出院门，悄悄地向墙角包抄过去。

王一斗和满囤堵住夹缝两头，几乎同时喝令：出来！

墙角那一个人影顿时魔术般地分成了两个身影，原来是一男一女，只不过年龄差别太了些，男的秃光头，女的披肩发。

满囤妈：干什么呢你们？

披肩发：讨厌！狗拿耗子，你管得着吗！

披肩发挽起秃光头离去，圆滚滚的屁股一扭一扭的，高跟鞋踏在柏油路面上，发出清脆的声响。

刘主任带着两个工作人员走进来：老王，老王！

传来一声闷声闷气的回答：我在这儿呢！

刘主任和工作人员循声看去，只见王一斗家堂屋门四敞大开，王一斗盘腿坐在地上，身裹白布，腰间系根麻绳，头戴一个用大号痰盂（尿盆）改造的钢盔，痰盂上凿了两个窟窿，窟窿里露出一双闪着贼光的眼睛。屋地上，铺满了钉子板，钉子尖全部朝上，个个明光锃亮。王一斗身上还五花大绑地拴了一条铁链，铁链一头锁在一根二寸铁管上。这根铁管支撑着后房檐的檩子，如果檩子撤掉，房顶必然坍塌下来。

看到这幅情景，刘主任和两名工作人员都被逗笑了。

刘主任：我说老王，您这是给谁披麻戴孝啊？

王一斗头上扣着的痰盂起到扩音器作用，话音瓮声瓮气：给我自己！今儿我跟你死磕了！

刘主任：嗬，看来要血战到底，视死如归呀，我奉陪您到底。

王一斗：那你就奉陪吧，不答应我的条件，别想让我离开这儿半步。

刘主任一指半空：您听见了吧，铲车正推那边儿的房子呢。

铲车的轰鸣声和房屋倒塌的声音清晰地传来。

王一斗：我就不信你胆大包天，敢让铲车从我身上碾轧过去。

刘主任：您说得没错，我没那么大的胆儿，我也不敢让铲车从您身上碾轧过去，但您以为我就没办法了吗？

王一斗：你有什么招儿全都使出来，看咱俩谁斗得过谁。

刘主任：老王，我奉劝您一句话，您可别敬酒不吃吃罚酒。

王一斗：我敬酒吃，罚酒也喝，该得的得，不该得的我也不要。你不把朝阴的房子给我换成向阳的，我就在这儿跟你斗到底，看你有什么咒儿念。

刘主任耐着性子：老王，我明确告诉您，您就死了这个心吧。我现在代表的可不是我个人，您还是放聪明一点儿。我拆迁搞了这么多年，哪一个钉子户最后不都是给拔了？平时咱们关系也不错，我给您留点儿面子，如果您现在痛痛快快从这屋儿走出去，按时搬家的两万元奖励，我照给您不误。怎么样，我对您算是够仁至义尽了吧？

王一斗：嚼了半天舌头，我的条件你还是没答应啊。

刘主任：老王，话说到这份儿上，我想闹个明白，您赖着不走，到底是为了什么呀？不会仅仅是为换一套向阳的房子吧？

王一斗：那你说我还为了啥？我都六十多了，黄土埋到脖子，还能活几年？要一套向阳的房子，那可是我儿子、孙子两辈子的大事。

刘主任：那好吧，我就再宽限您一天。明天一早儿，我可就把由公安、法院、城管和街道办事处组成的联合执法队请来，如果您还这副打扮儿，还这个态度，还咬着您的条件不撒嘴，我可就再也不会像今天这样给您下软蛋了。

王一斗：母鸡下软蛋那是缺钙。

两个工作人员被逗得扑哧一声笑了。

刘主任：有什么好笑的？走！

满囤拎着装有饭盒的塑料袋和暖瓶从一条小巷里走出来，迎面遇到出车回来的枝子。

满囤：我到老家给爸送饭去。

枝子：你再劝劝爸，让他别那么较真儿了。

满囤：啊，我劝劝试试。你赶紧回家吃饭吧。

枝子：你快去快回。

满囤：哎，枝子，今晚上我也许不回家住了。

枝子疑惑地看了满囤一眼。

满囤解释：我担心爸一个人儿在老家过夜不安全，我陪陪他。

枝子：那你自己看着办吧。

为了加快进度，王一斗父子各持錾子和榔头凿击石门。

王一斗：你晚上不回家住行啊？

满囤：我跟枝子说了，晚上我陪您在这儿过夜。

王一斗：挖宝的事枝子还是一点儿都不知道吧？

满囤：应该是。不过有好几次都差点儿露了馅儿。

正说着，许多砖头瓦块噼里啪啦掉进井底，掀起一股股尘烟。王一斗父子被吓呆了。

王一斗父子灰头土脸地爬出井口。

王一斗：黑了心的，这是往死里整咱们啊！

满囤：这和割断软梯的是不是一个人？

王一斗点点头：你下井接着凿石门，我在这儿候着那个鬼。

满囤应声下井，王一斗用几块厚木板盖住井口。

只轻轻一推，院门就开了，韩老板走进院子，来到王一斗家前廊子下，透过窗户向里看去。窗户玻璃里忽然冒出王一斗，吓得韩老板一哆嗦。

韩老板：哎哟，老王你吓死我了！

隔着玻璃窗，韩老板在窗外，王一斗在屋内。

王一斗：深更半夜的，你到我们家干什么来了？

韩老板余惊未消：啊，我……我刚才在门口儿看见一个黑影儿，一闪就不见了，进来看看。

王一斗：黑影儿？刚才砖头瓦块是不是你扔的？

韩老板：我吃饱了撑的？老王，你实话告诉我，这些日子，你们背着人偷偷干什么呢？

王一斗：我干什么不干什么，用得着向你汇报吗？

韩老板干脆捅破窗户纸：不会是在井里挖宝吧？

王一斗一怔：是怎样，不是又怎样？

韩老板：不是，就算了；是，咱们可以合起来一块儿干。

王一斗：一块儿干？韩老板，我问你，你是属什么的？

韩老板不解：我？属猪。

王一斗：你一边给我哼哼去！

韩老板冷笑一声：那我也问问你，你是属什么的？

王一斗：我属虎。

韩老板：那就别怪我从你虎口里拔牙。

王一斗：小心我咬断你的爪子！

韩老板：你就不怕我把这消息报告给政府？那样，我身不动膀不摇，就能拿到百分之二十五的奖励。你们呢，不仅一无所获，还会被抓起来，绳之以法。

王一斗：如果我答应咱们合起来一块儿干呢？

韩老板：不管井里有多少财宝，二一添作五，咱们对半儿分。

王一斗沉吟片刻：好，我答应你。天马上就要亮了，明天你来吧，但绝不许带别人。

韩老板：好，一言为定。

王一斗：一言为定。

韩老板一步三回头地走了。

王一斗沿着软梯下到井底，走进卧井。

满囤停下手中的活计：爸，捉到鬼了？

王一斗：鬼没捉到，逮着一只大灰狼。

满囤：大灰狼？

王一斗：韩老板知道咱挖宝的事儿了，还想讹诈一半儿财宝。

满囤：您答应他了？

王一斗：哼，他想从咱碗里分肉吃？没门儿！跟我玩儿心眼儿，他还得再吃十年咸盐。

满囤：您有什么主意对付他？

王一斗没说话，点上一支烟，脸上渐渐开朗了……

大漏勺打着哈欠走进餐馆，王一斗向他打招呼：大侄子，这儿呢。

大漏勺坐下来：我正做梦呢，手机就响了，您这么早叫我来，不会只是请我吃早点吧？

王一斗掏出珍珠耳坠，塞到大漏勺手里：你拿着这个。

大漏勺眼睛一亮，举起珍珠耳坠看了看，里面现出嫦娥奔月图，他把珍珠耳坠塞回工一斗手里。

大漏勺：大叔，咱爷儿俩用不着这套，您把这东西好好保存着，赶明儿家里万一急用钱，卖了就能派上大用场。

王一斗：你不是说，这东西顶多就值几千块钱吗？

大漏勺：那是我当时犯浑，想骗您这宝贝。后来我也对这宝贝做了一些调查，才知道那是慈禧太后钟爱的物件，可以说是稀世珍宝。好了，不说这个了，您有什么事儿想让我办，尽管直说，我的命都是枝子姐给的，只要不是杀人放火、打家劫舍，我都答应您，不说二话。

王一斗：大侄子就是仗义，等完了事，大叔绝对亏不了你。

大漏勺：完了事？完了什么事？

王一斗岔开：什么事你就别管了，你无论如何得帮大叔办一件事。

大漏勺：您说吧，到底什么事？

王一斗刚要说，服务员端来早点：这是你们要的豆腐脑和油条。

废弃工厂。解下捆绳，从头上取下麻袋，韩老板的脸露出来。

韩老板：你们这是绑架！我要报警！

绑架韩老板的三个小伙子，一个瘦，一个胖，一个黑大个儿，以前和大漏勺在洗浴中心泡过小姐。

胖子非常和蔼：您千万不要误会，我们哪儿敢绑架您呀。

瘦子也非常和蔼：对不起，委屈您了。

黑大个也一脸歉意：我们是想和您交个朋友。

韩老板：有这么交朋友的吗？你们到底是什么人？

瘦子：我们不过是几位麻友儿。

韩老板：麻友儿？

胖子：对对对，听说您麻将打得不错，想跟您一起切磋切磋。

韩老板：打麻将在哪儿不能玩，非要把我绑到这儿来？

黑大个：不把您弄这儿来，您肯屈尊跟我们坐在一个桌子上吗？

桌子上早已摆好了麻将牌。

瘦子：来来来，边搓边说，两不耽误。

韩老板：我不跟你们玩儿，今儿我还有要紧事办呢。

黑大个一把将韩老板摁坐在椅子上，嘴里却依然和风细雨：您先把要紧事放一放，我们陪您先玩儿上八圈再说。

门外，大漏勺扒着门缝看到这里，抽回身，一脸坏笑，扬长而去。

刘主任带领由公安局、法院、城管、街道办事处等人员组成的联合执法队走进院子。王一斗看见执法队跨过二道门，赶紧扔掉烟头，将痰盂戴脑袋上，又将铁链一头锁在支撑檩子的铁管上，正襟危坐，严阵以待。

刘主任来到堂屋门前，只见堂屋门敞开，王一斗依然昨天那一身打扮，地上依然铺满了钉子板，钉子尖明晃晃的。

刘主任：老王，看来我又被你当猴似的耍了。

王一斗的话从痰盂里瓮声瓮气传出：我的条件你到底答应不答应？

刘主任：今儿我不再跟你啰唆！

刘主任给两名警察使个眼色。两名警察走进堂屋，掀开放在门口的钉子板，准备采取强制行动。

王一斗：我看你们谁敢过来！边说边扯动着铁链：过来，我就拉倒这铁管，让房子塌下来砸死我！

两名警察沿铁管向上看去，铁管支撑着一块铁板，铁板托着檩子，如果撤掉铁管，檩子必然会折断，后果将不堪设想。两名警察对视一眼，不敢轻举妄动，退到一边。

刘主任：我真没见过你这样的滚刀肉！你再无理取闹，胡搅蛮缠，可别怪我对你不客气！

王一斗：哼，我谅你姓刘的也尿不出一丈二尺尿去！

刘主任强压制着怒火：王一斗，你别不识抬举！

王一斗：我一个老头子，用得着你抬举？

刘主任：既然你这么说，那可就对不起了。

王一斗：你能把我怎么样？

刘主任：那你可就得受点儿委屈了，我马上给拆迁队下令，让他们拆这东西厢房，您免不了要吸点儿烟儿，呛点儿鼻子，落一身尘土，请您还得多多包涵。

王一斗：没关系，你拆你的，我这儿有床单，蒙上脑袋就行了。

刘主任被气得咬牙切齿。

王一斗得意地仰起脸。忽然，发现那条檩子上有一条长长的黑东西，正沿着铁管缓缓爬下来，定睛一看，是一条大黑蛇！顿时吓得魂飞丧胆，慌忙打开铁链上的锁，掀开钉子板，跑了出来。

刘主任等被这突如其来的情景闹蒙了，一时不知怎么回事。

王一斗摘下痰盂，瘫坐在地：蛇！蛇！

一名工作人员拿着木棍进了屋，四处寻看，哪里有什么蛇呀，只在墙角发现一串长长的塔灰，被风一吹，飘飘忽忽。

工作人员出来向刘主任汇报：哪儿有蛇啊，是一串儿塔灰。

两名警察从地上架起王一斗，就再也没有撒手。

刘主任下令：给我拆房子！

拆迁队应声上前。

王一斗两条胳膊被警察架着，跳着脚地打秋千，拼命喊着：我的宝贝！我的宝贝啊！

刘主任：屋里不就还有一张破床吗，当什么宝贝呀，我回头赔你俩钱儿就是了。

第十九章

　　房子推倒了，渣土拉走了，场地腾空了。王一斗父子来到老宅空地。王一斗看看周围没人，以胡同柏油路为起点向他原来住的屋子方向迈步丈量。住了几十年，他自然知道院门口与住屋里那眼井之间的距离。他停下来，从袖子里顺出一根炉通条，在渣土地上边扎边探。咚咚，这是盖在井口的木板发出的声响。满囤铲去渣土，掀开木板，井口露了出来，他从蛇皮袋里取出两根钢钎钉在井边，拴好软梯。

　　王一斗：你下去凿，我在上面望风，万一有什么情况，我就敲木板，你听见动静就赶紧爬上来。

　　满囤：好，我记住了。

　　满囤沿着软梯下到井里。王一斗用木板盖住井口，躲到一旁望风。

　　郑考古骑自行车而来：王大哥，您在这儿溜达什么呢？

　　王一斗报警已经来不及了，迎上前：在这儿一晃住了四十多年，看见一下子变成这样，心里呀，还真怪不是滋味儿的。

　　郑考古：是呀，乡音易改，故土难离啊。

　　王一斗：老郑你干什么来了？

　　郑考古：我来看看，上边要求考古由始至终跟踪施工，万一有什么考古线索，也好及时发现。

　　炉通条从王一斗袖子里掉下来，而这时正好郑考古摘下眼镜擦拭，没有看见。王一斗赶紧把炉通条重新藏进袖子里。

　　王一斗为将郑考古引开：你吃没呢？

　　郑考古：不瞒你说，肚子早就饿得咕咕叫了。

　　王一斗：走，咱俩到那边酒馆喝两盅去，我请客。

王一斗拉上郑考古离开老宅空地。

韩老板头一歪，倒在麻将桌上：不行了，实在顶不住了，玩了两天一宿了，你们让我睡会儿觉吧。

胖子把韩老板的头扳起来：起来起来，别睡啊，你不想翻本儿了？再打八圈儿，你多会儿赢了我们几个，就让你走。

瘦子：是啊，我们赢了钱就走，那多没牌德啊。

黑大个：来来来，洗牌码牌掷色子！

韩老板再也坚持不住了，身子一软，出溜到桌子底下。三个人困得也不行了，不断伸懒腰打哈欠。

酒馆里，王一斗：来，干！

郑考古：喝完这个可就不喝了。

王一斗：咱哥儿俩头一次在一块儿喝酒，不喝好了哪成呀？

二人端起酒杯一饮而尽。

王一斗：郑老弟，你干考古这么多年，都挖到过什么宝贝呀？

一句话触到郑考古伤心处：惭愧，惭愧。

王一斗：没关系，说来我听听。

郑考古：咳，命运和我开了一个大玩笑，要不然早就功名成就了。

王一斗：哦？

郑考古：说起来话长了，那还是一九六八年，我下放到五七干校劳动，有一天接到通知，要我陪同郭沫若郭老到河北满城……知道满城吧？

王一斗：知道，离我们老家定兴不远。

郑考古：要我陪郭老到满城，参加西汉中山靖王刘胜和窦绾夫妇墓的发掘，后来从墓里出土金缕玉衣和长信灯等四千多件珍贵文物。

王一斗：你去了？

郑考古：咳，别提了，临行前，我有点儿咳嗽，到医院一查，说我得了肺结核。我向领导表示，轻伤不下火线，带病坚持工作。可领导说，革命精神十分可嘉，参加发掘坚决不许，怕把结核病传染给郭老，郭老那可是国宝啊！

王一斗：得，歇菜。

郑考古：成名成家的机遇就这样与我失之交臂。不然，我也不会到现在一事无成，快退休了，还是个副研究员。

王一斗：我终于明白你为啥对慈禧太后藏在宫外的八大马车金银珠宝这么上心了。

郑考古：是呀，如果能找到那八大马车金银珠宝，这将是一个世纪以来，中国乃至世界上最重大的考古发掘。比起来，西安秦兵马俑的发掘算得了什么？满城西汉墓的发掘又算得了什么？当然，这首先是国家和民族的骄傲，作为我个人来说，也可把终生的遗憾全都弥补回来。

说着，郑考古端起酒杯，一口气喝下去。

送走郑考古，王一斗回到井口旁，用脚跟磕打磕打木板，井下没有反应；拿起一块砖头敲了敲木板，井下还是没有反应。王一斗掀起木板：满囤，满囤！

井下黑咕隆咚，依然没有任何反应。

王一斗急了，带有哭腔：满囤哎，你可不能有个好歹呀！

忽然，满囤一只手拍在王一斗肩头上：爸！

王一斗吓得一哆嗦：哎哟，你吓死我了！你怎么出来了？我以为你让毒气熏倒在井里了。

满囤：不是您敲木板让我出来的吗？

王一斗：敲木板？没有哇，我为了引开郑考古，陪他喝酒去了。

满囤好生疑惑：这就不对了，我刚下井凿了没一会儿，就听见咚咚的敲木板声，我以为有情况，您叫我上去呢。我爬上来一看，不见您的影子，就到一旁躲起来。

王一斗：这可真邪门儿了，谁冒充我敲木板呀？

满囤：会是韩老板吗？

王一斗：不是，他这两天玩儿麻将玩儿得正上瘾，啥都顾不上了。

满囤：那会是谁呀？

王一斗：肯定是那没有露面的鬼，我早晚要抓到他。

298

晚上，枝子给儿子洗脚：九库，你爸干什么去了？

九库：我不敢说，怕爸爸打我。

枝子：他敢！告诉妈，你爸干吗去了？

九库：我……我爸和爷爷在咱们老家的井里。

枝子：井？你怎么知道？

九库：我下去过，爸爸说，如果我不说出去，我要什么给我买什么。

满囤妈推开门走进来：九库，不许瞎说！

枝子：妈，您和我爸住的屋子里真的有井吗？您一定说实话。

满囤妈眼神慌乱：这……我说了，你可别生气。

枝子：您不说，我会更生气。

满囤妈：有，有一眼井。

枝子：他们到井里干什么？

满囤妈：说是井里藏着金银珠宝。

枝子顿时明白了：妈，你们可真糊涂啊！那是犯法呀！

枝子拿起手包，风风火火奔出屋子。

满囤妈打了一下孙子屁股：你这个坏事包儿！

九库哇的一声哭了。

随着一声急刹车，枝子的出租车停在老宅工地。

王一斗顿时慌了神：枝子，你……你来干什么？

枝子：满囤呢？

王一斗支支吾吾：他……他……

枝子大声地：我问您，满囤呢？

盖在井口的木板被掀开，满囤从井里露出头。

满囤：爸，石门快凿开了……

话说半截儿，满囤看见枝子站在井边，顿时惊呆了。

枝子怒目圆睁：王满囤！上来！你马上给我上来！

满囤面色尴尬，爬上地面。

299

王一斗：枝子，你听我解释。

枝子：我不听您解释。满囤，你跟我到车里说。

满囤随枝子坐进驾驶室，没有关严车门。

枝子：我真没有想到，你竟是一个贪财不要命的人！

满囤：我……我还不是为了这个家？为了你和儿子过上好日子？

枝子：哼，我嫌你穷了吗？我嫌你下岗了吗？我嫌你挣钱少了吗？

满囤：枝子，你根本不了解我！我下岗在家，没有收入，一个月也不见得能拉上一个保险。我不能挣钱养活父母，不能养活老婆孩子，只能每天扫扫地、刷刷碗、倒倒尿盆儿，要多窝囊有多窝囊。我也是个男人，我也有自尊！这些你都知道吗？

枝子：咱得堂堂正正做人，光明正大挣钱，不能干这种违法的事。

满囤：那也比当穷光蛋好，比总被人看不起强。

枝子：好，你既然这么说，我跟你最后再说一句话。如果你现在立刻跟我走，你所做的一切我都能原谅，包括你对我无数次的欺骗，咱们还是夫妻，你还是九库的爸爸；如果你还执迷不悟，一意孤行，别怪我对你绝情，对你翻脸不认人。因为我不想我的丈夫、我儿子的爸爸，是一个盗窃国家文物的囚犯！是走，是留，你看着办，我给你一分钟考虑。

王一斗将绳子塞到满囤手里，用眼色和手势示意满囤绑起枝子。

枝子：到底怎么办，你赶紧想，还有半分钟。

满囤依然犹豫。

王一斗在车外大喊：满囤！你还愣着干什么，快动手啊！

满囤突然将绳子套在枝子的脖子上。

枝子一怔，冷笑：好你个王满囤，我就不信你敢把我绑起来。

满囤被激怒了：今儿我就绑你了！

满囤手里的绳子七绕八绕将枝子捆绑在座位上。

枝子：王满囤，你松开我，你疯了！

满囤：我就是疯了！是被你逼疯了！

枝子：我妈总说我瞎了眼，看来她说得一点儿没错。当年，我那么不顾一切地跟了你，看中的是你诚实厚道，纯朴善良。如今我才知道，你是一个浑蛋！我真是瞎了眼啊！王满囤，这辈子我跟你算完了！

枝子绝望地闭上眼睛，两行眼泪顺着脸颊流下来。

王一斗和满囤潜入井里，反身用木板盖上井口。

枝子挣脱绳子，掏出手机：喂，110吗，我被歹徒劫持了……

回到井里，王一斗和满囤将身体重量全部压在撬棍上，石门出现一道缝。

警笛声隐约传进井里，王一斗和满囤赶紧放下工具，走出卧井。

王一斗父子爬出井口，刚刚用渣土掩埋住木板，警车就赶到了。

两名警察跑过来。警察甲：刚才是你报的警吗？

枝子下了车：是我，不过没事了，歹徒逃跑了。

警察乙：这两个人是谁？

枝子：啊，是我丈夫和公公，他们解救了我。

警察甲：跟我们到派出所走一趟。

王一斗：我……我们又没犯法，到派出所干吗去？

警察乙：录证词。

王一斗正巴不得离开：好，录证词，走。

枝子走出派出所，用钥匙打开车门，坐进车内发动机器。王一斗和满囤走出来，满囤刚要拉后车门，枝子加大油门，离弦箭似的疾驶而去。父子俩不禁怔在了那里。

等在家门口的满囤妈见父子俩走来，赶紧迎上前：不好了，枝子带着九库走了。

王一斗：那你怎么不拦着？

满囤妈：哎呀，我是拦了，可我哪儿拦得住呀！

满囤：知道去哪儿了吗？

满囤妈：谁知道呀！死老头子，都怪你财迷心窍，狗屁宝贝没得到，把媳妇和孙子给气跑了。他们要是有个好歹，我……我非白刀子进去，黄刀子出来，专扎你臭屎包子！

301

张童用手机接听满囤打来的电话：什么？枝子带着九库开着车离家出走了？这到底是怎么一回事？

满囤：回头我再告诉你。

张童：喂，喂……

手机里传来嘟嘟的声音，满囤显然挂断了电话。

张童拨打枝子的手机，传来的是"您好，您所拨打的电话已关机"。

张童想了片刻，又拨打手机：喂，李师傅，您用出租车监控定位系统，帮助查查枝子的车在哪里……好，我等着，您快点儿。

得到消息，张童开车接上满囤。

张童：通过公司出租车监控定位系统，枝子的车已经找到了。

满囤：他们娘儿俩呢？

张童：只有找到车才能知道。

满囤：那就开快点儿，张童，我求你了，再开快点儿！

张童一踩油门，出租车飞速而去。

进了一家社区小旅社的院子，找到了枝子的出租车。满囤和张童围车转了一圈，不见里面有人。

张童：可能就在附近。

满囤：赶紧找。

房间里，枝子正在教九库写字，听见门吱呀一响，枝子扭头看去，见是满囤站在门口，不禁一怔。

九库惊喜地跑过去：爸，你是来接我们回家的吗？

满囤将儿子揽在怀里，眼睛一直看着枝子，而枝子一脸漠然。

满囤：儿子，你先出去一会儿，我跟你妈说几句话。

九库从屋里走出来，发现张童站在门口。张童摆手示意不要九库出声。

满囤：枝子，有什么事，咱们回家再说好吗？

枝子一声不吭。

满囤：我知道我错了，我一次次欺骗你，一次次伤害你的感情。以后，我再也不会做对不起你和儿子的事儿了。你能原谅我吗？

枝子：根本不是原谅不原谅的事儿，我对你已经彻底寒了心。

满囤：枝子，你和儿子在的时候，我体会不到我有多幸福；你和儿子一走，我心里一下子就变得空空荡荡，没着没落的，就像掉进云里雾里。我终于想明白了，你和儿子是我这辈子最宝贵的，没有你们，就算给我再多的财宝，活着也没有滋味儿，我只有跟你们在一起，那才叫日子。过日子过的是人，日子里没有你和儿子，那还叫什么日子啊！

枝子闭口不言。

满囤：枝子，都怪我一时昏了头，不该痴心妄想发邪财，不该鬼迷心窍不听劝。我后悔把你绑在车里，后悔当时没跟你走，更后悔一次又一次地欺骗你。求你原谅我吧，啊！从今往后，我一定做你的好丈夫，做咱儿子的好爸爸。你相信我吧，给我一次机会！

枝子仍然无动于衷。

满囤：枝子，你骂我、打我、损我、咒我，怎么都行，你倒是说话呀！

枝子依然不理不睬。

满囤过去抄起铅笔刀：我用手把你绑在车上，我恨我的手，我今儿就废了它！

满囤举起刀扎向手心，鲜血顿时涌出。枝子一惊，努力克制着自己。满囤一下又一下抽打自己嘴巴，脸上现出一个个带有鲜血的手掌印。

满囤：我浑蛋，我不是人，我没良心，我没人味儿……

枝子扑上去：满囤！别打了！满囤！别打了！

满囤推开枝子：你别管我，我该死！

枝子又扑上去：我求你了，快去医院！我错了，我跟你回家。

九库冲了进来：妈妈！爸爸！

张童再也不忍往下看，黯然离去。

303

废弃工厂车间里，四个人在麻将桌上鏖战。瘦子打出一张牌：二饼。

韩老板：哈，又和了，断两门儿一条龙！

胖子、瘦子、黑大个儿给韩老板掏钱，个个熬得筋疲力尽，哈欠连天；韩老板反倒精神十足，兴致勃勃。

韩老板：不行不行，都打起精神来，把我瘾勾上来了，你们不玩儿了，这哪儿成呢，再来八圈儿，再来八圈儿！

瘦子：韩老板，您就饶了我们哥儿仨吧，啊，牌也陪您玩了，钱也输光了，您还要我们怎么着啊？

韩老板：输光了钱没关系，给我打欠条儿，以后还我。

胖子显得更累：不行了，整整两天两夜，一分钟都没合眼，我看见麻将牌，心里直想吐，熬鹰啊，真是熬鹰！

胖子、瘦子、黑大个儿纷纷伏在牌桌上，打起了呼噜。

韩老板轻蔑地骂了一声：臭小子，想玩儿我，你们还嫩了点儿。

韩老板来到郑考古办公室：发现地下文物，报告给国家，可以奖励文物价值的百分之二十五，这话还算不算数？

郑考古：当然了，红头文件，白纸黑字，怎么能随便抹桌子？

韩老板故作平静：我知道八大马车金银珠宝藏在哪儿。

郑考古激动地从椅子上站起来，片刻又坐下，显然对韩老板的话不相信：你不是逗我玩儿吧？

韩老板：就在王一斗他们住的那个院子里。

郑考古：不是已经拆了吗？

韩老板：房子拆了，井还在啊。

郑考古：你说话当真？

韩老板：我骗您干吗呀？

郑考古：走，快带我看看去！

二人赶到老宅工地，韩老板指着地上，命令工人：照这儿给我挖！

工人铲去盖土，露出木板，掀开木板，一口井暴露在郑考古面前。

韩老板：怎么样，我说得没错吧？

郑考古蹲在井边，只见井底的卧井开着两扇石门，眼睛一亮，一拍大腿，激动无比：啊，踏破铁鞋无觅处，得来全不费工夫！

说着，郑考古掏出手绢，摘下眼镜，擦那已经潮湿的眼睛。

韩老板：奖励我那百分之二十五的事，还算不算？

郑考古戴上眼镜：算！当然算！哎，你怎么知道这井里藏着八大马车金银珠宝？

韩老板：这……等有工夫我再跟您细说。

郑考古：韩老板，你现在的首要任务，是帮助我们文物部门保护好现场，配合我们搞好发掘，这是你们施工方的责任和义务。

韩老板：没问题，我们保证积极配合。

郑考古：你一定要多派几个人，保护好这口井，我立刻回去向领导当面汇报。

躲在不远处一面断墙后的王一斗，听到郑考古和韩老板的对话，捶胸顿足：后悔哟，后悔死喽！眼看煮熟的鸭子又飞喽！

满囤妈听老头子一说：啊？几十年的发财梦不等于白做了，一切都白干了吗？

王一斗：所以我后悔呀，后悔得我恨不得扎尿盆里淹死！当初我搬进那房子，往地下钉木桩，钉到半截儿钉不下去了，我咋就不知道刨开看看？后悔哟！后来，老天爷托梦给我，发现了这口井，以后邪事鬼事古怪事，一件接一件，从来没断过。眼看就要凿开最后一道石门，枝子又横着插了一杠子，把事儿全给搅黄了……后悔哟，后悔死喽！

满囤妈：你现在后悔管什么用呀？我早说过，命里是半斤，甭想求八两，你天生就是一斗粮食的穷命。

王一斗的头又疼起来，打开清凉油盒，抠出一块抹在太阳穴上。

郑考古请枝子妈吃饭，脸上洋溢着兴奋：领导听了我的汇报，当即批准立项，任命我为发掘指挥部总指挥，明天就正式发掘了。我郑考古这回要名副其实地好好考一回古，把我这一辈子的缺憾全都弥补回来。

枝子妈：那井里真藏着八大马车金银珠宝吗？

郑考古：不敢说百分之百，起码也有百分之九十九点九的把握。

枝子妈：你能这么肯定？

郑考古：文物档案提供的所有线索和现场勘察的实际情况全部吻合，不可能有偏差。

叶子把从妈那里听来的消息告诉给吴非。

吴非：知道什么时候发掘藏宝的井吗？

叶子：我妈听郑考古说明天。

吴非：啊，明天？还有哪家新闻单位的记者知道这事？

叶子：目前好像只有你一个。

吴非：太好了！明天我要做独家报道。

叶子：瞧你高兴的。

吴非响亮地亲了一下叶子脑门儿：叶子，你知道这对我有多么重要吗？

叶子摇摇头。

吴非：我这篇独家报道只要一见报，绝对是特大的考古新闻，所有网站将于第一时间转载，新华社也肯定向国内国外转发通稿。这不仅会轰动中国，轰动亚洲，还将轰动整个世界！我吴非嘛，从此也将一鸣惊人，一跃成为京城名记！

九库睡着了，满囤躺在床上辗转反侧。

枝子：明天你如果想到现场看挖宝，尽管去，我不会拦着你。

满囤：爱挖不挖，就是真的挖出金山银山，我也一点儿不动心。

枝子：哼，嘴没对着心吧？

满囤伸出包着纱布的手：我手心不能白扎，嘴巴也不能白扇呀。

枝子：没关系，你去你的，不就是看看热闹嘛。而且你和爸挖了好多天，一定想知道井里有多少宝贝。

满囤：话说前头，这可是你非让我去看的。

枝子：甭得便宜卖乖！我还不知道你？心早就飞了。

满囤揽过枝子亲了一口。

枝子：去，儿子刚睡着。

一串闪电，一阵霹雷，大雨倾盆而落。井口上支起一个帆布篷，篷里挂着一盏电灯，明亮得耀眼。雨水从帆布篷上哗哗流下来。若干名荷枪实弹的武警战士，身披雨衣坚守着岗位。

雨点打在停靠路边的一辆出租车车顶上。隔着车窗玻璃隐约可以看见衣着素雅的黑衣老太坐在后排座上，眼睛望着守卫井的武警战士。

一位军官穿着高勒雨靴，踏着地上流成小河的雨水，向出租车走来。

黑衣老太拍了拍司机的肩膀。出租车开走了，消失在雨夜中，猩红色的尾灯异常鲜亮。

雨停了，井口帆布篷里的电灯更加耀眼。一只蛾子飞来，扑向亮得冒着白烟的电灯泡，连撞带烫，飘落下来，掉进黑洞洞的井里。随后，又有几只飞蛾扑来，没头没脑、争先恐后地撞向灯泡，结果也都撞破了脑袋，烧焦了翅膀，一溜歪斜掉下来。可它们的同类并不接受同伴的教训，又有成群的飞蛾争先恐后、前仆后继地向要它们命的灯泡撞去……

在金山银山上睡了几十年觉，而今徒劳一场的王一斗，不敢亲临现场，躲在工地对面的酒馆里喝酒。透过玻璃窗望去，可以看见老宅空地，发掘现场被观看挖掘的人们围得水泄不通，阵阵嘈杂声不断传来。王一斗努力克制着自己不向窗外看，闷头喝酒。

满囤走进来：爸，我刚才看见一个人，好像是在咱家住过的那个大妈。

王一斗：哦，你看清了真是她吗？

满囤：好像是她，等我追过去，人又不见了。

王一斗：她给枝子的信里不是说出国投亲靠友去了吗？

几十名武警战士和警察手拉着手围成圈，把围观群众拦在圈外。现场停放着面包车、救护车和警车。闪烁的警灯无疑增加了神秘和威严。

韩老板指挥吊车，钢丝绳从井口里徐徐提升，吊出一个铜皮箱子。

围观群众发出一片惊呼：哇，宝贝上来了！

吴非举起照相机对着箱子拍照，又在采访本上记着什么。

工作人员打开铜皮箱子，里面还是铜皮箱子，再打开第二个铜皮箱子，里面还是铜皮箱子，待打开最后一个小铜皮箱子，里面什么也没有。

韩老板很是不解：真怪事了，怎么什么也没有啊？

围观人群外不远处，衣着素雅的黑衣老太坐在树墩上，静静观望，屁股下垫着一张报纸。

卧井里，郑考古发现第三道石门有被人凿过的痕迹。

年轻技工：郑总，这第三道石门也被人凿过。

郑考古推了推石门，推不开：还好，你上车里把拐钉钥匙拿来。

年轻技工攀着软梯爬上井口，从面包车里找出一把拐钉钥匙。这拐钉钥匙用钢筋制成，钢筋一头弯成"口"字少一竖的形状，是专门用来开启顶着石门"自来石"的。

韩老板关切地问：井里有什么宝贝？

年轻技工：现在很难说，第三道石门还没打开。

满囤又走进酒馆：爸，井里大大小小的空箱子吊上来了，您出去看看吧，别光躲在这儿喝酒。

王一斗：我不去。

满囤：为什么呀？

王一斗：让我眼睁睁地看着金银珠宝一件件、一箱箱地从井里挖出来，我就是跟猫似的有九条命，也得后悔死，我不去。

年轻技工回到井里将拐钉钥匙交给郑考古：这玩意儿能捅开石门吗？

郑考古：可不能小看这拐钉钥匙，当年发掘十三陵的定陵时，为如何打开地宫大门，专家们费尽了心思，后来就是用它打开了顶在大门里的自来石。

郑考古边说边把拐钉钥匙贴着地皮插进两扇石门中间的缝隙里。石门里，拐钉钥匙伸进来，转动九十度，缺口部位在自来石的底部一次次试探地套着。

工地上，一个人指着发掘现场对面一幢六层楼房大呼小叫：哎，那老爷子干什么呀这是，不会是要跳楼自杀吧？

满囤看过去，只见夏五爷站在楼顶边上，两只眼睛直勾勾地望着天空。

人群外，坐在树墩上的黑衣老太也看见了夏五爷，眉头皱了一下。

几名警察就地取材，抄起夜里遮挡井口雨水的大帆布跑过去，扯起四角，绷起帆布，接着随时可能坠楼的夏五爷。

一名警察拿着手持喇叭劝说：老爷子，您要是想看热闹，不用站在那儿看，往后退几步，听我话，我知道您耳不聋眼不花，往后退几步！

楼顶上，夏五爷没有往后退，反而一下子坐在楼顶边，双腿耷拉在楼外，引得群众一阵惊呼。

警察继续劝说：老爷子，有什么大不了的事，非要走这条道呀？俗话说，好死不如赖活着，您要是从这楼上跳下来，总不能算是好死吧？摔个稀巴烂，尸首都不全，活了一辈子，您不是就为了图这个吧？

夏五爷似乎根本没听见警察的喊话，依然木头人一般。

大漏勺赶来：爷爷！您这是干吗呀？为了我，您千万也得往开了想啊！我求您了，我求您了！

说着，大漏勺跪在地上，把头磕得咚咚响。

人们的大呼小叫不断传进酒馆。王一斗双手捂着耳朵，再也不敢往外看。梦中情景再次映现，卧井里堆满了金山银山珠宝山，王一斗伸手去拿金条，那金条就像是刚刚浇铸的似的，烫得他大叫一声……

井下，郑考古抽出拐钉钥匙，调整了一下钢筋缺口的角度，再次将拐钉钥匙伸进门缝里，一边捅，一边转。拐钉钥匙缺口终于套住顶着石门的"自来石"底部，一点点地往上提，升到了"自来石"顶端。郑考古用力一推，顶着石门的"自来石"倒了，石门轻而易举地被打开了。

郑考古等人走进第三道石门，发现里面停放着一口石头棺材，不禁愕然。几个人合力推开棺材盖，棺材里没有遗骸，也没有金银珠宝，只有一个大铁钩子。年轻技工从棺材里拿出大铁钩子，交给郑考古。只见大铁钩子锈迹斑斑，一摸，铁钩子酥得哗啦啦掉皮儿。郑考古怔住了，他怎么也想不到，传说藏着八大马车金银珠宝的井里，除了这个大铁钩子，竟然一件文物也没有。

郑考古：不可能！不可能！不可能！老天啊，你怎么这么愚弄我啊！

天旋地转，眼冒金星，郑考古双手一松，大铁钩子滑落在地，身子也随之倒下去……

郑考古被抬进救护车，救护车鸣着响笛，急驶而去。

韩老板：郑考古怎么了？

年轻技工：晕倒在井里了。

吴非：为什么？

年轻技工：井里一件文物也没有。

韩老板像泄了气的皮球：完了，全完了！百分之二十五白想了！

人群外，坐在树墩上的黑衣老太不知去向，只有她垫在屁股下坐过的报纸，明显湿了一大片，不知道是尿还是汗。一阵风儿吹来，报纸被刮走了。

楼那边，夏五爷悄然退离楼顶，消失了。

满囤回到酒馆把情况告诉给父亲。

王一斗：什么？井里只挖出一个生锈的大铁钩子？

满囤：可不嘛，谁还骗您呀。

王一斗一拍大腿：哎哟，后悔哟，后悔死喽，后悔哟，后悔苦喽！

满囤不解：爸，井里什么宝贝也没有，您还后悔什么劲儿呀？

王一斗：我后悔当初，为啥要那么要死要活地后悔！

说着，王一斗掏出清凉油盒，抠了一块涂抹在太阳穴两侧。

第二十章

一年以后，楼房拔地而起。老住户们又都迁回来了，四合院邻居变成了楼上楼下的邻居。满囤妈走出单元门口，穿着一身新衣服，头发也梳得光光的，显得比以往利索了许多，也精神了许多。

满囤妈喊着：九库，赶紧回家换衣服！

九库和几个孩子玩踢足球：等等，我再玩一会儿。

满囤妈走了过去，拽住满脸是汗、浑身是土的九库：瞧你这脏劲儿，跟土驴儿似的，怎么参加你爸妈的婚礼啊？走，跟我回家换衣服去。

枝子妈烫了头发，郑考古也新理了发，双双从理发馆走出来。

郑考古看了看枝子妈：头发一烫，还真挺精神，起码年轻十岁。

枝子妈：待会儿在婚礼上，当着枝子和满囤，你可得正经点儿。

郑考古：当然了，做了新老爸加新丈人，当然得端着点儿架子了。

枝子妈：讨厌，没想到你也这么坏。

在保险公司分理部里，代埋员面对面站成两行振臂呼喊：吼！吼！吼出昨天的怨气！吼！吼！吼出今天的勇气！

已经成长为经理的满囤一挥胳膊：停，停下！

代理员们立刻停止呼喊。

满囤说的和一年前经理训他的内容几乎一模一样：干咱们保险这一行，首先就得学会发泄，懂吗？发泄！每天不把肚子里的委屈发泄出来，不把勇气鼓足了，怎么动员客户买你的保险？说着指着一个中年男人：特别是你，吼的声音太小了，还记得小时候怎么吃奶吗？中年人忐忑地点点头。满囤：要把小时候吃奶的劲儿全都使出来。

几位员工窃窃地笑。

满囤：不许笑！来，大家再吼一遍，预备——齐。

员工声音明显比刚才大多了：吼！吼！吼出昨天的怨气！吼！吼！吼出今天的勇气！

枝子给满囤打来电话：怎么样，吼完了吗？

满囤：完了。

枝子：可别耽误了咱们的大事儿。

满囤：耽误不了，七八年了，我就盼着这一天呢！

枝子：你在公司等着，我去接你。

满囤：那就有劳新娘子了。

枝子传来的声音很大：臭贫！

声音震得满囤赶忙把手机离开耳朵：嗬，你也学会吼了。真是嫁鸡随鸡，嫁狗随狗，嫁给满囤学会吼。

枝子开着车，满囤坐在副驾驶座上，从包里掏出一个厚厚的信封，在枝子眼前晃了晃。

枝子：什么呀？

满囤打开信封，抽出一沓钱：整整五千块！

枝子故意逗着：哪儿捡的？

满囤：捡？你去捡一个我看看，这是我拉保险的提成。

枝子：提成能有这么多？

满囤：要不说你老公有本事呢！

枝子：给点儿阳光你就灿烂，给点儿颜色你就开起染坊。

满囤：那是！过去我总花你的钱，心虚，不硬气；现在我能赚钱了，能养活爸妈老婆孩子了，腰杆挺直了，说话底气也足了。我恳求您老，啊，请收下这一点点钱，就算成全一下我的自豪感，满足一下我这个男人的虚荣心吧。

枝子依然逗着：嗯，好吧，既然有人求我给他保管钱，我责无旁贷。不过，我可不支付利息。

满囤：没有利息没关系，亲一下总可以吧？

满囤凑上前，枝子笑着推了他一把。

枝子：你现在满嘴跑火车，真是贫到家了。

满囤：当然了，后半辈子还指望这个吃饭呢。

路上，枝子的手机响了。枝子接听，传来一个小伙子的声音：喂，您是枝子吗？

枝子：我是，您是谁呀？

小伙子：我是速递员，有您一封快递，单上只写了您住的小区，没写您具体住哪个楼号和单元，发信人让我到了这儿给您打电话。

枝子：好，您稍等会儿，我马上就到。

片刻，枝子开车来到新住宅楼小区。速递员交给枝子一个牛皮纸大信封。枝子撕开信封，里边有一个用白布缝制的包裹。满囤和枝子交换了一个眼神。

枝子：谁会给我寄包裹啊？

满囤：打开看看。

枝子打开白布，里面是一个崭新的布娃娃，很像黑衣老太总挂在胸前的那个，还有一封信。

枝子和满囤对视一眼，似乎明白了什么。枝子打开信看。

信上写道：枝子，首先祝贺你和满囤的新婚之喜！我一生孤苦，无儿无女，家里保存着一件祖传的宝贝，据说是从皇宫里传出来的，我决定送给你，世界上只有你才配得到它，请你无论如何要收下。我把这个宝贝寄存在银行保险柜里，钥匙和保险柜密码藏在布娃娃里。宝贝我已经替你找好了买主，并谈好了价格，买主会主动与你联系的。至于这笔钱，是你自己留下，还是分给老宅子的邻居们，由你自己决定。

满囤拉开布娃娃拉锁，里面果然有一把钥匙和一张密码条。

钥匙插进钥匙孔，保险柜抽屉拉出来，出现一个精致的漆盒。满囤打开漆盒，只见里面有一个红色玛瑙质地的做工精妙绝伦的鼻烟壶。

枝子和满囤不禁惊呆了。

枝子和满囤从银行里走出来。满囤拎着一个尼龙绸书包，沉甸甸的，漆盒轮廓很明显。

枝子手机响了。枝子接听电话：喂……哦，我就是枝子……好的，记住了，1919 房间。枝子合上手机，告诉满囤：是买主打来的，让咱们马上到饭店去。

枝子和满囤从饭店走出来，满囤拎着的尼龙绸书包，换成了一个沉甸甸的密码箱。

枝子：这么多钱，你打算怎么支配？

满囤：大主意你拿，我哪有支配权？

枝子：嗬，开始分起你我来了？

满囤：得得得，我又错了。你的是我的，我的是你的；你是我的，我是你的。

枝子：跟你说正经的呢，你想怎么支配这笔钱？

满囤：那你是想听真话，还是想听假话？

枝子：废话！我当然要听真话！

满囤佯装贪心：如果依我的意思，这一大笔钱，咱就一口独吞了它。

枝子脸色顿时沉下来。

满囤：老太太明确说是送给你的，凭什么分给别人？这笔钱，可以从根本上改变咱家的生活。我呢，从此就可以抖起来了，谁也不敢再小瞧我，吃香的，喝辣的，腰板儿在人面前挺得直直的。你呢，也别开出租车赚那几个辛苦钱了，穿金的，戴银的，走起路来皮鞋嘎嘎儿的。

枝子瞪了满囤一眼，夺过密码箱，顾自走去。满囤窃笑一下，追上前夺密码箱。枝子不给，左右躲闪。

满囤：哎呀，刚才是跟你闹着玩儿呢！今天的王满囤，能那么自私自利、贪得无厌吗？我整天守着一位天使，怎么着也得近朱者赤啊。

枝子其实也知道满囤跟她开玩笑：嗯，这样的王满囤嘛，才值得我死心塌地嫁给他。

满囤：怎么支配这笔钱，我听你的，行不行啊？新娘子，老老婆。

314

枝子：臭贫！好吧，我来安排，除了咱俩，你先不要告诉任何人。

满囤：行，我保证。

枝子和满囤、枝子妈和郑考古已经举办完婚礼。吃完喜酒，老邻居们围着圆桌喝茶聊天，盘子里放着喜糖和喜烟。四位新人喜气洋洋，容光焕发，每人胸前别着一束绢花和绢条，红绢条上写有新郎或新娘的字样。

大漏勺：哎哎哎，请大家静一静，静一静了。

枝子、满囤、王一斗、满囤妈、枝子妈、郑考古、夏五爷、叶子、吴非、九库都安静下来。

大漏勺：今天我这个主持婚礼的大总管，当得还算够格吧？

枝子妈：不是够格，是相当不错。

郑考古：可以说左右逢源，滴水不漏。

满囤：够得上专业水平。

枝子：辛苦你了。

大漏勺：好，只要四位新人满意，我就放心了。从现在开始，我这个大总管正式卸任，有做得不周全的地方，还请多多包涵。俗话说，官身不由己。现在身上没官儿了，我说话可就自由了。

枝子妈：你是不是又想犯什么坏呀？

大漏勺：我哪儿敢在您这老新娘面前犯坏呀？

枝子妈：说着说着又来了不是。

大漏勺：我准备了一副对联送给您和郑叔，如果觉得还可以，我请潘家园仿启功字的哥们儿写下来，贴到你们家门框上。

满囤妈：你还能编对联？吴非还差不多。

吴非得意地笑了笑。

大漏勺：大婶，您先别瞧不起我，听我说完了您再评价。

枝子妈：你说吧，我倒要听听你狗嘴里能吐出什么象牙来。

大漏勺夸张地清清嗓子：上联是，久旱田地缺肥少水荒芜已多年；下联是，今降甘露多了滋润催得禾苗壮；横批，枯木逢春。

满囤妈：嘿，编得还挺顺溜儿。

王一斗：你懂个屁！

枝子妈：好你个坏小子，变着法儿损我！

大漏勺：您要是不满意，我还有一副备用的。上联是，老猎头使老枪弹无虚发；下联是，老瓶子装老酒度数更浓；横批是……

不容大漏勺把横批说出来，枝子妈抓起一把糖果打在大漏勺脸上：头顶上长疮，脚底下流脓，你坏透了！

大家笑弯了腰。夏五爷和王一斗也被逗笑了。

吴非：我来露两手儿，给你看看。

枝子妈：对，好好杀杀他的威风，省得他那破嘴总犯坏。

大漏勺：我是坏在嘴儿上，直肠子存不住屁。您未来的姑爷是新媳妇放屁——零揪儿，蔫儿坏。

吴非：蔫儿坏不蔫儿坏，等我说完了你再评价。你过去不是总笑话我不懂北京土语吗？我现在就用北京土语给你讲个故事。

大漏勺：噢？你敢在我面前叫板？这岂不是关公面前耍大刀，鲁班门前弄斧子，公鸡面前比打鸣儿。

叶子：甭跟他斗嘴儿，你哪儿是他的对手啊。

吴非沉静片刻，用地道的北京腔儿讲起来：前两天我出差，在飞机上有个老外闲着没事儿，要我教他几句北京土语，我就随便编了一段儿。我说，我跟一个倒腾古玩的小子倍儿铁，他是个三青子、四愣子，整个儿一个棒槌、二五眼，还特肉，不像个爷们儿，见天儿变着法儿地使假招子蒙人，骗了人家钱躲在屋里闷得儿蜜。可总有露馅儿的时候，最后，栽了，歇菜了，虾米了，玩儿完了，杆儿屁着凉大海棠了……

人们都听出吴非在挤对大漏勺，不禁哈哈大笑起来。

枝子妈：好，说得好，替我报仇雪恨了。

夏五爷：行，够格儿，像个地道的北京人了。

大漏勺指着吴非：小心我做了你，断了你一辈子念想儿。

叶子：敢！借你俩胆儿。

大漏勺：嗬，还没入洞房就护上了。他忽然一拍大腿醒悟道：噢，我明白了！吴非，你当我是傻子，不知道你玩儿啥猫儿腻？你这哪是恶心我呀，分明是在叶子面前显摆，免得叶子跟哪位相好儿的用北京土语说偷情的话，你傻柱子似的听不懂。

叶子：你就缺德吧，一辈子找不到老婆。

大漏勺：哎，这你就说错了，追着给我当老婆的姑娘，从天安门都排到北京火车站了，中间还带一个拐弯儿。

王一斗：吹吧，吹牛皮不上税。

满囤妈忽然抹起眼泪。

王一斗：大喜的日子，哭啥啊？

满囤妈：咱们过去一个院儿住的人，就差丽珍了。

传来丽珍的声音：我这不是来了嘛！

大家循声向门口看去，丽珍走进来。人们一阵惊喜。

丽珍：接到枝子电话，我就买了飞机票，赶上下大雨，飞机晚点了。

枝子拉丽珍坐在自己身边：满囤，让服务员给丽珍弄点儿吃的。

丽珍：不用了，我在飞机上吃了，给我吃一块你们的喜糖吧。

枝子给丽珍包了一块喜糖。

夏五爷：好，这回人都齐了。过去咱们是四合院邻居，现在变成了楼上楼下的邻居，咱们照一张全家福好不好？

大家齐声响应：好！

吴非拿出照相机，安装在支架上，调到自拍档，按下快门，跑过去，站在叶子身旁。

吴非：大家跟我一起喊——茄子！

众人异口同声：茄子！

只听照相机咔嚓一声，全家福照好了。

枝子：大家都坐下，我有一件事情要和大家讲。

人们纷纷回到原位，围着桌坐下来，抽烟喝茶。

枝子低声吩咐满囤：把密码箱拿出来。

满囤打开提包拉锁，拎出密码箱，放在桌子上。枝子调整密码锁上的数字，啪的一声，箱盖松开了。枝子掀开密码箱，里面放满了人民币。

人们惊得目瞪口呆。

大漏勺眼睛放光：哇，这么多钱，我简直不敢相信自己的眼睛！

大漏勺伸手想去摸，夏五爷打了他一下，大漏勺连忙把手缩回来。

满囤妈结巴起来：枝……枝……枝子，你……你……你哪儿来这么多钱？

枝子：大家还记得被我撞伤、住到我们家的大妈吧？

大家机械般地点点头。

枝子：这些钱，就是她送给我的，整整八十万元，一分钱不少，全在这儿了。

人们又一次惊呆了。王一斗和夏五爷对视一眼，似乎猜到了什么。

大漏勺：哇，真是天上掉馅饼，这个老太太，真是大有来头啊！

枝子：现在我想跟大家说的是，怎么处置这八十万。

夏五爷：枝子，你想怎么办，尽管说吧，大家都信服你。

枝子：我决定这样，这八十万，我们家五口人，留下四十万，准备用这钱供九库读书，可以一直供他上完大学。我公公退休在家，每月拿不了多少退休金；婆婆身体不好，常年吃药花费大，我想让他们老了老了享享清福。满囤，大家都知道，工厂倒闭，下岗在家，虽说现在当了人寿保险公司部门经理，但每拉一份保险都非常不容易。我呢，早就想买一辆出租车自己开，可攒了这么多年钱，只够买两个轮子，这回，我想实现自己多年的梦想。

夏五爷：好！枝子的话实实在在，真真切切。别说留下四十万，就是八十万全留下，也是应该的。

枝子：剩下的四十万，咱们在座每个人都有一份儿。但不是平均分，因为各自情况不一样。枝子把目光首先投向吴非：吴非，有你四万。

吴非受宠若惊：枝子姐，不，我不能要，一块钱我都不能要。

枝子：你听我说。去年这时候，我妈宝贝儿丢了，我家九库虚惊一场，你一直都忙前跑后，尽心尽力，所花的广告费，给你你也不收。你现在租房住，一年下来是一笔不小的开销，况且还要准备结婚，这又需要不少钱。所以，这四万块钱，你收也得收，不收也得收。

吴非眼睛红了：枝子姐，别看你没上过大学，但你够我学一辈子的！

枝子把目光投向吴非身旁的叶子：叶子，有你四万。

叶子：我不要，我那一份儿，你存起来，赶明儿给九库出国留学使。

枝子：你这一份儿，也必须得要。枝子转头面对大家：人人都说我妹妹长得漂亮，从小就爱打扮，可家里不富裕，自己挣钱也不多，我当姐姐的，没给她买过一盒化妆品，没给她买过一件像样的衣服，没给她买过一双高档皮鞋……她又对叶子：姐姐对不住你。过去为婚事，我和妈闹翻了，是你替我照顾家、照顾妈，哄妈别生气，替妈解心宽儿。所以，这四万块钱，是你理所当然应得的。

叶子抹去眼泪，不再推辞。枝子目光投向丽珍，丽珍慌忙低下头。

枝子：丽珍，把头抬起来。

丽珍抬起头，深情而又歉疚地看着枝子。

枝子：丽珍，也有你四万。

丽珍：不，不管你说什么，我也不要。

枝子：丽珍，咱们姐儿俩，出生在一个院儿，小学初中高中都是同学。至今我还记得，咱俩去北海滑冰，我掉进冰窟窿，是你冒着生命危险把我拉上来，看我冻得发抖，你脱下棉袄，给我穿上，结果你却得了重感冒，烧得不省人事。你在深圳闯天下，单枪匹马，无亲无靠，赚钱不容易，那边物价又高，听说在饭馆吃一碗面就好几十块钱，日子过得肯定不宽裕，这钱就只当给你补贴生活用。

丽珍捂住脸哭了。枝子把目光投向大漏勺。

大漏勺连连摆手：枝子姐，咱先说下，你可不许给我。

枝子：大漏勺……不，今天，我叫你一声好兄弟，也分给你四万。

大漏勺：我不要。你用准备买车的五万块钱，救我从局子出来，我还没还你呢，怎么好再要这份儿钱？

枝子：我苦命的好兄弟，听姐姐说。你刚出生不久，就被父母遗弃了，从来没有享受过父母的爱，一个不知道自己父母是谁，挨了人欺负也不能向父母哭诉的孩子，心里肯定积满了委屈。可你，从不把委屈对任何人讲，还装作整天比谁都乐观。虽说你嘴上不饶人，还净冒坏水儿，但你特别讲义气，敢为朋友两肋插刀，谁给你一点儿好处，你都会把心掏给人家。

大漏勺哽咽着：枝子姐，以后我再不好好做人，我就是孙子！是王八蛋！是一个没有良心的白眼狼！

枝子把目光投向夏五爷。

夏五爷：枝子，我是黄土埋到脖子的人了，我那一份儿就免了吧。

枝子：免谁的也不能免您的。咱们在座的，您年龄最长，学问最大，威望最高，所以，比别人更应该多拿，给您八万，我想谁也不会有意见。我知道，您视金钱如粪土，身外之物不在乎。但您想过没有，您都八十多了，身体一天不如一天，万一哪天您病了，住进医院，您没有医保，打针吃药输液化验和床位费，都得要自己掏，您哪儿来这么多钱？平日，您舍不得吃，舍不得穿，整天跟苦行僧似的。以后，您可以多买一些营养品补补身子，还可以到祖国各地转转，拜访拜访名刹古寺，这对您的身心大有益处。

夏五爷忍着没让泪流下来：好，枝子，我听你的，这钱我收下。

枝子把目光投向郑考古。

郑考古：枝子，你说吧，如果你说得我心服口服，钱我就收下。反之，可别怪我拒绝你。

枝子：爸，这里面，有您六万，就算是我和满囤孝敬您的。自从我妈认识了您，您给我妈带来了安慰，带来了笑声，带来了温暖，还带来了好心情。

郑考古：愧不敢当，愧不敢当。

枝子：以后，我把我妈就拜托给您了。希望您以后，疼她、爱她、照顾她、关怀她，让她天天高高兴兴、快快乐乐，度过一个幸福美满的晚年。我，并代表叶子，在这里向您鞠躬了。说着向郑考古深深鞠了一躬。

郑考古站起来，回敬了一躬，待坐下时，抹了一把眼泪。

枝子将目光最后投向母亲的同时，众人也都看向枝子妈。

枝子走到母亲身旁：还剩下十万，妈，这是您的那一份儿。

枝子妈早已泪眼婆娑：枝子，你别说了。

枝子：不，您听我把话说完。我十岁那年，我爸刚刚三十六岁，就早早去世了。是您独自一人担起这个家，辛辛苦苦把我和叶子拉扯大。您吃了多少苦，受了多少累，挨过多少人的冷嘲热讽，您都把牙咬碎了往肚里咽，从没掉过一滴眼泪。我却因婚事，让您流尽了眼泪，让您伤透了心。可是，您并不记恨我，嘴上说要和我断绝母女关系，我知道，那是您一时的气话。其实，您一直都把我挂在心上。我生九库时，遇上难产大出血，母子随时都有生命危险，是您跪在大夫和护士面前，求他们一定要救活您的女儿。您在产房外，整整等候了一天一夜，滴水未进，粒米未沾，急得满嘴起了一圈儿大泡。自从我住进满囤家，一直到拆辽，六七年里，我没为您尽过孝，没伺候过您一天，哪怕一杯热水都没给您倒过。妈，就是再多给您十万块钱，也弥补不了女儿的愧疚。

枝子妈泪流满面，抱住枝子：别再往下说了，我的好女儿！

九库抱着姥姥和母亲：姥姥！妈妈！

在场所有人无不动情流泪。

枝子妈和郑考古来到山坡上，给一年前被毒死的亲亲宝贝儿扫墓。树杈上挂着的小木牌写着"亲亲宝贝儿之墓"，虽然字迹有些模糊，但依然可辨。

枝子妈将鲜花摆放在树根旁：亲亲宝贝儿，妈妈看你来了。

说着，枝子妈哭了起来。

郑考古劝着：好了，哭一会儿得了，咱走吧。

郑考古用手绢为枝子妈擦去眼泪，拉着新婚妻子的手离去。枝子妈依依不舍，一步三回头。郑考古发现一棵松树的树干上刻有一道痕迹。

郑考古：哎，这棵树下才是埋葬小狗的地方。没错，就是这棵，你看，这是我那天做的记号。

枝子妈看了看树干上的痕迹，觉得刚才确实哭错了地方，赶紧过去拿过小木牌和鲜花，重新挂好、摆放好，再次哭了起来。

枝子妈：我的亲亲宝贝儿，妈妈想死你了……

夏五爷、郑考古、王一斗盘腿坐在一家酒馆的炕上，边喝酒边聊天。已经酒过三巡，菜过五味，三人都已醉眼蒙眬，半醉半醒。

王一斗：哎，亲家，有件事我得问问你这个专家。

郑考古：什么专家啊，现在是退休在家。

王一斗：去年，你下到井里，怎么没一会儿就把第三道石门撬开了？

郑考古：夏五爷，听见了吧，贼不打自招，前两道石门肯定是他撬的。

夏五爷：这我早知道。

王一斗：咳，我这不是为了省你的事嘛。

郑考古：会者不难，难者不会，那石门用拐钉钥匙一捅就开。

王一斗：啥叫拐钉钥匙？

郑考古拿起一根牙签，弯成拐钉钥匙状，用两盒香烟当作两扇石门，用打火机当作"自来石"，将牙签从两盒烟中间的缝隙里伸过去，套住打火机，转过弯来，轻轻一捅，打火机就倒了。

郑考古：看见了吧，就这么容易。

王一斗大呼小叫：后悔哟，后悔死喽！早知道这么省事，用不了一个晚上，三道石门就全捅开了，得少担多少惊，少受多少怕啊！

郑考古：要那样，我也不会晕倒在井里了。来来来，喝酒，喝酒。

三个人的酒杯碰在一起，一饮而尽。

郑考古：世上有两种人会饮恨而死，一种是空有钱财而未能受用，一种是空有知识而未能实践。我就是后一种人。干考古几十年，怀才不遇，一事无成，有知识没处施展。临退休了，听说慈禧太后在宫外藏着八大马车金银珠宝，我的心就像蝴蝶翅膀一样呼扇起来了，把多年的梦想和希望都寄托在这上面，心想干成了这件事儿，不仅可以弥补我多年的遗憾，又可成名成家。可结果呢，水中捞月，竹篮打水一场空，只挖出一个……一个大铁钩子，都锈成一个蛋了，一碰，哗哗掉皮，只有那点儿芯儿还算是铁。这锈是什么？锈，就是腐朽啊！

王一斗：来，喝酒，喝酒。

三个人的酒杯又碰在一起，发出悦耳的声响，各自一饮而尽。

夏五爷：内心里没有主见，是盲；脑子里没有思想，是瞎。我给自己概括了一个字——愚，愚蠢的愚！

王一斗：您愚蠢？您要是愚蠢，天底下没聪明的人了。

郑考古：是啊，要那样，我们这些人还不都是白痴？

夏五爷陷入沉思：郑考古，你去年多次追问我，老宅子的主人是谁。现在我实话告诉你吧，主人是太监过继的儿子，我们父子俩是看守井中宝贝的护井人。

郑考古和王一斗都很惊讶。

夏五爷：我父亲临终前，把守护井的重任转交给我，老人家断气儿那天，死不瞑目。我知道，他这是怕我没记住他的遗愿，辜负了主人的嘱托和恩德。我向他发了毒誓， 定为主人看好这眼藏宝的井，他这才闭上眼睛。为看好这眼井，我终生未娶，怕的就是让第三个人知道。这个秘密，我守啊守啊守啊，一直守了五十多年。去年，你郑考古组织挖掘时，你们知道我为什么跑到楼顶上？我打定主意，只要宝贝从井里挖上来，我就从楼上跳下去。后来，知道井是空的，我心也空了，脑子也空了，只有被人愚弄的感觉。

夏五爷端起酒盅，把酒一股脑儿倒进嘴里，呛得他一阵咳嗽。郑考古赶忙帮夏五爷捶捶后背。

王一斗：夏五爷，听您这么一说，我心里的疑惑总算解开了。我挖井时那邪事鬼事古怪事，敢情都是您和那位黑衣老太干的。

夏五爷：受人恩惠，替人解忧。那个黑衣老太太，她让枝子撞伤自己，并装傻充愣，为的就是住进你们家，监视和破坏你和满囤挖井。

王一斗：这个神秘的老太太为什么这样做？她到底是什么人呀？

夏五爷：我今儿请你们二位来喝酒，就是想给你们看一封信。

王一斗：信？

夏五爷从口袋里拿出一封信，抽出信和一张发黄的草图。

夏五爷将信递给郑考古：你给念念。

郑考古读着信：夏五爷您好！感谢您和您父亲夏侯爷，这么多年来，恪尽职守、忠心耿耿地保护井里的金银珠宝。您千万不要认为主人是在欺骗您，井里不是没有金银珠宝，只是没有挖到罢了。当年，遵老佛爷旨意，将存放在井里的八大马车金银珠宝取走了四马车，剩余的四马车，坚壁在第一道石门里那装有大清银票的箱子下面，那下面有一口竖井，竖井底下还有一个卧井。附上草图一张，一看便知。夏五爷，您已经圆满完成了主人交给的护井任务，在此向您表示衷心的感谢。如果您认为有必要，可以将这张草图连同藏宝的秘密告知政府。

王一斗拿起草图：当初，我怎么就没想到刨开箱子底下看看呢？

夏五爷：这计谋用的是此地有银三百两。

郑考古：这么说，设第二道石门的目的是虚晃一枪？

王一斗：箱子套箱子，箱子里面什么都没有，这又是什么计谋？

夏五爷：这是故意逗人玩儿，剥开一看是挠挠儿。

王一斗：最小的那个箱子里，装着一块黄缎子和一把匕首，缎子上写着十六个字"前行一步，血光之灾，恣意妄为，贻害子孙"。

夏五爷：这是调虎离山，铺设谜团，故意将盗贼引入歧途。

郑考古：那第三道石门里面，棺材中放一个大铁钩子，又怎么解释啊？

夏五爷：请君入瓮钩你魂，竹篮打水一场空。

王一斗：敢情我们都上当了？

郑考古：此地有银三百两，调虎离山设谜团，请君入瓮钩你魂……全部是逆向思维。看来，设计这一系列计谋的人，不愧老谋深算啊。

王一斗深深叹了一口气：得，反正我躺在金山银山珠宝山上，做了几十年的发财梦，那就再做它几十年梦也没啥。等咱住的新楼房变成危旧房，再拆迁时，让后人挖埋在楼底下的金银珠宝吧。

郑考古：咳，我学的是考古，干的是考古，退休之后，躺在地下埋着金银珠宝的楼房里睡大觉，讽刺，真是讽刺！

夏五爷：要我说呀，富贵三更春梦，功名一片浮云；日子平平安安，身子结结实实，比什么都强。

王一斗：后悔哟，后悔死喽！

夏五爷：满囤他爸，几十年来，你总把后悔挂在嘴边。可光嘴上喊后悔，不去总结教训，就会永远干错事，永远后悔。

郑考古：是啊，世上卖什么药的都有，就是没有卖后悔药的。咱得学会吃一堑，长一智，不能总在同一条沟里翻船。

夏五爷：郑考古说得好！遇人痴迷处，出一言提醒之；遇人急难处，出一言解救之，功德无量。我也多说一句，咱们不能只认钱，如果分不清什么是荣，什么是耻，如果没有道德，没有信仰，我们民族就完了。

王一斗：咳，我这个人啊，心眼儿多，爱贪财，光长年纪，不长记性，净干些丢了西瓜捡了芝麻的事儿，过后一想，事办砸了，就……

王一斗的脑袋忽然又疼起来，他掏出清凉油盒，但不等打开，清凉油盒便掉在地上，人也一下子晕倒了。

满囤妈拿着一把榔头、一个小碗和一块湿毛巾走出楼房单元门。她用湿毛巾擦干净一块石头，从兜里掏出珍珠耳坠，放在石头上，砸得粉碎，又将其收进碗里，用榔头研成细末儿。

枝子妈手里拎着菜走来：亲家母，干吗呢这是？

满囤妈：咳，满囤他爸不是中风说不了话了吗，人家告诉我一个偏方，说是用鸡冠子血和珍珠粉调成药丸儿，能治中风失语。

枝子妈：要说我这亲家公啊，命也够苦的，儿子婚事办了，孙子上学了，新楼房也住上了，嘿，他却中风了。

满囤妈：谁说不是啊，天生一斗粮食的穷命！

满囤妈搀扶拄着拐棍的王一斗练走路。王一斗中风，命虽保住了，但走路一顺边，两条腿不打弯，心里明白，说不出话。

来到一处椅子前，满囤妈：来，坐椅子上歇会儿。

王一斗嘴里呜呜着，谁也不知说些什么。

满囤妈：你想说什么呀？

王一斗依然呜呜着，很着急。

满囤妈：哎呀，跟你说话真费劲死了！

王一斗向一边努努嘴。满囤妈朝老头子努嘴的方向看去，九库和几个小伙伴在踢足球，几个书包放在地上，堆成一堆。

满囤妈：你是不是说，别总叫孙子玩儿，让他回家做作业？

王一斗点点头，咧嘴笑了。

满囤妈：好吧，你坐这儿歇着，我去叫九库回家。说着走过去：九库，别玩儿了，该回家做作业了！

满囤妈拉起九库，拿起书包，进了单元门里。

一束手电光照在两扇石门上，石门表面漾着无数细小的水珠，钌铞上挂着一把老式锈锁。王一斗只一拧，老式锈锁就断了，他推了推石门，厚重的石门竟然打开了。石门里，堆放着金山银山珠宝山，放着黄光白光紫红光，他颤抖的手伸向金灿灿的金条……

与以往做梦不同，王一斗再也不能叫出声来，激灵一下子醒了。

满囤妈一手拿着矿泉水，一手攥着东西走出来：又做白日梦了？

王一斗点点头，嘴里呜呜着。

满囤妈：宝贝埋在楼底下，你有能耐把楼给拆了？

王一斗拨浪鼓似的摇着头。

满囤妈：我明白了，你是不是想说，后悔哟，后悔死喽！

王一斗点点头，咧咧嘴，像是笑，更像是哭，一股哈喇子流下来。

满囤妈：再怎么后悔也没用，你这辈子就是一斗粮食的命，你就认命吧。一边摊开手心，手心里有四粒黄豆般大小的药丸：来，把药吃了。

王一斗张开嘴，满囤妈将药丸送进他嘴里，喂了几口矿泉水。

满囤妈：这药丸是偏方，我是用鸡冠子血和珍珠粉给你配的，没花一分钱。鸡冠子血，是到菜市场杀活鸡那儿接来的；珍珠粉，是用你给我那个珍珠耳坠，砸碎了研成末儿。这两样调在一起，做成药丸，治你的中风病可管用了。

王一斗忽然睁大眼睛，张大嘴巴，可又说不出话来，急得用双手使劲撕着自己的嘴巴。

满囤妈：你这是干吗呀？撕破了嘴，还想不想吃饭啦？

王一斗抄起拐棍向满囤妈打去，满囤妈躲开了。

满囤妈：你这死老头子，无缘无故打我干吗呀？

大漏勺骑自行车路过：老两口怎么了这是？

满囤妈：谁知道老东西抽什么风啊，我给他吃了几粒药丸，他就急了。

大漏勺：药丸？什么药丸？

王一斗嘴里呜呜着，手里比画着，急得满头大汗。

满囤妈：我用鸡冠子血和珍珠粉给他配的药丸。

大漏勺意识到什么：您哪来的珍珠粉呀？

满囤妈：没舍得花钱买，家里有一颗珍珠耳坠，老头子说是珍珠粉合成的，我就砸碎了，研成末儿……

大漏勺一拍大腿：哎呀！我的大妈，那珍珠耳坠不是用粉合成的，那是难得一见的宝贝，是无价之宝呀！

满囤妈张大嘴巴：啊，无价之宝？大侄子，你不是逗我吧？

大漏勺：我逗您干吗呀？要是一对儿，能值上百万呢！

满囤妈：后悔哟，后悔死喽！这是我这辈子干的最大的傻事啊！后悔哟，后悔死喽！

大漏勺：得，大叔把口头禅传染给您了。

夜已深了，枝子妈和郑考古在楼前小马路上遛弯儿。

枝子妈：回家吧，时候不早了。

郑考古：再多遛会儿。

枝子妈：天天晚上，你总围着楼房一圈圈儿转啊转、转啊转，有什么可转的呀？

郑考古：我这辈子，热衷考古却一事无成，想不到无数珍贵文物就埋在我住的楼房底下，我心不甘啊，死不瞑目啊！

枝子妈：要我说呀，管它呢！反正你也退休了，好好陪我过个幸福的晚年吧。

郑考古从心底里发出一声长长的叹息：咳——

这时候，半个昏黄的月亮快速地掉下去……

住宅楼里，不知谁家的电视机音量开得很大，《痒痒歌》的歌声飘出窗外：

花喜鹊，喳喳叫，

327

枝枝杈杈蹦蹦跳。
人生什么是逍遥？
七说八说难分晓。
当你后背痒痒了，
伸手就能挠得到。

白柳絮，纷纷飘，
飘来飘去停住脚。
人生什么是烦恼？
七说八说难分晓。
当你后背痒痒了，
怎么够也够不着。

芝麻花，节节高，
上上下下朵朵俏。
人生什么最逍遥？
七说八说难分晓。
当你后背痒痒了，
身边有人给你挠。

鹌鹑鸟，咕咕叫，
飞来飞去飞不高。
人生什么最烦恼？
七说八说难分晓。
当你白发苍苍了，
不知痒痒啥味道。

根据已经播出的22集同名电视剧改写
2019 年 12 月修订于翰逸神飞书屋

图书在版编目（CIP）数据

暗宅 / 刘连书著. — 北京：中国文史出版社，
2021.1

（跨度小说文库）

ISBN 978 - 7 - 5205 - 2083 - 6

Ⅰ. ①暗… Ⅱ. ①刘… Ⅲ. ①长篇小说 - 中国 - 当代
Ⅳ. ①I247.5

中国版本图书馆 CIP 数据核字（2020）第 103655 号

责任编辑：牟国煜

出版发行：**中国文史出版社**

社　　址：北京市海淀区西八里庄路 69 号院　　邮编：100142

电　　话：010 - 81136606　81136602　81136603（发行部）

传　　真：010 - 81136655

印　　装：北京新华印刷有限公司

经　　销：全国新华书店

开　　本：720 × 1020　1/16

印　　张：21.5　　　字数：314 千字

版　　次：2021 年 1 月第 1 版

印　　次：2021 年 1 月第 1 次印刷

定　　价：68.00 元